Für Fee & Hope ♡

Der Sinn meines Lebens.
Ich liebe Euch.

Über die Autorin

Doreen Hallmann hat einen Kindheitstraum verwirklicht und ihre Liebe im Schreiben gefunden. Fantastische und märchenhafte Geschichten voller Liebe und Abenteuer sind ihre spät entdeckte Leidenschaft.

Die Geschichten in ihrem Kopf begleiten sie seit ihrer Kindheit. Die Welten, Charaktere und Abenteuer erfüllten, lange von ihrer Familie unentdeckt, ihr Leben. An besonders schwierigen, emotionalen oder aufwühlenden Tagen flüchtete sich Doreen unbemerkt von Ihrem Mann oder ihren Kindern in ihre Fantasiewelten.

Erst mit 40 Jahren in einer Phase, in der sich das Leben von Doreen und Ihrem Mann zu verändern begann, fanden ihre Geschichten den Weg auf das Papier

– Sie begann zu schreiben –

Zuerst unbemerkt und heimlich ...

Als nach mehreren Monaten die ersten Kapitel auf's Papier gebracht waren, offenbarte sie sich ihrem Mann, ihren Kindern und jetzt dem Rest der Welt ...

Dieser Roman wird der Beginn einer Trilogie, die euch in eine Welt voller Magie und Liebe entführt.

Lasst Euch verzaubern!

Doreen Hallmann

LUCE

Liebe und magische Welten

1. Auflage

Bibliografische Information der Deutschen Nationalbibliothek:

Die Deutsche Nationalbibliothek verzeichnet diese Publikation in der Deutschen Nationalbibliografie; detaillierte bibliografische Daten sind im Internet über dnb.dnb.de abrufbar.

© 2019 Doreen Hallmann

Das Werk, einschließlich seiner Teile, ist urheberrechtlich geschützt. Jede Verwertung außerhalb der engen Grenzen des Urheberrechtsgesetzes ist ohne Zustimmung des Verlages und des Autors unzulässig. Dies gilt insbesondere für die elektronische oder sonstige Vervielfältigung, Übersetzung, Verbreitung und öffentliche Zugänglichmachung.

Lektorat: Hanno Renwrantz
Poesie: Kim Ricarda Hoffmann alias Queens of Daydreams
Cover- und Textdesign: Doreen Hallmann / Mathias Hannaske

Verlag: PICON publishing Doreen Hallmann

Bestellung und Vertrieb: Nova MD GmbH, Vachendorf

ISBN: 978-3-96443-552-1

www.doreenhallmann-autorin.de
mail@doreenhallmann.de
Facebook-Profil: Doreen Hallmann Autorin
Instagram-Profil: doreen_hallmann_autorin

Du steckst so viel Energie in Sachen, die dich nicht ansatzweise glücklich machen.
Für dich ist es an der Zeit, einfach positiv zu denken und dein Leben so wie du es willst zu lenken.
Fang an deine Prioritäten ganz bewusst zu setzen und deinen Kampfgeist nicht zu unterschätzen.
Mach dich frei von Allem, was nicht gut für dich ist und hab keine Angst davor zu sein wer du bist.
Trag jeden Tag ein Lächeln im Gesicht, denn alles was dagegen spricht, brauchst du für dein Leben nicht.

@QUEENSOFDAYDREAMS

Ich danke zwei ganz besonderen Menschen in meinem Leben, die mir genau DAS ermöglicht und mich motiviert haben: DAS zu tun, was ich liebe.

Ich liebe Euch... M & K

Ein großer Dank geht an *Eva*,
Ohne dich, hätte ich diese Schönheit nie vollbringen können.
Ich danke *Dir* von Herzen ...

Ein letzter *Dank* geht an meine Instagram-Community, aus der sich mittelerweile neue, tolle Freundschaften gebildet haben. Ich danke Euch für die vielen Ideen, für den Austausch und für das so liebevolle Miteinander ... *Danke!*

Kapitel 1

»DIE GROSSE REISE BEGINNT, AUF INS LEBEN, REIN INS GLÜCK. ALLES FÄNGT SO STILL UND LEISE, AN ZU BEGINNEN OHNE ZURÜCK.«
@QUEENSOFDAYDREAMS

Schrill klingelte der Wecker und riss Luce aus ihren Träumen. Es war kurz nach acht – Zeit zum Aufstehen. Mühselig rappelte sie sich aus ihrem warmen, kuscheligen Bett auf, zog sich an und schlenderte die geschwungene Holztreppe hinunter.

Das Haus, in dem sie lebte, war nicht groß: drei Zimmer, eine kleine Küche und ein kleines Wohnzimmer mit einem Kamin. Ihr Zimmer lag oben im Dachgeschoss. Es war eng, bot aber die schönste Aussicht im ganzen Haus, Luce konnte aus ihrem Fenster über die ganze Stadt schauen. Die Einrichtung des Hauses war kühl, einfach und nicht besonders einladend: weiße Wände, kalter Fliesenboden und kaum Farbe. Das Wohnzimmer wurde so gut wie nie benutzt. Wenn es etwas zu besprechen gab, kamen alle am Esstisch in der Küche zusammen. Aber das geschah nur selten, denn Luces Eltern waren wenig zu Hause. Meistens zog sie sich auf ihr Zimmer zurück, schaute verträumt aus dem Fenster und beobachtete die Sonnenuntergänge, die sie so liebte.

Wie so oft war Luce beim Frühstück allein. Sie war es gewohnt: Ihre Eltern verließen das Haus früh und kamen erst am späten Abend von der Arbeit zurück. Sie war schon immer auf sich gestellt gewesen und hatte früh lernen müssen, für sich zu sorgen. Um sich das kleine Haus in der Stadt leisten zu können, mussten ihre Eltern zwei Jobs annehmen. Es blieb kaum Zeit für Luce, außer an den Sonntagen. Das war der einzige Tag in der Woche, an dem sie und ihre Eltern das Leben einer normalen Familie führen konnten. Sie frühstückten gemeinsam, sprachen lange und ausgiebig über die Ereignisse der Woche und planten die kommenden Tage. Es wurde genau festgelegt, wer welche Aufgaben zu übernehmen hatte. Gegen Mittag machten sie sich auf in den Park, um dort gemeinsam etwas zu unternehmen. Luce liebte es, diesen Tag mit ihren Eltern zu verbringen und die gemeinsame Zeit zu genießen, wie sie es immer getan hatten, bevor sie in die Stadt gezogen waren.

Luce stellte die Kaffeemaschine an und machte sich ein Sandwich mit Tomaten, Gurken und Schinken. Gedankenversunken setzte sie sich an den Küchentisch, biss von ihrem Sandwich ab und schaute verträumt aus dem Küchenfenster. Wieder so ein langweiliger Tag, dachte sie sich beim Beobachten der Vögel, die vor ihrem Fenster saßen. Es war Donnerstag und die Schule war wegen einer Lehrerkonferenz für zwei Tage geschlossen. Träumend saß sie am Tisch, knabberte an ihrem Sandwich und genoss die Ruhe, bis es laut an der Haustür klingelte: Vor Schreck ließ sie ihr Brot fallen. Wütend schoss sie zur Tür, riss sie auf und wollte gerade denjenigen anschreien, der ihr Frühstück störte. Doch als sie in die ihr vertrauten großen, braunen Augen blickte, huschte ein Lächeln über ihre Lippen.

Es war Jules, ihr bester und einziger Freund. Er war ein großer Junge, durchtrainiert und gut aussehend. Die Mädchen lagen ihm zu Füßen – und bestimmt auch der ein oder andere Junge. Sie liebte Jules, seit sie ihn zum ersten Mal in der Schule kennengelernt hatte. Zuvor war sie aus ihrem kleinen verschlafenen, weit außerhalb der Stadt Delone gelegenen Dorf gerissen und in die große Stadt verfrachtet worden. Aus dem ruhigen Dörfchen Rolu in die laute, verschmutzte, unfreundliche Stadt Delone: damit kam sie nur schwer zurecht. Sie vermisste das kleine Häuschen, in dem sie bis zu ihrem zehnten Lebensjahr gelebt hatte.

Rolu lag in einem Tal zwischen zwei Gebirgen. Ein großer See mit kristallklarem Wasser, der Luce seit jeher fasziniert hatte, grenzte an das Dorf. Besonders die Abendstunden genoss sie, denn dann drang das Sonnenlicht tief in den See und verzauberte ihn. An einigen Stellen leuchtete er türkisblau, an anderen dunkelblau, lila, orange oder gelblich. Luce fesselte dieser See: stundenlang sah sie träumend auf das Wasser. Manchmal war es ihr, als würden Meerjungfrauen in dem See baden, die glitzernd und bunt durch die Lüfte sprangen, herrliche Lieder sangen und ihr zuzwinkerten. Luce sagte sich, dass es solche Wesen nicht geben könne: Und doch erschien ihr das Schauspiel so real – wie gern wäre sie in diese magische Welt eingetaucht. Sie wollte dem Alltag entfliehen, der für sie nicht einfach war. Luce erzählte niemandem davon, um nicht für noch merkwürdiger gehalten zu werden, als es ohnehin der Fall war. Die Kinder in Rolu gingen ihr aus dem Weg, keiner wollte mit ihr spielen, geschweige denn mit ihr befreundet sein. Sie war in der Schule eine Außenseiterin. »*Die Merkwürdige vom See*«, wurde sie von den anderen Kindern genannt: Einsam vergrub sie sich in ihre eigene Welt. Während sie stundenlang den See betrachtete, träumte sie von Abenteuern, von mutigen Helden und davon, wie sie selbst zur Heldin würde.

»Erde an Luce, hallo, ist jemand zu Hause?« Langsam erwachte Luce aus ihren Gedanken und sah Jules mit ihren großen, leuchtend grünen Augen an. »Wo bleibst du denn schon wieder? Ich warte schon seit über einer Stunde auf dich an der Bushaltestelle. Wir waren um halb zehn dort verabredet und wollten uns einen netten Tag im Park machen! Hast du das etwa schon wieder vergessen?«, stöhnte er und fuhr sich durch die Haare.

»Mist!«, entgegnete Luce. »Ich hab's verpennt! Warum hast du mich nicht angerufen?« Vorwurfsvoll schaute sie ihn an, musste dabei aber ein Lachen unterdrücken: Ihr war bewusst, dass sie ihrem Handy wenig Beachtung schenkte und es kaum zum Telefonieren benutzte.

»Das habe ich getan! Ganze zehn Mal und du bist nicht rangegangen! Wie immer scheint dein Telefon lautlos irgendwo herumzuliegen und schreit nach Aufmerksamkeit!«

»Sorry ... Aber jetzt bist du ja da und das einsame Telefon nehme ich mit, dann könnt ihr euch ein wenig unterhalten und über mich lästern!«

Sie lachte ihn an und machte sich summend und tanzend auf den Weg in die Küche, um das Sandwich aufzuheben. Dann lief sie in ihr Zimmer, packte einige Sachen ein, um wenige Minuten später breit grinsend vor Jules zu stehen.

»Können wir los? Immer muss ich auf dich warten!«

Er verdrehte die Augen und grinste sie an.

Gemeinsam machten sich die beiden auf den Weg in den Stadtpark. Er lag mitten in Delone und war die Anlaufstelle für all die Menschen, die sich nach etwas Grünem sehnten und sich entspannen wollten. Menschen aus den umliegenden Bürogebäuden verbrachten dort häufig ihre Mittagspause. Der Park war die grüne Oase und das Herzstück der Stadt, die mit ihren lauten Straßen, den Abgasen und den Betongebäuden nicht sehr einladend war.

Sie liefen entspannt die Straße entlang, plapperten über dies und das und genossen dabei die warme Frühlingssonne. Kurz bevor sie an der Bushaltestelle ankamen, drängte Jules Luce von der Hauptstraße in eine kleine Seitengasse.

»Aber ohne einen Kaffee von Mister Chang geht gar nichts!« Jules sah sie zwar fragend an, wartete aber nicht auf eine Antwort: er stürmte bereits in das kleine, aber feine Café.

Mister Chang, der Inhaber, war ein kleiner, dicker und grimmiger Mann. Sein Kaffee schmeckte hervorragend und war ungewöhnlich günstig. Da die Menschen aus den umliegenden Dörfern scharenweise in die Stadt zogen, stiegen nicht nur die Mieten: auch die Restaurants, Cafés und sogar die Imbissbuden wurden immer teurer.

»Hallo, Mister Chang, wir hätten gern ...«

»Ich weiß genau, was ihr gern hättet, schließlich kommt ihr fast jeden Tag«, meldete sich Mister Chang unfreundlich hinter der Theke.

Er war wie immer mürrisch. Legte man ihm aber ein kleines Trinkgeld auf den Tisch, besserte sich seine Laune schlagartig und ein breites Grinsen erschien auf seinem Gesicht.

»Sind wir heute wieder mit dem falschen Bein aus dem Bett gestiegen?«, fragte Jules mit einer liebreizenden Stimme, wobei Luce sich das Lachen verkneifen musste.

»Dein Gesäusel kannst du dir sparen, mein Lieber! Zwei Kaffee mit Milch und ein Stück Zucker für den jungen Mann, wie immer also«, sagte Mister Chang missmutig, drehte ihnen den Rücken zu und erledigte die Bestellung sofort.

Jules zahlte und legte einen Taler zusätzlich auf den Tisch, was ein großes Grienen in Mister Changs Gesicht zum Vorschein brachte.

»Die erste gute Tat für heute wäre hiermit erledigt«, sagte Luce beim Rausgehen und malte mit ihrem Finger ein Erledigtzeichen in die Luft.

»Jetzt aber los in den Park, bevor unser Lieblingsplatz besetzt ist!« Jules zog sie schwungvoll mit sich und Luce war bemüht, die Balance zu halten, damit ihr der heiße Kaffee nicht über die Hände kippte.

Der Stadtpark war zu dieser Jahreszeit farbenfroh: Der Frühling ging zu Ende und der Sommer streckte seine Fühler bereits aus. Die satten, grünen Wiesen, die bunten Blumen, die in allen erdenklichen Farben von der Sonne angestrahlt wurden und in ordentlich angelegten Beeten standen, die großen, alten Weiden, die viele Jahre auf dem Buckel haben mussten, sie waren so hoch wie einige Gebäude aus dem angrenzenden Büroviertel – all das erinnerte Luce an ihr altes zu Hause. Es gab dort keine ordentlichen Beete mit Blumen, diese wuchsen wild in der Landschaft, aber die Farben stimmten überein. Auch in ihrer alten Heimat standen riesige Weiden, die ihr Schatten gespendet hatten, wenn es im Sommer zu heiß geworden war. Ihr Haus stand etwas abseits vom Dorfkern, dafür hatten sie einen direkten Zugang zum See. Über einen langen Steg konnte man weit auf den See hinausgehen. Luce hatte oft dort gesessen und die Ruhe genossen. Das kleine Boot, das ihrem Vater gehörte, stand immer bereit für Erkundungsfahrten. Sie nutzten es an den Wochenenden für lange Ausflüge, angelten und sorgten für das Abendbrot, das sie am Lagerfeuer vor dem kleinen Haus gemeinsam zubereiteten. Das Häuschen aus Stein und seinen unverwechselbaren Holzbalken stand so dicht am Wasser, dass man vom Dachfenster ohne Weiteres hätte hineinspringen können. Luce liebte die Stille, den Wellengang bei Wind mit dem Plätschern des Wassers und den frischen Geruch des Sees. Die Luft in Rolu war viel angenehmer und sauberer und roch ganz anders als in der Stadt: dort stank es nach Abgasen, Essen und vielen anderen Gerüchen. Sie sehnte sich zurück an diesen friedlichen, ruhigen Ort.

Jules bemerkte, dass Luce in ihre Gedanken versunken war, gab ihr einen kleinen Stoß gegen den Arm und wies auf die alte Weide hin.

»Wir haben Glück, unser Lieblingsplatz ist noch frei. Los komm schnell!«

Luce konnte gar nicht so schnell reagieren, da lief Jules auch schon los. Angekommen an der Weide, breitete er schnell die mitgenommene Decke aus und warf sich darauf, als wenn er sagen wollte: *Das ist mein Platz und keiner kann mich von hier vertreiben.*

Mit einem Lächeln ging Luce langsam auf Jules zu, drehte übertrieben ihre Hüften und fragte ihn mit flatternden Augen und einem breiten Grinsen: »Hallo, Mister, ist der Platz neben ihnen noch frei?«

Etwas verdutzt schaute er nach oben, sah ihr breites Grinsen und wusste, dass es nun lustig werden würde. Diese Spielereien machten sie oft zusammen, um dem tristen, von Schule, Hausaufgaben und anderen Pflichten geprägten Alltag zu entfliehen. Luce liebte es, in andere Rollen zu schlüpfen, sich zu verstellen und Jules zu necken.

Sie hatte nur noch ein knappes Dreivierteljahr vor sich, dann würde sie die Schule hinter sich lassen. Im Winter würden die Prüfungen beginnen und wenn sie das geschafft hätte, könnte sie sich endlich einem neuen Lebensabschnitt widmen. Sie würde diese Rollen dann nicht mehr nur spielen, sondern leben. Luce freute sich auf die vielen Abenteuer, dass sie es kaum erwarten konnte, von zu Hause auszuziehen, sich auf Reisen zu begeben und neue Länder zu erkunden. Das war ihr großer Traum.

Jules ließ sich auf das Spiel ein, lehnte sich auf seine Unterarme und zog die Luft pfeifend ein.

»Oh, gnädige Frau, es tut mir so leid, aber meine Angebetete wird gleich hier sein. Ich muss sie leider enttäuschen, aber der Platz an meiner Seite ist bereits besetzt!«

»Das kann ich nicht glauben! Sie wollen mich abweisen, Mister?« Luce drehte sich um die eigene Achse, zeigte dabei auf ihren Körper und stellte sich wie ein Model vor ihm auf.

Jules setzte sich auf, grinste sie amüsiert an und zog sie mit beiden Händen blitzschnell auf die Decke. Mit einem lauten Lachen fiel Luce auf die Picknickdecke und streckte die Arme und Beine aus. Sie drehte sich elegant auf die Seite, sah zu ihm rüber und zwinkerte ihm zu.

»Da ihre Angebetete noch nicht da ist, werter Herr, werde ich so lange diesen Platz beschlagnahmen und ihnen schöne Augen machen, bis die Dame keine Chance mehr gegen meine Wenigkeit hat!«

»Oh, meine Liebe, sie sind so entzückend, aber ich glaube, das wird sich meine Violett nicht gefallen lassen. Sie ist eine so starke, so beeindruckende und so elegante Dame ...« Er wedelte mit seinen Händen wie ein reicher Schnösel und kicherte leise.

Luce kringelte sich vor Lachen und hielt sich den Bauch. Jules versuchte, in seiner Rolle zu bleiben, hatte jedoch keine Chance, Luce und ihren Fingern zu entkommen, mit denen sie ihn zu kitzeln begann. Auch er kitzelte sie und fiel dabei unbeabsichtigt auf ihren Oberkörper, sodass seine Augen nur noch wenige Zentimeter von ihren entfernt waren. Er sah sie mit seinen braunen Augen eindringlich an, sodass ihr beinahe die Luft wegblieb. Jules' Herz pochte wild, sein Atem wurde schneller, seine Wangen liefen rot an und seine Augen glitzerten. Luce wurde ernst: so kannte sie ihren besten Freund nicht. Er war nervös und zittrig, dass sie sich um ihn zu sorgen begann.

»Ist alles in Ordnung mit dir, Jules?«

Kein einziger Ton verließ seinen Mund. Er lag einfach nur zitternd auf ihr und starrte sie mit seinen dunkelbraunen Augen an. Ein ungewohntes Gefühl, das sie nicht zuordnen konnte, kroch langsam in Luce hoch. Sekundenlang starrte Jules in ihre Augen, bis sie zwei Stimmen hörte, die ihnen ein freundliches »Hallo« zuriefen. Die unangenehme Stille wich, Luce löste sich von ihm. Sie befreite sich aus der Umklammerung, um sehen zu können, wer sie gegrüßt hatte. Luce stieß Jules unsanft zur Seite und blickte in kleine graublaue Augen, die sie freundlich anfunkelten. Vor ihnen stand ein Pärchen, ein Mädchen und ein Junge, mit zahlreichen Zetteln in den Händen.

Gerade wollte Luce den Mund öffnen und ein freundliches »Hallo« zurückgeben, als Jules ihr zuvorkam. Er knurrte die beiden an.

»Was wollt ihr zwei von uns, seht ihr nicht, dass wir gerade beschäftigt waren?« Hochrot und böse schaute er den Jungen und dann das Mädchen an, die peinlich berührt zu Boden schauten.

Luce fragte sich, warum Jules so genervt und böse auf die beiden reagiert hatte und warf ihm einen verwirrten Seitenblick zu.

»Verschwindet! Wir kaufen euch sowieso nichts ab!« Er sprang auf, stellte sich kerzengerade vor die beiden und drückte seine Hände tief in die Hüften, bis Luce ihn anfauchte.

»Jules! Geht das auch ein bisschen freundlicher? Sie hatten doch keine Ahnung, ob sie uns stören oder nicht! Jetzt komm mal wieder runter!«

Er rollte mit seinen Augen und drehte sich weg. Luce sah ihm an, dass er am liebsten explodiert wäre. So hatte sie ihn noch nie erlebt: fast noch nie. Einmal war er in der Schule mit einem anderen Schüler aneinandergeraten, weil dieser einen kleinen Jungen getreten hatte. Jules war ein netter, freundlicher Typ, konnte aber Ungerechtigkeiten nicht ertragen, was gelegentlich zu kleinen Streitigkeiten führte. Dass er aber so aus seiner Haut fahren konnte, war Luce neu und machte sie nachdenklich.

»Jules, ist alles in Ordnung? Irgendetwas stimmt heute nicht mit dir. Wir müssen uns gleich mal unterhalten.« Sie wandte sich von ihm ab und schaute mit einem gequälten Lächeln wieder auf das Mädchen und den Jungen.

Der Junge war groß und schlaksig, das Mädchen süß und einen Kopf kleiner. Sie trug ein hübsches, fliederfarbenes Kleid mit Spaghettiträgern und lustige, bunte Boots. Ihre Haare waren zu vielen kleinen Zöpfen geflochten und hingen kreuz und quer an ihrem Kopf herunter. Der Junge trug eine ausgewaschene Jeans und ein dunkelgrünes T-Shirt, das wohl etwas älter zu sein schien, denn durch einige Löcher blitzte seine weiße Haut.

»Hallo«, antwortete Luce den beiden freundlich und schenke Jules keine weitere Beachtung mehr.

Zögernd hielt ihr das zierliche Mädchen einen von den vielen Zetteln entgegen. Das Papier duftete ungewöhnlich, es war weich, beinahe flauschig und mit Blumen, Herzen und allerlei anderen bunten Motiven bedruckt. Luce schaute sich den Zettel genauer an: Die Blumen, von denen sie im ersten Moment angenommen hatte, dass sie auf das Papier gedruckt seien, waren echte Pflanzen. Sie bildeten mit dem Papier eine gewebte Einheit. Daher der Blumenduft, dachte sich Luce und atmete den betörenden Duft ein. So eine zauberhafte Einladung hatte sie noch nie gesehen. Auch die Rückseite war mit Blumen jeglicher Art besetzt und die Schrift, die sie auf dem Zettel sah, erinnerte sie an Efeu, der sich um Bäume schlang. Sie konnte den Blick nicht von dem Zettel abwenden, so beeindruckt war sie von der liebevollen Aufmachung.

Jules räusperte sich und drehte sich wieder zu den anderen. Luce versuchte, sich auf das Gespräch mit dem Jungen zu konzentrieren, dessen Worte melodisch in ihren Ohren summten. Leider verstand sie kein einziges davon, weil sie auf Jules starrte und sich noch immer darüber wunderte, warum er heute so anders war als sonst.

»Wir sind auf jeden Fall auch dort. Also wenn ihr Lust habt, wir würden uns freuen, euch dort zu treffen.«

Jules schaute fragend zu Luce rüber. »Und, hast du Lust?«

Verwirrt schaute sie ihn an und konnte ihm nicht antworten. Sie war noch zu sehr mit seiner heftigen Reaktion beschäftigt.

»Ja, vielleicht kommen wir vorbei«, sagte Jules freundlich zu den beiden und schaute sie lächelnd an.

Seine schlechte Laune war wie weggeblasen. Er schien sich beruhigt zu haben. Komisch, dachte sich Luce und schüttelte leicht den Kopf, bis sie von dem Mädchen aus ihren Gedanken gerissen wurde.

»Und, kommst du zur Party?« Das Mädchen lächelte Luce an und spielte sich nervös in den Haaren.

»Ähm ... Ja, warum nicht.«

Luce hatte nicht viel vom Gespräch gehört, aber das Wort »Party«, die wunderschöne Einladung und das nette Pärchen, weckten ihr Interesse. Sie hatte Lust, auf eine coole Party zu gehen und neue Leute kennenzulernen: Immerhin verbrachte sie jeden Tag mit Jules. Nicht dass es ihr nicht gefallen hätte, sie liebte ihn über alles, aber ein paar neue Freunde wären auch nicht schlecht. Sie steckte den Zettel, den sie bekommen hatte, in ihre Tasche, nickte dem Mädchen zu und bedankte sich für die Einladung.

»Okay, dann lassen wir euch mal wieder allein.« Das Mädchen lächelte Jules an und zwinkerte ihm zu. Sie drehten sich um, liefen irgendwie tänzelnd davon und riefen den beiden noch zu: »Unsere Partys sind immer die besten, die dürft ihr auf keinen Fall verpassen. Es wird lustig. Vertraut uns! Übrigens, wir sind Birka und Mano ... Also bis Freitag!« Und schon waren die beiden hinter einem Baum verschwunden.

Nachdenklich starrte Jules Luce an. »Das war merkwürdig, fandest du nicht auch?«

»Ich fand dich merkwürdig und nicht die beiden. Was war denn eben los mit dir? So unfreundlich kenne ich dich ja gar nicht.« Sie sah ihn auffordernd an, stützte die Hände in die Hüften und warf ihm einen bösen Blick zu. »Kannst du mir das erklären?«

»Keine Ahnung. Mir war etwas schwindlig. Außerdem dachte ich, die beiden wollten uns etwas andrehen. Du weißt schon, Drogen oder so. Hier im Park wird man ja ständig von solchen Leuten angesprochen. Aber jetzt ist alles wieder okay.« Er grinste breit, um Luce zu zeigen, dass es ihm wieder gut ging.

Nachdenklich und verdutzt schaute sie zu ihm hoch, lächelte aber liebevoll, als sie Jules' breites Grinsen sah. Luce holte den Zettel aus ihrer Tasche und strich mit ihren Fingerkuppen über das ungewöhnliche Blumenmuster, das eine sonderbare Gänsehaut auf ihrem Körper hinterließ.

»Was steht denn auf der Einladung?«, drängelte Jules, der neugierig auf ihre Hände schaute.

Luce begann die Einladung laut vorzulesen:

»Hey, Leute! Es ist so weit! Am Freitag um 22:00 Uhr geht's los! Unsere Tore öffnen sich und Euch erwarten eine atemberaubende Location und fantastische Cocktails! Lasst Euch verzaubern und kommt vorbei! Die Party des Jahres dürft ihr nicht verpassen!« Sie drehte das Papier auf die Rückseite, auf der die Adresse aufgedruckt war.

»Jules, das ist bei dir um die Ecke. Nur ein paar Straßen weiter.« Sie feixte ihn an. »Also ich würde super gern auf die Party gehen.«

»Ach, ich weiß nicht, Luce. Ich bin ja nicht so der Partygänger. Wollen wir nicht lieber bei mir zu Hause einen Filmabend mit Pizza machen? Außerdem kennen wir die Leute nicht. Wer weiß, in was wir da reingeraten. Und hast du mir nicht erzählt, dass du nicht so gern auf Partys gehst?« Jules sah sie fordernd an und setzte sich steif auf die Decke zurück.

Jetzt sah er aus wie der Mathelehrer aus ihrer Schule, den Luce gar nicht mochte. Böse funkelte sie ihn an und stopfte die Einladung wütend in ihre Tasche zurück.

»Dann geh ich eben allein! Und nein, das habe ich so nicht gesagt. Vielleicht möchte ich ja mal auf einer coolen, außergewöhnlichen Party sein, die nicht in unserer Schule stattfindet: auf der mich alle böse anstarren und dich alle Mädchen anhimmeln. Vielleicht ist es genau das Richtige, wenn uns niemand kennt und wir uns frei bewegen können. Ohne immer darauf zu achten, wer uns gerade anschaut, über uns lästert oder mich am liebsten ertränken möchte, weil ich dein Anhängsel bin! Mir gefielen Birka und Mano und ich habe ein gutes Gefühl bei der Sache. Also, was ist jetzt! Bist du dabei oder nicht?«, fragte sie Jules auffordernd.

Mit einem schüchternen Blick musterte er sie. »Wer möchte dich ertränken? Und warum bist du nur mein Anhängsel? Du bist meine beste Freundin! Und wer damit nicht umgehen kann, der hat Pech gehabt! Warum hast du mir das nie erzählt, dann hätte ich allen ordentlich die Meinung gegeigt.«

»Was hätte ich denn sagen sollen! Oh, Jules, alle sind so gemein zu mir und die bösen Mädchen wollen mich am liebsten ertränken! Ich möchte einfach keinen weiteren Ärger in der Schule, deshalb habe ich nie etwas gesagt. Und bitte, lassen wir es so, wie es ist! Ich will einfach keinen Streit!«, sagte sie mit gesenktem Blick.

»Also gut.« Jules atmete tief ein. »Lass uns zu dieser Party gehen und Spaß haben wie noch nie, mit allem Drum und Dran!« Er grinste Luce über beide Backen an, nahm sie in den Arm und schaukelte wild mit ihr herum, bis Luce die Augen verdrehte.

»Gib mir mal den Zettel aus deiner Tasche. Ich will schauen, wo genau das ist.«

Luce kramte in ihrer Tasche und zog das zusammengeknüllte Papier heraus: das war typisch, ordentlich war sie nicht gerade. Zudem vergaß sie überall ihr Handy oder ihr Portemonnaie und ihre Schulsachen waren auch immer unvollständig. Glücklicherweise hatte sie Jules, der immer alles in doppelter Ausführung dabei hatte. Das hatte ihr einige Male das Nachsitzen in der

Schule erspart.

Für Luce war die Schule kein schöner Ort. Sie hatte keine Zeit, sich einzugewöhnen, und musste bereits am Tag nach dem Umzug in die Schule. Natürlich war sie mit der Größe der Stadt und den vielen Straßen überfordert: in Rolu gab es nur einen Weg, der in das Dorfzentrum führte. Die Schule in Delone dagegen lag ein gutes Stück von ihrem Haus entfernt und Luce musste, nur mit einem Stadtplan ausgerüstet, allein dorthin finden, während ihre Eltern zur Arbeit fuhren. In Gedanken fluchte sie, dennoch wusste Luce, dass es nicht anders möglich war.

Unsicher machte sie sich an ihrem ersten Tag auf den Weg zur Schule. Prompt verlief sie sich und kam zu spät. Die Direktorin persönlich brachte sie in die neue Klasse und wies Luce vor den anderen Schülern darauf hin, dass Unpünktlichkeit nicht gern gesehen war. Sie fuhr in einem schrecklich schrillen Ton fort und teilte ihr mit, dass sie jetzt in der Stadt und nicht mehr auf einem Bauernhof wohne. Peinlich berührt schaute Luce zu Boden und die Klasse lachte laut. Das war kein guter Einstand, zumal die Schüler, die außerhalb der Stadt wohnten, ohnehin als Sonderlinge galten und nicht besonders beliebt waren. Und zu allem Übel hatte Luce an diesem Tag gleich diesen furchtbaren Mathelehrer, der sie mit einem missbilligenden Blick anschaute und aufforderte, sich schnell einen Platz zu suchen, damit er mit dem Unterricht fortfahren konnte: Luce hatte bereits schlechte Karten, bevor sie richtig angekommen war.

Nervös stand sie damals vor der Klasse und suchte einen freien Platz: alle waren besetzt, teilweise nur mit den Taschen der Schüler. Niemand machte Anstalten, die Taschen von den sonst freien Plätzen zu nehmen. Wut stieg in Luce auf und am liebsten wäre sie heulend aus der Klasse gelaufen.

Doch dann sah sie Jules, der sie zu sich winkte und ihr den Platz neben sich anbot. Sein Lächeln, seine braunen, warmen Augen und die beruhigende Stimme, mit der er sich ihr vorstellte, ließen Luce damals die Tränen in die Augen schießen. Mit zittriger Stimme stellte auch sie sich vor und sofort war das Eis zwischen ihnen gebrochen. Jules war zwei Jahre älter als seine Mitschüler, was Luce damals sofort aufgefallen war und etwas stutzig gemacht hatte. Sie musste ihn so fragend und nachdenklich angesehen haben, dass er ihr noch während der Unterrichtsstunde seine Geschichte erzählte: Weil seine Eltern mit ihm viel auf Reisen gewesen waren, war er zwei Jahre später eingeschult worden und deshalb in diese Klasse gekommen. Zum Glück, denn von da an waren Luce und Jules unzertrennlich. Sie verbrachten jede freie Minute miteinander und lernten sich besser kennen – sehr zum Leidwesen der vielen hübschen Mädchen an der Schule, die in Jules verknallt waren und nun keine Aufmerksamkeit mehr von ihm bekamen. Er war den Jungs in der Klasse deutlich voraus, was die Mädchen sehr interessant und später dann attraktiv fanden. In gewisser Weise war auch er dadurch ein Außenseiter, wie Luce schon ihr ganzes Leben lang, allerdings mit dem Unterschied, dass Jules sich freiwillig im Hintergrund hielt und dennoch sehr beliebt war.

Jules nahm den Zettel. »Ah, okay, das ist wirklich nicht weit weg von mir. Wir können zu Fuß hin. Dann kommst du am besten erst zu mir. Was hältst du davon?« Luce nickte und stimmte zu.

»Ich würde meine Klamotten mitbringen und ziehe mich dann bei dir um, wenn das in Ordnung ist.«

»Klar, kein Problem.« Jules grinste sie verschmitzt an. »Weißt du denn schon, was du anziehen möchtest?«

Luce überlegte und ging in Gedanken ihren Kleiderschrank durch: Jeans, T-Shirt und Turnschuhe. Sie hatte kaum etwas anderes, in diesen Sachen fühlte sie sich am wohlsten. Kleidchen und Stöckelschuhe waren nicht ihr Ding. Außerdem konnte sie auf hohen Schuhen nicht besonders gut laufen und wirkte in ihnen wenig elegant. Luce fand sich selbst nie besonders hübsch. Wenn sie sich im Spiegel betrachtete, empfand sie ihre Beine als zu kurz, ihre Arme als zu lang, ihre Haare als viel zu lockig und ihren Oberkörper als zu untrainiert. Sie hätte gern ausgesehen wie einige Mädchen aus ihrer Schule: lange Beine, blonde Haare und traumhaft schlanke, sportliche Figuren. Gut, eine sportliche Figur könnte auch sie haben, wenn sie nicht so faul wäre. Nur ihre schönen, grün leuchtenden Augen mochte Luce an sich. Aber sonst ... Sie hielt sich stets im Hintergrund und versuchte, nicht aufzufallen, um spöttischen Bemerkungen aus dem Weg zu gehen. Die Mädchen an ihrer Schule verstanden sich nämlich darauf, andere Mädchen, die nicht so aussahen wie sie, zu schikanieren, auszulachen und ständig zu kritisieren, sei es insgeheim oder offen. Leider blieb das auch Luce nicht erspart: sie war anders und das kam nicht gut an.

Die Freundschaft mit Jules machte es nicht besser. Er war sehr beliebt an der Schule. Vor allem von den Mädchen wurde er unentwegt angehimmelt. Luce hatte nie begriffen, warum er sich nie mit einem dieser Mädchen treffen wollte. Schließlich liefen sie ihm ständig hinterher und machten ihm eindeutige Angebote. Luce war froh darüber, so hatte sie ihren besten Freund für sich allein. Außerdem waren die Mädels aus ihrer Schule nicht nett und hätten Jules nur ausgenutzt. Sie wünschte sich für ihn ein nettes Mädchen und ermutigte Jules nicht, sich mit diesen Girlies einzulassen: genau das machte ihr das Leben an der Schule schwer. Sie war froh, wenn es zum Stundenende klingelte und sie endlich nach Hause gehen durfte.

»Luce, träumst du wieder?«, fragte Jules und stupste sie in die Seite. »Gehst du deinen Kleiderschrank durch und stellst dir einen ganz neuen Look zusammen, also Jeans und T-Shirt?«, lachte er.

»Ha, ha, wie witzig! Ich werde ein Kleid anziehen und du wirst Augen machen!«, sagte sie mit stolzer Stimme und presste ihre Hände in die Hüften. »Jetzt guck nicht so! Ich habe tatsächlich Kleider im Schrank und die sehen gar nicht schlecht aus! Nur die hohen Schuhe werde ich definitiv weglassen, bevor ich mir die Beine breche und mich auf der Party blamiere.«

Jules musste lachen. »Ein Kleidchen wäre mal eine nette Abwechslung, Luce. Ich habe dich noch nie in einem Kleid gesehen und bin wahnsinnig gespannt! Du wirst bestimmt toll aussehen!« Er lächelte sie an und drückte ihr einen leichten Kuss auf die Wange. »Wir sollten uns auf den Weg machen, Luce. Es ist schon spät und langsam geht die Sonne unter.« Er begann, die Sachen einzupacken.

»Ja, du hast recht. Außerdem ist da noch dieses blöde Geschichtsreferat.«

»Sag bloß, du hast das immer noch nicht fertig? Luce! Du wirst noch durch die Prüfung fallen, wenn du nicht langsam anfängst etwas fleißiger zu sein!«

»Ja, ja, Herr Oberstudienrat, ich mach das schon.« Luce

wedelte beschwichtigend mit der Hand. »Herr Sonnental mag mich und wird mich schon nicht durchfallen lassen! Er ist der einzige Lehrer, der nett zu mir ist.«

Jules verdrehte die Augen. Er war ein Streber, der seine Hausaufgaben stets erledigte, auch wenn er dafür fünf Stunden in der Bibliothek sitzen musste. Im Unterricht wusste er alles, meldete sich ständig und arbeitete fleißig mit. Alle mochten ihn, besonders die Lehrer. Luce hingegen war das genaue Gegenteil: sie lümmelte sich auf die Schulbank, war tief in ihre Gedanken versunken und kritzelte in ihren Büchern herum. Sie machte ihre Hausaufgaben stümperhaft oder gar nicht. Trotzdem schaffte sie es, ihren gar nicht so schlechten Notendurchschnitt zu halten. Sie würde damit keine Ärztin werden können, aber das war auch nicht ihr Ziel. Allerdings war ihr auch nicht klar, was sie sonst hätte werden sollen. Sie wusste nur, dass sie kein normales Leben führen wollte. Luce schüttelte sich bei dem Gedanken an einen Mann, zwei Kinder und ein Haus: einen Hund, jeden Tag zur Arbeit gehen, abends nach Hause kommen und den Haushalt machen. Nein! Sie wollte mehr, sie wollte Abenteuer, etwas erleben, in ferne Länder reisen und Geschichten schreiben.

Jules hingegen wünschte sich das Leben, das Luce verabscheute. Er wollte Medizin studieren, eine große Familie haben, ein Haus bauen, entspannt im Garten sitzen und den Kindern beim Spielen zusehen: das hatte er ihr immer wieder erzählt. Jules mochte das Organisierte, Strukturierte und Gewöhnliche. Das waren die Wörter, die er benutzte: organisiert, strukturiert, gewöhnlich. Das kam für Luce nicht infrage. Sie wollte kein fades Leben. Auch wenn sie sich sonst einig waren: in diesem Punkt nicht.

Jules hatte den Rucksack fertig gepackt, die Decke unter den Arm geklemmt und war bereit aufzubrechen. Entnervt sah er Luce an, die noch nicht einmal ihre Schuhe angezogen hatte.

Sie lächelte gequält und zwängte sich hastig in ihre Boots. »Ich bin ja schon fertig!«

»Okay, dann können wir ja endlich los!«, rief er ihr mit rollenden Augen zu.

Beide machten sich auf den Weg. Das warme Licht, das die untergehende Sonne mit sich brachte, ließ die Blätter an den

Bäumen in den verschiedensten Grüntönen leuchten. Die Farben im Park änderten sich von Minute zu Minute. Für Luce war das die schönste Zeit des ganzen Tages: alles wurde bunt angestrahlt und es kehrte Ruhe in den Park ein. Sie wäre gern ein paar Minuten länger geblieben, hätte sich den ganzen Sonnenuntergang angeschaut. Aber Jules drängelte, weil der Bus gleich ohne sie abfahren würde.

»Luce, bitte lass uns jetzt los. Der Bus kommt gleich und wenn wir den nicht bekommen, müssen wir den ganzen Weg zurücklaufen. Dazu habe ich keine Lust. Also los jetzt, leg mal einen Zahn zu!«, maulte er sie an.

»Wäre es denn so schlimm, den ganzen Weg zu laufen und den schönen Spätfrühlingsabend zu genießen?«, murmelte Luce traurig.

Jules war ein ganzes Stück vorausgelaufen, hörte ihre Frage nicht mehr. Manchmal wünschte sie sich jemanden, der genau das mit ihr machen würde: den Bus verpassen, gemütlich die Straße entlanglaufen, träumen und still nebeneinander herlaufend den Sonnenuntergang genießen. Sie stöhnte, lief los und versuchte, zu ihm aufzuschließen. Der Bus wartete bereits an der Haltestelle. Jules winkte Luce hektisch zu und sie musste lossprinten, um ihn nicht zu verpassen. Schnaufend angekommen, ließ sie sich in den Sitz fallen und atmete tief durch.

»Puh, das war knapp!« sagte Jules.

Luce ignorierte ihn, schaute verträumt aus dem Fenster und beobachtete die letzten Sonnenstrahlen, die hinter den Bäumen zu sehen waren. In Gedanken saß sie noch immer auf der Decke und beobachtete den Sonnenuntergang mit den vielen bunten Farben ...

Kapitel 2

»HABEN ANGST WAS ZU FÜHLEN. GLAUBEN NUR WAS WIR SEHEN. MÜSSEN LERNEN ZU AKZEPTIEREN, DASS WIR MANCHES NICHT VERSTEHEN.«

@QUEENSOFDAYDREAMS

Freitag, der Tag der Party, dachte sich Luce. Würde sich ihr Leben heute ändern? Eines stand jedoch fest: Es würde aufregend, neu und anders werden. Sie öffnete ihre Augen, streckte ihre Gliedmaßen in alle Richtungen und grinste verträumt in sich hinein, bis sie schwungvoll ihre Decke wegschleuderte und aufsprang.

Die Schule hatte geschlossen und sie konnte sich voll und ganz auf die Party konzentrieren. Luce ging in die Küche, stellte die Kaffeemaschine an und machte sich tanzend ein Toast. Gedankenverloren spielte sie mit ihrem Handy und suchte neue Musiktitel aus ihrer Playlist, als sie ein Geräusch hörte. Sie blieb wie angewurzelt stehen und schaute sich um. Es war ein lautes Poltern gewesen: als hätte jemand einen Gegenstand umgeworfen. Luce hielt den Atem an, lauschte: Nichts, es war nichts zu hören. Erleichtert goss sie sich einen Kaffee ein, setzte sich auf ihren Stuhl und nippte vorsichtig an ihrem heißen Getränk.

Plötzlich hörte sie das Geräusch erneut, dieses Mal lauter. Sie sprang auf und schnappte sich das Messer, das sie für ihren Toast benutzt hatte. Nervös zupfte sie an ihrem T-Shirt, die Vorstellung, dass ein Fremder in ihrem Haus sein könnte, machte ihr Angst. Mit zittrigen Beinen und Händen ging sie in Richtung Flur, um nachzusehen, woher das Geräusch kam. Ihre Eltern waren aus dem Haus und es gab niemanden, der einen Schlüssel gehabt hätte. Sie beugte sich vor und sah um die Ecke, konnte jedoch nichts erkennen. Einen Fuss vor den anderen setzend, schlich sie durch den Flur ins Wohnzimmer und sah sich um: auch dort war nichts zu erkennen. Wieder polterte es laut. Das Geräusch kam aus der oberen Etage, aus Luces Zimmer, denn es befanden sich keine weiteren Räume in diesem Stockwerk. Erschrocken schaute sie die Treppe hoch und schlich eine Stufe nach der anderen voran, noch immer mit dem Messer in der Hand, dessen Griff sie fest mit ihren Fingern umschlossen hatte. Das leise Knarren der Treppenstufen trieb ihr den Angstschweiß auf den Rücken und ihre Hände zitterten. Luce wollte ihr Handy aus der Gesäßtasche ziehen und stellte genervt fest, dass sie das Telefon unten auf dem Küchentisch vergessen hatte.

»So ein verdammter Mist! Das ist mal wieder typisch für mich! Wozu hatte ich das Telefon gleich noch? Genau, um zu telefonieren! Es nützt nur nichts, wenn ich es immer wieder vergesse«, flüsterte sie in sich hinein.

Sie hatte die oberste Stufe der Treppe erreicht: erneut hörte sie ein lautes Geräusch. In ihren Gedanken malte sie sich aus, was sie tun würde, wenn ihr ein Einbrecher gegenüberstehen sollte. Luce hatte ein Messer und war bereit, es einzusetzen, wenn der Einbrecher ihr zu nahe käme. Sie schlich den Flur entlang: kurz vor ihrer Zimmertür atmete sie tief durch. Ihre Beine und Hände zitterten vor Aufregung, ihr Herz raste und ihre Gedanken flackerten wild durcheinander. Vorsichtig öffnete sie die Zimmertür und versuchte, so leise wie möglich zu sein. Sie schaute ängstlich durch den Türspalt, es war nichts zu sehen. Alles war wie immer, unaufgeräumt und unordentlich: Klamotten lagen wild zerstreut im Zimmer herum. Mit dem Aufräumen nahm sie es nicht so genau. Sie lächelte, denn bis ihr der Angreifer etwas würde anhaben können, müsste er sich erst durch die Klamottenberge kämpfen. Das würde ihr einen Vorsprung verschaffen, sie könnte dann Hilfe holen. Ein erneutes lautes Poltern riss sie aus ihren Gedanken.

Mit einem Ruck stieß sie die Zimmertür auf, das Messer hoch erhoben in der Hand, und schrie: »Verschwindet! Ich habe ein Messer und werde es benutzen! Habt ihr das verstanden? Und die Polizei habe ich auch schon gerufen!«

Niemand reagierte. Sie schaute sich um. Ängstlich ging sie einen Schritt weiter, als etwas auf ihren Rücken sprang und sich festkrallte. Luce schrie vor Schmerz. Wild fuchtelnd packte sie den Angreifer und warf ihn zu Boden. Dabei rutschte ihr das Messer aus der Hand und glitt unter das Bett. Luce stöhnte vor Schmerz auf und schaute böse: Es war die Nachbarskatze, die einen Buckel machte und Luce anfauchte.

»Du kleines, blödes Katzenvieh! Du hast mich fast zu Tode erschreckt! Was machst du in meinem Zimmer und wie bist du überhaupt hier reingekommen?«

Luce versuchte, das Messer unter dem Bett hervorzuholen, als im selben Moment die Pfote der Katze über ihre Hand fuhr und zwei heftige Kratzspuren hinterließ. Sie ächzte und betrachtete ihre leicht blutende Hand.

»Du verdammtes Mistvieh! Ich werde dir zeigen, wer hier der Boss ist!«, fauchte sie der Katze entgegen.

Sie schnappte sich einen Pullover vom Stuhl und versuchte, die Katze damit zu fangen. Auf weitere Kratzspuren war Luce nicht aus. Sie ging langsam einen Schritt auf die Katze zu, beugte sich hinunter und wollte den Pullover über sie werfen. Die Katze war zu schnell: Sie sprang auf das Bett, machte wieder ihren Katzenbuckel und fauchte.

»Dieses kleine Katzenvieh lässt sich wohl nicht so einfach fangen, wie ich dachte!«, sagte sich Luce. »Okay, du kleine, fiese Mietze, dann müssen wir es eben anders probieren!«

Luce wandte sich von der Katze ab und tat so, als würde diese sie nicht mehr interessieren. Sie ging langsam, ohne die Katze eines Blickes zu würdigen, um das Bett herum, den Pullover griffbereit in ihrer Hand. Noch im Gehen drehte Luce sich blitzartig um, stürzte sich auf das Tier und warf ihr den Pullover über. Es hatte funktioniert, die Katze war unter dem Pullover gefangen. Sie hielt das Tier fest in ihren Händen, das sich lautstark beschwerte, und ging zum Fenster. Dort schaute sie auf den kleinen Vorbau, der direkt unter dem Fenster lag, und versuchte, die Katze behutsam darauf abzusetzen. Luce befreite sie vom Pullover und zischte laut, um sie zu verscheuchen. Die Katze starrte sie mit ihren grüngrauen Augen an, die bei Luce eine unangenehme Gänsehaut auslösten. Sie mochte keine Katzen: sie waren ihr unheimlich, zu hinterlistig und zu arrogant. Böse erwiderte sie den Blick der Katze und bemerkte, dass die Augen des Tieres plötzlich rot leuchteten. Erschrocken stolperte Luce zurück in ihr Zimmer. So etwas hatte sie noch nie gesehen und es machte ihr furchtbare Angst. Nach ein, zwei Atemzügen hatte sie sich wieder berappelt, sprang auf und schloss schnell das Fenster. Misstrauisch lugte sie durch die Scheibe auf den kleinen

Vorbau: Die Katze war verschwunden. Luces Blick schweifte umher, nirgendwo war das Tier mit den rot leuchtenden Augen zu sehen: sie war wie vom Erdboden verschluckt.

Seltsam, dachte Luce, die nun die Vorhänge vors Fenster zog. Eine Katze mit roten Augen? So etwas kann es nicht geben. Wahrscheinlich spielte ihr die Angst einen Streich, der ihre Gedanken vernebelte. Zudem war sie sehr aufgeregt, denn heute Abend würde sie auf eine Party gehen, die ausnahmsweise nicht von der Schule organisiert war. Es würde eine echte Erwachsenenparty sein und das machte sie nervös, da sie nicht wusste, was sie dort zu erwarten hätte. Sie schüttelte sich und versuchte einen klaren Gedanken zu fassen. Zittrig und verstört, ging sie in die Küche und rief Jules an, um ihm die Geschichte zu erzählen.

»Luce, was hast du genommen? Eine Katze mit rot leuchtenden Augen? Aber gesprochen hat sie nicht mir dir, oder?« Ein lautes Lachen erklang am anderen Ende der Leitung, Jules bekam sich kaum wieder ein.

Manchmal war er so unsensibel, dass Luce wütend wurde. Aber sie wollte sich den Tag durch ihn nicht verderben lassen.

»Ich habe noch nichts gegessen! Vielleicht liegt es daran, dass ich merkwürdige Dinge sehe. Also werde ich jetzt etwas essen, bis später.« Sie würgte Jules ab, legte auf und schüttelte den Kopf.

Hungrig nahm sie ihr Toastbrot, das unberührt auf dem Teller lag, biss hinein und dachte an diese fiesen, roten Augen. Irgendetwas war seltsam an der braunweiß gescheckten Katze. Luce hatte noch nie erlebt, dass diese Katze das Grundstück des Nachbarn verlässt. Das Tier lag meist faul auf der Veranda und beobachtete die vorbeilaufenden Menschen. Vor ihrem inneren Auge sah sie dieses dicke Katzenvieh. Wie war es nur möglich, dass dieses wulstige Ding auf Bäume klettern konnte? Ein Schmunzeln huschte über ihr Gesicht, als sie sich vorstellte, wie die dicke Katze an einem Baum hing und schwermütig versuchte, einen Vogel zu jagen. Vielleicht sollte sie schauen, ob alle Türen und Fenster verschlossen sind, dachte Luce. Noch so eine Begegnung wollte sie nicht erleben. Sie schüttelte sich, ließ ihr Sandwich auf dem Teller zurück und ging die unteren Räume ab. Nachdem sie alles kontrolliert hatte, machte sie sich auf in ihr

Zimmer, um sich auf die Party vorzubereiten.

Da ihr Zimmer furchtbar aussah, räumte sie es missmutig auf. Ein wenig Ablenkung würde ihr sicher guttun. Sie legte die Kleidung ordentlich zusammen und sortierte sie nach Farben.

Schnaufend stand sie, nachdem sie alles aufgeräumt hatte, vor dem Kleiderschrank und suchte sich zwei Kleider aus. Sie hatte die Auswahl zwischen einem Kleid in Rosa und einem in Schwarz. Das rosafarbene hatte Spaghettiträger, war hübsch bedruckt mit Blumen und hatte einen tiefen Ausschnitt. Das andere war schwarz, hatte lange Fledermausärmel, einen tiefen Ausschnitt am Rücken und Rüschen am Saum. Luce konnte sich nicht entscheiden, beide Kleider waren bildschön und sexy zugleich, jedes auf seine Art und Weise. Sie probierte die Kleider nacheinander an und grübelte, welches sie anziehen sollte.

»Vielleicht sollte ich beide Kleider mitnehmen und Jules entscheiden lassen«, sagte sie leise und betrachte sich im Spiegel. Seufzend packte sie die Kleider in ihren Rucksack, zog ihre Lieblingsjeans an und warf sich auf ihr Bett. Der Blick auf die Uhr ließ sie schnell wieder hochschrecken. Es war bereits siebzehn Uhr und sie musste ja noch zu Jules, der in einiger Entfernung wohnte. Das Aufräumen hatte doch mehr Zeit in Anspruch genommen, als Luce angenommen hatte. Sie packte hektisch ihre Schminksachen zusammen, verstaute diese im Rucksack und verließ fluchtartig ihr Zimmer. Die Tür fiel ins Schloss und Luce machte sich auf den Weg zu Jules, der nahe am Park wohnte.

Sie war aufgeregt wie noch nie und lief die Straße schnell entlang. Völlig außer Atem kam sie an der Bushaltestelle an. Zehn Minuten musste Luce auf den Bus warten: es kam ihr wie Stunden vor. Auch während der Fahrt konnte sie sich nicht entspannen, spielte nervös mit ihren Fingern und schaute aus dem Fenster. Immer wieder blickte Luce hektisch auf ihr Telefon, um die Uhrzeit abzulesen. Sie wollte auf keinen Fall zu spät zur Party erscheinen. Gestresst kam sie endlich bei Jules an und klingelte wild an der Tür.

»Ja, bitte? ... Wer da?«, fragte Jules gedehnt durch die Sprechanlage.

»Na, wer wohl? Mach endlich auf, Jules!«, fauchte sie zurück.

Mit einem lauten Summen öffnete sich die Tür.

Jules wohnte in der sechsten Etage eines Mehrfamilienhauses, nicht weit entfernt vom Stadtpark. Seine Eltern hatten ihm die Wohnung zu seinem fünfzehnten Geburtstag geschenkt, was Luce etwas neidisch machte. Ihre Eltern konnten sich dergleichen nicht leisten, obwohl sie fleißig arbeiteten. Jules' Eltern verdienten gut: Ihnen gehörten viele Häuser und einige Restaurants in den besten Lagen der Stadt. Sie selbst konnten keine Kinder bekommen, hatten Jules als Baby adoptiert und von einer Nanny großziehen lassen. Eine richtige Familie waren sie nie gewesen: sehr zum Leidwesen von Jules, der immer wieder traurig davon berichtete. Auch die lange Reise, die er mit ihnen unternommen hatte, brachte keine große Bindung an seine Eltern, er wurde auch dort hauptsächlich von der Nanny betreut. In den Kreisen, in denen Jules' Eltern verkehrten, war es üblich, dass jedes Paar ein Kind, einen Erben hatte: deshalb die Adoption. Sie erfüllten ihm all seine Wünsche und erkauften sich so seine Liebe.

Er hätte gern mit Luce getauscht, sie konnte sich der Liebe ihrer Eltern sicher sein. Auch wenn sie nur selten zu Hause waren, konnte sie doch immer auf sie zählen. Jules' Eltern war es nur wichtig, dass er eine exzellente Schulausbildung erhielt. Sie ließen ihn daher die Amera-Schule besuchen, die in den Bereichen Wissenschaft und Technik herausragte. Da sich sein Elternhaus außerhalb von Delone befand, im sogenannten Reichenviertel, kauften sie kurzerhand die Wohnung in der Stadt. Sein Schulweg wurde um mehr als die Hälfte verkürzt und er hatte mehr Zeit zum Lernen. Da Jules schon immer sehr selbständig gewesen war, hatten weder er noch seine Eltern Schwierigkeiten damit, dass er im Alter von fünfzehn Jahren allein wohnte. Es gefiel ihm, sein Leben eigenverantwortlich zu führen und es so zu gestalten, wie er wollte.

Schnaufend kam Luce vor Jules' Wohnungstür an, stützte sich an die Wand und atmete mehrmals tief ein und aus. »Diese Treppen bringen mich noch um!«, pustete sie ihm entgegen und wischte sich den Schweiß von der Stirn.

»Sport würde helfen, meine Liebe! Aber wozu brauchen Frauen schon Ausdauer und Muskeln, wenn sie doch starke Männer an ihrer Seite haben!« Jules lehnte entspannt am Türrahmen und feixte sie an.

Er war sehr sportlich und ging fünf Mal die Woche ins Fitnessstudio. Und das konnte man ihm ansehen: An seinem durchtrainierten Körper war kein Gramm Fett zu erkennen. Seine Arme und Beine waren muskulös und sein Oberkörper hart wie Stein. Jules war ein gut aussehender junger Mann – fast schon zu gut aussehend, fand Luce. Es gab kaum etwas Unvollkommenes an ihm, er war immer perfekt gekleidet und achtete sehr auf sein Äußeres.

»Kommst du denn jetzt endlich rein?«

Luce rappelte sich auf, zog ihre Schuhe aus und trat in die Wohnung.

»Hmm ... Was riecht denn hier so lecker?« Mit großen Schritten und hoch erhobener Nase lief sie auf die Küche zu, aus dem der leckere Duft strömte.

»Ich habe für uns gekocht. Ohne einen Happen zu essen, sollten wir vielleicht nicht auf die Party gehen. Wenn wir es heute richtig krachen lassen wollen, dann bitte mit einem halb vollen Magen«, sagte Jules mal wieder mit seiner Oberlehrerstimme.

»Du hast gekocht? Oh je!« Luce kräuselte ihre Nase.

»Na ja, sagen wir, ich habe den Ofen angemacht und die Pizza reingeschoben.« Ein breites Grinsen tauchte in seinem Gesicht auf und auch Luce musste lachen.

»Puh, okay. Damit kann ich leben!« Erleichtert ließ sie sich auf den Barhocker fallen.

»Hier, für dich, mit einem extra dicken Boden und ganz viel Käse, so wie du es gern magst.«

Luce beugte sich über die Pizza und sog den Duft in ihre Nase. Er wusste, was sie mochte und was nicht: diese Pizza war perfekt. Luce hatte bei der ganzen Hektik vergessen zu essen, was ihr Magen lautstark bestätigte. Schnell griff sie zu und schlang das erste Stück Pizza herunter. Jules verdrehte die Augen und schüttelte den Kopf.

Mit vollem Mund fragte Luce: »Warum denn nur halb voll?«

Fragend schaute Jules sie an, bis er merkte, worauf sie hinauswollte. »Na, ein bisschen Platz brauchen wir ja für die Cocktails, oder etwa nicht?«

Luce grinste ihn an und nahm sich das zweite Stück vom Teller.

»Ist das dein Outfit für heute Abend?«, fragte Jules und schaute an Luce herab. »Ich dachte, du wolltest ein Kleid anziehen!«

»So gut hörst du mir zu, Jules. Ich hatte dir doch gesagt, dass ich meine Klamotten mit zu dir bringe und mich bei dir umziehe.« Vorwurfsvoll starrte sie ihn an.

»Ach ja, jetzt, wo du es sagst, kann ich mich wieder daran erinnern. Und wo sind die Klamotten? Ich bin neugierig, zeig mal her«, forderte er sie auf.

Luce sprang vom Stuhl und griff nach ihrem Rucksack. »Meinst du, ich könnte bei dir noch duschen? Ich bin zum Bus gelaufen, und dann noch das Treppensteigen ... Ich fühle mich nicht mehr ganz so frisch.«

Jules schaute sie an und deutete aufs Badezimmer. »Klar, kein Problem, mi casa es su casa! Handtücher liegen im Schrank. Nimm irgendeines.«

»Spitze, dann spring ich schnell unter die Dusche und mache mich fertig.«

Schon war Luce im Badezimmer verschwunden, ohne ihm die Kleider gezeigt zu haben.

Jules starrte auf die Tür und versank in seinen Gedanken.

Seit er sie das erste Mal in der Schule kennengelernt hatte, war er verliebt in Luce. Immer wieder hatte er versucht, ihr seine Liebe zu gestehen, aber nie den richtigen Zeitpunkt dafür gefunden. Gelegenheiten hatte es zuhauf gegeben, aber seine Schüchternheit ihr gegenüber hatte es nie zugelassen, ihr die drei magischen Worte zu sagen: und nun hatte er im Park die perfekte Gelegenheit dazu und brachte kein Wort heraus. Heute wollte er all seinen Mut zusammennehmen und Luce endlich seine Gefühle gestehen – er hoffte, dass sie für ihn dasselbe empfand.

Er ging ins Wohnzimmer, lief nervös auf und ab und flüsterte probend, was er ihr heute Abend sagen wollte. Er verhaspelte sich, fluchte leise und fuhr sich durch seine Haare. Er überlegte, wann und wo er ihr seine Liebe gestehen sollte: Vor der Party, hier zu Hause, auf dem Weg zur Party oder, wenn sie den einen oder anderen Cocktail getrunken hätten?

Er sprach sich Mut zu und versuchte, sich zu beruhigen. Bereits damals, als Luce das erste Mal vor ihm gestanden hatte, war ihm klar gewesen: Sie war das Mädchen, das er irgendwann heiraten wollte. Es war Liebe auf den ersten Blick. Als sie elf oder zwölf gewesen war, hatte er sie einmal in einem Brief gefragt, ob sie mit ihm zusammen sein wolle, und Luce gebeten, mit Ja oder Nein zu antworten. Leider hatte er vor Aufregung vergessen, in dem Brief seinen Namen zu erwähnen, und keine Antwort erhalten. Mehrfach hatte Luce mit ihm darüber gesprochen, wer dieser mysteriöse Junge sein könnte, der mit ihr gehen wollte. Jules verschwieg es ihr und der Brief geriet in Vergessenheit. Auch alle weiteren Versuche, sich Luce zu offenbaren, verliefen im Sande, weil er nicht mutig genug gewesen war. Und Luce hatte nie, in keiner Sekunde, nur einen Gedanken daran verschwendet, dass es Jules war. Nur in Andeutungen versuchte er, sich ihr mitzuteilen: allerdings verstand und entschlüsselte Luce sie nie.

Jules richtete sich auf, zog die Schultern zurück und erklärte diesen Tag zum Tag der Tage: Heute wollte er ihr alles erzählen. Er nickte seinem Spiegelbild zu, das im Terrassenfenster zu sehen war, und klatschte, sich selbst anspornend, in die Hände – da ertönte ein lautes Quieken aus dem Badezimmer und riss ihn aus seinen Gedanken.

Er lief zur Badezimmertür, als diese aufsprang und Luce herausstürzte. Ihr Kopf prallte mit voller Wucht gegen seinen Brustkorb, sie strauchelte und kippte nach hinten. Jules konnte sie gerade noch festhalten und an sich ziehen.

»Aua, das hat wehgetan.« Luce jammerte und hielt sich den Kopf.

»Was ist denn passiert?«

»Eine riesengroße Spinne, als ich aus der Dusche kam, das ist passiert! Mach sie sofort weg, Jules!« Sie schrie ihn mit aufgerissenen Augen an und fuchtelte mit ihren Händen.

Jules blickte an ihr vorbei und lachte prustend: Die Spinne war nicht einmal so groß wie sein Fingernagel.

»Hör endlich auf zu lachen und mach sie weg!«, fauchte sie ihn erneut an.

»Ja, ja, schon gut, ich mach sie weg. Du weißt, dass die Spinnentierchen wichtig für unser Ökosystem sind, oder?«

»Das ist mir gerade sowas von egal. Ich hasse die Viecher! Sie können draußen gern die Welt retten, aber nicht hier im Bad! Und jetzt hör mit deinem Oberlehrergequatsche auf und bring das Ding raus!«

Jules nahm den Zahnputzbecher und das hintere Ende seiner Zahnbürste, kniete sich auf den Boden und beförderte die Spinne in den Becher, den er mit seiner Hand zuhielt. Er wollte gerade aufstehen und richtete den Blick auf Luce. Sie stand im Türrahmen, nur mit einem Handtuch bekleidet, das so klein war, dass es den Po gerade bedeckte. Er starrte sie mit großen Augen an und errötete. Sein Herz pochte so laut, dass er befürchtete, Luce könne es hören. Seine Gedanken wirbelten umher, sein Körper versteifte sich, seine Hände wurden feucht und begannen zu zittern. Luce sah unglaublich sexy aus: Die nassen Haare, die strähnchenweise im Gesicht klebten und die glitzernden Wassertropfen, die ihren Körper bedeckten. Sie wirkte so zerbrechlich, dass Jules glaubte, sie beschützen zu müssen. Am liebsten hätte er sie fest an sich gedrückt und geküsst. Er sehnte sich so sehr nach ihr, dass es schmerzte.

»Jules, ist alles in Ordnung?«, fragte Luce.

»Ähm ... Ja, alles bestens. Ich habe nur überlegt, wo ich die Spinne rauslasse und ...« Er begann zu stottern. »Mir ist es hier drin etwas zu heiß. Ich bringe sie schnell raus auf die Terrasse.«

Luce schaute ihm nach und fragte sich, was jetzt wieder mit ihm los sei. Erneut benahm er sich seltsam. Aber sie befasste sich nicht weiter damit, da sie den Blick auf die Uhr im Bad gerichtet hatte. Es war neunzehn Uhr dreißig.

»Verdammt, wir kommen noch zu spät. Als wenn ich es geahnt hätte!«, murmelte sie und im selben Moment war die Badezimmertür wieder verschlossen und der Föhn kreischte auf.

Jules beförderte die Spinne auf die Terrasse und sah in den Himmel, der sich rot gefärbt hatte: Die Sonne blitzte nur noch als Strich am Horizont. Von der Terrasse aus eröffnete sich ein herrlicher Blick auf den Stadtpark. Alles um ihn herum war still und Jules genoss den lauen Wind. Er sog die frische Luft tief ein und bemühte sich, nicht an Luce zu denken – was ihm schwerfiel, denn wie sie vor ihm gestanden hatte, mit ihrer leicht gebräunten Haut, den nassen schwarzen Haaren und dem viel zu kleinen Handtuch, das wollte ihm nicht aus dem Kopf gehen.

»Und kann die Spinne hier draußen die Welt retten?«, fragte Luce mit einer leisen, süßlichen Stimme und tippe ihm auf die Schulter.

Erschrocken drehte Jules sich um, er hatte noch nicht mit Luce gerechnet. Sie stand aufbruchbereit vor ihm und hatte sich für das rosa Kleid mit dem tiefen Ausschnitt entschieden. Das Rosa unterstrich ihre fein gebräunte Haut und die schwarzen Haare kamen noch mehr zur Geltung. Ihre grünen Augen funkelten ihn an und ein Lächeln zeigte sich auf Luces Gesicht.

»Kann ich das heute zur Party anziehen? Ich finde, das passt sehr gut zu der Partybeschreibung auf der Einladung.« Sie drehte sich und das Kleid wehte in alle Richtungen.

Jules bekam kaum ein Wort heraus: sie sah fantastisch aus, so hatte er sie noch nie gesehen.

Er stotterte: »Unglaublich! Aber ist der Ausschnitt nicht etwas zu groß? Man bekommt schon sehr tiefe Einblicke, wenn du verstehst, was ich meine!«

Schnell bemerkte Jules, wie sich Luces Gesicht verfinsterte, sie ihre Augen zusammenkniff und ihn böse musterte. Er ruderte zurück, lobte sie für ihr hübsches Kleid und lächelte sie liebevoll an. Er fand sie ausgesprochen sexy in dem Kleid, wollte aber nicht, dass die anderen männlichen Geschöpfe das zu sehen bekamen. Natürlich reagierte er übertrieben, konnte seine Gefühle aber nicht zügeln.

»Das Kleid sieht super aus, Luce! Es steht dir hervorragend!« Er wiederholte die Sätze, bis sich Luces Gesichtsausdruck entspannte und sie ihn verlegen anlächelte.

»Okay, dann können wir ja jetzt los. Wir sind nämlich spät dran. Ich möchte auf gar keinen Fall als Letzte kommen!«, sagte sie, drehte sich um und stolzierte zur Haustür.

»Luce, wir können nicht zu spät kommen. Das ist keine der Schulpartys, auf denen man nicht als Letzter erscheinen möchte, weil einen dann alle anstarren. Das ist eine Party für Erwachsene, mit Türstehern, Eintritt und Taschenkontrolle. Da kann man auftauchen, wann man will. Niemand würde uns anstarren, wenn wir erst nachts um eins kämen. Also entspann dich und lass uns gemütlich losgehen, ohne Stress. Okay?«

Luce nickte ihm zu, stand jedoch mit ihrer Jacke an der Tür und schlüpfte in ihre Boots. Jules verdrehte die Augen, schloss das Terrassenfenster und schlenderte zur Tür.

»Na, dann los! Du kannst es ja kaum abwarten.«

Luce lächelte ihn verschmitzt an und hüpfte singend ins Treppenhaus. Die Tür fiel ins Schloss und sie verließen das Gebäude ...

Kapitel 3

»IN JEDEM MOMENT KANN ETWAS NEUES BEGINNEN UND JEDE BEGEGNUNG ERGIBT IRGENDWANN SINN.«
@QUEENSOFDAYDREAMS

Sie hatten ein gutes Stück des Weges schweigend hinter sich gebracht und jeder war in seine Gedanken vertieft. Jules überlegte, wie er Luce seine Gefühle gestehen sollte, und Luce dachte an die Party. Es war ruhig auf den Straßen. Die Lichter der Büros waren erloschen und die Straßenlaternen leuchteten schwach auf den Bürgersteig.

»Meinst du, wir sind hier richtig? Niemand ist zu sehen. Ich bin mir nicht sicher, ob wir nicht doch zu spät dran sind. Oder haben wir uns verlaufen? Zeig mir mal den Zettel, Jules.«

»Ach, Luce, jetzt entspann dich, wir sind nicht zu spät und verlaufen haben wir uns auch nicht. Der Laden ist gleich um die Ecke und ich denke, dann wirst du eine Menge Leute vor dem Eingang stehen sehen.«

»Na wenn du meinst! Ich hoffe ...«

Luce konnte ihren Satz nicht mehr beenden: eine kleine, zierliche Hand auf ihrer Schulter ließ sie verstummen. Gleichzeitig sah sie im Augenwinkel, dass die andere zierliche Hand auf Jules' Schulter lag. Erschrocken drehten sich Luce und Jules um und blickten in große grüne Augen.

»Hallo, ich bin Mel. Seid ihr auch auf dem Weg zur Party?«, fragte sie mit einer lieblich klingenden Stimme.

Ohne auf eine Antwort zu warten, drängelte sie sich zwischen die beiden.

»Äh ... Hallo, ich bin Luce und das ist mein Freund Jules. Und ja, wir sind auch auf dem Weg zur Party«, antwortete Luce verdutzt.

Jules schaute gebannt auf die kleine fremde Hand und zu Luce: sie zuckte mit den Schultern und lächelte ihn an.

»Darf ich mich euch anschließen? Mein Bruder Jason schafft es leider nicht rechtzeitig zur Party und hat mich schon mal vorgeschickt.«

»Ja, kein Problem.« Luce erwiderte ihr Lächeln und schaute fragend zu Jules, der Mel misstrauisch musterte.

»Was ist denn das für ein Bruder, der seine Schwester ganz allein durch die Dunkelheit zu einer Party laufen lässt? Also ich würde so etwas nicht tun. Was, wenn wir nicht so nett wären? In diesen Straßen laufen manchmal sehr merkwürdige Gestalten herum.«

»Na, zum Glück hast du ja keine Schwester und musst dir darüber auch keine Gedanken machen. Und Mel ist bei uns ja in guten Händen, oder?« Luce schaute vorwurfsvoll zu Jules, dann wieder zu Mel und zwinkerte ihr zu.

»Da habe ich ja Glück, dass ihr nicht zu diesen Gestalten gehört. Aber glaubt mir, ich könnte mich gut zur Wehr setzen, wenn es denn sein muss.« Mel stellte sich aufrecht hin, drückte ihre Hände in die Hüften und sah Jules fordernd an, der daraufhin die Augen verdrehte.

»Dann mal los, Mädels, lasst uns auf die Party, denn wir sind bereits da.«

Aufgeregt schaute Luce auf die andere Straßenseite und sah zahlreiche Leute vor dem Eingang Schlange stehen: Jules hatte recht. Sie stellten sich an und warteten darauf, dem Eingang ein Stück näher zu kommen. Anscheinend war die Party so beliebt, dass es eine ganze Weile dauern würde, bis Luce und die anderen den Eingang erreichen würden. Seufzend drehte sich Luce zu Mel, um sie zu fragen, ob sie schon auf einer dieser Partys gewesen sei. Aber Mel stand nicht mehr hinter ihnen und war wie vom Erdboden verschluckt.

»Jules, hast du Mel gesehen? Sie ist nicht mehr da, ich kann sie nirgendwo finden.«

Jules drehte sich um und zuckte mit den Schultern.

»Hm ... Keine Ahnung, wo sie hin ist. Eben war sie doch noch da. Na ja, sie wird schon wissen, was sie tut.« Ausdruckslos drehte er sich wieder zu den vor ihnen stehenden Menschen.

Luce sah ihn an und schüttelte den Kopf.

»Es scheint dich ja nicht besonders zu interessieren, wo Mel ist. Ich fand sie übrigens sehr nett.«

»Ja, sie ist nett, aber auch ein bisschen aufdringlich, findest du nicht? Sich bei fremden Menschen einzuklinken und mitzugehen, das finde ich doch recht fragwürdig. Sie wird schon irgendwo sein. Wahrscheinlich hat ihr Bruder es doch noch rechtzeitig geschafft und sie stehen hier irgendwo in der Schlange.«

Luce verdrehte die Augen, beugte sich vor und versuchte, Mel in der Schlange zu entdecken: Im selben Moment sprang Mel vor sie und zwitscherte, sie sollten beide mitkommen. Erschrocken zog Luce den Kopf zurück und starrte sie fragend an.

»Ich kenne einen der Türsteher. Er wird uns vorlassen.«

»Du kennst einen der Türsteher?« Misstrauisch musterte Jules Mel und blickte zu den Türstehern.

Am Eingang standen zwei große, muskulöse Kerle mit Glatze und wilden Tätowierungen, die sich allein durch ihr Aussehen Respekt verschafften.

»Der eine dort ist der Bruder von Mano, der die Party organisiert hat. Also los jetzt! Lasst uns feiern gehen!«, plapperte sie, lief los und stand blitzschnell bei Manos Bruder.

»Nicht ihr Ernst, oder? Das ist nie und nimmer Mano sein Bruder! Die beiden könnten nicht unterschiedlicher sein!«, flüsterte Luce Jules zu, der wieder nur mit den Achseln zuckte.

Mel winkte hektisch und forderte sie auf, ihr zu folgen. Luce machte den ersten Schritt aus der Menge und folgte ihr. Jules rollte mit den Augen: ihm blieb nichts anderes übrig, als sich ihr anzuschließen.

Sie gelangten in einen riesigen Raum, der aussah, als hätte man alle Bäume aus dem Stadtpark hierher verpflanzt. Es war, als stünde man in einem Märchenwald. Die Bäume waren von Efeu und Wurzeln umschlungen und von den Ästen hingen Ranken mit bunten Blumen. An der Decke leuchteten Lampions verschiedener Größen und verbreiteten ein warmes, wohliges Licht. Der ganze Raum war mit weichen, fließenden Tüchern geschmückt und Birkenstämme dienten als Sitzgelegenheiten. Alles roch süßlich nach Rosen und es schien, als würden im ganzen Raum viele kleine Glühwürmchen schweben.

Luce konnte sich nicht sattsehen an dem wunderschönen Raum – so etwas hatte sie noch nie gesehen. Überall standen

Menschen mit offenen Mündern und bestaunten die Deko. Einige tanzten bereits und zogen mit ihren grazilen Bewegungen die Blicke auf sich. Die Musik war harmonisch, glockenklar und zart, wie Luce sie nie zuvor gehört hatte. Die Einladung hatte nicht zu viel versprochen - im Gegenteil, es war noch beeindruckender.

»Ist das nicht der Wahnsinn hier!«, sagte Luce zu Jules, zupfte an seinem T-Shirt und drehte sich in alle Richtungen. »So etwas habe ich in meinem ganzen Leben noch nicht gesehen! Es ist einfach traumhaft!«

Jules sah sie liebevoll an. »Ja, es ist wirklich wunderschön hier. Ich bin froh, dass es dir hier gefällt.«

Sie lächelte ihn fröhlich an und drehte sich erneut im Kreis, bis Jules sie aufhielt und fragte: »Luce, können wir uns ein ruhiges Plätzchen suchen? Ich würde dir gern etwas sagen.«

Luce schaute ihn verwirrt an. »Ähm ... Ja, sicher. Aber wo?«

Sie schaute sich um, konnte sich aber nicht auf die Suche konzentrieren: Lieber hätte sie weiter den Raum erkundet und den Leuten beim Tanzen zugeschaut. Zu ihrer Erleichterung erblickte sie Mano und Birka, die sie bereits entdeckt hatten und zu ihnen kamen. Mit offenen Armen ging Birka auf Luce zu und drückte ihr rechts und links ein Küsschen auf die Wange. Sie wandte sich zu Mel, drückte sie fest und küsste auch sie. Mano streckte zurückhaltend die Hand aus, begrüßte Luce mit einer leichten Verbeugung und machte einen Hofknicks, was sie äußerst amüsant fand. Mel hingegen lief stürmisch auf ihn zu, schlang die Arme um ihn und küsste ihn schwungvoll auf den Mund: er kam leicht ins Straucheln. Mano versuchte, Mels wilder Umarmung standzuhalten, und lächelte verlegen in die Runde.

»Hallo, ihr beiden. Schön, dass ihr da seid. Und wie gefällt es euch hier?«, fragte Birka lächelnd, hielt Jules die Hand hin und deutete mit ihrem Kopf in den großen Raum.

»Es ist atemberaubend schön hier. So etwas hätte ich im Leben nicht erwartet. Wie habt ihr die Deko hinbekommen? Sind das echte Bäume und Blumen?«

Aufgedreht zeigte Luce auf die verschiedensten Dinge und zog Birka, die laut auflachte, an der Hand.

»Ich hole uns mal einen Drink«, sagte Mano. »Bin gleich wieder da.« Er drehte sich um und ging zu der angrenzenden Bar.

»Warte, Mano, ich komme mit und helfe dir beim Tragen!« Und schon war auch Mel wieder verschwunden. Sie ist wirklich schnell wie ein Blitz, dachte Luce und schaute ihnen nach.

»Ich glaube, da steht jemand auf Mano. Die Arme – er ist doch schon lange in ein anderes Mädchen verliebt.« Traurig schaute Birka Mel hinterher. »Soll ich euch mal herumführen und euch den Rest der Location zeigen? Wir haben hier noch verschiedene kleine Räume, von denen man einen mieten kann, wenn man mal allein sein möchte, wenn ihr versteht, was ich meine.«

Birka zwinkerte Jules zu und nahm Luce an die Hand.

»Oh, ja, sehr gern«, trällerte Luce und tanzte Birka hinterher.

In einem dieser Räume angekommen, staunte Luce. Der Raum war klein und dunkel, nur an den Wänden leuchteten gedämpft kleine, weiße Pünktchen, die aussahen, als hätte man Hunderte von kleinen Lichterketten an die Wand geklebt. Überall glitzerte das warme Licht und es roch, als wenn man im Herbst einen Waldspaziergang machen würde. Es gab eine kleine Schaukel, deren Ketten von Efeu und Baumwurzeln umschlungen waren, von denen auch hier bunte Blumen herabhingen. Die Sitzfläche war mit dunkelgrünem Moos überwachsen und mit hübschen, weißen Blüten verziert. Der Raum war so zauberhaft, dass Luce keine Worte fand und still vor sich hin lächelte.

Auch Jules war begeistert, das war genau der richtige Ort, um Luce seine Gefühle zu offenbaren – ruhig, abgelegen und romantisch.

»Luce, der Raum wäre perfekt, um miteinander zu reden!«, sagte Jules strahlend und zupfte an ihrem Kleid herum.

»Ich kann euch den Raum in einer Stunde geben. Leider ist er schon gebucht worden und steht gleich nicht mehr zur Verfügung.

»Gut, dann in einer Stunde. Ist das okay, Jules? Bis dahin kannst du noch warten, oder? Ich laufe ja nicht weg.«

Jules verkrampfte bei dem flüchtigen Kuss, den Luce ihm auf die Wange gab. Sie grinste ihn an, wandte sich schnell ab, um zu Birka aufzuschließen, die im Begriff war, den Raum zu verlassen.

Luce hatte keine Lust auf ein Vieraugengespräch mit Jules und hoffte, dass er das nicht bemerkt hatte. An jedem anderen Tag würde sie bereitstehen: ausgerechnet heute, an einem so aufregenden Abend hatte sie anderes im Kopf. Sie dachte nicht weiter darüber nach, was er ihr sagen wollte, und machte sich mit Birka auf den Weg in den großen Raum mit der Tanzfläche.

Mano und Mel warteten bereits mit den Getränken auf die drei. Sie standen an einem Tisch, der aus mehreren Birkenstämmen zusammengebunden war und eine große Holzscheibe fungierte als Tischplatte: Efeu, Baumwurzeln und bunte Blumen rankten an den Stämmen. Auf dem Tisch standen fünf farbenfrohe Cocktails, einer schöner als der andere. Luce bekam von Mano den rosafarbenen überreicht, der so gut zu ihrem Kleid passte. Sie grinste ihn an und bedankte sich. Jules bekam den hellgrünen Cocktail von Birka, die anderen wählten selbst.

»Lasst uns anstoßen. Auf einen großartigen Abend und neue Freunde!«, sagte Birka und hielt das Glas in die Mitte.

Alle stießen an und tranken von den aromatisch riechenden Cocktails. Luce schmeckte so viele verschiedene Früchte in ihrem Mund, als sie den ersten Schluck nahm, dass sie Mano mit großen Augen ansah: er lächelte, als hätte er darauf gewartet.

»Der Cocktail ist fantastisch. So viele Geschmacksrichtungen auf einmal habe ich noch nie in meinem Mund gehabt. Was ist da alles drin?«

»Das bleibt unser Geheimnis, Rezepte verraten wir nicht. Wir wollen ja, dass du wiederkommst, um den gleichen Cocktail noch einmal zu bestellen.« Er griente sie über beide Backen an, prostete ihr erneut zu und wandte den Blick zu Jules.

»Da hatte aber jemand Durst. Und, hat er geschmeckt?«, fragte Mano Jules, der seinen Cocktail in einem Zug ausgetrunken hatte.

»Und ob, er war großartig. Kann ich noch einen haben?«, fragte er Mano und deutete auf das leere Glas.

»Klar, ich hole dir einen. Den solltest du vielleicht etwas langsamer trinken. Nicht dass du nackt auf die Tanzfläche springst und durchdrehst. Diese Cocktails haben es in sich, also Gemach, Kumpel!«, warnte er Jules und ging zur Bar.

Der Alkohol kratzte in Jules' Hals. Er musste husten, hielt die

Hand vor den Mund und nuschelte: »Ich bin nicht dein Kumpel.«

Er sah sich um und prüfte, ob es jemand gehört hatte. Das anstehende Liebesgeständnis zerrte an seinen Nerven. Glücklicherweise unterhielten sich die drei Mädchen angeregt und waren abgelenkt. Jules zupfte sich nervös sein T-Shirt zurecht und schaute zu Luce, hoffend, dass er bald mit ihr sprechen könne.

Luce bemerkte seine Blicke, ignorierte sie aber und unterhielt sich weiter mit Birka, die ihr von der Planung der Party erzählte. Gelegentlich nippte sie an ihrem Cocktail: sie wollte ihn ausgiebig genießen und vermeiden, dass er ihr zu Kopf stieg. Luce sonnte sich in der Aufmerksamkeit, die Birka, Mel und Mano ihr schenkten, lachte und wippte die ganze Zeit im Takt der Musik. Endlich war sie frei. Niemand warf ihr böse Blicke zu, keine der Zicken aus der Schule kicherte über sie. Luce fühlte sich wohl, genoss die zauberhafte Stimmung und vergaß alles andere. Obwohl Jules unmittelbar neben ihr stand, war sogar er aus ihren Gedanken verschwunden.

Den zweiten Cocktail, den Mano brachte, kippte Jules ebenso hinunter wie den ersten. Nach einigen Sekunden stellte Jules das leere Glas auf den Tisch und grinste Luce an, die kopfschüttelnd auf ihn zukam.

»Jules, ohne dich bevormunden zu wollen – du solltest einen Gang zurückschalten. Mano hat recht, diese Cocktails haben es in sich. Ich will dich später nicht nach Hause tragen müssen, weil du nicht mehr laufen kannst!« Jetzt redete Luce wie ihr Mathelehrer: das war sonst eigentlich Jules' Spezialität.

»Ach, mach dir keine Sorgen, Babe, ich pass schon auf! Es geht mir gut und wir wollten doch die Sau rauslassen!«

Den lallenden Tonfall fand Luce kurios und seine Wortwahl verwunderte sie. »Babe« und »die Sau rauslassen« passten nicht zu ihrem besten Freund. Nein, im Grunde waren sie in seinem Wortschatz nicht vorhanden.

»Hey, Mano, noch einen, bitte!« schrie Jules, als Mano an der Bar stand, um für die Mädels noch eine Runde Drinks zu holen. Mano verdrehte die Augen.

»Luce, du musst auf Jules aufpassen«, sagte Birka. »Bei diesen

Getränken kann man alle Hemmungen verlieren, gerade wenn man eher schüchtern und verschlossen ist.« Luce schaute sie mit großen Augen an.

»Was meinst du damit? Jules wird doch nicht durchdrehen, oder?« Ihre besorgten Blicke wanderten abwechselnd zu Birka und Jules, der sich dichter an die Tanzfläche gestellt hatte und mit seinen Beinen wippte, was für ihn untypisch war.

»Mit diesen Cocktails ist alles möglich. Er könnte sich zum Beispiel ausziehen und nackt auf die Tanzfläche springen oder Tarzan spielen und auf die Bäume klettern. Das wäre ein interessanter Anblick. Nicht nur für mich!«

Eine Stimme, die hinter Luces Rücken ertönte, ließ sie erschaudern: dunkel, rau, männlich und unglaublich sexy. Ruckartig drehte sie sich um und sah in leuchtend blaue Augen. Vor ihr stand ein großer, muskulöser Typ mit blonden, lockigen Haaren: einige Strähnen fielen wild in sein Gesicht. Er musterte sie von oben bis unten, und dann trafen sich ihre Blicke für einige Sekunden, bis jemand kreischte.

»Jason, du bist endlich da!«

Es war Mel, die elegant auf ihn zusprang, in seine Arme fiel, ihn küsste und wieder verschwand. Luce sah ihr verwundert hinterher und verharrte einen Augenblick in ihren Gedanken. Bilder von Mel und ihren katzenartigen Bewegungen schwirrten in ihren Kopf und stimmte Luce nachdenklich.

»Hallo, Jason, schön, dass du es geschafft hast. Und was sagst du, haben wir das nicht gut hinbekommen?«, fragte Birka, die ihm die Hand hinhielt.

Luce, die von Birka aus den Gedanken gerissen wurde, richtete den Blick auf den Neuankömmling und stellte fest, dass er sie noch immer ansah. Wieder erschauderte sie und es stellten sich ihr die Nackenhaare auf. Jason gab Birka die Hand, ohne den Blick von Luce abzuwenden, und sagte kein Wort zu ihr. Birka schaute zwischen ihm und Luce hin und her, lächelte, stellte die beiden einander vor und drehte sich achselzuckend um, als sie keine Antwort erhielt. Sie ging in Richtung Bar und gesellte sich zu Mel und Mano.

»Das war aber nicht sehr nett von dir«, bemerkte Luce und

versuchte, die unangenehme Stille zu durchbrechen und ein Gespräch zu beginnen.

»Nett sein ist heute Abend nicht geplant.« Jason grinste sie an. »Ich bin hier, um meine kleine, nervige Schwester, die sich aus dem Haus geschlichen hat, abzuholen und in ihr Zimmer zu geleiten.«

»Sie hat sich rausgeschlichen? Das hörte sich vorhin aber ganz anders an!«, sagte Luce und sah zu Mel, die sich mit Mano sichtlich amüsierte.

Ihre Augen wanderten wieder zu Jason. Er stand, bekleidet mit einer Lederjacke, die leicht geöffnet war, vor ihr und durchbohrte sie mit seinen Blicken. Man konnte durch das darunter eng anliegende T-Shirt seinen durchtrainierten Oberkörper gut erkennen. Luce wurde heiß: sie fühlte ein leichtes Kitzeln in ihrem Bauch. Jason grinste amüsiert und zwinkerte ihr zu, als dürfe sie sofort über ihn herfallen. Peinlich berührt schaute sie auf den Boden, in der Hoffnung, dass er die aufsteigende Röte in ihrem Gesicht nicht bemerkte.

Was war in sie gefahren? Sie starrte einen wildfremden Typen an, was sonst überhaupt nicht ihre Art war. Sie gehörte zu den Mädchen, die schüchtern in der Ecke standen und den Blick senkten, sobald sich ihnen jemand näherte. Diese verdammten Cocktails, dachte Luce, als sie ihren Blick auf die Tanzfläche richtete, um sich nicht weiter zu blamieren. Sie stand mit dem Rücken zu Jason und atmete erleichtert ein: bei der Hitze, die sie in ihrem Gesicht spürte, musste sie rot glühen.

»Sag mal, ist das da dein Lover, der sich gerade das T-Shirt vom Leib reißt und auf der Tanzfläche wild mit einem Mädchen knutscht?« Mels Bruder deutete belustigt auf Jules.

Luce traute ihren Augen nicht: Es war tatsächlich Jules, der auf der Tanzfläche hüpfend und ohne T-Shirt mit einem Mädchen zugange war. Ihre Gedanken schossen wild im Kopf umher. Sie hatte Jules noch nie, kein einziges Mal, mit einem Mädchen knutschen sehen: auch Tanzen war sonst nicht seine Lieblingsbeschäftigung, schon gar nicht mit freiem Oberkörper. Sie stand wie angewurzelt da und Jason betrachtete die Szene belustigt.

»Das ist ebenfalls nicht besonders nett«, bemerkte er. »Die Kleine kenne ich. Die wird ihn nicht so schnell gehen lassen.«

Jasons Lachen hallte in Luces Ohren.

»Lass deine blöden Bemerkungen!« Sie funkelte ihn böse an.

Jason zucke unbeeindruckt mit den Schultern und grinste.

»Da dein Lover beschäftigt ist, lade ich dich gern auf einen Drink ein. Wir genießen einfach die Show der beiden.« Er tippte auf Luces Schulter, damit sie sich zu ihm umdrehte.

In dem Moment der Berührung funkte es heftig: beide zuckten zusammen. Luce glaubte, innerlich zu brennen, und wusste nicht, was sie tun sollte. Unbekannte Gefühle wirbelten in ihr, sie zitterte am ganzen Körper. Sicher, sie hatte ein wenig Erfahrung mit Jungs, aber so etwas war ihr nie zuvor passiert. Luces Knie wurden weich, sie war überfordert – Jules, der hemmungslos ein fremdes Mädchen küsste und halb nackt auf der Tanzfläche umhersprang, und dieser Typ, der sie kurz mit dem Finger berührte und vollkommen verwirrte.

»Sorry. Aber, ich muss hier weg!«

Ihre Stimme klang zittrig, die Augen flackerten, ihre Hände kribbelten. Sie machte sich auf den Weg, um zum Ausgang zu gelangen, kämpfte sich durch die tanzenden Menschen und zwang sich, nicht ohnmächtig zu werden. Jason rief ihr etwas hinterher, doch Luce hörte ihn nicht mehr…

Kapitel 4

»HÄTTEN WIR DIE ENTSCHEIDUNG ZWISCHEN HERZ ODER VERSTAND EINMAL WENIGER AUF DIE GOLDWAAGE GELEGT, HÄTTEN WIR VIELLEICHT ERKANNT, DASS ES HIERBEI NICHT UM »ENTWEDER ODER« GEHT. SCHLUSSENDLICH ENTSCHEIDET DAS SCHICKSAL, WOHIN ES UNS TRÄGT, WESHALB WEDER DAS HERZ, NOCH DER VERSTAND VERSTEHT, WAS NOCH ALLES AUSSERHALB UNSERER ENTSCHEIDUNG VOR SICH GEHT.«

@QUEENSOFDAYDREAMS

Luce hatte es durch die Menge geschafft und stand draußen vor dem Eingang. Sie sog die kalte Nachtluft ein und schaute an sich herunter, um erleichtert festzustellen, dass ihre Beine nicht mehr zitterten und sich ihr Kreislauf durch die frische Luft wieder stabilisiert hatte. Sie wollte nur noch nach Hause ins Bett und das so schnell wie möglich. Nirgends war ein Auto zu sehen und auch die lange Schlange vor dem Eingang war verschwunden: keine Menschenseele weit und breit. Sie musste den Weg wohl oder übel zu Fuß hinter sich bringen, ein Taxi würde sie hier nicht finden. Das wird ein langer, sehr langer Weg nach Hause, dachte sie und stampfte entschlossen in Richtung Hauptstraße.

Ihre Gedanken kreisten und immer wieder schossen ihr Bilder von Jason und Jules durch den Kopf. Bei den Bildern von Jason kribbelte es in ihrem ganzen Körper und sie spürte wieder diese Hitze. Bei den Bildern von Jules wurde ihr übel und Zorn stieg in ihr auf: sie hatte sich den Abend anders vorgestellt. Vor Wut, eben weil der Abend nicht so gelaufen war, wie sie sich das erhofft hatte, schossen ihr Tränen in die Augen. Langsam ging sie die Straße entlang, wischte sich mit dem Handrücken die nassen Wangen ab und schaute sich um. Sie hoffte, dass Jules ihr folgte: aber da war niemand. Und schon erschien Mels Bruder wieder in ihrem Kopf. Würde Jason ihr vielleicht folgen? Luce Herz klopfte lautstark bei dem Gedanken daran. Nach und nach verdrängte er Jules aus ihrem Kopf.

Die Straße lag totenstill und düster vor ihr. Ein bisschen mulmig war Luce, so ganz allein den Weg entlang zu laufen. Ihr Handy hatte sie zwar mitgenommen, aber das hatte sie Jules gegeben, damit sie es nicht ständig in ihrer Hand halten musste.

»Spitze – kein Telefon. Kann der Abend noch fürchterlicher werden?«, sagte sie leise und schaute sich nervös um.

Von einem Taxi, das sie schnell und vor allem sicher nach Hause bringen würde, war weit und breit nichts zu sehen. Erneut blickte sie sich ängstlich um, lugte in die dunklen Seitengassen und hoffte, dass sie niemand dort hineinziehen würde, als ein lautes Geräusch ertönte. Erschrocken drehte sich Luce um, konnte jedoch nichts Ungewöhnliches erkennen. Sie erhöhte das Schritttempo, sie wollte so schnell wie möglich aus dem Büroviertel heraus und auf die befahrene Hauptstraße, in der Hoffnung, dort ein Taxi zu bekommen. Wieder wurde sie von einem Geräusch aufgeschreckt und ihr Herz begann zu rasen. Sie drehte sich ruckartig um und konnte eine kleine Gestalt am Ende der Straße erkennen, die sich auf sie zu bewegte. Luce stockte der Atem. Bei genauerem Hinsehen erblickte sie eine Katze und sog scharf die Luft ein.

»Nicht schon wieder eine Katze! Das hatte ich heute schon!«, schnaubte sie in deren Richtung und drehte sich genervt um. Ihr Körper entspannte sich und ihr Herz schlug nicht mehr ganz so schnell. Nur eine Katze, dachte Luce. Es war nicht weit bis zur Hauptstraße, auf der sie sich viel sicherer fühlen würde. Obwohl sie sich ein wenig beruhigt hatte, verlangsamte Luce ihre Schritte nicht: dafür war die Anspannung noch zu groß.

Sie drehte sich um – war die Katze noch da? Offenbar nicht, denn das Tier war nicht mehr zu sehen. Erleichtert atmete sie die kalte Luft ein, seufzte und wollte gerade weitergehen, als die Katze mit rot leuchtenden Augen vor ihr stand und sie böse anknurrte: Luce schrie auf. Reflexartig schoss ihr Bein nach vorn und traf die Katze, die benommen aufjaulte, am Kopf. Diesen Augenblick nutze Luce und lief los. Sie hetzte die Straße entlang, ohne sich umzuschauen. Atemlos blieb sie an einer Bushaltestelle stehen, beugte sich vor, um wieder zu Kräften zu kommen. Wenn Luce eins nicht war, dann sportlich: was sie immer wieder leidlich feststellen musste.

Sie hatte nie etwas übrig gehabt für Sport, beneidete aber die

Menschen, die täglich ins Fitnessstudio gingen. Sie hingegen saß auf ihrer Fensterbank, genoss die Landschaft mit ihren schönen Farben und träumte. Jules hatte ihr oft angeboten, sie zum Sport mitzunehmen, aber Luce hatte immer dankend abgelehnt: nun wünschte sie sich, sie hätte die vielen Gelegenheiten dann und wann ergriffen. Die rot glühenden Augen der Katze verfolgten sie in ihren Gedanken und jagten ihr Angst ein. Dieses Ding erinnerte sie an die Nachbarskatze, die sie am Morgen auf dieselbe Weise angestarrt hatte. Das kann doch kein Zufall sein, dachte sie.

Ihre Gedanken überschlugen sich und im selben Moment verspürte sie einen heftigen Schlag auf ihren Arm. Ein Brennen breitete sich über ihren Körper aus und sie fand sich auf dem Asphalt wieder. Jemand hatte sie zu Boden gerissen, saß auf ihr und presste die Hand fest auf Luces Mund. Stocksteif und verwirrt, blicke sie in rot glühende Augen, die dicht vor ihrem Gesicht aufleuchteten. Ein höllischer Schmerz jagte durch ihren Kopf. Langsam zu sich kommend, versuchte Luce sich zu wehren, aber ihr Körper reagierte nicht und ließ sie im Stich. Der Angreifer setzte sich auf, ohne die Hand von ihrem Mund zu nehmen, und wühlte mit der anderen Hand in seiner Manteltasche. Er holte ein Fläschchen mit einer blauen Flüssigkeit aus der Tasche und öffnete es mit seinen Zähnen. Jetzt, als dieses Ding ihr so nahe war, konnte sie es mustern und erschrak bei dessen Anblick.

Das Geschöpf sah aus wie ein Monster. Es hatte tiefe Narben, die sich über das Gesicht verteilten - dicke, dunkelrote Adern zogen sich über den Hals hin zum Kopf, wo kaum Haare zu sehen waren. Der geöffnete Mund zeigte spitze Zähne, die gelb hervortraten, und ein übler Geruch kroch in Luces Nase. Sie wollte um Hilfe schreien, aber das Monster presste seine Hand fest auf ihre Lippen, dass sie zu bluten begannen.

Luce winkelte die Beine an und ließ mit aller Kraft einen Arm ruckartig an den Kopf des Monsters prallen. Es stöhnte auf und verlor kurz das Gleichgewicht. Blitzschnell versuchte sie, sich zu befreien, was ihr aber nicht gelang. Luce konnte nur ihren Kopf abwenden, sich von der Hand, die ihren Mund verschloss, befreien und laut um Hilfe schreien. Mehr gelang ihr nicht: der Angreifer rappelte sich auf und versuchte nervös, die Flüssigkeit in ihren Mund zu träufeln. Luce schüttelte ihren Kopf abwehrend, doch sie hatte keine Chance. Das Monster versetzte ihr einen heftigen Schlag auf den Kopf und Dunkelheit breitete sich aus.

Einige Minuten zuvor hatte Jason verdutzt an dem Birkentisch gestanden und Luce nachgesehen, als sie sich den Weg durch die tanzende Menge bahnte. Er rief ihr hinterher, das sei doch nur Spaß gewesen, aber Luce war bereits durch die Tür in die Nacht verschwunden. Verwirrt blieb er zurück, bis sich Mel zu ihm gesellte, die alles von der Bar aus beobachtet hatte.

Neckisch fragte sie ihn: »Das hat nicht so gut funktioniert mit der Kleinen. Wo ist denn dein unwiderstehlicher Charme geblieben?«

»Jetzt nicht, Mel!« fauchte er sie an und strich sich nachdenklich durch seine lockigen Haare.

Jason schaute sich um und sah, dass Jules hemmungslos mit dem Mädchen auf der Tanzfläche turtelte. Entschlossen ging er auf ihn zu und tippte ihm auf die Schulter.

»Dein Mädchen ist gerade wutentbrannt aus dem Laden gerannt. Solltest du nicht besser mit ihr reden?«

Jules beachtete ihn nicht und tanzte fröhlich weiter. Er schaute vorwurfsvoll zu Mel, die sich wieder zu Mano an die Bar begeben hatte. Jason, der verwirrt war und ein seltsames Gefühl in der Magengegend verspürte, machte sich auf den Weg zum Ausgang, um Luce zu folgen. Etwas sagte ihm, dass er sie nicht allein lassen sollte. Er konnte Luce nicht finden und schloss die Augen, um sich auf ihren Geruch zu konzentrieren. Schnellen Schrittes ging er auf die Hauptstraße zu, die auch Luce genommen haben musste. Dessen war er sich sicher: Seine Sinnesorgane waren mit besonderen Fähigkeiten ausgestattet. Jason konnte nicht nur Luces Geruch aufspüren, sondern seine Augen passten sich auch der Dunkelheit an.

Er prüfte, ob sich etwas Ungewöhnliches in den Straßen und Seitengassen abspielte, die vor ihm lagen, als wäre es taghell: bis er in der Ferne ein Schreien hörte, das seinen Herzschlag beschleunigte. Im Laufschritt folgte er dem Geräusch, bog um eine Ecke und konnte die Umrisse zweier Personen erkennen.

Eine davon erhob die Hand, ließ sie niedersausen, bis das Schreien verstummte. Jasons Herz raste und er preschte los wie ein Blitz.

Er traute seinen Augen nicht, es war Luce, die bewusstlos am Boden lag. Eine Gestalt, die menschenähnliche Züge hatte, saß auf ihr und versuchte, ihr etwas einzuflößen. Geistesgegenwärtig zog Jason das Kurzschwert, das er versteckt in seiner Jacke mit sich führte, und stürzte sich auf den Angreifer. Die Erscheinung drehte sich ruckartig um, erhob sich und bäumte sich vor ihm auf. Um ganze zwei Köpfe überragte sie Jason und grinste ihn bösartig an. Jason umklammerte fest den Griff seines Schwertes und holte schwungvoll aus. Elegant schwang er die scharfe Klinge in Richtung der Erscheinung, die ihm auswich und lediglich eine leichte Schnittwunde an der Schulter davontrug. Ein düsteres Knurren entfuhr dem Monster, das sich wütend von Luce entfernte und dichter auf ihn zuschritt. Erst jetzt bemerkte Jason die rot leuchtenden Augen. Sein Gesicht verzerrte sich.

»Ein Akuma!«, murmelte er und stellte sich aufrecht vor das Monster.

Der Akuma grinste ihn an und schlug zu. Gekonnt wich Jason aus und drehte sich um seine Achse, um im selben Moment sein Schwert tief in die Schulter des Angreifers zu bohren. Der Akuma heulte auf und ging zu Boden, nun hatte Jason ihn richtig getroffen. Für ein paar Sekunden blickte er zu Luce, die gerade die Augen öffnete und versuchte, sich aufzusetzen.

»Alles in Ordnung?«, fragte er sie, um sofort den Blick wieder auf den Akuma zu richten.

»Was ist passiert?« Luces Körper zitterte.

»Ich habe keine Ahnung, aber das wirst du mir bestimmt gleich erzählen, wenn ich dieses hässliche Ding erledigt habe.«

Der Akuma hatte sich aufgerafft, betrachtete kurz seine blutende Wunde an der Schulter und stand erneut vor Jason. Hasserfüllt starrte er ihn an und schnaubte. Jason holte tief Luft und setzte mit seinem Schwert zu einem weiteren Schlag an, dem der Angreifer auswich. Knurrend stürmte das Monster auf Jason zu. Mit einem Sprung verpasste er dem Akuma einen Tritt gegen die Brust: er schwankte, stolperte über den Bordstein und stürzte auf Luce.

Angsterfüllt sah sie den Akuma auf sich zufallen und versuchte, sich mit den Händen und Armen zu schützen. In diesem Moment begannen ihre Hände zu leuchten, sie versprühten kleine Funken. Das Knistern und das helle Licht ließen Jason erstarren, während das Monster Luce unter sich begrub. Ihr Kopf prallte auf den Asphalt, sie wurde erneut ohnmächtig.

Panisch zerrte Jason den Akuma von ihr. Dieser versuchte, sich erneut aufzurichten, fauchte ihn an und wollte gerade zum Schlag ansetzen, als Jason ihm das Schwert mit voller Wucht tief in die Brust stieß. Der Akuma kreischte schmerzerfüllt, sackte zusammen und stöhnte ein letztes Mal auf. Sein Körper erschlaffte, die rot leuchtenden Augen erloschen und wurden zu ausdruckslosen schwarzen Punkten. Jason trat an den Akuma heran und stieß ihn mit seinem Fuß an, um sich zu vergewissern, dass er tot war. Das Monster rührte sich nicht mehr.

Luce lag bewusstlos am Boden, ihre Hände waren sonderbar zusammengekrümmt. Ihre Brust hob und senkte sich langsam. Besorgt beugte Jason sich zu ihr und sah die Schnittwunde an ihrem Arm. Wahrscheinlich hatte der Akuma sie mit einer seiner scharfen Krallen erwischt. Er war sich nicht sicher, was er jetzt tun sollte. Sollte er sie heilen? Verzweifelt starrte er auf Luce.

Jason stammte aus einer verborgenen Welt voller Magie, Zauberei und fremdartigen Wesen. Sollte er Luce mit in diese Welt nehmen? Er rang mit sich: diese war gefährlich und für gewöhnliche Menschen oft tödlich. Die Magie, die er einsetzte, konnte Menschen heilen, in den Wahnsinn stürzen – und im schlimmsten Fall töten. Er streichelte Luce liebevoll den Kopf und sah sie verträumt an. Er spürte, dass sie anders war: noch nie hatte er jemand aus der Menschenwelt so wahrgenommen wie Luce. Ihre Ausstrahlung und ihr Selbstbewusstsein imponierten ihm. Alle Mädchen, die er kannte, warfen sich ihm an den Hals und taten, was immer er sich wünschte.

Bilder flackerten durch seinen Kopf, er erinnerte sich an die Funken, die aus Luces Händen geleuchtet hatten. Konnte es sein, dass sie eine von ihnen war? Vielleicht hatte er sich getäuscht und sein Verstand hatte ihm einen Streich gespielt. Verunsichert holte er sein Handy aus der Tasche und rief Mel an. Es klingelte und klingelte. Jason wollte gerade auflegen, als eine heitere

Stimme ins Telefon plapperte.

»Hallihallo, wer stört?«

»Mel, ich bin es, Jason, du musst schnell kommen. Wir haben hier ein Problem, ich brauche deine Hilfe!«

Einige Sekunden war es still am anderen Ende. Die fröhliche Stimme, die zuvor ins Telefon zwitscherte klang ernst und besorgt.

»Jason, ist alles in Ordnung? Wo bist du?«

»Ecke Radoru, an der Bushaltestelle. Beeil dich!«, sagte er und legte ohne ein weiteres Wort auf.

Mel machte sich sofort auf den Weg. Sie bog in die Radorustraße und sah, wie Jason sich auf den Knien über eine andere Person beugte. Ihr Hals schnürte zu und sie atmete tief ein.

»Jason, was ist passiert? Was hast du getan?« Sie blickte ihn vorwurfsvoll an.

Jason deutete auf den Akuma, der leblos auf der Straße neben Luce lag. Erschrocken sah Mel zu dem toten menschenähnlichen Wesen und schüttelte sich.

»Wieso liegt ein toter Akuma hier auf der Straße? Ich dachte, sie hätten kein Interesse an den Menschen!«

»Die Kleine wurde von ihm angegriffen und ich habe ihn getötet, um sie zu retten«, sagte Jason, ohne den Blick von Luce abzuwenden. »Er saß auf ihr und wollte ihr etwas in den Mund flößen.«

Mel sah genauer hin und erschrak, sie erkannte das Mädchen.

»Das ist Luce, das Mädchen, das ich heute Abend kennengelernt habe. Sie ist wirklich nett. Das arme Ding. Lebt sie noch?« Mel beugte sich zu Luce, um zu hören, ob ihr Herz noch schlug.

»Ja, sie lebt. Aber sie ist verletzt und ich bin mir nicht sicher, ob ich ihr das Heilelixier geben soll. Du weißt, es kann bei manchen Menschen – gerade wenn sie nicht aus unserer Welt kommen – böse Auswirkungen haben.« Jason schaute Mel fragend an.

»Aber es muss ja einen Grund dafür geben, dass der Akuma sie angegriffen hat. Irgendetwas wollte er von ihr. Normale Menschen sind diesen Monstern doch egal.« Mel sah Luce nachdenklich an. »Konntest du etwas beobachten oder hat sie etwas zu dir gesagt?«

Jason deutete auf Luces Hände und berichtete seiner Schwester von dem Vorfall.

»Und dann kamen kleine Funken aus ihren Händen, Mel. Ich habe es gesehen. Zumindest bin ich mir ziemlich sicher, es gesehen zu haben. Leider wurde sie unter dem Monster begraben und wieder ohnmächtig.«

»Nein, das glaube ich nicht. Also ist sie eine von uns. Gib ihr das Elixier: dann werden wir sehen, was passiert!«

»Und was ist, wenn das nicht funktioniert und sie nie wieder aufwacht?« Jason schaute nachdenklich zu Luce und dann zu Mel.

»Wenn du es nicht tust, dann eben ich!«

Mel holte ihr Fläschchen aus der Brusttasche und träufelte Luce zwei Tropfen auf die blutüberströmte Wunde. Gebannt saßen die Geschwister vor ihr und beobachteten, wie die Wunde sich schloss und verheilte.

»Siehst du – eine von uns!« Triumphierend sah sie Jason an.

»Sie wird gleich aufwachen! Ich werde den Akuma beiseiteschaffen, damit sie bei dem Anblick nicht wieder in Ohnmacht fällt. Bleibst du bei ihr?«

Ohne auf die Antwort seiner Schwester zu warten, packte Jason das Monster an den Füßen.

»Ja, ich passe ... Warte, Jason, da neben dem hässlichen Ding liegt ein Fläschchen!«

Mel sprang auf und schnappte sich den Flakon, in dem sich die blaue Flüssigkeit befand. Sie öffnete das Gefäß, roch daran und verzog die Nase.

»Igitt, was ist das denn? Das riecht nach fauligen Eiern!«

Sie schüttelte sich, hielt Jason das Fläschchen hin. Der winkte ab und trat einen Schritt zurück.

»Das ist die Flüssigkeit, die Luce trinken sollte. Weißt du, was das sein könnte?«

»Nein, das kann ich jetzt nicht sagen. Das muss ich in der Fabrik untersuchen.«

Mel steckte das Fläschchen ein und wandte sich Luce zu, die noch immer nicht aufgewacht war. Normalerweise hätte sie nach der Heilung die Augen öffnen müssen, aber sie waren fest verschlossen: nur ihre Lider zuckten.

»Geschafft! Der Akuma ist versteckt und müsste morgen von jemandem abgeholt werden.«

Jason putzte die Hände an seiner Jeans ab, kniete sich zu Luce und betrachtete ihr Gesicht.

»Mel, warum wacht sie nicht auf?«

»Ich weiß es nicht! Am besten nehmen wir sie mit in die Fabrik, dort können wir sie untersuchen und Dad findet bestimmt eine Lösung.«

Mel nahm ihr Handy und drückte die Kurzwahltaste.

»Wir brauchen einen Wagen in der Radorustraße. Drei Personen – und bitte schnell! Danke, Max!«

Jason kniete bei Luce: Besorgt strich er ihr eine Haarsträhne aus dem Gesicht. Nie hatte Mel Jason so liebevoll mit einem Mädchen umgehen sehen und er hatte wirklich viele Liebschaften gehabt. Aber diese waren stets von kurzer Dauer gewesen. Zu einer ernsthaften Beziehung war es nie gekommen und Jason machte daraus auch keinen Hehl. Ihm ging es um Spaß, sein Ruf war ihm egal. Die Mädchen umschwärmten Jason trotzdem – obwohl sie wussten, dass er allenfalls an Affären interessiert war.

Mel konnte das nicht verstehen. Sie hätte gern eine Beziehung zu einem Jungen gehabt, leider suchte sie sich immer die Falschen aus: unglücklich Verliebte, Beziehungsunfähige, die nur darauf aus waren, sie ins Bett zu bekommen, oder Jungs, die für ihren Geschmack viel zu schüchtern waren. Sie seufzte traurig, als auch schon ein Auto vor ihnen hielt. Mühelos trug Jason Luce zum Auto. Mel öffnete die hintere Tür und Jason setzte Luce vorsichtig auf dem Sitz ab. Er schloss die Tür, ging um das Auto herum und nahm direkt neben ihr Platz, was Mel ein liebevolles Schmunzeln auf den Mund zauberte. Gedankenverloren öffnete sie die Beifahrertür und stieg ein: Das Auto rauschte mit den Jugendlichen in die Dunkelheit davon ...

Kapitel 5

»ICH MÖCHTE WISSEN WIE ES DIR GEHT, MÖCHTE BEI DIR SEIN VON FRÜH BIS SPÄT. MÖCHTE NIEMALS ERLEBEN WIE ES OHNE DICH WÄR, WÜRDE FÜR DICH ALLES GEBEN UND DANN VON ALLEM NOCH VIEL MEHR.«

@QUEENSOFDAYDREAMS

Jules öffnete verkniffen seine Augen, geblendet von den Sonnenstrahlen, die durch das Fenster eindrangen. Es musste bereits mittags sein, die Sonne stand hoch am Himmel: blinzelnd sah er sich um. Erleichtert stellte er fest, dass er in seinem Bett lag. Er streckte sich und wollte sich aufsetzen, was ihm jedoch Schwierigkeiten bereitete: Ein bösartiger Schmerz schoss in seinen Kopf. Schnell legte Jules sich wieder hin, schloss die Augen und versuchte, sich an den vorigen Abend zu erinnern. Als neben ihm ein leises Geräusch ertönte, wandte er erschrocken den Blick nach rechts und ihm stockte der Atem.

Neben ihm schlief ein Mädchen, das sich auf die andere Seite gedreht hatte. Ruckartig richtete er seinen Kopf wieder nach vorne, seine Beine versteiften und seine Hände vergruben sich im Bettlaken. Er wusste nicht, wer sie war und was sie in seinem Bett zu suchen hatte. Langsam wandte er sich dem Mädchen nochmal zu: sie war nackt und lag mit dem Rücken zu ihm, sodass man ihre weiblichen Rundungen gut erkennen konnte. Der Anblick ließ Jules erröten und er drehte seinen Kopf erneut peinlich berührt von ihr weg.

Jules starrte an die Decke und überlegte angestrengt, was er tun sollte. Unbeabsichtigt wanderten seine Augen zu dem nackten Mädchen. Der Anblick löste ein unangenehmes Kribbeln in ihm aus, das er zu ignorieren versuchte. Die Sonne warf einige Strahlen auf ihren Rücken und die leicht gebräunte Haut glitzerte. Ihre wohlgeformte Figur schmiegte sich an die Bettdecke, die sie mit ihren Beinen umschlossen hatte. Ihre blonden Haare hatten sich auf dem ganzen Kopfkissen verteilt. Jules' Herz raste, seine Hände wurden feucht und dieses Kribbeln durchzuckte immer wieder seinen Körper. Nervös wandte er den Blick ab, entledigte sich seiner Bettdecke und warf diese über die nackte Haut des Mädchens. Jules' schaute an sich herab und stellte erschrocken fest, dass auch er nackt war. Geräuschlos rollte er sich von der Matratze.

Er huschte ins Bad, um sich vor den Spiegel zu stellen und zu betrachten. Die dicken Ränder unter seinen Augen verrieten, dass es eine lange Nacht gewesen sein musste. In seinem Kopf hämmerte es und der Schmerz war kaum zu ertragen. Er stützte sich auf das Waschbecken, den Kopf an den Spiegel gedrückt, und atmete tief ein. Jules versuchte angestrengt, sich an den vorigen Abend zu erinnern: an das Mädchen, an die Party und an Luce. Zitternd wich er vom kalten Spiegelglas zurück und drehte sich zur Tür, wo Luce gestern noch halb nackt vor ihm gestanden hatte.

»Was habe ich nur getan? Sie wird stinksauer auf mich sein! Ich muss unbedingt mit ihr reden.«

Er huschte unter die Dusche, denn so wie er roch, konnte er Luce nicht unter die Augen treten. Er wollte gleich zu ihr fahren und sich bei ihr entschuldigen. Auch wenn er nicht wusste, was genau gestern Abend geschehen war, hatte er ein ungutes Gefühl, was Luce anging. Das fremde Mädchen in seinem Bett verhieß nichts Gutes.

Das heiße Wasser lief über seinen Rücken. Er schloss die Augen, genoss die heißen Tropfen auf seiner Haut und dachte an den letzten Augenblick zurück, an den er sich erinnern konnte. Mano hatte ihm einen weiteren Cocktail gebracht, den er wie den ersten in einem Zug getrunken hatte. Auch die Worte, die Mano ihm zugerufen hatte, schallten in seinem Kopf: Er solle langsam trinken, die Cocktails hätten es in sich. Dann war alles weg. Alle weiteren Erinnerungen waren ausgelöscht, ausradiert. Jules schlug sich gegen die Stirn und schüttelte den Kopf. Sein Magen rumorte, eine leichte Übelkeit stieg in ihm auf.

»Dann muss ich wohl oder übel das Mädchen fragen, was passiert ist. Peinlich!«, murmelte Jules leise.

Er schwankte aus der Dusche: das heiße Wasser und die Übelkeit machten ihm zu schaffen. Mühsam putzte er sich die Zähne und wollte aus dem Bad treten, als ihm bewusst wurde, dass er noch immer nackt war. Seine Klamotten lagen im Schlafzimmer. Genervt starrte er auf die Badzimmertür. Jules beschlich die Ahnung, dass er und das Mädchen nicht einfach nebeneinander eingeschlafen waren. Dabei sehnte er sich doch nach Luce! Er war traurig und wütend zugleich. Jules hatte keine Ahnung wie er dem fremden Mädchen gegenübertreten sollte. Trotzdem: Er musste zu Luce – und nackt würde er sicher nicht weit kommen.

Er wickelte sich ein Handtuch um die Lenden und öffnete leise die Badezimmertür: nichts war zu hören. Er schlich zum Schlafzimmer und lugte hinein: Das Bett war leer. Das Mädchen war verschwunden. Alles war wie immer, als wäre sie niemals da gewesen. Er eilte in die Küche und sah auch dort nach. Aber auch hier: nichts. Es musste ein Traum gewesen sein, anders war das alles nicht zu erklären. Er sank auf den Barhocker, stützte seine Ellenbogen auf den Tisch und vergrub das Gesicht in den Händen. Im selben Moment ertönte eine helle Stimme:

»Danke für den großartigen Abend und vor allem für die aufregende Nacht!«

Jules sah verdutzt zum Terrassenfenster. Am Türrahmen lehnte ein hübsches, zierliches Mädchen in einem bunten Sommerkleid und lächelte ihn verschmitzt an.

»Aber jetzt muss ich wirklich los. Mein Bruder macht sich bestimmt Sorgen. Bis zum nächsten Mal, Menschenjunge!«, und schon flog sie engelhaft zur Haustür und verschwand.

Er stürmte hinterher und rief: »Warte! Wer bist du?«

Aber das Mädchen war verschwunden.

Zeitgleich öffnete sich die Nachbarstür: ein wuscheliger Kopf drückte sich durch den Spalt. »Na, eine aufregende Nacht gehabt? Also leise wart ihr nicht! Ihr hattet eine Menge Spaß, oder?« Feixend schaute der Nachbarsjunge ihn an.

Jules kehrte ohne einen Ton zu sagen wieder in seine Wohnung zurück, schloss die Tür und lehnte sich an sie.

»So ein Mist! Über die aufregende Nacht hätte ich wirklich gern mit ihr gesprochen ... Und nun weiß ich noch immer nichts über die letzten Stunden«, murmelte er in sich hinein.

Jules ging ins Schlafzimmer, um sich anzuziehen, und machte sich dann auf den Weg zu Luce. Draußen sah er in den gegenüberliegenden Park und kniff die Augen schmerzend zusammen:

Die Sonne blendete ihn. Seine Kopfschmerzen hämmerten im Schädel und die Gedanken an Luce ließen sein Herz verkrampfen. Er nahm den Bus in Richtung Flowers Street, setzte sich, lehnte seinen Kopf an die kalte Scheibe und schloss die Augen: vielleicht würde es gegen die Kopfschmerzen helfen. Der Bus war voll und Jules konnte das Stimmenwirrwarr kaum ertragen, es verstärkte seine Schmerzen. Er beschloss einige Haltestellen vorher auszusteigen und die übrige Strecke zu Fuß zu gehen. Die frische Luft würde ihm sicher guttun. Alles war besser, als die stickige, stinkige Luft und das ständige Gemurmel von den vielen Menschen. Der Bus hielt und Jules stürmte hinaus, denn sein Schwindelgefühl war in eine Übelkeit übergegangen, die er kaum noch unter Kontrolle hatte. Er lief zu einem Baum und übergab sich, was fragende Blicke der vorbeilaufenden Menschen hervorrief. Verwunderte Passanten bedeutete er mit einem gequälten Lächeln, dass alles in Ordnung sei. Erschöpft schleppte er sich weiter zu Luce.

Die Sonne brannte auf seiner Haut und sein Kopf schmerzte immer mehr. Sein Magen hatte sich zwar beruhigt, aber das Schwindelgefühl wurde durch die Sonnenstrahlen und die Wärme verstärkt. Er fluchte leise vor sich hin, weil er Hals über Kopf aufgebrochen war und nicht einmal seinen Geldbeutel mitgenommen hatte, um sich eine Flasche Wasser kaufen zu können. Erschrocken schüttelte Jules den Kopf, weil er feststellte, dass er die Busfahrt nicht bezahlt und schwarz durch die Gegend fuhr, was er sonst nie tat. Was war nur los mit ihm? So unüberlegt kannte er sich gar nicht. Er war sonst stets der Bedachte, der Organisierte - der, der immer alles dabeihatte. Mit dem schlechten Gewissen, was jetzt an ihm nagte, stapfte er weiter die Straße entlang. Was würde er jetzt für ein Glas Wasser geben, dachte Jules.

Endlich stand er vor Luces Haus: Sein Herz pochte, es platzte beinahe. Langsam lief er die Stufen zur Veranda hinauf und drückte zittrig den Klingelknopf. Mit gesenktem Kopf wartete Jules darauf, dass Luce die Tür öffnete, aber es geschah nichts. Er klingelte erneut: wieder nichts. Nervös zog er sein Handy aus der Tasche, das einzige was er nicht vergessen hatte, und wählte Luces Nummer. Es klingelte elend lang, bis ihre Stimme von der Mailbox trällerte: »Hallo, ich bin leider gerade nicht zu erreichen.

Hinterlasst mir keine Nachricht, ich rufe sowieso nicht zurück!«

»Hallo, Luce, ich bin's, Jules. Ich stehe vor deiner Tür. Bitte lass mich rein, wir müssen miteinander reden!«

Er ließ sich enttäuscht auf die Hollywoodschaukel fallen, die auf der Veranda stand, und wippte hin und her. Wieder und wieder versuchte er, Luce zu erreichen, und sprach ihr Nachrichten auf die Mailbox. Beim dreiundzwanzigsten Versuch etwas auf ihrer Mailbox zu hinterlassen, teilte eine freundliche Stimme mit, dass die Box voll sei und keine weiteren Nachrichten aufgenommen werden könnten.

»Du bist bestimmt ein Freund der Kleinen, die hier im Haus wohnt«, rief plötzlich jemand. »Ich habe dich schon öfter hier gesehen.«

Jules sah zum gegenüberliegenden Haus. Dort stand ein alter, eingefallener Mann mit grauen Haaren auf der Terrasse und hielt einen dicken Kater auf dem Arm, den er liebkoste.

»Hallo. Ja, ich bin Jules. Haben sie Luce heute zufällig schon gesehen? Sie geht nicht ans Telefon.«

Jules ging zu dem Mann hinüber.

»Sie hat gestern fluchtartig das Haus verlassen, danach war niemand mehr hier. Ihre Eltern habe ich seit vorgestern nicht gesehen.«

Jules konnte sich nicht entsinnen, den Mann, der ihm entgegenkam, je gesehen zu haben: und er war beinahe täglich bei Luce. Er blickte an ihm vorbei und betrachtete sein Haus: etwas daran war anders als sonst, aber er konnte nicht sagen, was.

»Möchten Sie einen Schlüssel für das Haus haben?«, riss der Mann Jules aus seinen Gedanken.

»Sie haben einen Schlüssel?« Verdutzt schaute er den alten Mann an, der ihn genau musterte. »Aber Luce hat mir gesagt, dass niemand einen Zweitschlüssel hat!«

Jules beugte sich zu dem dicken Kater und streichelte sanft dessen Rücken, bis der Kater fauchte und eine böse Kratzspur auf seiner Hand hinterließ.

»Doch, ich habe einen Schlüssel. Die Mutter hat mir vor einiger Zeit einen gegeben und mich gebeten, dann und wann nach ihrer

Tochter zu sehen, wenn sie und ihr Mann arbeiten müssten. Das arme Ding!« Er atmete schwer ein und kraulte den schnurrenden Kater. »Ich soll ihr, falls sie ihren Schlüssel verloren hat, die Tür aufschließen. Die Mutter wollte ihrer Tochter das eigentlich sagen.« Nachdenklich kratzte er sich am Kinn. »Aber das hat sie wohl nicht getan.« Er ließ den Kater zu Boden und betrachtete Jules' Handrücken.

»Könnten Sie mich reinlassen? Ich würde gern nachsehen, ob alles in Ordnung ist.« Jules entzog dem Mann die Hand und schaute böse den Kater an, der sich an die Beine des Mannes schmiegte und mauzte.

»Tut mir leid, das mit der Hand. Warten Sie, ich hole den Schlüssel und lass sie rein.«

Der grauhaarige Mann verschwand über die Terrasse in sein Haus. Der Kater blieb bei Jules und schaute böse zurück. Irgendetwas an diesem Kater war sonderbar. Jules erschrak, als dessen Augen hellrot leuchteten, wich zurück und schüttelte sich. Hatte Luce nicht gestern am Telefon etwas Ähnliches erzählt?

Er runzelte die Stirn und murmelte: »Kater in ihrem Zimmer, rot leuchtende Augen, der Nachbar. Ja – das muss der Kater von gestern sein. Der ist gruselig.«

Jules wollte sich erneut zu dem Kater hinunterbeugen, als der alte Mann durch den Garten gestapft kam. Er hakte sich bei Jules unter, zerrte an seinem Arm und ging stramm mit ihm zum Haus von Luces Familie. Er öffnete schweigend die Tür, stupste Jules in den Flur, lächelte ihn an und schloss die Tür hinter ihnen.

»Vielen Dank für das Öffnen, ich komme jetzt allein zurecht. Wären sie so nett, draußen auf mich zu warten?«

Jules bemühte sich, freundlich, aber auch bestimmend zu klingen, denn er wollte den Mann ungern allein im Untergeschoss lassen. Er war ihm unheimlich: warum, konnte er sich nicht erklären. Der alte Herr nickte, lächelte und ging auf die Veranda. Erleichtert schaute Jules sich um, konnte aber nichts Ungewöhnliches entdecken. Im Obergeschoss fand er Luces Zimmertür verschlossen vor. Er horchte – war sie da? War sie allein? Er wusste, dass Luce niemand Fremdes mit nach Hause nehmen würde. Oder zumindest glaubte er das: nein, er war sich sicher.

Er klopfte leise und wartete, doch nichts geschah. Kein »Ja herein«, oder ein »bleib wo du bist!«. Nichts, er hörte einfach nichts. Langsam öffnete er die Tür und lugte in das Zimmer: es war leer. Das Bett schien unbenutzt zu sein. Jules bekam Angst und raufte sich die Haare.

»Sie ist also heute Nacht nicht nach Hause gekommen, sie ist nicht erreichbar, sie ruft nicht zurück. Wo zur Hölle ist sie?«, sagte er leise und versuchte erneut, die Nacht zu rekonstruieren.

Aber es gelang ihm nicht. Verzweifelt verließ er das Zimmer und schaute sich in der Küche um. Vielleicht konnte er dort einen Hinweis finden, wo Luce steckte: es war vergebens.

»Ich gehe noch einmal in den Club«, murmelte er. »Möglicherweise ist dort jemand, der mir weiterhelfen kann.«

Jules verließ das Haus und fand den alten Mann gemütlich auf der Hollywoodschaukel hin und her wippen.

»Vielen Dank, dass sie mich reingelassen haben. Leider ist niemand da.«

Der Mann blickte auf und lächelte.

»Sagte ich ja. Ich nehme den Schlüssel mit. Falls Sie mich wieder brauchen – einfach klingeln.«

Er hastete die Stufen hinunter und überquerte den Rasen, verschwand in seinem Haus, ohne dass Jules ihm den Schlüssel hätte abnehmen können. Der Kater folgte ihm, drehte sich auf der Treppe um und funkelte Jules mit seinen bösen, leicht rötlichen Augen an. Jules ärgerte sich, er hätte dem unheimlichen Mann den Schlüssel abnehmen sollen. Nun konnte dieser jederzeit in Luces Haus – und wer weiß, was er dort anstellte. Jules schob den Gedanken schnell beiseite und machte sich auf den Weg zum Club.

Das Büroviertel war wie ausgestorben. Er schaute sich um, blickte in die Nebenstraßen, fand aber keine Menschenseele – zum Glück. Luce in einer dieser Gassen zu entdecken, verletzt oder gar tot, hätte ihn zerstört. Endlich hatte er den Club erreicht. Nichts deutete darauf hin, dass hier gestern Abend eine große Menschenmenge vor dem Gebäude stand, um auf die Party zu gelangen. Der Eingang war mit einem Schloss verriegelt und es war unmöglich, es zu öffnen, ohne es zu zerstören. Jules überlegte: es gab bestimmt einen Lieferanteneingang. Ob sich dort jemand befand, der ihm weiterhelfen konnte? Gleich um die Ecke stieß er auf eine eiserne Flügeltür, die mit einer schweren Kette gesichert war. Das musste der Lieferanteneingang sein! Jules spähte durch einen kleinen Spalt. Er ahnte, dass, wenn die Tür verschlossen war, wohl auch niemand da wäre. Vorsichtshalber rief er laut »Hallo« in den Raum. Als sich nichts rührte, versuchte er, sich durch den Spalt zu zwängen – und tatsächlich, es gelang.

Er fand sich in einem Lagerraum wieder, der spärlich von der Sonne erhellt wurde. Überall standen Kisten, Kartons und leere Flaschen. Er arbeitete sich vorsichtig vor und gelangte zu einer Tür, die sich am hinteren Ende des Zimmers befand. Jules Herz klopfte wild in seiner Brust, er wusste, dass er gerade einen Einbruch begangen hatte. Aber er riss sich zusammen, schließlich ging es darum, Luce, die Liebe seines Lebens, zu finden. In welchen Schwierigkeiten sie auch immer steckte. Jules drückte die Klinke, aber die Tür öffnete sich nicht: Wutentbrannt trat er gegen das Eisen und stöhnte auf. Die Sonne ging unter, in dem Raum wurde es immer dunkler, Jules konnte kaum noch etwas erkennen. Missmutig stapfte er zurück zum Eingang. Dabei stieß er einige Flaschen um, die klirrend zu Boden fielen. Ihm war es nicht gelungen, in den großen Partyraum vorzudringen, um nach Hinweisen und nach den fehlenden Erinnerungen zu suchen. Wütend darüber verließ er das Gebäude.

Die untergehende Sonne tauchte den Himmel in Rot, Orange und Pink. In wenigen Minuten würde es dunkel werden und Jules hatte Luce noch immer nicht gefunden. Verzweifelt blickte er in den Sonnenuntergang. Was sollte er tun? Weiter nach Luce suchen und darauf hoffen, dass er sich an den vorigen Abend würde erinnern können? Wo mochte sie nur stecken? Er hatte keinen Anhaltspunkt. Er holte sein Handy heraus: vielleicht hatte Luce sich bei ihm gemeldet. Und tatsächlich hatte er eine Textnachricht bekommen.

Hastig öffnete er sie und las: »Hallo, Jules. Hier ist Mel, das verrückte Mädchen von gestern Abend. Ich hoffe, Du erinnerst Dich an mich. Ich wollte Dir Bescheid geben, dass Luce bei uns und wohlauf ist. Wir melden uns bzw. sie meldet sich, sobald sie kann. Liebe Grüße, Mel.«

Jules war teils erleichtert, teils auch nicht. Mel schrieb ihm die Nachricht – nicht Luce. Weshalb konnte sie nicht selbst schreiben? War sie verletzt? Und was bedeutete »bei uns«? Sofort versuchte er, Mel anzurufen: Es sprang die Mailbox an und Jules bat, Luce solle sich umgehend bei ihm melden. Er schrieb Mel eine Nachricht für den Fall, dass sie eher ihre Nachrichten als ihre Mailbox prüfte.

»Hallo, Mel. Bitte sag Luce, dass sie mich unbedingt anrufen soll. Ich mache mir große Sorgen. Geht es ihr gut? Antworte, so schnell Du kannst! Jules.«

Er starrte auf sein Telefon und wartete, aber nichts passierte. Enttäuscht schaute er sich um. Die Sonne: ein Strich am Horizont, dessen Farbspiel immer mehr verblasste. Dunkelheit breitete sich aus. Seufzend machte sich Jules auf den Weg nach Hause. Er wusste, dass sich Luce bei Mel befand und er sie nicht mehr suchen musste.

Wahrscheinlich war Luce bei Mel gut aufgehoben, auch wenn sie sich am Abend zuvor aufdringlich benommen hatte. Mit dem Telefon in der Hand ging er die Straße hinunter und prüfte alle naselang, ob sich Mel oder Luce bei ihm gemeldet hatten. Zu Hause angekommen, ließ sich Jules auf sein Bett fallen. Noch immer hatte er keine Erinnerung an den vorigen Abend und auch Luce und Mel antworteten nicht. Erschöpft und müde murmelte Jules, dass er sich morgen um Luce kümmern werde: er fiel in einen unruhigen Schlaf...

Kapitel 6

»LASSE DIE VERGANGENHEIT HINTER MIR, BIN BEREIT FÜR MEIN LEBEN IM JETZT UND HIER.«
@QUEENSOFDAYDREAMS

Langsam öffnete Luce ihre Augen und blinzelte gegen das grelle Licht, das sie anstrahlte. Sie lag in einem Bett, das konnte sie fühlen: sie spürte, dass es nicht ihr Eigenes war. Vorsichtig setzte sie sich auf und schaute sich um. Sie lag in einem großen Raum, in dem mehrere Betten nebeneinanderstanden. Neben ihnen befanden sich Tischchen, auf denen eine kleine Lampe, ein leeres Glas und eine Flasche Wasser standen. Von der Decke strahlten Neonröhren, die das Weiß der Betten verstärkten, sodass die Laken, Kissen und Zudecken grell in ihre Augen leuchteten. Nur eine imposante Holztür, in der bunte Bilder von Menschen eingraviert waren, brachte Farbe in den Raum. Sie versuchte, die eingeritzten Bilder von ihrem Bett aus zu erkennen, und kniff angestrengt die Augen zusammen, bis ein stechender Schmerz in ihrem Arm sie wieder zurück ins Bett fallen ließ. Stöhnend und mit einem schmerzverzerrten Gesicht schaute sie auf jene Stelle des Oberarms, an der sie ein Brennen zu verspüren meinte: sie konnte nichts erkennen, nicht einen einzigen Kratzer. Merkwürdig, dachte sie und versuchte mühsam, sich wieder aufzusetzen. Sie schaute sich ängstlich um.

Niemand war im Raum. Sie lag allein in diesem riesigen Zimmer. Die übergroßen Fenster waren mit schweren Vorhängen verdunkelt und ließen nur ein paar Sonnenstrahlen durch einen kleinen Spalt blitzen. Langsam versuchte sie aufzustehen, hievte ihre Beine über das Bett und stellte erschrocken fest, dass sie nur ihre Unterwäsche trug. Aus dem Augenwinkel erblickte sie auf dem Stuhl, der neben ihr stand, ihre Sachen, die fein säuberlich zusammengelegt auf einem Stapel lagen. Ihre Schuhe, die Boots vom Vorabend, standen geputzt unter dem Stuhl. Ein Schmunzeln huschte über ihre Lippen: sie selbst bewahrte ihre Sachen nie so ordentlich auf. Luce griff nach ihrem Kleid und ihren Schuhen und zog sich an, um sich weiter umzusehen.

Mit vorsichtigen Schritten ging Luce auf die große, imposante Tür zu und betrachtete die Schnitzereien intensiver. Mit ihren Fingern fuhr sie die eingravierten Umrisse ab und verharrte bei den Personen, die auf der Tür abgebildet waren. Alle waren von einem sonderbaren, leuchtenden Licht umgeben, das einem Heiligenschein ähnelte. War sie in einer Kirche? Im Religionsunterricht fielen ihr immer die Augen zu: sie musste sich anstrengen, nicht einzuschlafen. Luce hatte kein Interesse an den verschiedenen Glaubensrichtungen und fand den Unterricht sterbenslangweilig, dass die Lehrer an ihr verzweifelten. Auch ihre Eltern gehörten keiner Religion an, so wurde nie ausführlicher über das Thema gesprochen. Vielleicht hätte sie im Unterricht besser aufpassen sollen, das hätte ihr jetzt helfen können. Luce atmete tief ein.

Sie wusste nicht, wo sie war – und schlimmer noch, sie wusste nicht, wie sie aus diesem Raum hätte entkommen können.

Sie ging einen weiteren Schritt auf die große Tür zu und öffnete diese einen Spalt, sodass sie hindurchblicken konnte. Lautes Wirrwarr von Stimmen hallte in ihren Ohren, sie konnte kein Wort verstehen. Viele Personen liefen, einander ausweichend, den Flur entlang. Luces Augen weiteten sich, ihre Blicke wanderten umher. Um nicht das Bewusstsein zu verlieren, schloss sie die Tür und wich zwei kleine Schritte zurück. Sie fragte sich noch immer, wo sie war und wie sie hier herauskommen könnte.

Luce straffte ihre Schultern, sah entschlossen auf die Holztür und zwang sich, loszulaufen: die Tür sprang mit einem lauten Krachen auf und sie zuckte zusammen. War das nicht der Typ, der sie gestern Abend so nervös gemacht hatte? Ja, es war tatsächlich Mels Bruder, der groß und breit in der Tür stand. Erneut fiel ihr auf, wie fantastisch er aussah: Durch das weiße T-Shirt konnte man jeden Muskel sehen, die blonden Haare hingen ihm verwegen ins Gesicht und die Augen leuchteten blau wie Saphire. Luce musterte ihn aufgeregt und als sie bemerkte, dass Jason feixend dasselbe tat, senkte sie ihren Blick peinlich berührt zu Boden. Ihre Hände wurden feucht, ihre Beine fingen an zu zittern und ihr Gesicht schien sich rötlich zu verfärben, als eine unangenehme Hitze in ihre Wangen kroch. Langsam hob sie ihr Gesicht, ihre Blicke trafen sich. Für den Bruchteil einer

Sekunde hatte sie das Gefühl, als würden Funken fliegen. Luce brannte innerlich, alles begann zu kribbeln und verzweifelt versuchte sie, sich zu kontrollieren.

Dunkel kehrten die Erinnerungen an Jason zurück, den sie am Vorabend auf der Party kennengelernt hatte, wenn auch nur kurz: Auch da hatte sie diese rätselhaften Gefühle bemerkt. Und nun stand er wieder vor ihr und sah noch besser aus. Seine Augen funkelten sie an, eine angespannte Stille erfüllte den Raum. Alles verschwamm und die lauten Stimmen aus dem Flur hallten nur noch leise in ihren Ohren: als hätte jemand die Zeit angehalten. Jasons saphirblaue Augen zogen sie magisch an und es schien ihr, als würden sie einander bereits seit Stunden in die Augen blicken. Aber es waren nur wenige Sekunden, wie Luce klar wurde, als plötzlich Mel hereinpolterte.

Sie schob Jason unsanft zur Seite und stürmte auf Luce zu, um sie fest in die Arme zu schließen. Luce konnte gerade noch verhindern, mit Mel auf den harten Fliesenboden zu stürzen. Hilfe suchend sah sie zu Jason, der mit den Augen rollte und sie angrinste.

»Mel, jetzt lass das arme Mädchen los, sie weiß ja gar nicht, was sie tun soll!«

»Aber ich freu mich so! Endlich ist sie aufgewacht!« Mel ließ sie los, musterte sie und lachte sie freudestrahlend an.

»Schön, dass du wieder unter den Lebenden bist. Wir hatten uns Sorgen gemacht, weil du nicht aufwachen wolltest. Wie geht es deinem Arm?«

Gedankenverloren fasste sich Luce an ihren Arm, der noch immer schmerzte, und schaute dabei zu Mel. Leuchtend grüne Augen sahen Luce fragend an. Mel war so groß wie sie, schlank und muskulös, mit langen, dunkelbraunen Haaren, die leicht gelockt über ihre Schultern fielen. Sie ist wirklich hübsch, dachte Luce und war für einen kurzen Augenblick neidisch – aber das war vorbei, als sie in ihre liebevollen Augen blickte.

»Ähm ... Ich weiß nicht. Ich glaube, er tut noch weh, aber ...«

»Kannst du dich an den Angriff am Abend der Party erinnern und was alles passiert ist?«

Erschrocken schaute Luce Mel an. Angegriffen? Sie erinnerte

sich nicht daran, sondern nur an Jason. Angestrengt versuchte sie, ihn aus den Gedanken zu streichen und sich an das wirklich Wichtige zu erinnern. Sie kniff die Augen zusammen und schon flackerten Bilder in ihrem Kopf.

Leise murmelte sie vor sich hin: »Rote Augen, ein Schlag auf den Arm, dieser widerliche Geruch, Narben im Gesicht ...«

Luce verspürte ein ungutes Gefühl in der Magengegend: ihr wurde schwindlig, in ihren Ohren begann es zu rauschen und ihre Knie wurden weich. Wortlos und kreidebleich sackte sie zusammen. Jason reagierte sofort, lief zu ihr und fing sie auf. Er hielt sie fest in seinen Armen und blickte besorgt in ihre Augen. Wieder trafen sich ihre Blicke: sie waren einander so nah wie nie zuvor, in ihr rumorte es. Das Herz wummerte in ihrer Brust, das Rauschen in ihren Ohren verstärkte sich, als stünde sie an einem Wasserfall, und wieder wurde ihr schwindlig. Sie vermochte nicht zu sagen, ob es Jason war, der diese Gefühle auslöste, oder das Unbehagen, das die Bilder in ihrem Kopf ausgelöst hatten. Sie schloss ihre Augen, versuchte sich zu beruhigen, um wieder klar denken zu können. Das fiel ihr jedoch schwer, denn der Duft, den Jason verströmte, verwirrte sie. Er roch nach Zitronen, Minze und dem kristallklaren Wasser des Sees vor ihrem Haus in Rolu, das sie so vermisste. Der frische Geruch des Sees, die Blumenwiesen vor ihrem Haus und der frische Minzetee, den sie als Kind von ihrer Mutter zum Frühstück bekommen hatte, flackerten ihr durch den Kopf. Am liebsten hätte sie die Augen nie wieder geöffnet.

Luce war so versunken in den Gedanken an ihre alte Heimat, dass sie nicht bemerkt hatte, wie Jason sie zum Bett getragen und unsanft darauf abgesetzt hatte. Traurig öffnete sie die Augen und schielte auf ein Glas mit einer bräunlichen Flüssigkeit, das er ihr vor die Nase hielt.

»Hier, trink das! Das wird dir wieder auf die Beine helfen!«, sagte er barsch und hielt ihr das Glas noch dichter vors Gesicht.

Luce versuchte, an dem Glas vorbei auf Jason zu schauen, aber es gelang ihr nicht: sie nahm das Glas. Hilfe suchend sah sie zu Mel, die sich zu ihr aufs Bett setzte. Mel blickte böse zu ihrem Bruder, schüttelte den Kopf und sah dann liebevoll Luce an.

»Das wird dich sicher wieder auf die Beine bringen und es

schmeckt nicht so ekelhaft, wie es aussieht. Am besten trinkst du es in einem Zug.«

Hin- und hergerissen blickte Luce auf das Glas und zu Mel. Ein ungutes Gefühl beschlich sie: befand sie sich in den Fängen einer Sekte? Versuchten die beiden, sie gefügig zu machen? Ekel und Panik ließen Luce zusammenzucken. Sie hielt das Glas so verkrampft in der Hand, dass ihre Fingerknöchel weiß hervortraten. Mel bemerkte die Angst in ihren Augen, nahm ihr das Glas vorsichtig ab und trank einen kräftigen Schluck daraus.

»Siehst du! Wir wollen dich nicht vergiften. Vertrau uns, wir wollen dir helfen.«

Mit großen Augen verfolgte Luce, wie Mel die braune Flüssigkeit trank. Für einen Moment stockte ihr Atem: sie beobachtete Mel genau. Zu ihrer Erleichterung stellte Luce fest, dass Mel wohlauf war, und atmete tief ein.

»Und das hilft mir wirklich?« Unsicher nahm sie Mel das Glas ab und hielt ihre Nase an die Flüssigkeit.

Mit einem verzerrten Gesichtsausdruck schreckte sie von dem Glas zurück und schaute fragend zu ihr hinüber. Ein lautes Lachen hallte durch den Raum und Mel hielt sich den Bauch.

»Na ja, gut schmeckt es nicht, aber es macht dich wieder fit! Vertrau mir!«

Sie forderte Luce auf, sich die Nase zuzuhalten und das Gebräu in einem Zug auszutrinken. Luce folgte ihren Anweisungen, hielt sich mit einer Hand die Nase zu und kippte mit der anderen die Flüssigkeit in ihren Mund. Auf der Zunge begann es zu knistern und in der Speiseröhre kribbelte es so stark, dass sie husten musste. Die Flüssigkeit schmeckte süßlich, vergleichbar mit einem Pfirsich, der faulige Stellen hatte, aber immer noch genießbar war. Es breitete sich eine angenehme Hitze über ihren Körper aus und sie fühlte sich sofort sehr viel besser.

»Danke! Was ist das für ein Gebräu?«

»Rohes Fleisch vom Esel, Magensaft vom Pferd und faule Eier!«

Angewidert starrte Luce Jason an, der sich vor Lachen kaum noch auf den Beinen halten konnte. Sie funkelte ihn böse an.

»Wie witzig! So habe ich dich in Erinnerung – immer einen blöden Spruch auf den Lippen!« Genervt schaute sich Luce im

Raum um und fragte: »Wo bin ich eigentlich? Und wie bin ich hergekommen? Ich kann mich an fast nichts erinnern.«

»Na, immerhin kannst du dich an mich erinnern. Das ist doch schon mal ein guter Anfang!« Jason feixte sie an.

Gleichzeitig und wie aus der Pistole geschossen antworteten Mel und Luce: »Halt die Klappe!«

Genervt in Jasons Richtung blickend, begann Mel zu erzählen.

»Auf dem Heimweg wurdest du von einem Akuma angegriffen und verletzt. Jason hat das Monster getötet. Du bist ohnmächtig geworden.«

Schockiert starrte Luce Mel an. Wovon war sie angegriffen worden? Ihr Körper versteifte sich, sie kniff die Augen zusammen und versuchte erneut, sich an die Ereignisse zu erinnern. Mehrere Bilder zuckten vor Luces innerem Auge auf: Sie sprang vom Bett hoch, Tränen rollten über ihr Gesicht und sie lief aufgeregt umher.

Sie murmelte: »Rot leuchtende Augen, Monster, der Schlag, die fiese Katze, Jason!«

Sie fasste sich an den Arm und weitere Bilder schossen wild durch ihren Kopf.

»Luce, bitte, setz dich wieder aufs Bett und versuche, dich zu beruhigen.« Jason flüsterte und sah sie mitleidig an.

Mel ging zu ihr, zerrte an ihrem Arm und bat sie, sich wieder zu setzen. Benommen und nervös mit ihren Fingern spielend, taumelte Luce zurück und ließ sich verwirrt aufs Bett fallen.

»Jason, was war das für ein Monster und was wollte es von mir?« Sie schaute ihn fragend und Hilfe suchend an, aber er konnte ihr keine plausible Erklärung für den Angriff geben.

Er setzte sich zu ihr aufs Bett und stammelte: »Wir haben leider keine Ahnung, wer er war und was er von dir wollte. Aber wir versuchen, es herauszufinden. Deswegen haben wir dich mit in die Fabrik genommen.«

»Was für eine Fabrik?«

Mel schaute sie liebevoll mit ihren grünen Augen an und wollte zu einer Antwort ansetzen, als die Holztür aufschwang und ein großer Mann hereinstolzierte. Erschrocken schauten alle in seine

Richtung.

»Dad!« Jason sprang auf und stellte sich kerzengerade neben das Bett.

Nachdenklich musterte Luce den Mann, der langsam auf sie zuschritt. Das war Jasons Vater? Dieser große, furchteinflößende Mann war einen Kopf größer als Jason und noch muskulöser. Seine braunen Haare waren ordentlich zurückgekämmt, sodass man sein gebräuntes, faltiges Gesicht gut erkennen konnte. Seine Augen funkelten dunkelbraun: er war ungefähr Anfang fünfzig. Luce betrachtete den Mann und stellte fest, dass Jason ihm nicht im Geringsten ähnelte.

»Hallo, ich bin Endemir, der Vater von Mel und Jason. Du befindest dich in der Fabrik. Das ist eine Einrichtung der vier Lichterfamilien, die nur eine Aufgabe haben: diese Welt und die Welten außerhalb eurer Dimension zu schützen. Das machen wir seit vielen Jahrhunderten. Wir sind die Wächter der vier Artefakte, die diese Welt vollständig zerstören könnten, wenn sie zusammen benutzt würden. Wir arbeiten eng mit den Elben, Zauberern und Meerwesen zusammen. Auch die Zwerge haben sich uns nach langen Verhandlungen angeschlossen und stehen uns zur Seite.« Endemir redete monoton, ohne jegliche Emotion.

Verwirrt schaute Luce den Mann an, sie konnte ihm nicht folgen. In ihrem Kopf drehte sich alles und eine beklemmende Angst breitete sich in ihr aus. Wieder geriet sie in Panik, sie beschlich erneut das Gefühl, dass sie es mit einer Sekte zu tun hatte und verloren war. Normale Menschen sprechen nicht von anderen Dimensionen, Zauberern, Elben und Meerwesen, dachte Luce. Das war doch Unsinn! Wer wäre so realitätsfremd? Was geschähe mit ihr, wenn sie sich der Sekte nicht freiwillig anschloss? Vielleicht diente das Gebräu, das sie getrunken hatte, dem Zweck, sie gefügig zu machen und ihre Gedanken zu beeinflussen. Kalter Schweiß lief ihr den Rücken hinunter und ihre feuchten Hände krümmten sich vor Anspannung. Die Erinnerungen an den Angriff und die Schmerzen, die Luce noch immer fühlte, schienen real zu sein. Oder waren sie doch Einbildung? Nein, das konnte nicht wahr sein! Es gibt keine anderen Dimensionen, Elben, Zwerge und Meerwesen, das ist Unfug, redete sie sich ein.

Etwas bäumte sich in ihr auf und zwang sie, sich an die Partynacht zu erinnern: hatte man ihr mit den Cocktails auf der Party bereits die Gedanken vernebelt? Vor dem geistigen Auge sah sie die vielen Menschen, die schöne Umgebung, die sie so beeindruckt hatte, die leichte, sinnliche Musik und die neuen Freunde, Birka und Mano. Sie hätte es bemerkt, wenn etwas sonderbar gewesen wäre. Ihr fiel die Nachbarskatze ein, die sie angegriffen und mit ihren glühend roten Augen in Angst und Schrecken versetzt hatte. Jeder einzelne Muskel in ihrem Körper spannte sich an. Diese verrückte Katze mit den glühenden Augen! Nachdenklich fuhr sie sich durch die Haare.

Der Vater von Jason und Mel trat einen Schritt dichter auf Luce zu, sprach weiter und riss sie aus ihren Gedanken.

»Jason hat mir berichtet, dass du von einem Akuma angegriffen und am Arm verletzt wurdest – und dass deine Hände geleuchtet hätten, als du dich wehren wolltest. Kannst du uns sagen, wer du bist und woher du kommst? Zudem würde mich interessieren, wer deine Eltern sind.«

Endemir schaute sie fragend an. Ihre Augen begannen zu flattern und in ihrem Kopf, nein, in ihrem ganzen Körper breitete sich ein unangenehmes Gefühl aus. Das konnte alles nur ein Albtraum sein, in dem sie gerade steckte. Oder doch nicht? Sie schloss ihre Augen, in der Hoffnung, dass der Spuk vorbei wäre, wenn sie sie wieder öffnete. Jetzt musst du sofort aufwachen, schrie sie sich in Gedanken an. Doch als sie ihre Augen vorsichtig öffnete, saß sie noch immer auf dem Bett und Mel, Jason und Endemir standen vor ihr und starrten sie erwartungsvoll an. Mit zittriger Stimme wandte sie sich Endemir zu.

»Ich weiß nicht, wo ich hier bin und was das alles soll. Ihr seid doch verrückt! Elben, Zwerge, Zauberer und Meerwesen gibt es nicht. In was für einer Sekte bin ich hier?«

Nervös schüttelte sie ihre Hände, die von der verkrampften Haltung leicht taub waren. Sie blickte abwechselnd auf ihre Finger und auf diese drei Menschen, die ihr fremd und sonderbar erschienen.

»Ich wohne im Stadtteil Montis, in einem ganz normalen Haus, und meine Eltern stammen aus Rolu. Ich habe nie von der Fabrik gehört, geschweige von den vier Lichterfamilien oder wie ihr sie nennt. Und es interessiert mich auch nicht, ich will nur nach Hause!«

Luce erhob sich vom Bett und wollte gerade einen Schritt in Richtung Tür machen, als sie von Endemir rüde aufgehalten wurde.

»Keinen Schritt weiter! Wir können dich nicht gehen lassen!«

Erschrocken wich Luce zurück, sank auf´s Bett und zitterte am ganzen Körper.

»Bin ich eine Gefangene? Aber warum? Ich habe euch nichts getan!«

»Wir müssen herausfinden, warum der Akuma dich angegriffen hat und welche Fähigkeiten du besitzt. Bis dahin darfst du die Fabrik nicht verlassen!«

Endemirs Tonfall war rau und hart, ganz anders, als er sie anfangs angesprochen hatte. Luce wurde wütend und sie ballte ihre Hände zu Fäusten, sodass ihre Fingerknöchel stark hervortraten. Und dann geschah genau das, womit sie nicht gerechnet hatte: Aus ihren Händen blitzten hellblaue Funken hervor. Ungläubig starrte sie auf ihre Finger. Endemir hatte recht und das versetzte Luce einen Stich ins Herz. Ihre ganze Welt brach in nur einer Sekunde zusammen: aufgelöst starrte sie zu Jason, der sie beobachtete.

Was sollte sie jetzt tun? Unwillkürlich begann sie, ihre Hände zu schütteln, als könnte sie das Licht dadurch verschwinden lassen: die Lichter wurden stärker und eine Kugel, apfelgroß, formte sich in ihren Handflächen. Es bildeten sich immer mehr Funken, die in alle Richtungen sprühten. Sie sprang vom Bett, stieß Jason unsanft zur Seite und lief hektisch im Raum umher.

»Ich will das alles nicht! Es soll aufhören!«, brüllte sie aufgebracht.

»Luce, du musst dich beruhigen«, rief ihr Jason zu.

»Beruhigen? Ich kann nicht!« Hilfe suchend schaute sie sich um.

Mel wollte aufspringen, doch Jason war schneller. Er eilte auf Luce zu und nahm sie von hinten fest in seine Arme, dass sie sich nicht befreien konnte. Seine Muskeln verhärteten sich und Luce spürte, wie sehr er sich anstrengen musste, um sie festzuhalten.

Er presste seinen Körper an den ihren und flüsterte ihr ins Ohr, dass sie sich beruhigen müsse.

»Du brauchst keine Angst zu haben, Luce. Wir werden dir helfen und bringen alles wieder in Ordnung. Du musst dich entspannen. Du willst doch niemanden verletzen, oder?«

Es war das erste Mal, dass Luce Jasons Stimme als liebevoll, warmherzig und zart wahrnahm. Sie schmiegte sich fest an seine Brust und spürte seinen starken Herzschlag: Auch ihr Herz klopfte heftig, dass sie befürchtete, es könne jeden Moment zerspringen. Sein Atem strich über ihren Hals und wieder durchschwemmte sie ein angenehmes warmes Gefühl. Der Druck seiner Umarmung ließ allmählich nach, seine Muskeln entspannten sich und auch Luces Herz beruhigte sich zunehmend, bis sie erschöpft die Augen schloss. Sie genoss es, von Jason gehalten zu werden, und vergaß die blauen Lichter, die sich langsam zurückzogen, bis sie ganz verschwunden waren. Das Knistern, das sie beim Funkenflug gehört hatte, war fort: sie öffnete ihre Augen, um ihre Hände zu betrachten.

Alles war wie immer, kein Licht, keine Funken und keine verkrampften Finger waren zu sehen. Erleichtert holte sie tief Luft und schmiegte sich fester in Jasons Arme. Sie genoss noch immer den Halt, den er ihr bot, atmete seinen Duft erneut tief ein und wollte ihn auch dieses Mal nicht loslassen. Luce spürte, dass auch Jason ihre Nähe genoss, sein Herzschlag donnerte in seiner Brust und sein Atem ging ungewöhnlich schnell. Umso enttäuschter war sie, als er verwirrt zurückzuckte und sich von ihr löste. Nachdenklich schaute sie zu Jason, der ihrem Blick auswich und sich an die Seite seines Vaters stellte. Endemir, der alles beobachtet hatte, trat dichter an sie heran: Er legte seine Hand auf ihre Schulter und sah ihr in die Augen.

»Luce, wir müssen herausfinden, wer du bist und woher du kommst. Ich möchte, dass du hier in der Fabrik bleibst und Mel in unsere Privaträume begleitest. Jason und ich werden uns beraten, welche Möglichkeiten wir haben, um heraus zu finden wer und was du bist.«

Luces Gedanken wirbelten umher. Das Licht, der Angriff, die Fabrik und die Gefühle für einen Jungen, den sie gar nicht kannte – es war einfach zu viel. Sie ließ sich weinend aufs Bett fallen und schlug die Hände vors Gesicht.

Bedrückt fragte sie, ohne den Blick zu heben: »Was habt ihr mit mir vor?«

»Das besprechen wir später. Jetzt ruhst du dich erst einmal aus.«

Endemir wandte sich zu Jason und wies ihn an, ihm in sein Büro zu folgen, um das weitere Vorgehen zu planen.

»Mel, du nimmst Luce bitte mit auf dein Zimmer, damit sie sich ein wenig frisch machen kann. Und gib ihr bitte etwas Passendes zum Anziehen. So kann sie sich hier nicht zeigen!«

In Luces Kopf drehte sich alles. Sie schaute an sich herunter und musste Endemir recht geben: Ihr Kleid war nur ein Partykleid und zeigte zu viel Haut. Sie errötete und schaute verlegen zu Boden.

Langsam erhob sie sich von ihrem Bett und fragte Endemir leise: »Wie lange muss ich denn bleiben? Darf ich wenigstens meinen Eltern Bescheid sagen, dass ich hier bin? Sie machen sich bestimmt Sorgen, weil ich nicht nach Hause gekommen bin.«

»Wir werden sehen. Und nein, derzeit können wir dir keinerlei Kontakt zur Außenwelt gestatten – zumindest solange wir nicht wissen, warum du angegriffen wurdest und wer du bist.«

»Aber ...«

Luce kam nicht dazu, ihren Satz weiterzuführen, da Endemir weiterredete.

»Bitte teile Jason später die Adresse deiner Eltern mit, damit wir Max hinschicken können, um deinen Eltern die Nachricht zu überbringen, dass es dir gut geht. Und Mel, gib ihr bitte deine Jacke, damit sie nicht mehr ganz so freizügig gekleidet ist. Du weißt, wie die Elbenjungs sonst reagieren.«

Endemir stand mit einem Fuß in der Tür und wollte das Zimmer verlassen, als Jason sich einschaltete.

»Ach, übrigens! Ich finde, du siehst großartig aus in dem Kleid. Die Mädels hier in der Fabrik sollten auch öfter mal so etwas tragen. Dann wäre es hier nicht so verstaubt und altbacken!«

Mel schaute ihn überrascht an. Dass Jason charmant sein konnte, war ihr neu. Sie schmunzelte in sich hinein, lugte zu Luce, die zu Jason schaute und schüchtern lächelte.

»Genug der Schmeicheleien! An die Arbeit!«, rief Endemir.

Er hastete aus dem Raum und schnippte mit den Fingern, was Jason zusammenzucken ließ und sofort in Trab versetzte. Bevor er durch die Tür verschwunden war, drehte er sich noch einmal zu Luce um und zwinkerte ihr zu. Sie stand verlegen und wie angewurzelt im Raum, während sie innerlich zuckte. Was hatte dieser Junge nur an sich, das ihr immerzu die Röte ins Gesicht trieb? Verträumt blickte sie Jason hinterher, als Mel grinsend auf sie zukam und Luce ihre Jacke über die Schultern warf.

»Keine Angst, du bist bei mir in guten Händen und vertrau mir, Jason wirst du auch bald wiedersehen. Und das Beste ist: ich habe einen aus allen Nähten platzenden Kleiderschrank, an dem du dich frei bedienen kannst! Na, wenn das nichts ist!« Sie stemmte feixend die Hände in die Hüften.

Mel ging in Richtung der geöffneten Holztür und Luce blieb nichts anderes übrig, als ihr zu folgen. Da sie sich hier nicht auskannte und nicht einmal wusste, wo genau sie war, folgte sie Mel achselzuckend ...

Kapitel 7

»DAS GESCHEHEN BEWUSST ANDERS ZU BETRACHTEN, AUFZUHÖREN AUF JEDE KLEINIGKEIT ZU ACHTEN UND RAUM ZU MACHEN FÜR EINE NEUE PERSPEKTIVE, ERFORDERT NUR ETWAS MEHR EIGENINITIATIVE.«
@QUEENSOFDAYDREAMS

Luce stand in einem breiten, langen Flur, in dem Jugendliche in hektischen Bewegungen umherliefen: alles wirkte wuselig und chaotisch. Die vielen Stimmen, die durcheinanderredeten, rauschten in ihren Ohren und das Schwindelgefühl, das sie seit dem Aufwachen begleitet hatte, kehrte zurück. Die Informationen, die Endemir ihr gegeben hatte, überforderten sie zusätzlich. Der Gedanke an die blauen Funken, die aus ihren Händen zuckten, und die Befürchtung, ohne Hilfe nicht entkommen zu können, ließen ihre Beine weich werden. Luce drückte sich mit dem Rücken an die kalte Steinmauer des Flurs, damit sie nicht in Ohnmacht fiel. Wirr schaute sie zu Mel, die ihr ein liebevolles Lächeln zuwarf und in die Richtung deutete, in die sie mit ihr gehen sollte: Luce stand wie versteinert an der Wand und schnappte hektisch nach Luft, etwas schnürte ihren Hals zu. Das Gefühl, keine Luft zu bekommen und von allen angestarrt zu werden, löste eine Panikattacke aus. Diese verstärkte sich, als sie die Menschen in dem Flur genauer anschaute. Ihre Finger kratzten nervös an den Ziegeln der Wand entlang, als sie Personen mit spitzen Ohren und katzenartigen Augen erblickte und Menschen, deren Haut bunt glänzte, wie die Schuppen eines Fisches.

Tatsächlich! Die Wesen hatten spitze Ohren, bunt schimmernde Häute und Katzenaugen. Verwirrt schloss sie ihre Augen und sah ein klares Bild vor sich. Es war Birka, die vor ihr stand, und Luce bemerkte, dass auch sie spitze Ohren hatte: das war ihr am Vorabend nicht aufgefallen. Immer mehr Bilder drangen in ihren Kopf. Jetzt erschien Mano und auch an ihm fielen Luce Elbenohren auf. Zuckend wechselte das Bild und Luce fand sich auf der Tanzfläche wieder, wo sie katzenartige Augen anstarrten. Erschrocken sackte sie an der Wand zusammen.

»Luce, was ist los?« Mel beugte sich zu ihr und versuchte, ihr aufzuhelfen.

»Wo bin ich hier, Mel? Überall sind Wesen, von denen ich glaubte, dass sie nur in Märchenbüchern vorkommen. Was passiert mit mir?«

»Lass uns auf mein Zimmer gehen. Dort kann ich dir von unserer und jetzt wohl auch deiner Welt berichten.« Sie packte Luce am Arm und zog sie mit sich.

Mel war ausgesprochen flink und Luce hatte Schwierigkeiten, ihr zu folgen. Das immer wieder auftretende Schwindelgefühl und das hektische Atmen ließen alles vor ihren Augen verschwimmen, sodass sie diese zusammenkneifen musste, um etwas sehen zu können. Luce war bemüht, ihr trotzdem so schnell wie möglich zu folgen, bis Mel stehen blieb und Luce sie beinahe umstieß. Atemlos raunte sie Mel an.

»Warum bleibst du stehen und warum starren mich diese Wesen alle an?«

»Na ja, Kleidchen sind hier in der Schule laut Kleiderordnung verboten. Und deines zeigt viel Haut, was den einen oder anderen Elben nervös macht.« Mel lachte und deutete mit dem Kinn auf einen Elben, der mit offenem Mund an Luce vorbeigegangen war.

Luce ignorierte den Jungen und schaute sich verdutzt um. Sie blickte in den langen Flur zurück und war überrascht, welche Strecke sie zurückgelegt hatten.

»Ich wollte dir unbedingt die Treppe zeigen und ein wenig Geschichtsunterricht geben.« Mel tippte ihr auf die Schulter.

Gedankenverloren drehte Luce sich um und erblickte eine imposante Holztreppe. Diese schlängelte sich mehrere Stockwerke nach oben und unten. Die Stufen waren mit rotem Samt belegt und mit Messingleisten befestigt, die im Sonnenlicht funkelten. Das Geländer bestand aus dunklem, lackiertem Holz und auf den Holzstreben konnte man zahlreiche Schnitzereien erkennen, wie Luce sie bereits an der großen Holztür in jenem Zimmer gesehen hatte, in dem sie aufgewacht war. Die Treppe war so wunderschön, elegant und vornehm, dass man sich kaum traute, sie zu betreten. Luce hatte dergleichen noch nie gesehen und ging beeindruckt auf das Geländer zu. In dem Holz waren überall Landschaften und sonderbare Lebewesen in bunten Farben eingraviert. Sie stand mit offenem Mund davor, strich fasziniert mit den Fingerkuppen über das Holz und bekam eine Gänsehaut. Als Mel Luces Reaktion bemerkte, ging sie auf sie zu und zeigte auf eine der Landschaften.

»Das ist eine unserer Welten mit ihren Bewohnern. Die vier Lichterfamilien haben unsere Welten vor vielen Jahrtausenden erschaffen. Frag mich nicht, wie sie das bewerkstelligt haben – mit Magie, vermute ich. Laut den Geschichtsbüchern, die unsere Wissenslichtler geschrieben haben, weiß niemand, woher sie gekommen waren. Darüber gibt es keine Aufzeichnungen. Wir wissen aber, dass sie zum Beispiel die Welt, die du gerade bestaunst, erschaffen haben: die Menschen, die Tiere und die Pflanzen, wie du sie kennst. Dann zogen sie weiter und erschufen drei weitere Welten – mit anderen Wesen zwar, aber im Prinzip genauso wie hier. Ob es noch weitere Welten gibt, wissen wir nicht, da nur über diese vier Aufzeichnungen existieren. Als Oberhäupter ließen sich die Lichterfamilien in den Welten nieder und bauten sich über Jahrtausende eine Heimat auf. Diesen Familien entstammen übrigens auch wir.« Mel hielt kurz inne und blickte verträumt auf die Holztreppe. »Laut den Niederschriften hat jede der vier Familien ein Artefakt erhalten, welches mit aller Macht beschützt werden muss. Wenn alle vier Artefakte zusammengebracht werden, kann man die vier Welten gleichzeitig zerstören: so steht es zumindest in den Büchern. Niemand weiß, wo genau sich die Artefakte befinden. Es gibt Schriftstücke, die auf verschiedene Orte verweisen, aber die genauen Standorte sind unbekannt.«

»Ist das eines der Artefakte?« Luce beugte sich zu einer der Treppenstufen und zeigte auf die Holzstrebe, in der ein Ring eingraviert war.

»Ja, genau. Das ist das Artefakt, welches den Meerwesen zugeordnet wurde. Der Ring besteht aus Silber und ist mit einem wunderschönen blauen Stein verziert, der das Wasser widerspiegeln soll. Das zweite Artefakt ist ein Schwert aus Stahl, das mit einem pinken Stein verziert und den Zwergen zugeordnet wurde. Und es gibt noch zwei weitere Artefakte: eine Kette, die den Lichtlern zugesprochen wurde, und einen Holzstab, der den Elben gehört. Natürlich sind auch sie mit besonderen Steinen versehen. Der, der das Elbenvolk repräsentiert, ist grün und die Kette, die uns zugesprochen wurde, hat einen roten Stein.«

»Also seid ihr genau genommen nicht von dieser Welt.« Luce sah Mel fragend an.

»Teils, teils. Unsere Vorfahren haben uns einfache und besondere Fähigkeiten vererbt. Einige zeigen sich von Anfang an und die besonderen zeigen sich erst, wenn wir ein bestimmtes Alter erreichen. Das könnte man als nicht von dieser Welt bezeichnen – und auch die Magie nicht, die wir anwenden. Aber sonst gestaltet sich unser Leben wie das Eure: mit den gleichen Gefühlen, der gleichen Nahrung und leider auch der gleichen Lebenserwartung. Wir haben unsere Fähigkeiten und unsere Magie seit Jahrhunderten weiterentwickelt. Zum Beispiel können wir schneller heilen, besser hören und schneller laufen. Solche Dinge meine ich, wenn ich von besonderen Fähigkeiten spreche.«

»Kannst du zaubern?« Luce sah Mel mit großen Augen an.

»Nein, leider noch nicht. Ich hoffe, dass ich, wenn ich alt genug bin, endlich Magie anwenden kann. Denn dann erwerben wir eine neue Fähigkeit, die uns noch unbekannt ist. Das hängt davon ab, von wem wir abstammen und welche Blutlinien sich verbunden haben.«

»Wann zeigen sich eure besonderen Fähigkeiten?«, wollte Luce wissen und stellte sich aufrecht hin.

Das alles faszinierte sie und sie wollte unbedingt mehr darüber erfahren.

»Wenn wir das zwanzigste Lebensjahr erreicht haben. Jason wird der Erste sein, der seine besondere Fähigkeit wird nutzen können. Im Sommer ist es so weit, Jason wird zwanzig und wir alle sind gespannt, welche Fähigkeit er erhalten wird. Wie alt bist du eigentlich, Luce?«

Luce hörte das Wort Jason und schon kribbelte es in ihrem Körper: er ging ihr nicht aus dem Kopf. Sie versank wieder in ihren Gedanken und träumte von seinen leuchtend blauen Augen und ihrer Begegnung vorhin. Er sah so unglaublich sexy aus und sie fühlte sich so stark zu ihm hingezogen, dass sie erneut errötete. Luce wandte sich von Mel ab, damit sie nicht erklären musste, warum ihr das Blut in den Kopf stieg. Sie schüttelte sich und beugte sich wieder zur Treppe und ihren wunderbaren Schnitzereien.

»Ich bin achtzehn«, murmelte Luce. »Und du?«

»Ich auch.«

Mel schaute sich im Flur um, es hatte sich eine kleine Traube von Jungs um sie geschart, die Luce mit ihren Blicken förmlich auszogen.

»Lass uns lieber weiter, bevor sich ein Elb noch Hals und Ohren bricht, weil ein halb nacktes Mädchen vor ihm steht!«

Luce drehte sich um und grinste. Schrill befahl Mel den Elbenjungs weiterzugehen und sich nicht umzudrehen, wenn sie keinen Ärger haben wollten. Lachend blickte Luce auf Mel und auf die kleine Versammlung, die sich im Nu in alle Richtungen auflöste. Die Mädchen kicherten und gingen gemächlich die Treppe hinauf. Luce ließ ihre Hand über das Geländer gleiten: sie hatte den Eindruck, hier schon einmal gewesen zu sein. Alles erschien ihr so vertraut, dass sie erschrocken vom Geländer abließ und zwei Stufen auf einmal nahm, um zu Mel aufzuschließen.

»Hast du schon immer hier gewohnt, Mel?«

Elegant drehte diese sich um.

»Ja, seit meiner Geburt. Ich habe nie ein anderes zu Hause gehabt und durfte leider auch noch nie in eine der anderen Welten reisen. Manchmal schleiche ich mich heraus, erkunde die Stadt. Natürlich weiß niemand davon. Mein Dad würde mich umbringen, wenn er wüsste, dass ich mich davonschleiche. Wenn ich an die frische Luft gehen darf, dann nur mit Jason. Warum, weiß ich nicht, aber es nervt mich gewaltig!« Sie zog scharf die Luft ein, verdrehte die Augen und wandte sich wieder der Treppe zu. »Gleich haben wir es geschafft, dann kannst du meinen Kleiderschrank plündern!« Sie hüpfte die letzten Stufen summend hinauf.

Luces Gedanken hingen bei Mel und sie schaute ihr traurig hinterher. Die Arme, so eingesperrt wollte sie nicht leben, dachte Luce und war froh, dass ihre Eltern ihr diese Freiheiten gewährten.

»Sag mal, Mel, wo befindet sich eigentlich die Fabrik?«

»In die Stadt dauert es ungefähr zwei Stunden mit dem Auto. Durch die Tunnel geht es allerdings schneller. Unterirdisch können wir mit verschiedenen Gefährten jeden Ort in der Stadt in etwa zwanzig Minuten erreichen.«

»Unter der Stadt befinden sich Gänge?« Luce schaute sie verwundert an.

All diese Informationen konnte Luce nicht so schnell verarbeiten. Trotzdem wollte sie alles wissen und platzte vor Neugier, weil Mel nun schwieg. Hatte sie ihr bereits zu viel berichtet? Sie kannten einander erst kurz und niemand wusste, wer genau sie war: sie hätte ein Spitzel sein können. Aber das stimmte ja nicht – davon musste sie Mel unbedingt überzeugen. Luce hatte keinen Schimmer, dass eine solche Welt überhaupt existierte: nun wollte sie alles über diese erfahren, denn sie schien spannend und aufregend zu sein. Das hatte sich Luce immer gewünscht: Abenteuer! Und jetzt hatte eines davon begonnen.

»Mel, du kannst mir vertrauen. Ich will euch nichts Böses. Diese außergewöhnliche Welt zieht mich so magisch an, dass ich nicht genug von deinen Geschichten bekommen kann. Bitte erzähl weiter. Bitte!« Luce bettelte regelrecht.

Zögernd setzte Mel erneut an und musterte sie. Luce lächelte freundlich und Mel atmete auf. Als ihre Worte wieder strömten, schlug Luces Herz höher. Gebannt lauschte sie, den Blick auf die wundervolle Treppe gerichtet.

»Tief unter der Erde befinden sich Gänge, durch die wir unbemerkt in die Stadt gelangen können, wie ich ja schon berichtet habe. Außerdem ist das der Treffpunkt der Lichtweltler. Wir verbergen unsere wahre Natur vor euch, um uns nicht in Schwierigkeiten zu bringen. Kein Mensch soll von uns erfahren. Das würde sie nur verwirren und ihr Weltbild irritieren. Daher halten wir uns im Untergrund auf. Allerdings gibt es bereits einige Menschen, die uns kennen. Unsere Lichtler konnten dem einen oder anderen Menschen nicht widerstehen, wenn du verstehst. So sind unsere Halblichtler entstanden, die wir hier auch ausbilden. Sie sind quasi unsere Ohren und Augen in eurer Welt.« Aufgeregt zupfte Mel an Luce herum. »In die Gänge müssen wir unbedingt einmal gemeinsam gehen! Sie sind unglaublich spannend, es gibt dort eine Menge zu sehen, zwielichtige Bars, gute Restaurants und eine großartige Shoppingmeile – alles, was das Herz begehrt.« Sie kicherte. »Es wird dir bestimmt gefallen!«

Luce stand erstaunt vor ihr. Menschen, die sich mit den Lichtlerwesen eingelassen haben? In ihren Gedanken entstanden Bilder, wie sich die Menschen in die fremden Wesen verliebt hatten und später Babys mit spitzen Ohren, katzenartigen Augen und einer bunt glänzenden Haut auf dem Arm hatten. Sie war sich nicht sicher, ob alles, was Mel ihr erzählt hatte, der Wahrheit entsprach. Ihr Verstand sträubte sich so hartnäckig dagegen, dass ihr Kopf wieder zu schmerzen begann.

»Luce? Ist alles in Ordnung?« Mels Stimme klang weich in ihren Ohren und holte sie aus ihren Gedanken zurück.

»Ja, alles bestens. Mein Verstand kann nur nicht alles so schnell verarbeiten.« Luce rieb sich die Schläfen und lächelte sie verunsichert an.

»Also, was sagst du, wollen wir mal gemeinsam in die Tunnel gehen?«

Ach ja, die Tunnel, dachte Luce und nickte schweigend. Daraufhin drehte Mel sich freudig um und nahm die letzten drei Stufen in einem Schritt. Bedächtig folgte Luce ihr und gelangte zu einer weiteren Holztür, die noch eindrucksvoller war als die anderen, die sie bereits außergewöhnlich gefunden hatte. Diese Tür war doppelt so groß, wies neben den üblichen Schnitzereien Edelsteine auf, die in Blau, Grün, Pink und Rot glitzerten und nach den vier Himmelsrichtungen ausgerichtet waren. Noch immer überwältigt von der Tür und den funkelnden Steinen, beobachtete Luce, wie Mel die Steine in einer bestimmten Reihenfolge berührte, sodass sie nacheinander zu leuchten begannen. Ein lautes Klicken unterbrach die Stille und die Tür sprang einen Spalt auf.

»So, da wären wir! Das sind unsere Privaträume!« Mel öffnete die Tür vollständig und bat sie einzutreten.

Langsam ging Luce in den langen, breiten Flur, von dem mehrere Türen abgingen. Neugierig schaute sich sie sich um. Die Türen hatten unterschiedliche Schnitzereien, die sich außerdem farblich voneinander abhoben. Der Flur war hell erleuchtet und die Sonne schien von oben auf ihre Schultern: überrascht sah sie an die Decke. Ein Glasdach breitete sich über den Flur aus und ließ das Sonnenlicht herein. Beeindruckt schaute Luce sich weiter um. Die Wände waren in einem hellen Gelbton gestrichen und kleine Wandleuchten hingen vor jeder Zimmertür. Große, zwischen den Türen platzierte Gemälde zeigten verschiedene Landschaften und ihre Bewohner. Wie vom Licht angezogen ging Luce den Flur entlang und sah sich die Gemälde an. Sie erblickte eine Welt, die hauptsächlich aus Wasser bestand. Ein türkisfarbenes Meer, ein feinsandiger rosa Strand und viele kleine Häuschen, die aussahen, als hätte man alle Muscheln dieser Welt zusammengeklebt, zogen sie in ihren Bann. Sie war so fasziniert davon, dass sie mit offenem Mund das Bild anstarrte.

»Das ist die Welt der Meerwesen. Schön, nicht wahr?« Mel tippte ihr auf die Schulter und blickte gedankenverloren auf das Bild. »Da möchte ich auch mal hin. Es soll dort herrlich sein.«

Ohne den Blick von dem Bild abzuwenden, nickte Luce ihr zu. Zögerlich löste sie sich von dem Gemälde und sah sich weiter um.

»Wow, Mel, es ist wunderbar hier. Die Türen, die Gemälde und das Oberlicht ... Ich weiß nicht, was ich sagen soll. Wohnt nur ihr hier? Ich meine Jason, du und dein Dad?«

»Ja, im Prinzip schon.«

»Nicht dein Ernst!« Luce blickte sie erstaunt an. Ihr Haus war so winzig im Vergleich mit diesem hier, dass sie etwas neidisch wurde.

»So viel Platz für drei Leute?« Luce zog die Augenbraue hoch und sah Mel fragend an.

»Manchmal sind wir auch mehr. Wir bekommen regelmäßig Besuch und die meisten bleiben auch länger. Das heißt, wir haben auch noch Gästezimmer für Freunde und für Besucher, die aus den anderen Welten kommen.«

»Und die übrige Familie besucht euch gelegentlich, oder?«

Mel schaute sie irritiert an. »Nein, mein Dad hat niemanden mehr und meine Mutter ist leider schon tot.«

Erschrocken zuckte Luce zusammen und sah sie mitleidig an. »Das tut mir leid, das wusste ich nicht.«

»Natürlich, wir kennen uns ja noch nicht lang. Ich hatte immer nur meinen Dad und Jason. Oh, und Madame Madeline, die oft die Mutterrolle übernommen hat.« Mel drehte sich um und ging langsam auf die nächste Tür zu.

Gesenkten Blickes folgte Luce ihr. Gern hätte sie mehr über Mels Familie erfahren, wenn auch mit einem Hintergedanken: Schließlich stammte auch Jason aus dieser Familie und sie wollte unbedingt mehr über ihn erfahren. Allerdings fand sie es unhöflich, Mel weiter auszufragen, weil diese sich abgewandt hatte und das Thema wechselte. Eines Tages würde sie ihr vielleicht alles von sich aus erzählen und bis dahin musste Luce sich gedulden.

Zunächst zeigte Mel ihr das Gästezimmer, das für sie hergerichtet worden war. In dem Zimmer stand ein riesiges Himmelbett mit dunkelbraunem Holzrahmen und luftig-leichten, beinahe durchsichtigen Vorhängen. Auf dem Bett lagen viele Kissen verschiedener Größen und in allen Farben, die man sich vorstellen konnte. Das Bett sah so einladend und gemütlich aus, dass Luce kurz in Versuchung kam, es sich darauf gemütlich zu machen. Ein bisschen Ruhe würde ihr sicher guttun. Sie schüttelte den Gedanken schnell wieder ab und schaute sich aufmerksam weiter um: Gegenüber vom übergroßen Bett stand ein ebenso großer Kleiderschrank aus massivem, dunklem Holz. Auch hier konnte Luce die atemberaubend schönen Schnitzereien erkennen, die überall im Gebäude zu finden waren. Ihre Blicke wanderten zu einer Tür, hinter der sie das Bad vermutete. Mel hüpfte fröhlich auf die Tür zu und öffnete sie. Luce lächelte, allmählich schloss sie dieses quirlige Mädchen ins Herz.

»Das ist das Bad. Leider musst du es dir mit Jason teilen. Ich hoffe, das stört dich nicht.«

Mel zeigte auf die Tür, die sich am Ende des Zimmers befand. Schon schlüpfte sie aus dem Bad und fläzte sich auf die kleine Sitzbank vor dem Bett.

»Und wie gefällt dir das Zimmer?« Fragend schaute sie Luce an, die langsam die Badezimmertür schloss.

»Sind die Türen abschließbar?«

Luce schüttelte sich bei der Vorstellung, dass sie auf der Toilette saß und Jason ins Bad stürmte.

»Ja, natürlich kann man die Türen zusperren, sodass kein Überraschungsbesuch möglich ist.« Mel lehnte sich zurück und feixte sie an. »Das bekommt ihr schon hin. Jason ist ohnehin oft auf Missionen unterwegs. Es sein denn, man vergisst abzuschließen, wie es Lady Elli einmal passiert ist. Jason ging hinein und glaub mir, das war bestimmt kein schöner Anblick. Sie ist nämlich sehr alt!« Mel lachte laut und hielt sich den Bauch.

Luce lächelte sie nachdenklich an und bemühte sich, die aufkommenden Gefühle für Jason zu unterdrücken. Natürlich gefiel es ihr, dass sein Zimmer direkt neben dem ihren lag und sie einander im Bad begegnen könnten: selbstverständlich rein zufällig. Das Herz hüpfte wild durch ihre Brust, wie sooft, seitdem sie ihn kennengelernt hatte. Sie vermied den Blick zu Mel, um die Röte, die sich wieder leicht in ihr Gesicht drängte, vor ihr zu verbergen. Damit sie nicht weiter über das Bad sprechen musste, schaute sich Luce erneut im Zimmer um. Auf der anderen Seite befanden sich drei bis zum Boden reichende Fenster, welche die Sonnenstrahlen hereinließen. Die dicken Vorhänge aus kirschrotem Samt waren nicht – wie in dem Krankenzimmer – zugezogen, sondern hingen schwer an den Seiten herunter. Neben der Eingangstür befand sich ein Schreibtisch mit einer kleinen, hübschen Schreibtischlampe. Und zu guter Letzt besaß dieses, wie Luce fand, wundervoll eingerichtete Zimmer einen großen Kamin aus rotem Backstein, der in der Ecke neben dem Bett thronte. Der vor dem Kamin platzierte Ohrensessel rundete das Bild ab: alles war farblich aufeinander abgestimmt. Luce war überwältigt. Im Vergleich mit ihrem Zimmer erschien ihr dieses wie die Suite eines Luxushotels. Nicht dass sie jemals in einem solchen gewesen wäre, das konnte sie sich nicht leisten, aber so stellte sie es sich dort vor.

»Jetzt zeige ich dir meine heiligen Räume!«

Mel zerrte an ihrem Arm, riss sie aus ihren Gedanken und schleifte sie in den Flur, wo sich direkt gegenüber eine weitere Tür befand. Mel schloss auf, tänzelte in die Mitte des Raums, streckte ihre Arme seitlich aus und drehte sich.

»Das ist alles meins!«, trällerte sie.

Mit einem liebevollen Lächeln schaute sich Luce um. Die Einrichtung des Zimmers, das noch größer war als das Gästezimmer, erschlug sie förmlich. Die Möbel waren bunt zusammengewürfelt und überall lagen Mels Klamotten verstreut. Nichts passte zueinander, es herrschte das totale Chaos. Luce überraschte das nicht: Auch wenn sie einander nur kurz kannten, so schien das Zimmer doch Mels Charakter wieder zu spiegeln. Hektisch räumte Mel einige Dinge beiseite, damit Luce sich auf die Bank vor dem Bett setzen konnte. Sie stürmte aufgeregt zum Kleiderschrank, der die ganze Wand einnahm, und öffnete die Schiebetüren: Luce stockte der Atem. In einem einzigen Schrank so viele Kleidungsstücke, dass man leicht den Überblick verlieren konnte – dergleichen hatte Luce noch nie gesehen. Alles war dabei, von grellbunten Kleidern bis hin zum schwarzen Lederoutfit. Luce sah Mel mit offenem Mund an.

»Das gehört alles dir? Wann ziehst du das alles an?«

Immer wieder schaute Luce von rechts nach links, wieder zurück und schüttelte den Kopf.

»Ehrlich gesagt sind einige Teile noch ungetragen. Aber es gibt bestimmt irgendwann eine passende Gelegenheit dafür, und dann muss ich auf alles vorbereitet sein!« Mel lachte mit vorgehaltener Hand. »Leider dürfen wir zu den Missionen, wenn wir unseren Job zu erledigen haben, nur mit unserer Kampfuniform aufbrechen. Das ist Vorschrift. Die Sicherheit geht immer vor!«, sagte Mel mit langgezogener Stimme und rollte mit den Augen.

»Das heißt, ihr tötet diese Monster, die auch mich angegriffen haben? Das sind eure Missionen?«

»Ja, wir erledigen die Akumas so diskret wie möglich. Ganz ungefährlich sind sie nicht, daher die Kampfuniformen, die einige Extras haben.«

»Woher kommen diese Monster?«, fragte Luce neugierig und schlenderte dabei am Schrank vorbei, sich immer wieder ein Teil rauspickend.

»Das sind Abtrünnige, die sich von uns abgewandt haben und nicht mehr dem Kreis der Lichterfamilien angehören wollen. Leider wissen wir nicht, warum die Akumas so böse, gefühllos und vor allem so hässlich geworden sind. Früher waren sie gewöhnliche Lichtler, die aussahen wie wir. Immer wieder versuchen sie, in die Fabrik einzudringen, als wenn sie etwas suchen würden, und machen vor nichts und niemandem halt. Zum Glück konnten wir sie bisher immer aufhalten. Bevor wir sie gefangen nehmen können, bringen sie sich leider um. Wir haben keine Chance, sie zu verhören. Die an den Toten vorgenommenen Blutuntersuchungen haben auch keine Ergebnisse erbracht. Wie du siehst, tappen wir im Dunkeln – und das, seitdem ich denken kann. Auch unsere Wissenslichtler können nichts in den alten Aufzeichnungen finden und sind ratlos. Bisher haben sich die Angriffe immer auf die Fabrik, die Tunnel und die anderen Welten konzentriert, aber einen Menschen haben sie noch nie angefallen. Daher bist du auch so wichtig für uns. Vielleicht erhalten wir durch dich neue Informationen. Mein Dad sagte mir, dass die Aktivität der Akumas in letzter Zeit stark zugenommen hat. Ihm liegen Berichte vor, das auch die anderen Welten mehr Akumas als sonst zu bekämpfen haben. Aber vielleicht kannst du uns helfen. Hast du eine Idee, warum das hässliche Ding dich angegriffen hat?«

»Nein, ich habe keinen blassen Schimmer! Ich wusste bis Freitag ja nicht einmal, dass es euch und diese Akumas gibt.«

Luce zuckte mit den Schultern und ging langsam auf Mel zu. Die Frage, wann sie wieder nach Hause durfte, hing ihr wie ein Kloß im Hals. Sie fand die Welt spannend und aufregend, aber sie sehnte sich nach ihrem Zimmer, nach der kleinen Fensterbank, auf der sie immer saß, um die Sonnenuntergänge zu beobachten.

»Mel?«

»Ja.«

»Wann, glaubst du, darf ich wieder nach Hause gehen?«

Überrascht und ein wenig traurig blickte Mel sie an.

»Wir müssen das mit meinem Dad besprechen, der hat hier das Sagen. Tut mir leid, Luce, ich kann das nicht entscheiden. Was hältst du von einer heißen Dusche, frischen Klamotten und einem Snack? Ich besorge alles. Du wirst sehen, nach dem Duschen wird es dir bestimmt besser gehen und dann machen wir uns auf den Weg zu meinem Dad und fragen ihn. Einverstanden?«

Mel grinste Luce an und verschwand beinahe in ihrem Kleiderschrank, um nach passenden Sachen für sie zu suchen.

»Ja, vielleicht hast du recht. Eine heiße Dusche kann nicht schaden und einen Snack könnte ich gut vertragen.«

»Sind Jeans und T-Shirt okay, Luce?«, hallte es aus den Tiefen des Schranks.

»Ja, das passt. Danke.«

Luce ging ins Badezimmer und stellte sich vor den großen Spiegel. Mit traurigen, erschöpften Augen blickte sie hinein und erschrak: Ihre Haare waren zerzaust, tiefe Augenringe zeigten sich und ihr Gesicht war leichenblass. Sie sah schrecklich aus – und niemand hatte sie darauf angesprochen. Es durchzuckte sie, Luce erinnerte sich, wie Jason sie angelächelt hatte, obwohl sie so mitgenommen aussah. Immer wieder dachte sie an ihn und die Gefühle, die sie empfand, als er sie fest an sich gedrückt hatte. In seiner Nähe fühlte sie sich, als wäre sie zu Hause in ihrem kleinen Haus in Rolu, das sie so vermisste. Duschen, Luce! Du wolltest duschen, ermahnte sie sich still. Trotzdem lehnte sie sich mit dem Kopf an den Spiegel, schloss die Augen und dachte nach.

Da war Jason, der starke Gefühle in ihr weckte - Endemir mit seinen Berichten über eine Welt, die sie nur aus ihrer Fantasie und Märchen kannte - Mel mit ihrer quirligen Art, die sie so liebevoll aufgenommen hatte - und dieses beeindruckende Gebäude mit seiner Geschichte. Zu verdrängen versuchte sie hingegen das Ende der Party - das Monster, das sie angegriffen hatte - die Funken, die aus ihren Händen gesprüht waren - Endemirs Order, dass sie vorerst nicht nach Hause zurückkehren dürfe - Jules, der ... Erschrocken blickte Luce auf, stürzte aus dem Badezimmer und hätte um ein Haar Mel umgestoßen, die mit einem Tablett in der Hand im Raum stand. Luce schnappte nach Luft, als wenn sie gerade einen Zehn-Kilometer-Lauf absolviert hätte.

»Jules, Mel! Jules!«, pustete sie außer Atem. »Ich muss unbedingt Jules anrufen. Er ist bestimmt schon ganz krank vor Sorge!«

Vorsichtig stellte Mel das Tablett auf dem Bett ab, ging auf Luce zu und schaute ihr fest in die Augen. In Luce kribbelte es, ihr Herz zersprang in tausend Stücke. Die Ruhe, die Mel ausstrahlte, machte sie fuchsig: so kannte sie Mel bisher nicht.

»Keine Panik, Luce, ich habe ihm eine Nachricht geschrieben, dass es dir gut geht und du dich so bald wie möglich meldest.«

»Woher hast du Jules' Nummer?«

Fragend sah sie Mel an, die den Kopf verlegen senkte und mit dem Fuß Kreise auf den Holzboden zeichnete.

»Von Luna, dem Mädchen von der Party, mit dem Jules auf der Tanzfläche rumge …« Sie unterbrach sich und sah sie traurig an.

»Ich war dabei, Mel, sprich ruhig weiter.« Luce stellte sich kerzengerade hin und stemmte ihre Hände in die Hüften.

»Na ja, die beiden haben die Party zusammen verlassen. Das hat Birka mir am nächsten Tag berichtet. Dann bin ich zu Luna gegangen und habe sie gefragt, ob sie die Nummer von deinem Freund habe. Und prompt hat sie mir alles erzählt und dabei die Nummer in mein Handy getippt.«

»Sie hat ihn nach Hause begleitet?« Luces Augen weiteten sich.

»Ja, und es war, wie soll ich sagen, wohl sehr nett!«

Wut stieg in Luce auf und ihr Gesicht lief tiefrot an. Jules, der so vorbildlich war, hätte nie ein fremdes Mädchen mit nach Hause genommen.

»Das kann ich nicht glauben. Die beiden haben also nicht nur rumgeknutscht, sondern … Das würde Jules nicht tun!«

Entsetzt schaute Luce Mel an, die ihren Blick wieder auf den Boden senkte.

»Am besten fragst du ihn selbst. Soll ich dir mein Telefon geben?«

»Nein, ich kann jetzt nicht mit ihm telefonieren … Nein, ich will jetzt nicht mit ihm telefonieren!«

Luces Gefühle wirbelten durcheinander. Sie war zugleich wütend, traurig, eifersüchtig und hilflos: dem besorgten Blick Mels wich sie aus. Nach einer Weile – einer halben Ewigkeit, so schien es ihr – drehte Luce sich um und verschwand wortlos im Bad.

Das heiße Wasser lief über ihren Rücken und entspannte sie. Luce schob die Gedanken an Jules und das Mädchen beiseite und versuchte, sich auf das Gespräch mit Endemir vorzubereiten. Sie wollte unbedingt nach Hause und musste sich etwas einfallen lassen, damit Mels Vater einwilligte. Luce benötigte etwas

Ruhe: sie wollte sich in ihrem Bett verkriechen und allein sein. Schließlich kann Endemir sie nicht gefangen halten, dachte sie und schäumte sich von oben bis unten ein. Das wäre Kidnapping oder sowas in der Art, also eine Straftat – so wollte sie ihm gegenüber argumentieren und ihn ein wenig unter Druck setzen. Gestärkt und voller Tatendrang sprang sie aus der Dusche, trocknete sich ab und kämmte ihre zerzausten Haare. Sie band sich eines der Duschhandtücher um und stolzierte aus dem Bad.

Mel hatte ihr ein Outfit aufs Bett gelegt: eine Jeans und ein schwarzes T-Shirt. Daneben stand ein Teller mit einem Sandwich und ein kleiner Zettel lag dabei, auf dem Luce die Worte »*Warte im Wohnzimmer auf dich ... M*« las. Die Jeans und das T-Shirt passten wie angegossen, Luce fühlte sich frisch und kampfbereit. Das Sandwich schlang sie auf dem Weg ins Wohnzimmer herunter, wo Mel bereits gemütlich auf dem Sofa auf sie wartete.

»Da bist du ja! Und passen dir die Sachen?«

»Passt perfekt! Danke schön, Mel. Das ist sehr nett von dir!«

»Ach, nichts zu danken. Wie du ja weißt, platzt mein Kleiderschrank aus allen Nähten. Du kannst dich jederzeit daran bedienen, wenn du etwas brauchst. Jetzt müssen wir aber los. Mein Dad und Jason erwarten uns schon!« ...

Kapitel 8

»UNSERE UNGESUNDE SKEPSIS SCHAUT STÄNDIG AUF UNS SELBST HINAB. DAS MACHT ES UNS DEN BERG HINAUF ZU GEHEN AUCH DEUTLICH HÄRTER ALS BERGAB.«

@QUEENSOFDAYDREAMS

Mel zog Luce am Arm und schon standen sie auf der großen Holztreppe. Sie hasteten die Stufen hinunter und Luce hatte erneut Schwierigkeiten mitzuhalten. Die Treppe nahm kein Ende und ihre Kräfte schwanden. Luce keuchte und sah nach jeder dritten Stufe über das Geländer, um zu prüfen, wie weit es noch war. In Gedanken zählte sie die Stockwerke des Gebäudes, bis sie endlich unten am Haupteingang angekommen war. Als sie nach oben blickte, stellte sie erstaunt fest, dass es nur fünf Etagen waren: sie schnaufte, als wären es zwanzig gewesen. Mel hatte mitunter drei Stufen auf einmal übersprungen. Sie erwartete Luce unten und lachte sie an. Keuchend, schwitzend, in sich zusammengesackt und die Hände auf die Knie stützend, gab Luce ein amüsantes Bild ab. Peinlich berührt richtete sie sich auf und versuchte, ruhiger zu atmen. Sie wischte sich heimlich den Schweiß von der Stirn und schaute sich im Raum um.

Alles war hell erleuchtet. Die großen, bis zum Boden reichenden Fenster ließen die Sonnenstrahlen herein, wodurch ein interessantes Farbenspiel auf dem roten Backstein entstand. Die Treppe und die dahinterliegenden Torbögen, die in derselben Farbe wie die Holztreppe leuchteten, beeindruckten Luce. Weiter im Hintergrund befanden sich mehrere hellbeige Türen, die mit bunten Schnitzereien auf sich aufmerksam machten. Ein kurzer Blick über die Torbögen ließ Luce erstarren. Ein riesiger, imposanter Kronleuchter, der in Gold und Kupfer glänzte, hing an der Decke und glitzerte sie farbenreich an. Beeindruckt von der Schönheit des Leuchters, bemerkte Luce nicht, dass Mel an ihr zerrte und sie wiederholt aufforderte, ihr zu folgen. Mit einem festen Ruck, der einen kurzen, aber heftigen Schmerz verursachte, forderte Mel sie zum Gehen auf.

Tief einatmend folgte sie Mel durch den linken Torbogen

und gelangte in einen beinahe dunklen Raum, in dem ein leises Piepsen zu hören war. Die Menschen, die in diesem Zimmer saßen, starrten auf die großen Computerbildschirme, die bunt vor ihnen flimmerten. Niemand blickte auf, als wären Mel und sie nicht da. Luce schaute sich um und sah, dass dieser Raum mit allerhand technischen Geräten ausgestattet war, die sie nie zuvor gesehen hatte: merkwürdige, wild flackernde Apparate und Tafeln aus Glas, in denen sich kleine, rote Punkte und weitere Dinge, die sie nicht entziffern konnte, hin- und herbewegten. Im selben Moment musste sie an Jules denken und schmunzeln.

Er liebte technische Spielereien und verbrachte Stunden damit, am Computer zu sitzen, alles Mögliche nachzuschauen und zu spielen: Dabei vergaß er manchmal sogar Luce, die in seinem Zimmer saß und sich zu Tode langweilte. Luce hingegen war technisch unbegabt und hatte kein Interesse an diesen Dingen. Ihr Handy behandelte sie stiefmütterlich, was Jules zur Weißglut brachte, wenn er sie mal wieder nicht erreichen konnte. Sie war am liebsten in der freien Natur, beobachtete stundenlang den blauen Himmel und die weißen Wolken, wie sie in verschiedensten Formationen gemächlich an ihr vorbeizogen. Die Sonnenuntergänge liebte sie besonders: in ihnen entdeckte sie immer wieder eine andere, noch schönere Farbe. Luce mochte die Zeit, in der sich die Dunkelheit auf die Stadt legte und die Lichter der Häuser zu leuchten begannen.

Sie schmunzelte, als sie daran dachte, wie Jules hinter seinem Computer saß, seine Augen zusammenkniff und sich ständig am Kopf kratzte, wenn er versuchte, ein weiteres Level in seinem Spiel aufzusteigen. Der Gedanke an ihren besten Freund bereitete ihr Herzklopfen. Sie wollte ihn anrufen, konnte sich aber doch nicht dazu durchringen. Lag es an dem Mädchen, das angeblich mit ihm nach Hause gegangen war? Sobald Luce sich vorstellte, was dort geschehen sein könnte, drehte sich ihr Magen um.

»Bist du bereit, mit meinem Dad zu sprechen?«, riss Mel sie aus ihren Gedanken.

Verwirrt schaute Luce sie an, nickte zaghaft und begann, aufgeregt mit ihren Fingern zu spielen.

»Keine Angst, Luce. Ich bin bei dir und mein Dad ist sehr nett. Er wird dir nichts tun. Versprochen!« Mel drückte fest ihre Hand, während sie mit der anderen die Tür öffnete.

»Da seid ihr ja! Wir warten seit einer halben Ewigkeit auf euch!« Endemir saß an seinem Schreibtisch und blätterte, ohne hochzublicken, in einem Buch.

Luce schaute sich neugierig um und stellte fest, dass das Zimmer ganz anders aussah, als sie es sich vorgestellt hatte. Es war wie eine Zeitreise in ein anderes Jahrhundert. Der Schreibtisch aus massivem Holz war mit eleganten Schnitzereien versehen und stand vor Fenstern, die auch hier bis zum Boden reichten. Mappen lagen auf der einen Seite und mehrere Bücher auf der anderen, fein säuberlich nach der Größe sortiert. Die Stifte steckten in dem dafür vorgesehenen Behälter und die kleine Schreibtischlampe spendete ein warmes, orangefarbenes Licht. Alles war penibel aufgeräumt. Die schweren, dunkelroten Vorhänge waren zugezogen, sodass kein Sonnenstrahl in das Zimmer drang. Dennoch wirkte der Raum nicht dunkel: mehrere kleine Stehlampen erhellten ihn angenehm. In der Mitte des Zimmers stand eine alte, grüne Ledercouch und ihr gegenüber an der Wand befand sich ein großer, offener Kamin mit grünen Fliesen. An den Wänden hingen alte Gemälde, die finster dreinblickende Menschen oder ähnliche Wesen zeigten. Luce hatte den Eindruck, dass die Augen sie durchbohrten und verfolgten: Die Bilder ließen sie frösteln. Schnell wandte sie sich von den Gemälden ab und sah sich weiter um.

Und da war er: Jason! Er lehnte, mit einem Buch in der Hand, am Bücherregal und musterte sie lächelnd. Sein durchdringender Blick ließ Luce dahinschmelzen. Sie konnte ihre Augen nicht von ihm abwenden, bis sie ein leises Räuspern vernahm und zusammenzuckte. Jason hatte ihr zu verstehen gegeben, dass sie die Aufmerksamkeit auf Endemir lenken sollte. Peinlich berührt senkte sie ihren Blick und wieder stieg ein heißes Gefühl in ihr Gesicht. Ihre Wangen nahmen die übliche Röte an, wie sooft, wenn Jason in ihrer Nähe war.

»Sorry, Dad! Ich hatte Luce etwas zu Essen von Madame Madeline geholt, während sie duschen war. Deswegen hat es etwas länger gedauert.« Mel schaute verlegen zu ihrem Vater, der noch immer nicht den Anstand hatte, von seinem Buch aufzuschauen.

»Also gut, dann können wir anfangen.« Gemächlich erhob er sich aus seinem Schreibtischstuhl und schaute sich im Zimmer um.

Sein finsterer, durchdringender Blick wanderte zu Luce. Mit einer rauen, unfreundlichen Stimme bat er sie, sich auf die Couch zu setzen. Luce ignorierte seine Handbewegung, zupfte nervös am T-Shirt und schaute ängstlich zu Mel.

»Anfangen womit?«

Mehr brachte Luce vor Aufregung nicht heraus. Sie hatte Angst davor, was auf sie zukommen würde. Was hatte der große, furchteinflößende Mann mit ihr vor? Kalter Schweiß überzog ihren Körper. Die Entschlossenheit, die sie sich unter der Dusche eingeredet hatte, verpuffte. Ihr Vorsatz, im Gespräch den Ton anzugeben, schwand. Mel lächelte sie freundlich an, nahm sie an die Hand und führte sie zur Couch. Sie ließ sich hineinfallen und zerrte Luce zu sich. Bedächtig näherte Endemir sich ihnen und setzte sich in den großen Ohrensessel, der neben der Couch stand.

»Bitte erzähl uns, woher du kommst, wie deine Eltern heißen und wo du wohnst.«

Sein Ton war kalt, bestimmend und arrogant. Luce fühlte sich wie bei einem Verhör durch einen schlecht gelaunten Polizisten. Sie dachte angestrengt nach, sah ihn verwirrt an und holte tief Luft. Warum wollte er wissen, wer ihre Eltern seien, wo sie wohne und woher sie komme? Zu welchem Zweck brauchte er die Informationen? Sie beschloss, zunächst nicht darauf zu antworten und abzuwarten, welche Fragen er ihr noch stellen würde. Es herrschte eine eisige Stille im Büro, die Luce Unbehagen bereitete und ihr Angst machte. Da Endemir keine Reaktion erhielt, versteifte er sich in seinem Sessel, atmete tief und lange ein und verzog sein Gesicht.

»Ich habe dich etwas gefragt. Warum antwortest du mir nicht?«

Luce überlegte angestrengt, was sie ihm entgegnen sollte. Ihre Mutter hatte ihr eingebläut, niemandem auf diese Fragen zu antworten. Je länger sie darüber nachdachte, desto merkwürdiger erschien ihr diese Aufforderung. Hatte ihre Mutter von allem gewusst und wollte sie schützen? Die Augen waren auf sie gerichtet: sie fühlte sich von den Blicken durchbohrt. Alle erwarteten voller Ungeduld eine Antwort. Fieberhaft überlegte Luce, wie sie die Lage zu ihren Gunsten wenden könnte. Wenn sie die Namen ihrer Eltern und die Adresse preisgäbe, könnte doch auch sie davon profitieren. Immerhin hatte ihre Mutter diese Auskünfte verboten, also dürften die Informationen von größter Wichtigkeit sein: das könnte ihr von Nutzen sein.

Luce setzte sich aufrecht hin. »Wie wäre es, wenn ich es euch zeige, wir zu mir nach Hause fahren und meine Eltern befragen, woher ich komme. Da ich als Baby von ihnen adoptiert wurde, können sie euch vielleicht mehr sagen als ich.« Stolz lächelte sie Endemir an.

Luce fand ihre Antwort hervorragend. Die Idee, die ihr spontan in den Kopf geschossen war, würde sie erstens aus der Fabrik herausbringen können und ihr zweitens zu Antworten auf die Fragen verhelfen, die auch ihr auf den Nägeln brannten.

»Ganz schön pfiffig, die Kleine!«, bemerkte Jason arrogant und grinste über beide Backen.

Dass Jason sich ausgerechnet jetzt zu Wort meldete, gefiel Luce überhaupt nicht.

Sie warf Jason einen bösen Blick zu und murmelte: »Nenn mich nicht Kleine!«

Sie versuchte, sich auf Endemir zu konzentrieren, denn sie hatte ihn mit der Antwort überrumpeln wollen, damit er ihr zustimmte, was er jetzt wohl nicht mehr tun würde. Traurig atmete Luce ein, bis sich Mel einschaltete.

»Ich finde die Idee nicht schlecht. Wir könnten uns im Haus umschauen und finden vielleicht einen Hinweis, warum sie von dem Akuma angegriffen wurde. Dort könnten wir unter einem Vorwand ihre Eltern befragen und so einiges herausfinden. Vielleicht wissen sie tatsächlich etwas oder kennen die Namen der leiblichen Eltern. Außerdem könnten wir ein paar Sachen zusammenpacken und Luce könnte sich im Gästezimmer einrichten, bis die Tests abgeschlossen sind. Alles in einem Abwasch.« Mel grinste ihren Vater erfolgssicher an. »Was sagst du dazu, Dad? Das ist doch eine prima Idee!«

Luces Herz klopfte vor Aufregung so laut, dass sie befürchtete, jemand könne es hören. Sie war froh, dass Mel ihre Idee befürwortete, und lächelte sie ebenfalls erfolgssicher an. Das einzige was ihren Plan durchkreuzte, war die Aussage, in die Fabrik zurückkehren zu müssen. Aber darüber würde sie sich später Gedanken machen, nachdem es ihr gelungen wäre, aus diesem Gebäude herauszukommen. Im Moment war ihr nur wichtig, dass Endemir zustimmte und sie nach Hause fahren durfte.

»Nein, Mel. Luce wird das Gebäude nicht verlassen, bevor alle Tests abgeschlossen sind. Wir können das Risiko nicht eingehen, entdeckt zu werden.« Endemir wandte sich Luce zu, die ihn mit aufgerissenen Augen anstarrte. »Du sagst mir jetzt, wer deine Eltern sind und wo du wohnst!«, befahl er ihr in einem strengen Ton.

»Nein, das werde ich nicht tun. Ich bin mir sicher, dass meine Eltern wissen, wer ihr seid. Warum sonst sollte meine Mutter mir so vehement verboten haben, zu erzählen, woher wir kommen.« Luce setzte sich angespannt auf die Kante der Couch und sah Endemir eindringlich an.

»Wir können ihren Eltern doch das Clear-Elixier geben, sobald wir die Informationen erhalten haben, die wir brauchen. Ich bin mir sicher, dass Luce uns dabei helfen wird.« Mel sah sie hilfesuchend an.

Jason hatte sich ebenfalls eingeschaltet, ging auf Luce zu und warf ihr einen seltsamen Blick zu, der sie kurzzeitig zusammenzucken ließ.

»Ich gehe mit und passe auf die Mädels auf!«

»Ich finde die Idee sehr gut!«, sagte Mel, sprang von dem Sofa auf und tänzelte aufgeregt im Raum umher.

»Hör auf damit, Mel! Setz dich wieder hin, ich muss nachdenken!« Endemir winkte abwertend mit den Händen und starrte in den Kamin.

Stocksteif und beleidigt setzte sich Mel wieder zu Luce, griff ihre Hand und drückte so fest zu, dass Luce einen leichten Schmerz im Arm verspürte.

»Ihr fahrt direkt zu Luces Haus. Sprecht mit ihren Eltern und kommt danach sofort wieder in die Fabrik – alle drei! Und zwar vor Einbruch der Dunkelheit, verstanden?« Endemir erhob sich, deutete auf die große Standuhr, die neben dem Kamin stand, und sagte: »Ihr habt fünf Stunden, bis es dunkel wird. Also macht euch auf den Weg!«

Luce kehrte mit Mel in deren Zimmer zurück, wo Mel ihre Kampfuniform anzog. Luce war erleichtert: sie durfte nach Hause. Der einzige Haken an der Sache war, dass sie in die Fabrik zurückkehren sollte. Sie dachte angespannt nach, wie sich das verhindern ließ. Vielleicht würde sie Mel und Jason davon überzeugen, wenn sie hoch und heilig verspräche, am nächsten Tag zurückzukehren.

»Hier, für dich! Die Uniform müsste dir passen. Probiere sie mal an!« Mel hielt ihr eine Hose und eine Jacke hin. Beide waren aus schwarzem Leder. Der Duft, der Luce in die Nase stieg, als sie die Kleidung entgegennahm, erinnerte sie an Weihnachten, denn es roch nach Zimt.

»Zimt?« Luce schaute verwirrt zu Mel.

»Die ersten Wissenslichtler glaubten, Zimt mache unsterblich, erhöhe die Lebensenergie und erwärme den Körper. Es soll die geistige Beweglichkeit fördern, die wir in unserem Job benötigen. Außerdem besitzt unsere Kleidung eingearbeitete Fasern, welche die Zwerge zu unserem Schutz erfunden haben. Wie du siehst, sind diese Uniformen etwas ganz Besonderes.«

Luce zog die Uniform an, die sich perfekt an ihren Körper schmiegte und zu ihrer Überraschung federleicht war. Sie fühlte sich auf Anhieb wohl, betrachtete sich im Spiegel und stellte fest, dass sie sich ausgesprochen gut gefiel. Das schwarze Leder betonte ihre Figur und brachte ihre großen, grünen Augen zum Leuchten. Im Spiegel konnte Luce erkennen, wie Mel aus ihrem Nachtschrank am Bett zwei Messer holte und in ihrer Lederjacke verstaute.

»Du hast Messer in deiner Schublade?«, fragte sie mit aufgerissenen Augen und ging zu ihr.

»Das sind keine Messer, meine Liebe! Das sind zwei Dolche, die ich für meine Missionen brauche, um mich gegen die Akumas zu verteidigen. Mit gewöhnlichen Waffen kann man diese hässlichen Missgeburten nicht töten, daher sind auch diese Dolche von den Zwergen mit besonderen Materialen verstärkt worden.«

»Ehrlich, Mel, ich komme mir vor, als wäre ich in einem Fantasyfilm. Zwerge, verzauberte Gegenstände, Magie, andere Welten und diese Akumas.« Luce setzte sich aufs Bett und schüttelte den Kopf. »Das wird mir Jules niemals glauben!«

»Und am besten berichtest du ihm auch nichts davon. Wie mein Dad sagte: Wir dürfen uns nicht zu erkennen geben, das würde uns nur Ärger einbringen!«

»Aber er ist mein bester Freund und ich erzähle ihm immer alles!« Luce verschränkte die Arme vor der Brust und schaute Mel an.

Nichts von all dem durfte sie Jules erzählen? Ein heißer Stich fuhr in ihr Herz. Sie war sich nicht sicher, ob sie das schaffen würde. Auch wenn sie im Moment keine Lust hatte mit ihm zu reden, so würde sich der Ärger über ihn in einigen Tagen wieder verflüchtigen: so war es immer, wenn sie sich gestritten hatten. Wie sollte sie ihm erklären, wo sie gewesen war, und wer ihre neuen Freunde waren? Auch darum würde sie sich später kümmern. Sie ging erneut zum Spiegel, um sich anzuschauen. In diesem Moment sprang die Tür auf und Jason kam herein.

»Seid ihr fertig? Können wir los?« Jason presste seine Hände in die Hüften und funkelte die Mädchen abwechselnd an.

Er hatte ebenfalls seine Kampfuniform angelegt: Der Anblick ließ Luce erröten und heiße Funken durchzuckten ihren Körper, er sah unglaublich sexy aus. Seine blauen Augen glänzten und unter seinen zerzausten Haaren schimmerte das leicht gebräunte Gesicht im Sonnenlicht. Unbewusst starrte sie ihn mit offenem Mund an.

»Wir können los!« Mel schaute zu Luce, die von Jasons Augen wie verzaubert war.

»Okay, mal sehen, was uns dort erwartet!« Jason drehte sich um und hastete los.

Luce blieb versteinert zurück und starrte ihm nach.

»Luce, wir müssen los!« Mel stupste sie an und warf ihr einen feixenden Blick zu.

Langsam kam Luce zu sich und folgte Mel hektisch, die durch die Tür verschwunden war.

In der großen Halle angekommen, trafen Jason, Mel und Luce auf ein Mädchen, das mit verschränkten Armen vor der großen Eingangstür stand. Sie war hübsch, hatte blaue Augen, einen schlanken Körper und blonde, lange Haare, die seidenweich über ihre Schultern fielen. Ihre Haut war kupferfarben, was ihre Augen noch mehr zu Geltung brachte. Obwohl sie ihre Arme fest verschränkt hatte, wirkte sie anmutig und elegant, dass Luce etwas neidisch wurde. Sie sah so umwerfend aus wie die Mädchen an ihrer Schule.

»Wo wollt ihr denn hin?«, fragte das Mädchen gedehnt und sah Jason fordernd an.

»Das geht dich nichts an, Luna. Lass uns vorbei!«

Luna? Das war doch das Mädchen, das Jules am Partyabend mit nach Hause genommen hatte. Ein kalter Schauer lief Luce über den Rücken. Luna machte keinen Zentimeter Platz – im Gegenteil, sie trat dichter an die drei heran und beäugte Luce misstrauisch.

»Ist das nicht die Kleine von der Party, die mit dem überaus süßen Jules dort war?« Luna deutete mit dem Finger auf Luce und grinste sie spöttisch an. »Was macht sie hier?«

»Das geht dich einen feuchten Kehricht an!«, warf Luce ihr zu, die Abneigung ihr gegenüber war offensichtlich.

»Na, wer wird denn gleich so unfreundlich sein?« Sie näherte sich Luce und musterte sie aufdringlich. »Ganz hübsch. Aber eben nichts Besonderes, wie ich finde«, sagte sie und wedelte abwertend mit den Händen. »Kein Wunder, dass Jules mich mit nach Hause genommen hat und nicht sie!«

Luce stockte der Atem. Sie wollte zu einer Antwort ansetzen, als Jason ihr zuvorkam.

»Luna, verschwinde und kümmere dich um deine eigenen Angelegenheiten!«

Er versuchte, sie zur Seite zu drängen: Luna blieb wie angewurzelt stehen. Gedehnt drehte sie sich zu Jason und legte ihren Kopf auf seine Schulter. Es schien ihr nicht entgangen zu sein, wie Luce Jason liebevoll zugelächelt hatte. Luce beobachte die beiden aufmerksam: Luna flüsterte ihm etwas ins Ohr und sah dabei grinsend zu ihr. Luce verstand es nicht, ahnte aber, dass es um sie ging. Jason versuchte, sich Luna vom Leib zu halten, und drückte sie mit seinem Ellenbogen von sich weg.

»Vielleicht hast du ja Lust, mich zu besuchen, wenn ihr wieder da seid? Du weißt schon, wie vor einigen Tagen. Das war doch wirklich nett, das sollten wir unbedingt wiederholen.« Sie drehte sich um und verließ die Gruppe mit einem Augenzwinkern.

Jason verdrehte genervt die Augen und trat durch die Eingangstür ins Freie. Luce und Mel sahen einander nachdenklich an und folgten ihm, ohne ein Wort zu verlieren ...

Kapitel 9

»ES WAR NUR EIN GEFÜHL, KAUM ZU BESCHREIBEN. FÜR EINEN KURZEN MOMENT HATTEN WIR GEHOFFT ES WIRD BLEIBEN.«
@QUEENSOFDAYDREAMS

Jules wachte auf und schaute sich verwirrt in seinem Zimmer um. Er hatte noch immer nichts von Luce gehört. Seit Samstag wartete er auf ein Lebenszeichen von ihr oder von Mel, die ihm die Nachricht geschickt hatte. Weder Mel noch Luce reagierten auf seine Nachrichten oder Anrufe, die er zuhauf hinterlassen hatte. Was sollte er tun? Er befürchtete, den Verstand zu verlieren, wenn er nicht bald ein Lebenszeichen von Luce erhielte.

Mühsam stand er auf und schleppte sich in die Küche, um sich einen Kaffee zu machen. Jules konnte seit dem Morgen nach der Party nicht mehr richtig schlafen, weil sich seine Gedanken nur noch um Luce drehten. Wenn er doch einmal die Augen schloss und einschlief, wachte er schweißgebadet auf und zitterte am ganzen Körper.

Er setzte sich auf die Terrasse, schlürfte seinen heißen Kaffee und starrte in den blauen Himmel. Die Sonne stand hoch und Jules' Uhr verriet, dass es bereits mittags war. Er schloss die Augen, ließ die Sonne auf sein Gesicht brennen. Das Büroviertel war wie leer gefegt: kein Autolärm, kein Stimmenwirrwarr, nichts war zu hören. Für gewöhnlich liebte er die Stille am Wochenende, aber heute konnte er an nichts anderes denken als an Luce. Wo könnte sie stecken, fragte er sich. Missmutig öffnete er seine Augen, nahm den letzten Schluck Kaffee und schlurfte wieder in die Küche. Er setzte sich auf den Barhocker, beugte sich über den Küchentisch und atmete tief ein. Immer wieder kreisten schreckliche Gedanken in seinem Kopf. Was, wenn Luce verletzt war – oder gefangen gehalten wurde? Die Menschen, die Luce und Jules auf der Party kennengelernt hatten, machten ihm Angst. Sie hatten etwas Seltsames an sich, das er nicht genau beschreiben konnte. War sie einer Sekte in die Hände gefallen und konnte nicht entkommen? Er machte sich Sorgen, wusste jedoch nicht, wo er sie suchen sollte. In der Partylocation hatte er niemanden angetroffen und dort keine Hinweise finden können.

Er erinnerte sich an den Abend der Party. Birka und Mano waren den ganzen Abend mit Luce zusammen gewesen: könnten sie Jules helfen?

»Der Stadtpark! Da könnte ich die beiden finden! Warum bin ich nicht früher darauf gekommen«, sagte er sich vorwurfsvoll und machte sich überstürzt auf den Weg.

Im Park angekommen musste er ernüchtert feststellen, dass es Sonntag war und sich die Familien aus der Stadt im Park tummelten: Kinder spielten mit ihren Eltern, Väter standen am Grill und Mütter saßen auf ausgebreiteten Decken und beobachteten die Kinder beim Spielen. Wie sollte er die beiden hier finden? Nachdenklich hielt er sich die Stirn: Aufgeben kam für ihn nicht infrage. Angestrengt dachte er nach, erinnerte sich an die Lieblingsplätze der Jugendlichen und lief los.

Er befragte die Mädchen und Jungen, die er an den Plätzen angetroffen hatte, und versuchte, Birka und Mano zu beschreiben, so gut er konnte. Hoffentlich konnte ihm jemand einen Hinweis darauf geben, wo die beiden waren. Leider hatte keiner der Befragten etwas von ihnen gehört, geschweige denn sie gesehen. Auch von der Party mit der beeindruckenden Dekoration erzählte er jedem – ebenfalls vergeblich. Die Euphorie wich der Verzweiflung: sein Herz pochte und das Blut rauschte laut in seinen Ohren. Der Schlafmangel und die Vorstellung, dass Luce halb tot gefangen gehalten wurde, machten ihm zu schaffen. Er nahm einen kräftigen Schluck aus seiner Wasserflasche und stapfte weiter, um nach Birka und Mano zu fragen. Jules hatte noch gut fünf Stunden Zeit, bevor es dunkel wurde. Er wollte und konnte nicht aufgeben.

Was war er nur für ein Freund: er hatte Luce im Stich gelassen und sich mit einem fremden Mädchen davonmacht. Jules biss sich auf die Unterlippe, bis er einen metallischen Geschmack in seinem Mund verspürte, zuckte zusammen und leckte das Blut von der Lippe. Plötzlich klingelte sein Telefon. Die Menschen ringsherum blickten ihn böse an: Jules hatte die maximale Lautstärke eingestellt, um keinen Anruf zu verpassen. Peinlich berührt und nervös zerrte er sein Handy aus der Tasche und ging unter einen großen Weidenbaum.

»Luce, bist du es?«, fragte er aufgeregt in sein Telefon.

Eine freundliche Stimme antwortete: »Nein, leider muss ich dich enttäuschen. Ich bin es, Luna. Ich hoffe, du erinnerst dich an mich.«

»Ähm ... Im Moment nicht. Vielleicht hilfst du mir auf die Sprünge?«, fragte er freundlich, aber bestimmt zurück.

»Die Party, das Tanzen, das nette Beieinandersein in deinem Bett...«

»Oh, du bist das namenlose Mädchen, das mich so schnell verlassen hat!«

Jules wurde rot und blickte in alle Richtungen, um sicherzugehen, dass ihn niemand beobachtete.

»Ja, genau! Suchst du deine kleine Freundin? Ich habe sie gerade gesehen und weiß, wohin sie will.«

»Du hast sie gesehen? Wo ist sie? Geht es ihr gut?« Jules trat aufgeregt von einem Bein auf das andere.

»Ja, es geht ihr gut. Wenn ich mich nicht verhört habe, sind sie auf dem Weg zu ihr nach Hause.«

»Nach Hause?«, murmelte Jules nachdenklich ins Telefon. »Super! Danke, Luna! Ich muss jetzt los.«

»Warte! Kannst du mir die Adresse geben? Dann könnte ich dazustoßen und euch helfen.«

»Helfen? Wobei?«

»Ich weiß es nicht, sag du es mir!« Luna klang plötzlich nicht mehr so freundlich.

»Ähm ... Sorry, aber ich muss jetzt los. Wir können ja heute Abend telefonieren. Vielen Dank noch einmal.« Jules legte schnell auf.

Er hielt es für ratsam, Luces Adresse nicht preiszugeben: sonst achtete er nicht auf sein Bauchgefühl, sondern entschied rational und durchdacht. Jetzt aber, gab er seinem Bauchgefühl den Vorrang. Er starrte eine Weile gedankenverloren auf sein Handy, um sich dann auf den Weg zu machen: er würde sie endlich wiedersehen. Seine Luce!

Luce trat aus der Tür und fand sich auf einem langen, gepflasterten Weg wieder. An den Seiten standen groß gewachsene Bäume, die zu dieser Jahreszeit mit rosa Blüten übersät waren. Einige Blütenblätter hatte der Wind von den Ästen geweht: sie lagen verstreut auf dem Weg und vermittelten beim Gehen ein samtiges Gefühl. Die Sonne blitzte ab und zu durch die Bäume. An einer freien Stelle des Weges blieb Luce stehen, schloss die Augen und genoss die warme Frühlingssonne. Alles um sie herum duftete frisch und süßlich, die Vögel zwitscherten und eine leichte Brise streichelte ihr Haar. Sie liebte es, wenn der Frühling allmählich in den Sommer überging. Nach dem tristen Winter erwachte das Leben und brachte wieder Farbe in die Welt. Sie sog die klare Luft tief ein und war überglücklich, wieder in der Natur zu sein. Zwei lange Tage hatte sie in der Fabrik verbracht, ohne die warme Sonne genießen zu können. Wie sehr hatte ihr das gefehlt!

»Können wir endlich los!« Jason forderte die Mädchen rüde auf, ihm zu folgen.

Mel verdrehte die Augen und zerrte Luce am Arm, worauf sie stumm und mit zerknirschter Miene lostrottete. Alle drei gingen in die Richtung des eisernen Tors, das sich mit einem lauten Quietschen geöffnet hatte. Vor dem Tor stand ein großer Geländewagen, in dem ein alter, grauhaariger Mann saß und aus dem Fenster starrte. Jason öffnete die Beifahrertür und begrüßte ihn.

»Hey, Max, alles klar?«

Max nickte und sah zu den Mädchen, die sich ins Auto setzten. Auch ihnen nickte er zu, drehte sich nach vorn und startete wortlos den Motor. Gegenüber dem Tor befand sich ein großer See mit kristallklarem Wasser: Wellen schlugen an die Steine, die das Ufer säumten, Schilf schwankte leicht im Wind. Luce fühlte sich an zu Hause erinnert: allerdings war der See vor ihrer Haustür mindestens fünfmal größer. Verträumt blickte sie aus dem Fenster.

»Die Adresse, Kleines!« Jason schnippte mit den Fingern und sah sie fordernd an.

»Äh ... Ja, die Adresse. Sorry, ich war abgelenkt!«

Luce teilte dem Fahrer die Adresse mit: er fuhr los und die Insassen lehnten sich zurück. Jason steckte seine Kopfhörer in die Ohren und stellte auf seinem Handy die Musik an. Er streckte sich und schloss die Augen. Luce schaute zu Mel, die mit geschlossenen Augen an der Autoscheibe lehnte. Es herrschte Stille im Wagen. Auch Luce versuchte, sich zu entspannen, denn ihr Herz pochte wie wild, weil sie endlich auf dem Weg nach Hause war.

Gedankenverloren schaute sie auf die vorbeifliegende Natur. Vor ihren Augen erstreckte sich ein tiefer, dunkler Wald: Die dichten Baumkronen ließen keinen Sonnenstrahl hindurch. Die Äste der Bäume waren dicht verzweigt, dass ihr Blick nur bis zur zweiten Baumreihe vordringen konnte. Dahinter war es schwarz. Das eintönige Geräusch des Motors und die Stille im Auto betäubten Luce: sie bemühte sich, nicht einzuschlafen. Aber ihre Lider wurden immer schwerer und die Müdigkeit überwältigte sie ...

Es war stockfinster. Sie konnte nichts sehen, nicht einmal ihre Hand, die sie tastend ausstreckte. Schreie hallten in ihren Ohren, mal lauter, mal leiser. Dutzende rote Augen verfolgten jeden ihrer Schritte. Ängstlich hastete sie in die Dunkelheit, ohne ein Ziel vor Augen zu haben. Sie hatte Gänsehaut, die Luft war eiskalt. Immer wieder drehte sie sich um, denn es schien ihr, als würde jemand nach ihr greifen. Aber sie sah niemanden. Ein fauliger Geruch stieg ihr in die Nase und raubte ihr den Atem, sie würgte. Um zu sich zu kommen, blieb sie stehen. Dabei bemerkte sie eine kalte, knöcherne Hand auf ihrer Schulter. Sie versuchte zu schreien, aus ihrem Mund kam kein Ton - sie wollte davonlaufen, kam aber nicht von der Stelle. Neben ihr ertönte ein Knurren. Aus dem Augenwinkel konnte sie einen riesigen, grauschwarzen Wolf erkennen, der sie mit seinen leuchtend blauen Augen anstarrte. Zitternd und mit kaltem Schweiß bedeckt, versuchte sie mit aller Kraft, die sie aufbringen konnte, zu flüchten, als sie am Himmel ein lautes Kreischen wahrnahm. Ein Adler kreiste dicht über ihrem Kopf, kreischte grell und blitzte sie mit seinen gelbbraunen Augen an. Sie hob ihre Arme und hielt sie schützend über ihren Kopf. Die Hand, die noch immer auf ihrer Schulter ruhte, griff jetzt fester zu und bohrte ihre Klauen tief in ihr Fleisch. Sie schrie schmerzerfüllt auf, auch der Schrei blieb tonlos …

»Luce, wach auf! Luce!« Benommen öffnete Luce ihre Augen. Mel hatte sich aus ihrem Gurt befreit, saß direkt neben ihr und drückte ihre Hände.

»Was ist passiert?« Luce wischte sich den kalten Schweiß von ihrer Stirn und schaute sich verwirrt um.

»Du bist eingeschlafen und hast laut geschrien.«

Sie hatte geträumt. So einen Traum hatte Luce noch nie gehabt: Angst befiel sie. Alle Muskeln waren angespannt und ihre Finger schmerzten, als hätte Luce sie für mehrere Stunden verkrampft ineinander gepresst. Ihr Kopf dröhnte und ihr Mund fühlte sich staubtrocken an. Mel schaute besorgt zu ihr, strich ihr sanft über den Arm.

»Vielleicht hättest du lieber von mir träumen sollen!«, merkte Jason an. »Dann wärst du nicht schreiend aufgewacht, sondern mit einem wunderbaren Lächeln.«

Jason hatte sich zu den Mädchen umgedreht, böse Blicke hagelten ihm entgegen.

»Halt den Mund, Jason!« Mel verdrehte die Augen und konzentrierte sich auf Luce, die noch immer neben sich stand.

»Alles okay?«, fragte Mel besorgt.

Luce mochte Mel. Ihre liebevolle Art gefiel ihr und sie fühlte sich in ihrer Nähe wohl. Jason hingegen verwirrte und verärgerte sie mit seinen mitunter arroganten Äußerungen: Und doch war ihr Interesse an ihm groß, was sie noch wütender machte.

»Ja, ich glaube, es geht mir gut.« Der Fahrer hielt den Wagen an und Luce schaute aus dem Fenster.

Erleichtert stellte sie fest, dass sie angekommen waren. Endlich zu Hause, dachte sie, schnallte sich ab und öffnete bedächtig die Autotür. Schwerfällig stieg sie aus dem Auto und setzte einen Fuß vor den anderen, da sie sich zittrig fühlte. Sie seufzte und lächelte zufrieden, als sie ihr Haus erblickte. Plötzlich sprang jemand auf sie zu, nahm sie in den Arm und drückte Luce so fest, dass sie kaum noch Luft bekam.

»Ich bin so froh, dass es dir gut geht!«, sagte eine erleichterte männliche Stimme, die ihr sehr vertraut war.

Es war Jules, der sie fest in die Arme geschlossen hatte. Luce versuchte, sich aus dem engen Griff zu befreien, und drückte sich mit aller Kraft gegen seinen Oberkörper, worauf er sie losließ.

»Ich versuche dich schon seit zwei Tagen zu erreichen. Wo warst du? Und warum meldest du dich nicht bei mir?« Er stand aufgerichtet vor ihr, verschränkte seine Arme vor der Brust und sah sie vorwurfsvoll an.

»Falls es dir entgangen ist, mein Handy liegt bei dir! Ich konnte mich also gar nicht melden.« Ihre Worte klangen eisig, sie versteifte sich und sah ihn böse an. »Aber wie ich hörte, hattest du ja eine nette Abwechslung!«

Peinlich berührt sah Jules auf den Boden und sein Gesicht lief tiefrot an.

Luce grinste ihn böse an. »War es denn schön mit Luna?«

Sie wusste, wie gemein sie Jules gegenüber reagierte. Aber sie hatte auch allen Grund dazu: Immerhin hatte er sie für ein fremdes Mädchen stehen lassen. Je mehr sie darüber nachdachte, desto wütender wurde sie.

»Woher weißt du ...«, stotterte Jules.

»Ist doch egal. Ich will jetzt nicht darüber sprechen. Ich möchte einfach ins Haus.«

Sie stapfte an ihm vorbei und trampelte die vier Stufen der Veranda hoch, als sie sich noch einmal zu Jules umdrehte.

»Woher weißt du eigentlich, dass wir jetzt hier sind?«

»Ähm ... Luna hat mich angerufen und gesagt, dass du auf dem Weg nach Hause bist.«

»Ach, von Luna!« Luce zog die Augenbraue hoch.

Sie kochte vor Wut. Luna hatte weiterhin Kontakt mit Jules, was ihr überhaupt nicht gefiel. Das Mädchen war ihr unsympathisch, dass sich ihre Nackenhaare aufstellten, wenn sie nur an sie dachte. Und das nicht nur weil sie Jason schöne Augen gemacht hatte: Nein, Luna behandelte sie herablassend, wie es die Mädchen an ihrer Schule auch immer taten.

Nun schaltete sich Mel ein, die nachdenklich mit ihren Haaren spielte. »Woher weiß sie denn, dass wir herfahren wollten?« Sie schaute zu Jason, der sie achselzuckend ansah.

»Sie hat offenbar wieder gelauscht! Ich mag diese Person nicht.« Mel wedelte verächtlich mit ihrer Hand und folgte Luce zur Treppe.

Die beiden Jungs schauten den Mädchen nachdenklich hinterher.

»Kommt ihr?« Luce ging auf die Tür zu, als ihr schlagartig einfiel, dass ihr Haustürschlüssel – wie auch ihre übrigen Sachen – bei Jules waren.

»So ein Mist!«, fluchte sie leise und sah durch die Fensterscheibe an der Tür. »Hast du zufällig meinen Schlüssel dabei, Jules?«, fragte sie ihn, noch immer mit dem Gesicht an der Scheibe.

»Nein, leider nicht, daran habe ich gar nicht gedacht.«

Entnervt und kopfschüttelnd wandte sie sich Jules zu, der kratzbürstig entgegnete: »Wie du weißt, habe ich mir große Sorgen gemacht. Anstatt an deinen Haustürschlüssel zu denken, kam mir eher in den Sinn: Oh, vielleicht ist sie verletzt oder tot, oder ist einer Sekte beigetreten. Sorry!«

»Ja, schon gut. Ich habe es ja verstanden. Du hast dir Sorgen gemacht.« Sie verdrehte die Augen.

Luce drückte auf den Klingelknopf und wartete. Nichts geschah. Kein Geräusch aus dem Haus war zu hören. Sie betätigte die Klingel erneut, aber wieder geschah nichts. Enttäuscht und den Tränen nah sah sie zu den anderen.

»Ich kann die Tür auch anders öffnen!«, sagte Jason ungeduldig, trat neben Luce und warf einen Blick durch das Fenster.

»Einbrechen? Das könnt ihr nicht machen. Das ist eine Straftat.«

Jules schaute sie anklagend an.

»Hast du eine bessere Idee? Dann raus damit!« Jason sah ihn fordernd an und musterte ihn von oben bis unten.

»Der Nachbar hat einen Schlüssel. Er hat mich am Tag nach der Party ins Haus gelassen.«

»Welcher Nachbar, Jules?« Luce sah ihn verwirrt an.

»Na, der von da drüben«, Jules deutete mit dem Finger auf das Haus.

Verdutzt schauten alle einander an.

»Jules, da wohnt niemand mehr. Das Haus ist seit Jahren verlassen und völlig verfallen. Wie kommst du darauf, dass da jemand wohnt?« Wieder sah Luce ihn fragend und verwirrt an.

»Was? Da wohnt doch der alte Mann, der mir den Schlüssel gegeben hat. Ich geh mal rüber.« Er sprang von der Veranda und lief über den Rasen.

»Der spinnt!«, sagte Jason und sah Mel kopfschüttelnd an.

Luce sah ihm nachdenklich hinterher: irgendetwas stimmte hier nicht. Ihr Blick schweifte zum verfallenen Nachbarhaus. Einige Fensterscheiben fehlten und im Dachstuhl klaffte ein großes Loch. Der alte, kaputte Schaukelstuhl wippte auf der verwahrlosten Veranda quietschend hin und her und überall wucherte Unkraut: die Holzbohlen der Terrasse waren kaum noch zu erkennen.

»Jules, warte!«, rief Luce und stürzte ihm hinterher.

Das Haus war eindeutig verlassen und was Jules dort auch immer sehen mochte, es war nicht vorhanden: er hatte sich geirrt. Jason und Mel folgten ihr. Bevor Luce etwas sagen konnte, schritt ein alter Mann, den sie nicht bemerkt hatte, auf sie zu.

»Ach, der nette, junge Mann von neulich. Haben Sie Ihre Freundin gefunden?« Er lächelte Jules freundlich an und richtete den Blick auf Luce. »Und wer sind Sie?«

»Hallo, ich bin die Freundin, die er gesucht hat. Mein Name ist Luce. Und Sie sind der Herr, der den Zweitschlüssel hat?«

»Ja, bin ich. Ich kann ihn dir gern geben. Deine Mutter sagte mir, dass du deinen Schlüssel des Öfteren verlierst.« Er zog eine Augenbraue hoch und grinste. Gemächlich ging er über den

Rasen zur Straße und bedeutete Luce und Jules, ihm zu folgen.

»Wo will er hin?«, murmelte Jules. »Das Haus ist doch gleich hier.« Verdutzt sah er zum Haus und kniff die Augen zusammen.

»Das Haus ist verlassen!«, nuschelte er und sah Luce an, die ihn aufmerksam musterte.

»Das habe ich dir doch gesagt, Jules!« Sie tätschelte seinen Arm und sah ihn liebevoll an.

»Ich kann den Schlüssel schnell holen«, mischte sich der alte Mann ein. »Der junge Herr kann mich gern begleiten. Wir müssen nur über die Straße«, rief er Jules zu, der ihm verwirrt folgte.

Luce blieb stehen und sah den beiden hinterher.

Mel trat einen Schritt dichter auf sie zu und flüsterte ihr ins Ohr: »Es kann sein, dass Jules an dem Tag nach der Party verwirrt war. Diese Cocktails von Birka und Mano sind sozusagen ... nicht von dieser Welt.« Mel grinste.

Luce atmete tief ein und sah Mel mit großen Augen an. Warum hatten die Cocktails bei ihr nicht so gewirkt? Warum nur bei Jules? Das alles erschien ihr seltsam. Aber wahrscheinlich hatte Mel recht und Jules war noch nicht wieder nüchtern gewesen, als er sie suchte: Die Zutaten waren eben nicht von dieser Welt. Solange er jetzt wieder der Alte war, dachte sie, bräuchte sie sich keine Sorgen zu machen. Oder doch? Gedankenverloren starrte sie auf das kleine Haus, in dem der alte Mann mit ihm verschwunden war.

»Da bin ich!« Verstört schaute Luce ihn an, ihr war entgangen, dass Jules zurückgekehrt war.

Seine Verwirrtheit war verschwunden, freudestrahlend stand er vor ihr.

»Ich habe mich getäuscht, als ich das letzte Mal hier war. Der Mann wohnt natürlich nicht in dem verlassenen Haus. Der ganze Wirrwarr hat mich mehr mitgenommen, als ich dachte. Wahrscheinlich war ich noch betrunken, als der Mann mir den Schlüssel übergeben hat.« Eine leichte Röte stieg in sein Gesicht, das Lächeln verschwand und Jules starrte verlegen auf den Boden.

»Wie kann man ein verlassenes, verfallenes Haus mit einem intakten verwechseln? Alkohol hin oder her!«, warf Jason ein, der sich ihnen genähert hatte.

Jules funkelte ihn böse an und musterte Jason von oben bis unten, sagte aber keinen Ton. Luce zuckte mit den Achseln, ging zum Haus und forderte alle auf, ihr zu folgen.

»Gibst du mir den Schlüssel?«, fragte sie Jules.

»Natürlich, hier.«

Er lachte sie an und stand wie ein kleiner Hund vor ihr, der auf eine Belohnung wartete. Jules benahm sich sonderbar: erst hatte er das baufällige Haus für bewohnt gehalten, jetzt haschte er mit einem Hundegesicht nach Aufmerksamkeit. Was war los mit ihm?

»Jetzt noch artig Sitz machen und Pfötchen geben, dann bekommst du ein Leckerchen.« Jason lachte laut und klopfte Jules auf die Schulter.

Insgeheim musste auch Luce lachen, Jules erinnerte tatsächlich an einen kleinen, niedlichen Hund. Sie maßregelte sich sogleich, denn es war noch immer Jules, über den sie sich lustig gemacht hatte. Schnell wandte sie den Blick von ihm ab, damit er nicht den Eindruck bekam, dass sie den Spruch äußert amüsant fand. Um die Aufmerksamkeit auf etwas anderes zu lenken, gab Luce Jason einen kräftigen Seitenhieb.

»Jason! Lass ihn in Ruhe!«

Dieser drehte sich zu ihr um und zeigte auf Jules, dessen Augen böse funkelten.

»Sieh ihn dir doch an!« Sie ignorierte ihn und wandte sich mit rollenden Augen zur Haustür.

»Ich habe dafür jetzt keine Nerven! Lass ihn einfach in Ruhe, okay?«

Mit zittrigen Händen öffnete sie die Tür. Ihr Magen schien sich zu verknoten und rumorte. Die Befürchtung, dass ihren Eltern etwas zugestoßen war, ließ ihre Hände feucht werden. Sie hoffte inständig, dass sie sich einen schönen Tag machten. Bestimmt würde sie eine Nachricht auf dem Küchentisch vorfinden. Durch den Türspalt sah sie verstohlen ins Haus: Ihr Herz pochte, ihre Beine waren schwer wie Blei, in ihren Ohren rauschte es und das Unwohlsein im Bauch verstärkte sich. Ratlos drehte sie sich zu den anderen um und warf ihnen einen fragenden Blick zu – sollte sie hineingehen? Luce zögerte, das Haus als Erste zu betreten, und hoffte, dass Jules sich anböte, der sie aufmerksam gemustert hatte.

Aber es war Jason, der sich zu Wort meldete. »Lass mich vorgehen.«

Jason legte seine Hand auf ihre Schulter und ein elektrischer Schlag durchzuckte ihren Körper. Ihr Gesicht erwärmte sich und Luce bemerkte, wie eine peinliche Röte in ihre Wangen schoss. Nicht jetzt, befahl sie sich. Das war der falsche Zeitpunkt, um an Jason und die Gefühle, die sie für ihn hegte, zu denken. Warum ließ sich das nicht abstellen? Luce ärgerte sich, sie kam sich so schwach vor.

Sie hatte nie begriffen, weshalb Mädchen sich für einen Jungen, den sie kennenlernen wollten, vollkommen aufgaben: nun eiferte sie diesen Mädchen nach. Verlegen schaute sie zu Jason, der sie mit seinen saphirblauen Augen musterte. Sie versuchte, ihn zu ignorieren, aber das war leichter gesagt als getan. Es war nicht zu übersehen, dass alles in ihrem Körper auf ihn reagierte. Das blieb auch Jules nicht verborgen, der sie nachdenklich und stirnrunzelnd betrachtete. Luce lächelte gequält. Niemand sagte ein Wort, man konnte die Anspannung zwischen ihnen deutlich spüren. Zum Glück drängelte sich Jason an Luce vorbei und entspannte die Situation.

Er trat in den Flur des Hauses und bedeutete den anderen, ihm zu folgen. Alles war wie immer: Ein Blick in die Küche zeigte Luce, dass niemand hier gewesen war, seitdem sie das Haus am Freitag verlassen hatte. Das angebissene Sandwich gammelte auf dem Küchentisch. Angewidert wandte sie sich ab und schaute die Treppe hinauf, die in ihr Zimmer führte. Auch im Wohnzimmer hatte sich nichts verändert. Aus dem Augenwinkel nahm Luce wahr, dass Jules, der wie ein Fremdkörper in der Gruppe wirkte und etwas abseits stand, auf sie zuging.

Er drängte sich dicht an ihr Ohr und flüsterte: »Luce, können wir kurz miteinander reden?«

Sie nickte leidenschaftslos, schaute auf die Treppe und auf Jason, der sie mit einem fragenden Blick anschaute. Wortlos ging Jules in die Küche und gab ihr zu verstehen, sie solle ihm folgen.

»Luce, wer sind diese Leute? Und warum spielt sich dieser Idiot so auf?«, schoss es aus ihm heraus.

Jules stemmte die Hände in die Hüften und durchbohrte sie mit seinen Blicken.

»Der Idiot, wie du ihn so schön nennst, hat mir das Leben gerettet!« Entnervt lehnte sich Luce an die Küchenzeile und verschränkte die Arme vor ihrer Brust.

Die Spannung zwischen ihnen steigerte sich von Sekunde zu Sekunde. Luce wollte ihm nicht so böse antworten, wie sie es getan hatte, konnte sich aber nicht beherrschen. Schließlich war Jules derjenige, der sie auf der Party in diese missliche Situation gebracht hatte.

»Das Leben gerettet? Was meinst du?«

Sie atmete tief ein. »Als du dich mit Luna auf der Tanzfläche so herrlich amüsiert hast, habe ich die Party verlassen. Auf dem Weg nach Hause wurde ich von einem Akuma angegriffen.«

»Akuma?« Jules runzelte die Stirn.

Luce biss sich auf die Lippe, spielte mit ihren Fingern und schaute auf den Boden. Sie durfte ihm nichts darüber sagen und ärgerte sich, dass ihr doch etwas herausgerutscht war: dennoch sprach sie weiter.

»Dieses Ding hat mich auf dem Nachhauseweg verfolgt und zu Boden geworfen. Jason kam mir zu Hilfe und hat das Monster getötet. Da ich verletzt war, haben Jason und Mel mich mit in die Fabrik genommen.«

»Luce, weißt du, was du da redest? Ein Monster hat dich angegriffen, der Idiot hat es getötet und dann seid ihr gemeinsam in eine Fabrik gefahren? Hast du Drogen genommen auf der Party?« Er ging einen Schritt näher auf sie zu und schaute sie verwirrt an.

»Ich weiß, Jules. Es hört sich verrückt an. Aber ich sage die Wahrheit. Die beiden stammen aus einer anderen Welt. Und ja, Jason hat dieses Monster getötet und mir das Leben gerettet. Und darüber bin ich froh! Denn du warst ja mit Luna beschäftigt!« Tränen schossen Luce in die Augen und sie atmete tief ein.

Jules stand wie angewurzelt da, zitterte und stotterte: »Ich bin mir nicht sicher, was auf der Party mit dir geschehen ist. Und anscheinend wurde auch mir etwas in den Drink gemischt. Aber jetzt kann ich wieder klar denken. Und diese Leute sind mir unheimlich. Es tut mir leid, dass ich dich alleingelassen habe. Das kommt nie wieder vor. Bitte, Luce, berichte mir alles von Anfang an.« Luce konnte in seinen Augen Mitleid, Wut und Angst erkennen.

»Tut mir leid, Jules. Ich habe schon zu viel gesagt. Es geht nicht.«

»Bitte, Luce, lass mich hier nicht so stehen. Etwas stimmt doch nicht mit dir.« Er ging näher auf sie zu und wollte sie umarmen, Luce wandte sich von ihm ab.

Die Tränen, die sich in ihren Augen angesammelt hatten, rannen nun die Wangen hinab. Die Erinnerung an den Angriff quälte sie noch immer. Jules ging auf sie zu und schlang die Arme fest um sie, dass Luce kaum noch Luft zum Atmen blieb. Unruhig versuchte sie, sich aus seinem Griff zu befreien.

»Bitte lass mich in Ruhe. Ich kann jetzt nicht mit dir darüber reden. Und ich will es auch nicht! Lass mich bitte los!« Aber Jules tat es nicht.

Sein Griff wurde fester und ein ängstliches Gefühl breitete sich in ihrer Brust aus: Das Blut schoss ihr durch die Adern, ihr Herzschlag beschleunigte sich und Wut stieg in ihr auf. Luce versuchte, sich mit aller Kraft aus der Umklammerung zu befreien, aber Jules ließ nicht locker. Allmählich wurde Luce schwindlig, schwarze Punkte flackerten vor ihren Augen. Sie wollte um Hilfe rufen, biss sich aber auf die Lippen und verkniff sich einen Schrei.

Es war Jules, ihr bester Freund, mit dem sie so lang befreundet war. Warum hatte sie Angst vor ihm? Warum war es ihr unangenehm, von ihm umarmt zu werden? Angestrengt überlegte sie, wie sie sich aus seinem Griff lösen könnte, ohne ihn spüren zu lassen, dass die Situation sie ängstigte. Doch plötzlich riss jemand ihn von ihr fort: Jules kam ins Straucheln, prallte gegen den Esstisch und wimmerte.

»Fass sie nicht an!« Jason hatte sich vor Jules aufgebaut und funkelte ihn böse an.

Als Jules sich wieder gefangen hatte, richtete er sich auf und sah verwirrt zu Jason und zu Luce. Die Wut, die in Jules zu kochen begann, konnte Luce nicht nur in seinen Augen erkennen: er ballte seine Hände zu Fäusten, sodass seine Fingerknöchel weiß hervortraten. Sie wich einen Schritt zurück, um sich hinter Jason zu verstecken.

»Du hast mir gar nichts zu sagen, du Idiot!«, rief Jules.

Er wollte gerade auf Jason losgehen, als Mel aufgeregt in die Küche stürzte, sich zwischen die Jungs stellte und brüllte: »Hört auf! Wir haben anderes zu tun, als hier wie zwei Kampfhähne auf einander los zu gehen. Ihr werdet euch auf der Stelle beruhigen, damit wir endlich unseren Job machen können!«

Die Luft war zum Zerreißen angespannt.

»Der Kleine hier, hat heute Nacht von Kraft geträumt. Gebt mir zwei Sekunden und ich zeige ihm, dass es tatsächlich nur ein Traum war«, sagte Jason in einem herablassenden Ton.

Die Jungs sahen einander hasserfüllt an. Jules zitterte vor Wut und trat einen Schritt auf Jason zu. Sie standen dicht voreinander, dass der eine den Atem des anderen spüren konnte. Die Hände der beiden waren zu Fäusten geballt. Regungslos starrten Jason und Jules einander an, bis Mel ein weiteres Mal eingriff: Sie fasste Jules am Arm und zerrte ihn von Jason weg.

»Schluss jetzt!« Sie hielt die beiden auf Abstand und schaute zu Luce, die am ganzen Körper zitterte.

Jason hob nachgebend seine Hände, wandte sich zu Luce und lächelte fürsorglich.

»Ist alles in Ordnung?« Sein Ton klang liebevoll und besorgt zugleich.

»Ja, alles okay.« Luce schüttelte sich kurz und stapfte, ohne Jules eines Blickes zu würdigen, in den Flur. »Lasst uns weiter das Haus durchsuchen.«

Sie war außer sich, noch nie hatte sie eine solche Abneigung Jules gegenüber empfunden und eine solche Angst vor ihm gehabt. Er war ihr bester Freund, dem sie alles anvertraute: es gab nichts, was er nicht von ihr wusste. Aufs Neue schossen ihr Tränen in die Augen. Der Streit hatte ihr eine unbekannte Seite Jules' gezeigt. Was war los mit ihm? Ihr wurde immer bewusster, dass er sich seit der Party verändert hatte. Was war in der kurzen Zeit, in der sie einander nicht gesehen hatten, vorgefallen? Diese Frage brannte in ihrem Kopf und Luce wusste nicht, was sie tun sollte. Sobald sich die Gelegenheit böte, musste sie ein klärendes Gespräch mit ihm führen. Ein Blick zu Jules verriet ihr, dass auch er verstört war: er starrte traurig zu Boden.

Mel und Jason waren ihr in den Flur gefolgt und schauten sich um, bis Jason sich zu Wort meldete.

»Mel und Luces Möchtegernlover, ihr durchsucht den unteren Teil des Hauses – Schlafzimmer, Wohnzimmer und Garage. Luce und ich sehen uns oben um.«

Jules hatte sich aus seiner Schockstarre gelöst und stand schüchtern im Flur, als Jasons Anweisung ihn wieder in Aufruhr versetzte, wie Luce an seinem Gesicht erkennen konnte. Jules atmete durch, um wieder zu sich zu kommen. Luce war erleichtert, als Mel ihn mit sich zog.

»Er ist nicht mein Lover«, murmelte Luce und ging die Treppe hinauf.

»Aber er wäre es gern, daher ja Möchtegernlover.« Jason grinste und folgte ihr.

»Halt einfach die Klappe, Jason!«

Oben angekommen, stand Luce vor der Tür ihres Zimmers. Sie lehnte ihren Kopf an das warme Holz und atmete tief ein.

»Soll ich vorgehen?«

»Nein, schon gut, das schaffe ich schon.« Sie öffnete die alte Tür und schaute vorsichtig hinein.

Nichts hatte sich in ihrem Zimmer verändert. Auch hier war alles wie immer: sie konnte nichts Ungewöhnliches entdecken. Sie ging in die Mitte des Raumes und schloss die Augen. Endlich, dachte sie.

»Das ist also dein Zimmer«, sagte Jason. »Ich hatte es mir anders vorgestellt.« Jason fläzte sich aufs Bett und schaute sich um.

»Fühl dich wie zu Hause.« Luce verdrehte die Augen und schüttelte den Kopf.

Sie wollte sich jetzt nicht damit beschäftigen, wie Jason ihr Zimmer fand, sie dachte nur an ihre Eltern. Luce ging an ihr Fenster, öffnete es und sah auf die Stadt hinunter: Diesen Anblick hatte sie vermisst. Die Gebäude wurden von der Sonne angeleuchtet, in der Ferne ertönten Automotoren und das heraufwehende Stimmengewirr rauschte in ihren Ohren. Sie schloss ihre Augen, sog die warme Luft ein und ließ ihren Gedanken freien Lauf.

Dass ihre Eltern an einem Sonntag nicht zu Hause waren, war ungewöhnlich, denn Sonntag war Familientag. Etwas stimmte nicht. Vielleicht suchten sie nach ihr oder waren bei der Polizei. Immerhin war sie seit Freitag nicht zu Hause gewesen und die vierundzwanzig Stunden, die sie warten mussten, um eine Vermisstenanzeige stellen zu können, waren verstrichen. Sonderbar war, dass ihre Eltern sich nicht bei Jules gemeldet hatten: sie wussten, dass er ihr bester Freund war. Da Jules hier ein und aus ging wie ein weiteres Familienmitglied, vertrauten sie ihm uneingeschränkt, was Luce betraf. Nahmen sie an, Luce sei über das Wochenende bei ihm, und hatten sich einfach nur einen schönen Tag gemacht? Aber dann hätten sie zumindest eine Nachricht hinterlassen, wie sie es mit Luce abgesprochen hatten. Sie hatte viele Freiheiten, aber eine Regel gab es: wo und mit wem sie unterwegs war, musste sie ihnen mitteilen. Ein Zettel auf dem Küchentisch mit den Informationen reichte. Das gleiche galt auch für ihre Eltern. Aber nun war nichts zu finden. Sie verzweifelte. Was, wenn ihnen etwas zugestoßen war? Nach allem, was sie bis jetzt erlebt hatte, wäre das durchaus möglich, dachte Luce. Sie wusste nicht, ob ihre Eltern darüber, dass es andere Wesen auf dieser Welt gab, Bescheid wussten oder ob sie gewöhnliche Menschen waren.

Unruhig wischte Luce sich eine Träne von der Wange und atmete seufzend ein. Sie stand wie angewurzelt vor dem Fenster und dachte weiter angestrengt nach. Sie malte sich alle möglichen Szenarien aus, was geschehen sein könnte, und bemerkte nicht, dass Jason sich ihr näherte.

»Was ist los, Kleines?«, flüsterte er ihr entgegen.

Erschrocken versuchte Luce, sich umzudrehen: Jason stand so dicht hinter ihr, dass sie sich nicht bewegen konnte, da sie zwischen ihm und der kleinen Sitzbank stand.

»Du hast mich erschreckt«, murmelte Luce.

»Das tut mir leid.« Jason drückte sich dichter an sie heran und sah aus dem Fenster.

Sein muskulöser Oberkörper presste sich an den ihren und ihr

Herz begann, wild zu schlagen. Ihr Körper versteifte sich, ihre Hände wurden feucht und am ganzen Körper kribbelte es: sie bekam Gänsehaut. Der Duft von Zitronen und Minze, vermischt mit einem Hauch Zimt, stieg ihr in die Nase. Sie liebte diesen Geruch. Er erinnerte sie nicht nur an ihr altes Zuhause, sondern nun auch zeitlebens an Jason, was ihr Angst machte. Er rückte noch dichter an sie heran und flüsterte ihr leise ins Ohr, wie schön der Ausblick von hier oben sei. Sie spürte seinen warmen Atem an ihrem Gesicht, was ihren Körper zum Beben brachte.

Die Gefühle, die sie für ihn empfand, waren neu und beängstigend, aber gleichzeitig so aufregend und schön, dass sie mehr wollte. Ihr Verstand riet ihr allerdings etwas ganz anderes. Konnte sie ihm vertrauen? Konnte sie ihm ihre Gefühle offenbaren, ohne dass er sie auslache? Oder war sie eines von vielen Mädchen, die seinen Jagdinstinkt weckten? Luce konnte nicht klar denken. Entschlossen ignorierte sie ihren Verstand und versuchte, sich langsam zu ihm zu wenden. Luce forderte ihn mit ihren Bewegungen auf, ein Stück zurückzutreten. Sie sah in seine blauen Augen, die sie anfunkelten. Sein Gesicht war markant und männlich – und doch sah er sie so liebevoll an, dass sie ihn am liebsten sofort geküsst hätte. Das Herz pochte laut in ihrer Brust und Schmetterlinge tanzten in ihrem Bauch.

So etwas hatte sie bisher bei keinem Jungen empfunden. Was, wenn er sie nicht küssen wollte? Deutete sie seine Annäherung richtig oder war das alles ein Spiel, um sie zu verwirren? Gehörte es zu seinem Job, wichtige Personen zu umgarnen, um an Informationen zu gelangen? Luce wusste nicht, was sie tun sollte, biss sich auf die Unterlippe und atmete tief ein. Sie spürte die Wärme seiner Haut an ihrer Hand, die er leicht mit seinen Fingerkuppen berührte: seine Finger glitten in die ihren, bis sie rüde unterbrochen wurden.

»Ach! Aber er darf dich anfassen?«

Ruckartig lösten sich Jason und Luce voneinander. Jules stand im Türrahmen, schaute sie finster an und verschränkte die Arme vor der Brust. Luce erstarrte augenblicklich: Sie hatte die Chance, Jason etwas näher zu kommen, und prompt platzte Jules herein. Die Wut trieb Luce das Blut in den Kopf und sie verfluchte Luna, die Jules darüber informiert hatte, wo sie waren. Jason ging unbeeindruckt auf Jules zu, tätschelte ihm die Schulter und lachte ihn übertrieben freundlich an.

»Bitte packe ein paar Sachen zusammen, Luce, wir brechen gleich zur Fabrik auf«, rief er ihr zu, ohne sich noch einmal umzudrehen.

Er verschwand im Flur und ging die Treppe hinunter. Von ihren Gefühlen überwältigt, tat Luce, was ihr Jason aufgetragen hatte: Ohne Jules zu beachten, nahm sie ihren Rucksack und stopfte gedankenverloren einige Dinge hinein. Jules stand regungslos, aber sichtlich angespannt im Türrahmen. Seine Blicke folgten jeder ihrer Bewegungen und seine Miene verfinsterte sich zunehmend, bis er sich vom Türrahmen löste und auf sie zuging.

»Luce, was soll das alles? Ist er jetzt dein Freund?« Sein gerade noch feindseliger Blick wurde traurig und schmerzerfüllt. »Bitte, Luce, sprich mit mir. Ich mache mir große Sorgen.«

Luce konnte ihm nicht in die Augen sehen. Die Frage, ob Jason ihr Freund sei, wollte sie nicht beantworten. Wie hätte sie das auch tun können – sie wusste ja selbst nicht, was da zwischen Jason und ihr lief.

»Ich weiß ja selbst nicht, was mit mir los ist und was hier vor sich geht. Es ist kompliziert, verrückt und ... Ach, ich weiß es auch nicht!« Sie schaute starr auf den Boden.

Jules kam näher auf sie zu und streckte die Hände nach ihr aus. Als er keine Reaktion von Luce bekam, nahm er ihre Hand und zog sie bis auf wenige Zentimeter an sich heran.

»Es tut mir so leid wegen der Party. Ich weiß nicht, was mit mir los war. Das mit Luna tut mir auch leid. Ich habe keine Ahnung, wie es dazu gekommen ist. Aber ...«

»Du brauchst mir nichts zu erklären, Jules. Es geht mich nichts an. Wir sind nicht zusammen und jeder hat sein eigenes Leben.«

Luce bemerkte, dass er Tränen in den Augen hatte. Traurig wandte sie den Blick ab, nahm erneut den Rucksack in die Hand und machte sich daran, weitere Sachen einzupacken.

»Luce!« Jules stellte sich vor sie, nahm ihr den Rucksack aus der Hand und warf ihn achtlos auf das Bett. »Ich wäre aber gern mit dir zusammen«, sprudelte es aus ihm heraus. »Du weißt schon, wie ein richtiges Paar. Seit Langem versuche ich, dir das zu sagen.« Er legte seine Hand an ihr Kinn und hob ihren Kopf. »Luce! Ich liebe dich!«

Bevor sie antworten konnte, küsste er sie. Seine warmen, weichen Lippen pressten sich auf die ihren. Er zog sie an sich und schlang die Arme um ihre Hüften. Luce begann zu zittern. Ihre Gedanken wirbelten durcheinander und ihr Herz klopfte so schnell, dass sie fürchtete, es werde zerspringen. Jules öffnete seinen Mund und seine Zunge tastete sich in den ihren vor. Ein Schauer durchlief sie, es fühlte sich gut an, irgendwie richtig. Nie hatte Luce daran gedacht, dass es Jules sein könnte, der ihr den ersten richtigen Kuss gäbe. Es wäre ihr nie eingefallen, dass er etwas für sie empfinden könnte. Verwirrt und neben sich stehend, schlang sie die Arme um ihn und ergab sich dem Gefühlschaos.

Bilder zuckten durch ihren Kopf: das Aufeinanderliegen im Park, das Zusammentreffen im Bad und die Erinnerung daran, wie Jules auf der Party Luna geküsst hatte. Das alles sah sie nun in einem anderen Licht. Und dann dachte sie an Jason: er drängte sich in ihre Gedanken und ein Blitz durchzuckte sie. Erschrocken wich sie von Jules zurück und starrte ihn mit großen Augen an.

»Ich, ähm ...«

Sie stockte, aus dem Wohnzimmer ertönte ein angsterfüllter Schrei ...

Kapitel 10

»EIN WORT, DAS UNTER DIE HAUT GEHT. DORT SO LAUT WIE DAS HERZ SCHLÄGT. SOFORT, OHNE JEGLICHEN UMWEG.«
@QUEENSOFDAYDREAMS

Abrupt drehten sich die beiden zur Tür und sahen dann einander verwirrt an. Ein kalter Schauer durchlief Luce, so einen Schrei hatte sie noch nie gehört. Wortlos machten sich Jules und Luce sofort auf den Weg nach unten, um zu schauen, was dort vorgefallen war. Es konnte nur Mel gewesen sein, die in Schwierigkeiten stecken musste.

Luce polterte die Treppe hinunter und übersprang mehrere Stufen, um so schnell wie möglich bei ihr zu sein. Sie schaute sich im Erdgeschoss um, denn sie wusste nicht, woher der Schrei gekommen war. Nervös blickte sie in die Küche: dort befand sich niemand. Wieder stellten sich ihr die Nackenhaare auf, ein weiterer Schrei hallte durch das Haus. Panisch stürzte Luce ins Wohnzimmer. Dort erblickte sie Mel, die zitternd in der Ecke des Zimmers stand und von zwei Akumas an die Wand gedrängt wurde. Ihre blutunterlaufenen Augen funkelten Mel an und sie wurde von den hässlichen Wesen fest am Handgelenk gepackt, dass sie keine Chance hatte zu entkommen. Ein hämisches Grinsen huschte über die Gesichter der Monster, als Jason versuchte, seine Schwester aus den Klauen der Akumas zu befreien: er stand mit gezogenem Schwert vor ihnen und brüllte, sie sollten Mel loslassen.

Gebannt stand Luce in der Mitte des Raums und starrte auf die unwirkliche Szene, die sich vor ihren Augen abspielte.

Die Akumas waren größer als das Scheusal, das Luce angegriffen hatte: Ihre Körper waren mit Muskeln bepackt, sie trugen riesige Schwerter bei sich, die rotschwarz leuchteten. Ihre Haut war mit dunkelroten Adern durchzogen und die Augen funkelten blutrot. Ihr hämisches, abstoßendes Grinsen zeigte weiße spitze Zähne, die einem Haigebiss ähnelten. Sie mussten besondere Kämpfer sein, denn der Akuma, der Luce angegriffen hatte, wirkte im Vergleich mit diesen Monstern klein, zierlich und beinahe harmlos.

Einer der Angreifer reagierte unerwartet auf Jasons Aufforderung, von seiner Schwester abzulassen. Das Biest ließ Mel blitzschnell los und sprang in einem Satz auf Jason zu, der für den Bruchteil einer Sekunde von Luces Auftauchen abgelenkt war. Der Akuma schlug Jason das Schwert aus der Hand, das klirrend zu Boden fiel, und zwang ihn grob an die Wand zu Mel. Luce sog die Luft ein und starrte regungslos auf das Geschehen. Ihr Herz schlug schnell, dass sie fürchtete, einen Herzinfarkt zu erleiden. Was sollte sie tun? Ihre Beine fühlten sich schwer wie Blei an, ihre Arme hingen schlaff an ihrem Körper herab und ein leichtes Schwindelgefühl setzte ein. Sie musste ihnen helfen, konnte sich aber aus ihrer Schockstarre nicht lösen.

Jules, der am Türrahmen stand und gebannt in das Wohnzimmer blickte, murmelte immer wieder: »Monster! Es gibt keine Monster! Wach auf, es ist nur ein Traum!«

Mit einem lauten Knall erhellte sich das Wohnzimmer und eine Lichtkugel, die mitten im Raum erschien, ließ alle Beteiligten erstarren. Jules war der Erste, der sich wieder rühren konnte. Er rief Luce etwas zu, was sie nicht verstand: Sie blickte starr in das grelle Licht. Alles um sie herum verschwamm und sie achtete nur auf die größer werdende Kugel. Das Licht wurde heller, sodass sie ihre Augen zusammenkneifen musste. Aus dem lichterloh scheinenden Kreis, der das gesamte Wohnzimmer in Beschlag genommen hatte, kam eine dunkle Gestalt auf sie zu.

Allmählich konnte sie menschenähnliche Konturen erkennen. Mit einem langen Stab in der Hand klopfte die Gestalt immer wieder auf den Boden, was Luce erschaudern ließ. In der anderen Hand zerrte sie etwas hinter sich her. Worum es sich handelte, konnte Luce aus der Entfernung nicht erkennen, bemerkte aber, dass es offenbar ein Lebewesen war: es wehrte sich mit Händen und Füssen. In ihren Ohren dröhnten jämmerliche Schreie, die aus der Tiefe des Kreises hallten, wie sie es zuvor in ihrem Traum erlebt hatte: das hier, war aber viel schrecklicher. Sie hörte die Schreie nicht nur, sondern spürte auch den Schmerz, den das Wesen ertragen musste. Ihr Magen krampfte zusammen, als sie sah, wie die Gestalt aus dem Lichtkreis hinaustrat, nur wenige Meter von Luce entfernt stand und sich im Raum umsah. Das jammernde Ding, das sie hinter sich hergezogen hatte, ließ sie unbeachtet im Kreis zurück. Es krümmte sich am Boden zusammen und die jämmerlichen Schreie verstummten. Mit einem angsterfüllten Blick schaute sie auf die Gestalt.

Vor ihr stand ein hochgewachsener Mann. Sein langer, schwarzer, abgewetzter Mantel mit Kapuze schleifte auf dem Boden, als er sich ihr einige Schritte näherte. Die Kapuze war weit nach vorn gezogen, sodass man das Gesicht nicht erkennen konnte.

Niemand im Raum hatte auch nur ein Wort gesprochen. Die Temperatur in dem Zimmer hatte sich so sehr abgekühlt, dass Luce beim Aushauchen der Luft ihren Atem als Nebelschleier sehen konnte. Ihre Lippen liefen blau an und sie zitterte am ganzen Körper wie Espenlaub. Noch immer konnte sie keinen Ton von sich geben, so sehr sie es auch wollte: Angst schnürte ihr den Hals zu.

Aus dem Augenwinkel konnte Luce erkennen, wie Jason versuchte, sich aus den Fängen des Akumas zu befreien, der ihn weiterhin fest an die Wand drückte. Jason trat heftig auf das Monster ein, das ihn am Hals packte und ihm die Luft zum Atmen nahm. Seine Atemzüge wurden schwächer, als Mel die Szene mit einem lauten Schrei unterbrach. Der zweite Akuma holte aus und boxte seine Faust fest in ihren Bauch, sodass Mel stöhnend in sich zusammensackte und regungslos auf dem Boden liegen blieb. Jason schrie auf, und auch ihn traf wenige Sekunden später die Faust des Angreifers: er stürzte und blieb gekrümmt liegen.

Mit Schrecken beobachte Luce die Szene und versuchte, sich aus ihrer Schockstarre zu befreien, um Jason und Mel zu Hilfe zu eilen. Aber ihr Körper und ihr Verstand waren gerade jetzt unterschiedlicher Meinung, wie sie feststellen musste. Sie konnte sich kaum rühren, ihre Beine waren wie festgewurzelt und ihre Arme hingen weiterhin kraftlos herunter: Bewegen konnte sie nur ihren Kopf, den sie langsam zu Mel und Jason drehte, um ihnen einen traurigen und mitleidigen Blick zuzuwerfen. Das beklemmende Gefühl, ihnen nicht helfen zu können, machte Luce zu schaffen. Krampfhaft überlegte sie, wie sie aus der verfahrenen Situation herauskommen könnte, aber in ihrem Kopf herrschte absolute Leere.

Der Mann, den das Geschehen kalt ließ, schlich auf Luce zu, bis er dicht vor ihr stand. Sie versuchte zurückzuweichen, aber auch das gelang ihr nicht. Die Gestalt war nur noch einen Schritt von ihr entfernt, zog seine Kapuze vom Kopf und der Anblick, der sich ihr jetzt offenbarte, ließ sie innerlich zusammenzucken. Das ganze Gesicht war mit Narben übersät, dicke, schwarze Adern schlängelten sich über die Haut und seine Lippen waren blutunterlaufen. Der Anblick der rot glühenden Augen brannte sich in Luces Kopf und sein abstoßendes Aussehen raubte ihr den Atem. Ein fauliger Geruch stieg ihr in die Nase, als das Monster sich ihrem Gesicht zuwandte. Der Duft von fauligen Eiern, verbranntem Holz und altem Schweiß ließen sie würgen. Nur mit Mühe konnte Luce ein Erbrechen abwehren, indem sie den Speichel herunterschluckte, um das Essen im Magen zu halten. Tränen liefen über ihr Gesicht, weil sie sich so anstrengte, nicht in Ohnmacht zu fallen. Der Mann stand jetzt so dicht vor ihr, dass seine rot leuchtenden Augen förmlich ihre Haut verbrannten.

»Na, wer wird sich denn gleich übergeben müssen! Das ist aber kein netter Empfang, Luce!« Seine Stimme klang rau, heiser und furchteinflößend.

Sein Atem, der ihr entgegenschlug, roch noch fauliger. Woher kannte er ihren Namen? Stirnrunzelnd musterte sie ihn von oben bis unten.

»Mein Name ist Argor. Schön, dich kennenzulernen, meine Liebe.«

Luce brachte keinen Ton heraus, nur ein leises Gurgeln. Sie versuchte es, aber es war, als hätte ihr jemand die Stimmbänder herausgerissen.

»Deine Mutter hat mir einiges von dir erzählt – unter anderem auch, dass du das Versteck des vierten Artefakts kennst. Und genau das hätte ich gern!«

Er grinste sie mit seinen verfaulten, nur noch aus Stumpen bestehenden Zähnen an.

»Wenn du mir nicht hilfst, werde ich deine Mutter töten müssen. Ach, und auch deine anderen Eltern, die dich aufgezogen haben, wenn sie nicht schon tot sind. Sie befinden sich nämlich in meiner Welt.«

Mit aufgerissenen Augen blickte sie Argor an. Ihre Mutter und ihre Eltern? Verwirrt dachte sie nach. Sie war adoptiert worden, weil ihre leibliche Mutter bei ihrer Geburt verstorben war. Luce konnte sich noch an eine Situation aus ihrer Kindheit erinnern. Sie fragte ihre Eltern damals nach ihrer leiblichen Mutter, worauf diese sie aus dem Zimmer schickten mit den Worten, dass sie tot sei und sie sonst nichts darüber wüssten. Sie solle es dabei belassen, Tote solle man nicht aufwecken. Dabei wollte Luce damals nur wissen, woher sie stammte und wer ihre leiblichen Eltern waren. Nach dieser unangenehmen Begebenheit fragte sie nie wieder nach ihren leiblichen Eltern oder nach anderen Dingen, die damit zu tun hatten.

Und nun behauptete dieser Mann, ihre leibliche Mutter festzuhalten? Alles drehte sich, Gedanken schossen wild durcheinander und ihr Herz pochte laut. Hatten ihre Eltern gelogen? Wussten sie, dass ihre Mutter noch lebte? Nein, das konnte nicht sein, sie war tot und sie glaubte ihren Eltern. Er hatte ihr eine Lüge aufgetischt, um sie zu verwirren und in seinen Bann zu ziehen – aus welchen Gründen auch immer. Nervös spielte Luce mit ihren Fingern, die sie wieder bewegen konnte. In ihren Händen begann es zu kitzeln und aus ihren Handflächen sprühten kleine, hellblaue Funken. Argor schaute belustigt auf sie herab.

»Ganz die Mutter.«

Er nahm ihre Hände, umschloss sie mit seinen kalten, dürren, knochigen Fingern und drückte fest zu, dass Luce laut aufstöhnte, weil der Schmerz blitzartig durch ihren Körper jagte.

»Fass sie nicht an, du Monster!«, brüllte Jules, der sich am Türrahmen festklammerte, aus dem Hintergrund.

Zuckend sah sich Argor um und erblickte Jules an der Tür.

»Wie kann es sein, dass Worte aus deinem Mund kommen. Niemand spricht, wenn ich es nicht ausdrücklich befehle!« Er wandte sich von Luce ab und ging auf den Jules zu.

Ängstlich versuchte Luce, sich zu ihrem besten Freund umzudrehen, was sie aber nicht schaffte: ihr Körper ließ sich noch immer nicht vollständig bewegen. Mit aller Kraft versuchte sie, ihm etwas zuzurufen, aber auch dies gelang nicht. Was hatte dieses Monster mit ihr gemacht? Sie konnte sich nicht bewegen, nicht sprechen, was sie um ihren Verstand zu bringen drohte.

Jules stand wie versteinert am Türrahmen: Wut stieg in ihm auf. Argor schritt näher auf ihn zu und bemerkte dabei die gelbbraunen Augen, deren Pupillen sich zu Schlitzen formten und ihn anfunkelten.

»Ach, wie reizend! Ein kleiner, unerfahrener Hexer.«

Er griff nach Jules' Kinn. »Diese Augen kommen mir bekannt vor. Wer ist dein Vater?«, fragte er Jules fordernd und trat noch dichter an ihn heran.

Mit aller Kraft befreite Jules sich von der Hand, die sein Kinn schmerzhaft festhielt, und wandte sein Gesicht angewidert ab. Eine Antwort blieb er schuldig, denn er kniff die Lippen fest zusammen, dass kein Wort herausdringen konnte. Schnaubend und wild gestikulierend schrie Argor ihn an.

»Du wagst es, den Blick von mir abzuwenden?«

Jules drehte sich zu ihm und schaute ihn selbstbewusst an. »So etwas wie dich, möchte ich meinen Augen nicht zumuten, dafür sind sie viel zu hübsch!« Ein Grinsen huschte über sein Gesicht.

»Oh, ein überaus witziger Hexer. Das habe ich schon lange nicht mehr erlebt. Dir wird das Lachen noch vergehen«, wandte sich Argor von ihm ab.

Jules holte tief Luft, presste seine ganze Kraft in die Beine und sprang auf ihn zu, als Argor ihn mit nur einer einzigen Handbewegung in die Luft sausen ließ und an die Flurwand schleuderte. Der harte Aufprall seines Körpers hallte in den beiden Räumen und mit einem lauten Stöhnen sackte Jules auf den Boden und blieb regungslos liegen.

Luce, die mit dem Rücken zu ihnen stand, hörte den lauten Aufprall und erschrak. Was war geschehen? Was hatte dieses Monster Jules angetan? Angst, die Verzweiflung, nicht helfen zu können, und Hass stiegen in ihr auf, als sie Argor wieder vor sich sah. Mit einem hämischen Grinsen schaute er sie an.

»Ich will den Ring! Du hast genau eine Woche Zeit dafür. Wir treffen uns hier zur Übergabe. Ich bekomme den Ring und dafür gebe ich dir deine Eltern zurück.«

Luce schnappte hektisch nach Luft. Sie war gerade erst in diese neue Welt hineingestoßen worden: sie wusste nicht, wer und was sie war oder welche Kräfte und Gesetze diese Welt regierten.

Wie hätte sie wissen sollen, wo sich ein Artefakt befand, das sie in ihrem ganzen Leben noch nie gesehen hatte? Ihre Nackenhaare stellten sich auf und sie blickte fragend zu Jason und Mel.

Argor beobachtete sie und grinste hämisch. »Deine neuen Freunde werden dir sicher helfen. Ich weiß, dass die Wissenslichtler ein Buch haben, worin diese Informationen stehen könnten. Du solltest Endemir fragen.«

Luce riss ihre Augen auf. Woher kennt dieser Mann Endemir? Sie war ratlos. Argor wandte sich lachend von ihr ab, drehte sich zum Lichtkreis, der seine vollständige Größe wieder erreicht hatte, und setzte einen Fuß in das Licht.

»Wenn du mir nicht glaubst, dass deine Eltern meine Gefangenen sind, dann schau jetzt hier hinein!«

Unscharfe Bilder flackerten im Licht hin und her. Luce musste ihre Augen zusammenkneifen, damit sie etwas erkennen konnte: dann sah sie ihre Eltern, die mit schweren Ketten an eine Steinwand gefesselt waren. Ihre Körper waren erschlafft. Das Gesicht ihrer Mutter war blutüberströmt, sie hing halb nackt in den Ketten und hatte Wunden am ganzen Körper. Luce schrie und versuchte, sich aus den Fängen Argors zu befreien. Sie wollte in den Kreis springen, um ihre Eltern zu retten, die Argor offenbar beinahe zu Tode gequält hatte. Aber noch immer konnte sie sich nicht bewegen. Die Bilder verschwammen allmählich, bis sie ganz verschwunden waren. Tränen liefen über ihr Gesicht.

»Was hast du mit ihnen gemacht? Du Monster!«

Er stand lachend vor dem Licht: seine roten Augen blitzten sie an.

»Beschaffe mir den Ring, dann lasse ich sie frei! Ich werde sie so lange am Leben erhalten, bis unser Tauschgeschäft abgeschlossen ist«, krächzte er.

Argor richtete den Blick auf seine Untertanen, die Akumas, die augenblicklich zusammenzuckten und die Augen ehrfürchtig senkten. Sie ließen von Jason und Mel ab, die auf dem Boden kauerten, und liefen zum Licht. Die Akumas packten das noch immer daliegende Wesen und gingen langsam voraus, bis sie nicht mehr zu sehen waren. Dann trat auch Argor in den Kreis und wandte sich noch einmal zu Luce. Für einen kurzen Augenblick konnte sich Luce bewegen und sah ihre Chance, Argor zu folgen, um ihre Eltern zu befreien. Sie stürmte los, doch bevor sie das Licht erreichen konnte, erstarrten ihre Beine, ihre Hände, ihr ganzer Körper: Ihre Stimme versagte, kein Wort kam über ihre Lippen. Argor stand vollständig im Kreis und lachte höhnisch.

»Ticktack, ticktack ... Die Uhr läuft, meine Liebe. Und versuche nicht, mich zu hintergehen. Das bekäme dir und deinen Lieben nicht.«

Mit einem lauten Knall war das Licht verschwunden und auch Argor war nicht mehr zu sehen. Das höhnische Lachen hallte schmerzvoll in Luces Ohren, bis es um sie herum dunkel wurde und sie ins Nichts fiel.

Luce schlug die Augen auf und sah in zwei leuchtend blaue Augen, die sie besorgt musterten.

»Luce, ist alles in Ordnung?« Es war Jason, der sie aufgefangen hatte, als sie in Ohnmacht fiel, und vorsichtig auf den Boden gelegt hatte.

»Was ist passiert?«, fragte sie verwirrt und schaute sich um.

Mel war wieder auf den Beinen und lächelte sie von oben an.

»Mel, siehst du bitte nach, ob Jules verletzt ist?«

Jason hatte den Satz noch nicht ganz ausgesprochen, da eilte Mel bereits los.

»Jules!« Luce versuchte, sich aufzusetzen, sackte aber wieder zusammen.

»Ganz ruhig, Kleines, es geht ihm bestimmt gut.«

»Und wenn nicht?« Sie drehte sich mühsam aus seinen Armen, stand mit zittrigen Beinen auf und schwankte zu Jules.

Er lag auf dem Boden und bewegte sich nicht. Mel wollte ihn gerade an die Wand lehnen, als Luce heranstürmte und sich zu ihm setzte. Sie nahm seinen Kopf auf ihre Beine, streichelte liebevoll über seine Haare und wippte hin und her. Tränen liefen ihr übers Gesicht. Ein leises Stöhnen entwich Jules' Mund: er öffnete seine Augen und sah Luce an. Tränenüberströmt erwiderte sie den Blick und flüsterte gequält: »Es tut mir leid.

Alles tut mir so leid, Jules.«

Er sah sich verwirrt um. »Wo bin ich und was ist passiert?«

Jules hielt die Hand an jene Stelle seines Kopfes, mit der er an die Wand geschlagen war, und zischte leise, als er sie berührte.

»Aua! Wer war das und was wollte er von dir, Luce?«

Ihr Körper bebte, ihre Hände ballten sich zu Fäusten und sie starrte gedankenversunken ins Wohnzimmer.

»Ich weiß es nicht.« Sie zog die Schultern hoch und sah fragend zu Jason, der zu ihnen stieß.

»Ich weiß es auch nicht, Luce. Wir müssen unbedingt zur Fabrik zurück und meinem Dad davon berichten. Und dass Jules vielleicht ein Hexer ist, muss er auch wissen.«

Jules schaute ihn fragend an. »Hexer?«

»Und genau deshalb nehmen wir dich jetzt mit.« Mel reichte ihm die Hand, damit er aufstehen konnte.

Jason half Luce auf, die, als sie stand, sofort nach Jules' Arm griff, um ihn zu stützen. Vorsichtig gingen Luce und Jules voran, bis sie die Haustür erreicht hatten und ins Freie traten. Mel und Jason standen im Flur und schauten den beiden nachdenklich hinterher.

»Jason, hast du vorhin das Leuchten in seinen Augen gesehen?«

»Ja«, murmelte er, »Ich bin mir sicher, auch er ist einer von uns.«

Ohne ein weiteres Wort zu verlieren, folgte er Luce und Jules. Mel schaute nachdenklich in das Wohnzimmer, in dem sich gerade etwas Unglaubliches abgespielt hatte. Sie schüttelte sich und ging zu den anderen.

»Können wir los?«, fragte Jason und verließ die Veranda in Richtung des Autos, wo Max wartete: anscheinend hatte er von den Ereignissen nichts mitbekommen.

»Hast du einige Sachen eingepackt?« Mel sah zu Luce, die nur noch Augen für Jules hatte.

»Ich ... Ja. Der Rucksack liegt oben auf dem Bett, ich hole ihn schnell. Kann ich dich kurz alleinlassen, Jules?« Sie lächelte ihn mit einem besorgten Blick an.

»Er wird nicht gleich sterben, wenn du ihn für zwei Minuten

alleinlässt!« Entnervt sah Jason zu Luce, die ihn bitterböse anfunkelte.

Sie drehte sich um, stürmte ins Haus und hastete die Treppe hinauf. Wenig später stand sie mit dem Rucksack in der Hand vor Jason, warf ihm diesen schwungvoll zu und grinste ihn an, wie er sie sonst anzugrinsen pflegte. Verdutzt blickte er sie an, nahm wortlos den Rucksack und drehte sich um. Luce reichte Jules die Hand und half ihm auf. Ihr schlechtes Gewissen, ihn in die Geschehnisse hineingezogen zu haben, nagte an ihr. Wieder dachte sie an Luna: Wenn sie nicht gewesen wäre, säße Jules jetzt wahrscheinlich gemütlich auf seiner Terrasse. Luce hätte sich nie verziehen, wenn ihm etwas zugestoßen wäre: die Anspannung, die Angst und Ablehnung, die sie in seiner Gegenwart empfunden hatte, war verflogen.

Sie klammerte sich an seinen Arm und zog ihn vorsichtig zum Auto. Auf dem Weg dorthin schaute Jules gedankenverloren zum Nachbarhaus und zuckte zusammen.

»Jules, alles in Ordnung? Hast du Schmerzen?« Mit einem angsterfüllten Blick schaute Luce ihn an.

»Nein, ich ...

... ich habe keine Schmerzen«, flüsterte er nachdenklich ...

Kapitel 11

»FÜR MICH BIST DU DER BESTE, UNERSETZBAR, ZWEITE HÄLFTE. OHNE DICH IST ALLES ANDERS, NICHT IM ANSATZ MEHR DASSELBE.«
@QUEENSOFDAYDREAMS

Seit einer knappen halben Stunde saßen alle angespannt im Auto, das sich durch den Abendverkehr quälte. Die Menschen, die ihr Wochenende außerhalb der Stadt verbracht hatten, verursachten einen elend langen Stau. Der Verkehr stand und immer wieder mussten sie warten, bis sich die Automasse langsam fortbewegte. Im Fahrzeug war es totenstill. Jules lehnte mit dem Kopf am Fenster und hatte die Augen geschlossen. Luce saß in der Mitte: den bequemeren Platz hatte sie Jules überlassen. Sie schaute so oft besorgt zu ihm, dass ihr Hals von der Bewegung schmerzte.

Tausend Gedanken schossen ihr durch den Kopf: Die Erinnerung an die rot glühenden Augen Argors verfolgte sie und wenn sie an seine dünnen, knöchernen Hände dachte, lief ihr ein kalter Schauer über den Rücken. Wiederholt stellte sie sich die Frage, ob ihre Eltern noch lebten und was das für ein Geschöpf gewesen war, das Argor bei sich gehabt hatte. War es möglich, dass es sich um ihre leibliche Mutter handelte, die er so achtlos mit sich geschleift hatte? Ein ungutes Gefühl breitete sich in ihrem Magen aus. Wenn es so war, warum durfte das Wesen nicht aus dem Lichterkreis heraustreten und sich ihr zeigen? Wie gern hätte sie Argor diese Frage gestellt. In Luce Kopf drehte sich alles, ein stechender Schmerz pochte in ihren Schläfen.

Weitere Bilder schossen in ihre Gedanken: Wie Jules bewusstlos auf den kalten Fliesen lag und wie er, wie ein Häufchen Elend auf ihrem Schoss kauerte. Sie bekam eine Gänsehaut und Tränen füllten ihre Augen. Sie sah zu Jules, der mit geschlossenen Augen auf dem Sitz döste, atmete tief ein und versuchte, sich zu entspannen. Luce sank in ihren Sitz und schloss die Augen. Erneut zeigten sich Bilder in ihrem Kopf: Jules' Kuss und seine warmen, weichen Lippen, die sich gut anfühlten, sein Liebesgeständnis und die gemeinsame Vergangenheit, die sie jetzt mit anderen Augen sah. Sie versuchte, sich an seinen Geruch zu erinnern, um erschrocken aus der gemütlichen Lage in die steife, angespannte Sitzposition zurückzukehren. Sie glaubte, Minze, Zitrone und Blumen zu riechen – und das war nicht Jules' Duft, sondern Jasons.

Besorgt, dass Jason sie beobachtet haben könnte, sah sie zu ihm nach vorne, um erleichtert festzustellen, dass er gedankenverloren aus dem Fenster starrte. Gedanken wirbelten in ihrem Kopf: Sie erinnerte sich, wie Jason dicht hinter ihr gestanden und seine Finger mit den ihren verschränkt hatte, und dachte an die intensiven Blicke, die sie ausgetauscht hatten. Luce wusste nicht, was all das zu bedeuten hatte. Aber sie wusste genau, dass die Gefühle, die sie für Jason empfand, ganz andere waren als die für Jules.

Blinzelnd sah sie durch die Autoscheibe. Die Sonne leuchtete in allen Farben, die der Sonnenuntergang mit sich brachte und tauchte die umliegenden Bäume in ein dunkles Schwarz. In Kürze würde sich die Sonne verabschieden und die Nacht anbrechen. Langsam fuhren sie auf das große, eiserne Tor zu, das sich schwerfällig öffnete. In der Ferne konnte Luce das alte Backsteingebäude erkennen, das von den letzten Sonnenstrahlen rot angeleuchtet wurde. Imposant ruhte die Fabrik vor ihr, wie eine alte Festung, die niemals eingenommen worden war und auch niemals eingenommen würde. Vier große Türme, die als Wachttürme fungierten, ragten aus dem Gebäude heraus. Mehrere Personen streiften umher und beobachteten mit Ferngläsern die Umgebung. Beeindruckt von diesem schönen Anblick, ließ Luce sich in den Sitz fallen und genoss die letzten stillen Minuten im Auto, bis sie vor dem Eingang hielten. Was hatte sie heute noch zu erwarten? Sicher würde Endemir mit ihr sprechen wollen – und vor diesem Gespräch hatte sie Angst.

Die Jugendlichen stiegen erschöpft aus dem Auto. Mel und Jason verabschiedeten sich liebevoll von Max, der das Auto startete und davonfuhr. Luce griff nach Jules' Arm, hakte sich unter und zog ihn vorsichtig mit sich. Staunend schaute er sich um und man sah ihm an, wie beeindruckt er von dem großen Gebäude war. Jason öffnete die große Holztür und ging schnurstracks auf die drei Torbögen zu. Schnell verschwand er durch einen von ihnen, ohne sich noch einmal zu den anderen umzudrehen. Luce blickte ihm hinterher und erinnerte sich daran, dass auch sie durch einen dieser Bögen gegangen war, um zu Endemir zu gelangen. Er war auf dem Weg zu seinem Vater, um ihm von den Ereignissen zu berichten: Endemir hatte ihnen befohlen, vor Sonnenuntergang zurückzukehren, was sie – wenn auch nur knapp – geschafft hatten. Allerdings hätte Luce es besser gefunden, wenn Jason mit ihr gemeinsam zu Endemir gegangen wäre.

Das Aufeinandertreffen mit Argor steckte Luce in den Knochen, jeder Muskel schmerzte und in ihrem Kopf flimmerte die Erinnerung an die rot glühenden Augen dieses Monsters. Sie musste unbedingt herausfinden, was er genau von ihr wollte und woher er kam. Sie hoffte inständig, dass Endemir ihr weiterhelfen konnte: auch wenn sie ihn nicht besonders sympathisch fand, war Luce auf ihn angewiesen und musste ihm vertrauen. Nachdem sie einmal tief durchgeatmet hatte, wandte sie sich Mel und Jules zu.

»Ich schlage vor, dass wir Jules ins Krankzimmer bringen, damit er untersucht werden kann. Vor allem seinen Kopf sollte sich die Ärztin ansehen. Bei dem heftigen Stoß gegen die Wand könnte er sich etwas getan haben.« Mel sah ihn besorgt an.

»Mir geht es gut. Ich würde nur gern wissen, was das alles zu bedeuten hat. Wo bin ich überhaupt? Kann mir das jemand erklären?«

»Du bekommst deine Antworten. Aber jetzt lassen wir dich erst untersuchen und dann gehen wir zu meinem Dad. In Ordnung?« Auch Mel hakte sich bei Jules unter.

Sie sah ihn fürsorglich an, zerrte ihn den Flur entlang und deutete auf eine Schiebetür, die sich neben den Torbögen befand.

»Ein Fahrstuhl, Mel? Ihr habt einen Fahrstuhl und ich musste vorhin die Treppen nehmen!« Luce löste sich von Jules, verschränkte die Arme vor ihrer Brust und sah sie mit ihren funkelnden Augen an.

Erschrocken zucke Mel zusammen und stotterte: »Ja, aber ich, na ja ... ich ...«

Luce lachte laut auf. »Das war nur Spaß. Ich bin gern mit dir die Treppen gelaufen und die Geschichten waren mehr als spannend.« Luce griente sie verschmitzt an.

Eigentlich war Luce nicht zum Scherzen aufgelegt. Sie hatte heute eine furchtbare Erscheinung gesehen, die ihr gedroht hatte, ihre Eltern zu töten. Aber sie war so erleichtert, dass Jules bei ihr war und dass es ihm gut ging. Außerdem fühlte sie sich in der Fabrik sicher und hoffte, dass sie bald Antworten auf all die Fragen bekäme, die ihr auf der Seele brannten. Auf keinen Fall wollte sie zurück in ihr Haus, in dem sie diese schrecklichen Szenen erlebt hatte: zumindest vorerst nicht. Sie schüttelte sich innerlich und hakte sich wieder bei Jules unter, dessen Gegenwart ihr das Gefühl gab, nicht völlig verrückt zu werden. Sie würde, sobald sich die Ärztin um ihn gekümmert hatte, ein ausgiebiges Gespräch mit ihm führen und ihm alles berichten, was er wissen musste. Das war sie ihm nach diesem Erlebnis, was ihn hätte töten können, schuldig.

Als Mel den Knopf am Fahrstuhl betätigen wollte, sprang auch schon die Tür auf. Luna und ein ausgesprochen gut aussehender Junge stiegen aus und waren in ein lautes Gespräch vertieft. Es endete abrupt, als Luna die drei erblickte und sie argwöhnisch beäugte.

»Ihr seht ja ganz schön mitgenommen aus. Das war wohl kein guter Tag.«

Lunas quakende Stimme holte Luce aus ihren Gedanken. Sie mochte diese Person nicht, rollte mit den Augen und hoffte, dass sie ohne viele Worte an ihr vorbeihuschen konnten. Sie wurde eines Besseren belehrt: Luna versperrte ihnen den Weg. Sie trat auf Jules zu, der einen großen Schritt zurückwich: er hatte sie sofort erkannt. Das konnten alle sehen, denn seine helle, beinahe kalkweiße Gesichtsfarbe ging plötzlich in ein rötliches Leuchten über.

»Schön, dich wiederzusehen.« Sie stolzierte auf ihn zu, schmiegte sich an seine Schulter und lächelte ihn verträumt an. »Du hast also deine kleine Freundin gefunden?«

Jules erstarrte, schwieg und schaute peinlich berührt zu Luce, die Luna einen zornigen Blick zuwarf.

»Oh, wie schön«, trällerte sie weiter, »dann können wir uns ja heute Abend treffen, anstatt zu telefonieren, wie du es mir versprochen hattest. Halb elf bei mir?« Sie sah ihn fragend an und tätschelte seinen Arm.

Ruckartig zog Jules seinen Arm zurück und setzte zu einer Antwort an, als Mel ihm ins Wort fiel. Sie stellte sich vor Jules und funkelte Luna an.

»Jetzt nicht, Luna! Geh einfach, kümmere dich um deine Angelegenheiten und lass Jules in Ruhe. Am besten lässt du uns alle in Ruhe. Bestimmt findest du jemand anderen, dem du auf die Nerven fallen kannst.«

Böse Blicke hagelten auf Mel nieder, aber nicht ein einziges Wort kam über Lunas Lippen. Luce, die sich zu Mel gesellt hatte, trat beiseite, lächelte Luna übertrieben freundlich an und zeigte ihr den Weg. Der gut aussehende Junge, der die Szene lächelnd beobachtet hatte, drängte Luna zum Gehen. Mel, Jules und Luce nahmen den Fahrstuhl und Mel schlug so fest auf den Knopf für die zweite Etage, dass es schmerzte und sie ihr Gesicht verzog. Die Türen schlossen sich und langsam setzte sich der Fahrstuhl in Bewegung.

»Die geht mir so was von auf die Nerven«, setzte Mel an. »Und das, seitdem sie hier mit ihrem Bruder aufgetaucht ist. Haltet euch am besten von ihnen fern, wenn ihr keinen Ärger wollt.«

»Ich hatte nicht vor, heute Abend mit ihr zu telefonieren. Das habe ich nur gesagt, weil ich ...«

Jules' Stimme versagte und er sank kreidebleich an der Fahrstuhlwand hinab. Luce schrie auf, ging in die Knie und beugte sich zitternd zu ihm.

»Jules, wach auf! Was ist mit dir?«

Er lag schwer atmend auf dem Boden und war nicht mehr ansprechbar. Erschrocken hatte Mel alles beobachtet, als die Fahrstuhltür aufsprang und sie geistesgegenwärtig losstürmte: Sie rief Luce zu, dass sie Hilfe hole. Wenige Minuten später – Luce kamen sie wie Stunden vor – kehrte Mel mit zwei Männern zurück, die Jules auf eine Trage hievten und ihn abtransportierten. Luce, die noch immer im Fahrstuhl saß und ihren Tränen freien Lauf ließ, sah ihnen besorgt hinterher.

»Was ist mit ihm?«, murmelte sie zu Mel, die besorgt dreinblickte wie Luce.

»Wahrscheinlich hat Jules eine Gehirnerschütterung. Er wird auf die Krankenstation gebracht, wo sie ihn untersuchen werden. Bestimmt ist es nicht so schlimm.«

Beruhigend tätschelte Mel Luce Schulter, die daraufhin tief einatmete.

»Was mache ich jetzt nur?«

Mel sah sie mitleidig an. »Ich schlage vor, dass wir im Krankenzimmer auf die Ärztin warten.«

Sie half Luce auf und machten sich schweigend auf den Weg zum Krankenzimmer. Die Mädchen setzten sich aufs Bett und starrten auf die weißen, kahlen Wände.

»Was, wenn er nicht mehr aufwacht?« Schluchzend und tränenüberströmt sah sie Mel an. »Das könnte ich mir nie verzeihen!«

»Aber es war doch nicht deine Schuld, Luce. Dieses Monster hat ihn an die Wand geschleudert und nicht du!«

»Aber er war ja allein meinetwegen da. Und das nur, weil ich sauer auf ihn war und mich nicht bei ihm gemeldet habe.« Dicke Tränen kullerten über ihre Wangen.

»Vertrau mir, Luce, er wird schon wieder. Wir haben sehr gute Ärzte und mehr Möglichkeiten jemanden zu heilen, als ihr in der Menschenwelt.« Behutsam strich Mel ihr über den Arm, als die Tür des Krankenzimmers aufsprang und eine zierliche Person mit spitzen Ohren den Raum betrat.

»Du bist bestimmt Luce«, sagte sie freundlich und hielt ihr zur Begrüßung die Hand entgegen.

»Ja, das bin ich. Wie geht es Jules?« Luce schaute sie mit großen Augen an und drücke fest ihre Hand.

»Leider können wir noch nicht viel sagen. Er ist noch bewusstlos. Einige Untersuchungen konnten wir durchführen und sein Kopf scheint in Ordnung zu sein. Aber wir müssen noch einige Tests machen, wenn er wieder bei Bewusstsein ist. Es wird sicher noch ein, zwei Tage dauern, bis er wieder zu sich kommt. Wir haben ihm bereits Medikamente verabreicht. Jetzt müssen wir abwarten, wie er darauf anspricht. Mach dir keine Sorgen, ich bin mir sicher, dass es ihm bald wieder gut geht. Im Moment könnt ihr hier nichts tun – geht euch ausruhen. Morgen werden wir mehr wissen und dann dürft ihr ihn auch besuchen.«

Sie sah Luce freundlich an, wandte sich dann ab und ging zur Tür.

»Danke, Miss Elena«, rief Mel ihr hinterher, atmete erleichtert auf und sah zu Luce. »Siehst du, alles wird gut. Und gleich morgen früh besuchen wir Jules.« Luce wischte sich die Tränen ab und lächelte sie an. »Und jetzt habe ich einen Bärenhunger. Lass uns zu Madame Madeline gehen: sie hat bestimmt noch etwas Leckeres zu essen für uns.«

Mel sprang auf, hielt Luce die Hände hin und strahlte sie an. Luces Gedanken kreisten um Jules. Sie durfte nicht bei ihm sein – was sie schmerzte. Sie hoffte inständig, dass er bald aufwachte. Gedankenversunken ließ Luce sich von Mel hochziehen und sie machten sich schweigend auf den Weg in die Kantine ...

»Geh weg von mir, du hässliches Monster!« Er sah in die großen Augen des Mannes, der dicht vor ihm stand. Alles um ihn herum war hell erleuchtet. Laute Schreie klingelten in seinen Ohren, die nach kurzer Zeit in ein klägliches Jammern übergingen. Sand peitschte in sein Gesicht und sein weißes T-Shirt war mit roten Flecken übersät. Er schaute sich ängstlich um und zuckte bei dem Anblick, der sich ihm bot, zusammen. Überall ragten Arme mit blutigen Händen aus der roten Erde, die nach ihm griffen. Einige Arme waren zerfetzt, als hätte man sie durch einen Fleischwolf gedreht, andere bestanden nur noch aus klappernden Knochen. Angewidert wandte er den Blick ab.

»Gib mir, was ich haben will, oder du endest wie die hier!«

Eine knöcherige Hand zeigte auf die Arme, deren Zahl sich verdoppelt hatte. Er stieß den Mann mit aller Kraft von sich und flüchtete über den heißen roten Sand. Er lief und lief. Er wurde immer schneller, bis seine nackten Füße sich vom Boden lösten und er in den Himmel aufstieg. Der heiße Wind peitschte in sein Gesicht. Immer wieder hörte er die Schreie, die umso leiser wurden, je höher er flog, bis sie ganz verstummten. Der Himmel färbte sich blutrot, dicke, schwarze Wolken zogen als riesige Wand vor ihm auf und Blitze zuckten in alle Richtungen. Das Donnern in den Wolken wurde lauter, bei jedem Knall zuckte er zusammen. Als er unter sich blickte, erkannte er, wie hoch er bereits aufgestiegen war. Mit zusammengekniffenen Augen sah er den Mann und eine große, fellbedeckte Kreatur miteinander kämpfen. Ein kalter, greller Blitz traf ihn unvermittelt, sodass er wild in der Luft umhertaumelte, um dann im Steilflug auf die Erde hinabzustürzen. Er spürte den heißen Wind in seinem Gesicht, bis es dunkel und still wurde ...

Luce und Mel starrten schweigend aus dem Fenster. Sie saßen an einem Tisch in der gemütlich eingerichteten Kantine für die Jugendlichen, die hier zur Schule gingen. An den Wänden hingen Bilder verschiedener Landschaften und in den großen Fensterscheiben leuchteten die hellen Sterne, die sich mittlerweile am Himmel zeigten. Die Theke, an der man sich das Essen holen konnte, bestand aus Birkenholz. Überall standen große Pflanzen, die vom Licht angestrahlt wurden und beruhigend in verschiedenen Farben schimmerten. Gemütliche Sitzecken, die dicht nebeneinanderstanden, aber dennoch eine gewisse Privatsphäre boten, luden zum Verweilen ein. Eine so schöne und gemütliche Kantine hatte Luce nie zuvor gesehen. Der Speisesaal in ihrer Schule war kahl und kühl. Man saß auf alten Klappbänken, die eine große Firma gestiftet hatte: von Gemütlichkeit keine Spur.

Vor den Mädchen stand ein Teller mit Sandwichhälften, die sie jedoch nicht angerührt hatten. Luce rührte geistesabwesend in ihrem Kaffee. Sie dachte daran, wie Jules, von Argor an die Wand geschleudert wurde, später im Fahrstuhl erbleicht und ohnmächtig geworden war. Sie machte sich große Sorgen um ihn und litt darunter, dass sie nicht bei ihm sein konnte. Wie würde es ihm gehen, wenn er aufwachte, ohne Luce an seiner Seite zu haben? Die Schuldgefühle plagten sie so sehr, dass ihr Hungergefühl, das sie kurz zuvor noch verspürt hatte, verschwunden war. Nur der heiße Kaffee, der hervorragend schmeckte, hauchte ihr neue Lebenskraft ein, die sie dringend benötigte: das Gespräch mit Endemir stand ihr noch bevor.

»Ihr habt ja gar nichts gegessen, meine Damen!« Madame Madeline gesellte sich zu ihnen, die Hände in die Hüften gedrückt, und schaute sie vorwurfsvoll an.

Sie war eine kleine, dickliche Person mit lockigem, dunkelbraunem Haar, das einige graue Strähnen aufwies. Mit ihrem außergewöhnlichen Akzent, der die Wörter weich und melodisch klingen ließ, redete sie weiter auf die Mädchen ein.

»Soll ich euch etwas anderes zubereiten? Ich könnte ...«

»Nein, schon gut, Madame Madeline, ich befürchte, wir bekommen heute nichts mehr herunter.« Mel schaute sie freundlich an und schenkte ihr ein dankbares Lächeln.

»Na ja, ihr wisst, wo ihr mich findet, wenn ihr doch noch etwas wollt.« Sie drehte sich um und kehrte hinter die Theke zurück.

Mel hatte Luce auf dem Weg zur Kantine von Madame Madeline erzählt, um die unangenehme Stille zu durchbrechen und Luce aus ihren schweren Gedanken zu holen. Seit Mel denken konnte, war sie immer für sie da gewesen. Sie gehörte sozusagen zum Inventar der Fabrik, wie die alten Schränke, die überall herumstanden. Sie hatte stets für jeden ein offenes Ohr und gab überaus hilfreiche Ratschläge, wenn man Hilfe benötigte. Als Kinder waren Mel und Jason oft heimlich aus ihren Betten geschlichen und hatten es sich bei ihr auf dem Sofa bequem gemacht. Es gab dann eine heiße Schokolade und einen Snack, den Jason besonders liebte. Sie war ihnen die Mutter, die sie nie kennengelernt hatten.

»Da seid ihr ja!«, rief Jason, auf die Mädchen zustürmend. »Ich habe euch überall gesucht!«

Er blickte sie zerknirscht an. Die raue, anklagende Stimme ließ Luce hochschrecken.

»Ist etwas mit Jules?« Zitternd schoss sie von ihrem Stuhl hoch, sah ihn verzweifelt an und atmete hektisch.

»Nein, er liegt noch immer bewusstlos auf der Krankenstation. Aber es scheint ihm soweit gut zu gehen.«

Erleichtert ließ Luce sich zurück auf ihren Platz fallen, zog die Kaffeetasse zu sich und rührte wieder gedankenverloren in ihrem Getränk. Jason runzelte die Stirn und sah zu Mel, die mit den Achseln zuckte.

»Mein Dad möchte dich sprechen, Luce. Eigentlich habe ich ihm bereits alles berichtet, aber er will auch deine Sicht der Dinge hören, damit er seinen Bericht fertigstellen kann. Können wir los?«

Er stand angespannt vor ihr und blinzelte sie an.

Unsicher erhob sie sich und man konnte die Angst in ihren Augen erkennen. Wenn Jason Endemir die Ereignisse bereits geschildert hatte, weshalb sollte sie ihm dasselbe noch einmal berichten?

»Ja, ich bin so weit«, sagte sie leise und etwas eingeschüchtert.

»Sollen wir dich begleiten?« Mel schaute sie liebevoll an, nahm ihre Hand und drückte sie fest.

Luce nickte und ein zaghaftes Lächeln huschte über ihre Lippen. Sie freute sich über Mels Angebot, denn sie fürchtete sich davor, allein mit Endemir zu sprechen: sie brauchte jemanden an ihrer Seite. Mit einem tiefen Seufzer setzte sich Luce in Bewegung und folgte Jason, der bereits vorangegangen war...

Kapitel 12

»DIESE VIELEN GEDANKEN MACHEN SO WENIG SINN, WENN SIE WIEDER UND WIEDER VON VORNE BEGINNEN.«
@QUEENSOFDAYDREAMS

Zögernd betrat Luce das düstere Zimmer Endemirs und sah sich um. Mit zusammengekniffenen Augen versuchte sie, sich an die Dunkelheit zu gewöhnen. Endemir lehnte am Bücherregal und starrte gedankenverloren in ein Buch. Zu Luces Überraschung hatte er die drei Jugendlichen nicht hereinkommen hören. Als Jason sich laut räusperte, erwachte Endemir aus seinen Gedanken und sah alle mit großen Augen an.

»Luce, schön, dass du da bist. Bitte setz dich.« Er zeigte auf die grüne Ledercouch, ging auf sie zu und verfolgte sie dabei mit seinen Blicken.

Luce setzte sich kerzengerade auf das Sofa und vergrub ihre Hände unter dem Sitzkissen. Sie fühlte sich unwohl in seiner Gegenwart, dass ihr ein kalter Schauer über den Rücken lief: warum, konnte sie sich nicht erklären. Er hatte ihr nichts getan und war ihrem Wunsch, nach Hause zu fahren, nachgekommen. Er war nett zu ihr gewesen, ein bisschen herablassend, aber im Großen und Ganzen trat er ihr höflich gegenüber. Womöglich lag es an seiner kräftigen Statur und seinen braunen Augen, deren Blick sie hin und wieder als durchdringend empfand. Aber vielleicht bildete sie sich das auch nur ein: diese neue, aufregende Welt beanspruchte sie so sehr, dass sie keinen klaren Gedanken mehr fassen konnte.

Jeder Muskel war angespannt und in ihren Ohren rauschte es. Sie wischte ihre negativen Gedanken beiseite und versuchte, sich zu konzentrieren, damit sie ihm die Ereignisse detailliert schildern konnte.

»Bitte erzähl mir genau, was passiert ist. Und das von Anfang an.«

Endemir setzte sich ihr gegenüber auf den alten Ohrensessel, überschlug die Beine und rückte das Buch, das er in der Hand hielt, zurecht. Wo sollte sie anfangen? Es war so viel geschehen und sie schien sich noch immer in einem Albtraum zu befinden. Mit zittriger Stimme begann sie zu berichten – von dem grellen Licht, das in ihrem Wohnzimmer taghell geleuchtet hatte, den Akumas, die Mel gefangen gehalten hatten, und von Jason, der die Akumas attackiert hatte. Sie berichtete von Argor, der sie mit seinen roten Augen angestarrt, ihren Namen geknurrt und sie mit seinen kalten, knöchernen Händen festgehalten hatte. Besorgt erzählte sie auch von Jules, den Argor mit einer Handbewegung gegen die Wand geschleudert hatte und der bewusstlos im Krankenzimmer lag. Wortgenau gab sie die Unterhaltung der beiden wieder, in der das Wort »*Hexer*« gefallen war, und eine Gänsehaut breitete sich über ihren Körper aus. Sie durchlebte die Situation noch einmal: Tränen fühlten ihre Augen.

Luce schaute schniefend zu Jason und Mel, die sich hinter Endemir gestellt hatten und sie mit traurigen Augen ansahen. Ihre Gedanken rasten durcheinander, ihr Körper zitterte und ihr Magen verkrampfte sich. Luce musste sich so stark konzentrieren, dass ihre Augen flackerten und die Umgebung unscharf wurde. Sie krallte ihre Finger in das Sitzkissen der Couch, sie fürchtete, in Ohnmacht zu fallen. Hastig schilderte sie weiter die Erlebnisse, die Endemir in das große Buch, das vor ihm lag, aufschrieb. Immer wieder sah er zu ihr hoch und nickte besorgt.

»Hast du eine Idee, wer dieser Argor sein könnte?« Endemir sah sie eindringlich an.

»Ich weiß es nicht. Ich habe diesen Mann, dieses Monster vorher nie gesehen.« Nachdenklich sah sie auf den Boden und überlegte angestrengt, bis es ihr wieder einfiel. »Argor erwähnte deinen Namen und die Wissenslichtler. Er sagte, du könnest mir weiterhelfen. Außerdem hätten die Wissenslichtler ein Buch, worin stehe, wo das Artefakt zu finden sei.« Luce sah ihn fragend an. »Aber das hat dir Jason alles schon gesagt, oder nicht?«

»Ja, das hat er. Aber ich möchte es noch einmal von dir hören. Vielleicht ist ihm etwas entgangen, als er von den Akumas festgehalten wurde.«

Luce schaute zu Jason, der mit den Achseln zuckte, und setzte ihren Bericht fort.

»Argor sagte, dass er, wenn ich den Ring nicht in einer Woche beschaffe, meine Mutter und meine leiblichen Eltern umbringen wird.«

Endemirs Blick durchbohrte sie.

»Er wusste, dass ich adoptiert wurde. Aber meine leibliche Mutter ist bei meiner Geburt gestorben, das haben meine Eltern mir gesagt. Ich versteh das alles nicht. Er sagte auch, dass ich ganz nach meiner leiblichen Mutter käme, als sich in meinen Handflächen Funken bildeten. Dann habe ich Bilder meiner Eltern gesehen: gefesselt und blutüberströmt hingen sie in Ketten an einer Wand.«

Luce sprang auf und funkelte Endemir an. »Wir müssen sie retten!«

Endemir schaute sie von seinem Sessel aus an und atmete tief ein.

»Wir müssen herausfinden, wer deine leibliche Mutter ist. Das könnte der Schlüssel zu Argor sein. Wo sich allerdings der Ring befindet, das weiß hier niemand. Ich werde mich sofort mit den Wissenslichtlern in Verbindung setzen und sie bitten, uns das Buch auszuhändigen. Das wird mich viel Überredungskunst kosten, denn die Wissenslichtler sind ein seltsames Volk. Sie wechseln ständig ihre Aufenthaltsorte und sind nicht leicht aufzuspüren. Hat Argor etwas von den drei anderen Artefakten gesagt?«

»Nein, hat er nicht. Er sprach nur von dem Ring. Und was ist mit meinen Eltern? Wir müssen sie befreien!«

»Da wir nicht wissen, wo sie festgehalten werden, müssen wir uns erst einmal auf deine leibliche Mutter konzentrieren. Du wirst morgen früh zu Miss Elena gehen, damit wir dein Blut untersuchen können. Wir gleichen es mit unserer Datenbank ab, sodass wir deine leibliche Mutter vielleicht identifizieren können. Und dann wirst du in die Vergangenheit reisen.«

Luce sah ihn fragend an.

»In die Vergangenheit reisen? Wie soll das gehen? Und was wird aus meinen Eltern? Wir können sie doch nicht bei diesem Monster lassen!«

»Argor wird ihnen nichts tun, solange er den Ring nicht hat. Er benutzt sie als Druckmittel und wäre sicher nicht so unklug, sie vorher zu töten. Wir konzentrieren uns erst einmal auf die Reise. Ich hoffe sehr, dass deine Mutter die Vergangenheit nicht blockiert hat. Da wir nicht wissen, wer sie ist, musst du morgen allein reisen. Dann könnten wir bereits erste Hinweise darauf bekommen, was Argor mit dem Artefakt vorhat.«

»Aber ... Meine Eltern!«, murmelte Luce.

»Wir kümmern uns so bald wie möglich um sie. Und nun lasst mich allein, ich muss nachdenken und mich mit den anderen Völkern, den Wissenslichtlern und den Zwergen beraten.«

Endemir erhob sich und ging zu seinem Schreibtisch. Langsam ließ er sich auf dem Stuhl nieder und setzte seine Lesebrille auf. Er blätterte in dem Buch mit den Notizen und tippte auf der Tastatur seines Computers.

In Luces Kopf kreisten die Bilder ihrer misshandelten Eltern, die jammernd in Ketten lagen. Wenn sie es genauer bedachte, hatte Endemir sogar recht: Argor würde ihnen nichts tun, solange er den Ring nicht hatte. Er brauchte Luce und wusste, wie sehr sie an ihren Eltern hing. Zähneknirschend nickte sie Endemir zu, der kurz über seinen Brillenrand hochgeblickt hatte. Und dann war da noch die Reise in die Vergangenheit, die Luce beunruhigte.

Vor ihrem inneren Auge kreisten die wildesten Szenarien. Sie stellte sich große, silberne Geräte vor, die lange Nadeln in sie stachen und Blut absaugten. Ein furchtbarer Schmerz jagte durch ihren Körper, wenn sie nur daran dachte. Sie versuchte, sich zu beruhigen und diese bizarren Gedanken zu verdrängen. Wahrscheinlich würde die Blutabnahme ganz normal ablaufen und nicht schmerzen. Aber eine Reise in die Vergangenheit? Sie erinnerte sich an Filme, die sie gesehen hatte, an Szenen, in denen Probanden Geräte aufgesetzt und schmerzhafte Stromstöße durch deren Körper gejagt worden waren. Einige der Menschen, die versucht hatten, mithilfe dieser Technik in die Vergangenheit zu reisen, waren nie mehr aus dem Schmerztrauma erwacht und dazu verdammt, als schwerer Pflegefall dahinzuvegetieren. Würde es ihr auch so ergehen? Sie mochte nicht daran denken, schüttelte sich und wandte sich eingeschüchtert an Endemir.

»Wird die Reise in die Vergangenheit schmerzhaft?«

Er sah sie erneut über den Brillenrand an.

»Nein, keine Sorge. Sie wird nur anstrengend. Also versuche, dich heute Abend auszuruhen. Und jetzt lasst mich allein.«

Schweigend standen alle drei am Fahrstuhl. Luce hing ihren Gedanken nach – was würde sie wohl morgen erwarten? Mel lehnte gähnend an der Wand und schloss kurz ihre Augen. Munter und geistesgegenwärtig war allein Jason, der Luce eindringlich ansah.

»Wir hatten heute alle einen langen und aufregenden Tag. Wir sollten ins Bett gehen und uns ausruhen. Gerade für dich, Luce, wird es morgen anstrengend werden. In die Vergangenheit zu reisen tut zwar nicht weh, aber es ist sehr kräftezehrend.«

»Sollen wir dich morgen begleiten, Luce?« Mel sah sie erschöpft an. »Ach, was frage ich überhaupt. Selbstverständlich begleiten wir dich morgen!«

Sie grinste über beide Backen und drückte schwungvoll auf den Kopf am Fahrstuhl, der sich quietschend in Bewegung setzte. Luce lehnte sich an die Fahrstuhlwand und erst jetzt bemerkte sie, wie müde und erschöpft sie war. Ihr ganzer Körper schmerzte von der ständigen Anspannung des Tages und ihr Magen knurrte laut. Sie seufzte so laut, dass es niemand überhören konnte: Jason drehte sich zu ihr um.

»Hast du Hunger?« Er schaute sie mit einem breiten Grinsen an. »Ich weiß, wo wir noch etwas finden können. Mel, bist du dabei?«

»Nein, tut mir leid, aber ich bin hundemüde und Appetit habe ich auch keinen. Geht ihr nur. Ich lasse mir jetzt ein heißes Bad ein und dann hüpfe ich ins Bett.«

Die Erwähnung eines heißen Bades ließ Luce wieder seufzen, auch sie hätte gern im heißen Wasser entspannt. Aber die Vorstellung, mit Jason allein zu sein, reizte sie mehr: sie würde ohnehin nur darüber nachdenken, was morgen auf sie zukäme. Vielleicht würde sie das Zusammensein mit ihm ablenken. Das allerdings war zweifelhaft, denn Jason rief nach wie vor unbekannte Gefühle in ihr hervor, die durchaus anstrengend sein konnten.

»Okay, ich bin dabei!« Luce lächelte ihn an und stieß sich von der Wand ab.

Die Fahrstuhltür sprang auf und sie fanden sich vor der großen Holztür wieder, die in die Privaträume der Familie führte. Jason sprang voller Tatendrang hinaus und zerrte Luce hinter sich her. Er war so schnell, dass Luce Mühe hatte, mit ihm Schritt zu halten, und sich anstrengen musste, ihm auf den Treppen in die erste Etage zu folgen. Nicht dass sie den Weg nicht auch allein gefunden hätte, sie hatte sich die Wege gut gemerkt, aber sie wollte sich nicht die Blöße geben, nicht mithalten zu können. Ihr wurde schwarz vor Augen und in ihrem Kopf drehte sich alles. Sie hatte seit Längerem nichts gegessen und getrunken: das setzte ihrem Körper zu.

Endlich standen sie vor dem Eingang der Kantine. Die Hände auf ihre Knie gestützt, atmete Luce hektisch ein und aus. Ihre Lunge pumpte und ihre Stirn war mit Schweißperlen übersät. Jason lachte sie an. Wahrscheinlich lachte er sie sogar aus: so genau konnte sie sein Gesicht nicht erkennen, die salzigen Schweißtropfen brannten in ihren Augen. Sie ignorierte ihn und richtete sich mühsam auf. Was musste er nur von ihr denken. Jason war sportlich und die Stufen elegant hinuntergelaufen: und sie hatte sich darauf konzentrieren müssen, die Treppe nicht hinunterzustürzen.

Luce wischte sich die restlichen Schweißperlen von der Stirn, atmete geräuschvoll durch. Mit einem breiten Grinsen öffnete Jason die Tür und gab ihr das Zeichen einzutreten. Alles lag dunkel vor den beiden.

»Es ist niemand mehr hier«, flüsterte Luce.

Vielleicht hätte sie doch besser Mel begleitet. Der kommende Tag würde anstrengend werden und ein bisschen Schlaf würde ihr guttun: Zweifel stiegen in Luce auf. Es war wohl doch keine gute Idee gewesen, sich mithilfe von Jason ablenken zu wollen.

»Vielleicht sollte ich besser zu Bett gehen, Jason.«

»Ach, komm schon, du hast doch Hunger. Das Knurren hat die ganze Fabrik gehört! Glücklicherweise ist niemand mit gezücktem Schwert herbeigeeilt, weil er dachte, es sei ein Akuma im Haus.«

Sie lachte ihn an.

»Wenn aber niemand da ist, woher sollen wir etwas zu essen bekommen? Willst *du* etwa kochen?«

Sie stupste ihn in die Seite und zwinkerte ihm zu.

»Ich und kochen ... Nein, das würde ich dir niemals antun. Das überlasse ich lieber meiner Lieblingsköchin Madame Made...«

Er hatte den Namen noch nicht vollständig ausgesprochen, als die Tür hinter der Theke aufsprang und Madame Madeline geräuschvoll hereinkam.

»Um diese Uhrzeit kann das nur mein Lieblingslichtler sein!«

Sie stürmte auf Jason zu, umarmte ihn und drückte sich fest an seine Brust. Auch er nahm sie fest in seine Arme und küsste sie flüchtig auf die Stirn.

»Mein Junge hat bestimmt Hunger«, trällerte sie mit ihrem außergewöhnlichen Akzent. »Von deinem Lieblingsessen ist noch etwas da. Und für deine kleine Freundin reicht es auch. Mir nach!«

Wortlos und grinsend folgte Jason ihr und zog Luce mit sich. Sie gingen durch die Tür hinter der Anrichte und gelangten in die Küche. Eine weitere Tür führte in die privaten Räume Madame Madelines. Luce fand sich in einem Zimmer wieder, das kitschiger nicht hätte sein können: im Licht flimmerten zahlreiche bunte Porzellan- und Glasfigürchen. In der Mitte des Raums standen ein großer Esstisch und vier bequeme Sessel. Als Luce sich weiter umschaute, entdeckte sie viele Fotos an den Wänden, auf denen Madame Madeline mit verschiedenen Personen zu sehen war, die um die Wette lächelten.

»Ich komme gleich zu euch, ich muss nur schnell das Essen holen«, sagte sie und war bereits durch den kleinen Flur verschwunden.

Luce nahm eine der Figuren in die Hand: Einen kleinen Schmetterling, der auf einer geöffneten Blume saß. Er war so filigran gearbeitet, dass Luce ihn vorsichtig in ihren Händen hielt.

»Den habe ich aus der Hauptstadt der Elben bekommen. Ist der nicht wunderschön?«

Erschrocken stellte Luce den Schmetterling wieder an seinen Platz und murmelte verlegen: »Ja, er ist wirklich hübsch.«

»Bitte setzt euch doch.«

Madame Madeline stellte ein Tablett mit zwei großen Tellern auf den Tisch. Der Duft des Essens strömte angenehm durch den Raum und Luces Magen knurrte erneut. Madame Madeline lachte laut, stellte die Teller vor ihnen ab und Jason stürzte sich wortlos auf das Essen. Auf dem Teller befand sich eine große Portion Nudeln mit einer süßlich duftenden Soße. Luce bedankte sich höflich und probierte von den Nudeln. In ihrem Mund explodierte ein Geschmacksfeuerwerk: die Soße schmeckte so vorzüglich, dass sie ihre Augen nach jedem Happen genüsslich schloss.

Luce und Jason aßen die ganze Portion auf und lehnten sich entspannt in die Sessel. Es tut gut, etwas im Bauch zu haben, dachte Luce, die ihre müden Glieder ausstreckte.

»Hat es euch geschmeckt?«

»Ganz hervorragend, wie immer, Madame Madeline«, grinste Jason, der sich genüsslich die Lippen leckte.

Nachdem der Tisch abgeräumt war, plauderten Jason und Madame Madeline ein wenig. Luce hörte nicht zu, sie war wieder in ihre Gedanken vertieft und überlegte, was morgen geschehen könnte. Was würde sie auf der Reise in die Vergangenheit entdecken? Würde sie ihrer leiblichen Mutter begegnen – oder ihrem Vater, von dem sie noch weniger wusste? Würde sie herausfinden, wer sie war und woher sie kam? Oder sehen, wie ihre Mutter bei ihrer Geburt starb? Bei dieser Vorstellung schossen ihr Tränen in die Augen. Wie gern hätte sie ihre Mutter kennengelernt: Durch die Ereignisse, die sie heute erleben musste, hatten sich die Gefühle noch verstärkt. Allmählich fielen ihre Augen zu, die Müdigkeit zerrte an ihrem Körper.

»Jason, du solltest deine Freundin zu Bett bringen. Ich glaube, da ist jemand sehr müde.« Madame Madeline sah Luce mitleidig an. »Sie kann ja kaum noch ihre Augen aufhalten.«

»Sie ist nicht meine Freundin, sondern *eine* Freundin. Und ja, es wird Zeit fürs Bett.« Er stand auf und reichte Luce die Hand. »Sollen wir?«

Müde machten sie sich auf den Weg zu ihren Zimmern. Sie stiegen in den Fahrstuhl, worüber Luce froh war: die Treppen würde sie nicht mehr schaffen. Sie starrten schweigend auf den Boden. In ihrem Kopf hallten Jasons Worte: **»Eine Freundin«** sei sie. Also doch nur eine von vielen? Aber warum sah er sie manchmal so eindringlich an? Und weshalb hatte er ihre Hand genommen und festgehalten?

Fragen über Fragen, auf die sie keine Antwort fand und die ihren Kopf schmerzen ließen. Offenbar erledigte er seinen Job, indem er ihr etwas vorgaukelte und Informationen entlockte. Sie war verwirrt und wütend zugleich, hatte aber keine Kraft, ihn darauf anzusprechen.

Jason brachte Luce zu ihrer Zimmertür, stellte sich dicht vor sie und schaute ihr tief in die Augen. In ihr begann es zu kribbeln, ihre Hände wurden feucht und sie spielte nervös an ihrem T-Shirt: es war unbehaglich still zwischen ihnen.

»Ähm ... Gute Nacht, Jason.« Sie lehnte sich an die Tür. »Und danke für das Essen bei Madame Madeline.«

Nervös wartete sie auf eine Reaktion Jasons, der sie noch immer eindringlich ansah.

Luce hoffte so sehr, dass er ihre Hand nähme – wie am Nachmittag in ihrem Haus. Aber es geschah nichts. Sie hatte recht: Er wollte nichts von ihr. Traurig drehte sie sich um und öffnete die Tür.

»Gute Nacht, Kleines. Wir sehen uns morgen früh«, flüsterte er.

Als sie sich noch einmal zu ihm umwandte, war Jason bereits in seinem Zimmer verschwunden und Luce hörte die Tür ins Schloss fallen. Mit einem tiefen Seufzer ging sie in das Gästezimmer und setzte sich aufs Bett. Sie zog ihre Schuhe aus, entledigte sich ihrer Kampfuniform und ließ sich rücklings aufs Bett fallen.

Sie starrte an die Decke und begann zu weinen: Gefühle übermannten sie. Luce schloss die Augen und dachte an Jules, der halbtot auf der Krankenstation lag, und an Jason, der vor ihr stand und sie mit seinen wunderschönen, blauen Augen betrachtete.

Die Gedanken an Jules und Jason wechselten einander ab, bis es schwarz um Luce wurde und sie einschlief...

»Bitte hilf uns. Bitte!« Jammernde Stimmen krochen in ihre Ohren, Ketten rasselten und ein lautes, beängstigendes Lachen ging ihr durch Mark und Bein. Zitternd schaute sie sich um und fand sich in einem langen Gang wieder. Von den Steinwänden lief dunkelrotes Blut, das sich in einer Lache auf dem Boden ausbreitete. Arme ragten durch große, eiserne Türen, Hände griffen nach ihr. Und immer wieder hörte sie das Flehen. »Hilf uns. Bitte hilf uns.« Sie versuchte, ihre Füße, die bis zu den Knöcheln in dem dickflüssigen Blut steckten, zu bewegen, aber sie kam nicht voran. Ihr Herz flatterte und ihre Hände zitterten. Sie wandte den Blick nach vorn und sah in der Ferne zwei rot flimmernde Augen, die auf sie zuschwebten. Verzweifelt versuchte sie, ihre Beine zum Laufen zu zwingen, konnte sie aber aus der schmierigen Lache nicht befreien. Die roten Augen waren nur noch wenige Meter von ihr entfernt. Kalter Angstschweiß lief über ihr Gesicht: sie kämpfte mit ihren Füßen, bis ihre Muskeln schmerzten und sie völlig außer Atem war. Die Augen kamen immer näher und musterten sie hasserfüllt. Sie schlug sich die Hände vor das Gesicht und stieß einen lauten, angsterfüllten Schrei aus ...

Kapitel 13

»AUF DER SUCHE NACH ETWAS, NACH LIEBE VIELLEICHT. BIN ES LEID, DIESES SPIEL, NUR ZUM ZEITVERTREIB. ICH WÜNSCH MIR NICHT MEHR, ALS DASS IRGENDWAS BLEIBT, IN DIESER WELT VON VERGÄNGLICHER BESTÄNDIGKEIT.«

@QUEENSOFDAYDREAMS

»Luce, wach auf!«

Sie schlug wild um sich, ihr Körper vibrierte und sie zitterte unkontrolliert mit ihren Beinen. Bis Luce klar denken konnte und bemerkte, dass jemand an ihr rüttelte, vergingen Minuten. Langsam schlug sie die Lider auf und sah in saphirblaue, funkelnde Augen.

»Jason«, murmelte Luce.

Er saß auf ihr, hielt ihre Arme fest und sah sie besorgt an.

»Ist alles in Ordnung?«

Allmählich entspannte sich ihr Körper. Sie sog den Geruch Jasons tief ein, der wie immer nach ihrem alten Zuhause roch, und blinzelte ihn an.

»Das hättest du einfacher haben können, Kleines.«

Verwundert sah sie ihm in die Augen. »Was meinst du damit?«

»Na, das hier!« Er deutete mit seinen Händen auf ihren Körper, dann auf sich selbst und feixte.

»Du Idiot! Runter von mir!« Luce schubste ihn zur Seite und Jason fiel laut lachend auf die andere Betthälfte. Und natürlich musste er noch etwas hinzufügen.

»Ach, und um eines gleich zu klären – für Schläge bin ich der Falsche!« Wieder feixte er sie an.

Luce rollte mit den Augen. »Was machst du hier?«

Er stützte sich auf seine Unterarme und sah zu ihr.

»Du hast laut geschrien. Ich dachte, ich schau bei dir vorbei, um nachzusehen, ob alles in Ordnung ist. Anscheinend hast du einen Albtraum gehabt. Du hast wild um dich geschlagen. Weißt du noch, wovon du geträumt hast?« Fragend schaute er sie an.

Luce setzte sich auf und starrte auf ihre Hände. Der Traum hatte sich so real angefühlt, dass sie noch immer die Hilferufe in ihren Ohren hörte und der moderige Geruch wie Parfüm an ihr zu haften schien. Nachdenklich und zittrig erzählte sie ihm den ganzen Traum, berichtete von den Schreien, dem Blut und den hasserfüllten Augen, die auf sie zugekommen waren. Sie durchlebte den Traum mit all den Ängsten, die sie dabei gehabt hatte, noch einmal. Kalter Schweiß bildete sich auf ihrer Stirn, Tränen schossen in ihre Augen und liefen über ihre Wangen. Zärtlich wischte Jason diese aus ihrem Gesicht und nahm sie in den Arm.

»Alles ist gut. Es war nur ein Traum. Wenn du möchtest, bleibe ich heute Nacht bei dir.«

Ihr Atem ging unregelmäßig und ihr Herz pochte in der Brust, als sie ihm in die Augen schaute. War es der Traum, der sie nervös machte? Oder war es die Gegenwart Jasons, der sie so liebevoll in seinen Armen hielt? Sie konnte ihre Gefühle nicht auseinanderhalten und war verwirrt. Ihr Gesicht wurde heiß, sie befreite sich aus seiner Umarmung und wandte den Blick peinlich berührt von ihm ab. Luce zog sich die Bettdecke bis zum Kinn und starrte schüchtern vor sich hin.

»Natürlich nicht in deinem Bett, ich würde es mir im Sessel bequem machen. Es sei denn …«

Ihr Herz stockte und die Röte, die sich wieder zurückgezogen hatte, flammte erneut auf. Hatte Luce das richtig verstanden – Jason wollte bei ihr im Bett übernachten? Es kribbelte in ihrem ganzen Körper bei dem Gedanken, Seite an Seite mit ihm einschlafen zu dürfen: Ihr Verstand riet ihr klar und deutlich davon ab. Sie kannte ihn erst seit ein paar Tagen und ja, die Gefühle für ihn konnte sie nicht leugnen, aber so einfach wollte sie es ihm nicht machen. Sie war kein Mädchen, das unüberlegt einen fremden Jungen in ihr Bett ließ, Albtraum hin oder her: Dennoch wollte sie ihm zeigen, dass sie durchaus Interesse an ihm hatte. Luce nahm sich ein Kissen, zwinkerte ihm zu und warf es mit voller Wucht gegen seinen Kopf.

»Du im Sessel, ich im Bett!«

Jason zuckte mit den Schultern, stieg aus dem Bett und zog den Sessel bis zum Bettrand vor. Er ließ sich hineinfallen und schlug die Beine elegant über die Lehne. Luce drehte sich auf die Seite, mummelte sich in die Bettdecke und blickte ihn verträumt an. Es sah unglaublich sexy aus, wie er sich in den Ohrensessel gefläzt hatte. Das weiße T-Shirt hing locker an seinem Oberkörper herab, sodass sich, als er die Beine über die Lehne schwang, ein Teil seiner Bauchmuskeln zeigte, was in Luce wieder ein Kribbeln erzeugte. Ein verschmitztes Lächeln huschte über ihre Lippen, zugleich ermahnte sie sich, Jason nicht anzustarren. Im Zimmer herrschte eine aufgeladene Stimmung: auch Jason hatte sie von oben bis unten gemustert und amüsiert gelächelt.

Um die unangenehme Stille zu durchbrechen, fragte Luce leise: »Erzählst du mir etwas von dir?«

Luce wollte gern mehr über ihn erfahren: wie er als Kind gewesen war, was er gern mochte und etwas über seine Welt, die für sie so neu war.

»Was hältst du davon, wenn ich dir etwas vorlese? Ich kenne ein Buch, aus dem mein Dad mir immer vorgelesen hat, als ich nicht einschlafen konnte.«

»Solange es nichts mit Monstern zu tun hat, bin ich für alles offen.«

Er lachte, sprang auf und ging zur Badezimmertür, welche die beiden Zimmer miteinander verband.

»Versprochen, keine Monster. Bin gleich wieder da!«

Aus dem anderen Zimmer hörte sie ihn in seinem Schrank wühlen und leise fluchen. Anscheinend suchte Jason nach dem Buch, konnte es aber nicht finden. Die Minuten vergingen und Luce fielen die Augen zu: die Müdigkeit bemächtigte sich ihrer. Nach wenigen Sekunden hatte sie den Kampf verloren und Luce sank in einen tiefen Schlaf. Als Jason zurück ins Zimmer kam, schlief sie tief und fest. Enttäuscht beugte er sich zu ihr und strich ihr eine Haarsträhne aus dem Gesicht. Dann setzte er sich auf den Sessel, machte es sich gemütlich und ließ sie nicht mehr aus den Augen.

Luce erwachte schlaftrunken in ihrem Bett. Das Zimmer war dunkel, nur das Licht der kleinen Nachttischlampe schien schwach in den Raum. Ihr Schädel brummte, ihr Mund war staubtrocken und jeder Muskel schmerzte. Was war geschehen? Warum hatte sie solche Schmerzen? Sie konnte sich an nichts erinnern: ihr Kopf war leer. Schwerfällig versuchte sie, sich aufzusetzen, als sie eine leichte Bewegung neben sich wahrnahm. Schnell ließ sie sich wieder ins Bett gleiten und ihr Körper versteifte sich. Vorsichtig schaute sie an sich herab, weil etwas schwer auf ihrer Hüfte lag: Schemenhaft konnte sie den Umriss eines Arms erkennen. Ihr Herz raste und sie hielt die Luft an. Das konnte nur Jason sein, der zu ihr ins Bett gekommen war. Aber hatte sie ihm nicht ausdrücklich gesagt, dass er auf den Ohrensessel gehöre und nicht zu ihr ins Bett?

Luce dachte angestrengt nach. Hatte er ihr Zwinkern missverstanden. Was sollte sie tun? Bedächtig drehte sich Luce um: tatsächlich, dicht neben ihr lag Jason! Er atmete gleichmäßig ein und aus, seine Augen waren fest verschlossen und seine Gesichtszüge wirkten weich und zart. Das warme Licht ließ seine Haut goldbraun schimmern und die blonden, wild abstehenden Haare zauberten ein Lächeln auf Luces Lippen. Er sah so verdammt gut aus, dass sich das Kribbeln, das sie immer bekam, wenn Jason in ihrer Nähe war, wieder über ihren Körper ausbreitete. Verkrampft schaute sie ihn an und fragte sich erneut, was sie tun sollte: Ihn wecken, um ihm zu sagen, dass er in ihrem Bett nichts zu suchen hatte? Nein, das wollte sie ganz sicher nicht, das wäre gelogen: was die Schmetterlinge in ihrem Bauch eindrucksvoll demonstrierten. Sollte sie auf ihren Verstand hören, der laut in ihrem Kopf rebellierte und ihr sagte: »*Lass die Finger von ihm!*« Alles spielte verrückt: Ihr Herz pochte, als hätte sie einen Fünf-Kilometer-Lauf hinter sich gebracht, ihre Hände zitterten und sie hatte Gänsehaut. Aufgewühlt atmete sie tief ein, um sich ihrem Verstand zu widersetzen und ihren Gefühlen freien Lauf zu lassen.

Luce berührte sein Gesicht, lächelte und drehte sich mit einem zufriedenen Seufzer zurück in ihre Ausgangsposition. Sie bemerkte, wie Jason an sie heranrückte, seinen Arm fester um ihre Hüften schlang und sie mit einem Ruck noch dichter an sich heranzog: Sein warmer Atem jagte ihr einen Schauer über den Rücken. Das Blut schoss durch ihren Körper, ihr wurde abwechselnd heiß und kalt. Durcheinander und überwältigt von ihren Gefühlen, sog Luce die Luft in ihre Lunge und entschied endgültig, sich auf Jason einzulassen. Ob dies die richtige Entscheidung war, konnte sie nicht beurteilen, aber es war das, was sie wollte und brauchte.

Sie rutschte dichter an Jason heran und legte ihre Hand auf seinen Arm. Angespannt und aufgeregt versuchte sie, wieder einzuschlafen. Draußen war es stockfinster und ihre innere Uhr sagte, dass die Zeit zum Aufstehen noch nicht gekommen sei. Wieder und wieder schloss und öffnete sie ihre Augen: Wilde Gedanken spukten in ihrem Kopf, darunter war auch Jules. Was würde er wohl sagen, wenn er sie so sehen könnte. Er hatte ihr seine Liebe gestanden, sie geküsst und sie hatte seinen Kuss erwidert – nicht weil sie sich dazu gezwungen gefühlt hätte, sondern weil es ihr gefallen hatte. Alles war so vertraut, wenn Jules sie in den Arm nahm: aber etwas fehlte. Bei Jason hingegen lockte das Unbekannte, das Neue, das Aufregende. Er erzeugte Gefühle in ihr, die sie bei keinem Jungen gespürt hatte. Allein bei seiner Anwesenheit, kribbelte es in ihrem Körper. Die Gewissheit des Beschütztseins, wenn er sie fest in den Arm nahm, hatte sie nur bei ihm, nicht bei Jules.

Ein schlechtes Gewissen plagte sie. Jules befand sich bewusstlos auf der Krankenstation und sie lag eng umschlungen mit einem mehr oder weniger fremden Jungen im Bett: fair Jules gegenüber war das nicht. Tränen füllten ihre Augen und ihr Herz wurde schwer. Aber sie fühlte sich so wohl in Jasons Nähe. Bestimmt würde Jules das verstehen, dachte sie. Sie kniff die Augen zusammen: nein, er würde es nicht verstehen! Er wäre außer sich vor Wut, wie am Nachmittag in ihrem Haus, als Jason sich vor sie gestellt und Jules von ihr weggerissen hatte. Sie hatte nicht im Traum daran gedacht, dass Jules eifersüchtig gewesen war. Erst als er ihr seine Liebe gestanden und sie zärtlich geküsst hatte, war ihr bewusst geworden, dass der Wutausbruch ihr und Jason galt. Luce Gedanken wechselten ständig zwischen Jules und Jason hin und her und verwirrten sie, dass ein leichter Schmerz in ihren Schläfen pochte und sie erschöpft die Augen schloss. Luce kuschelte sich in ihr Kopfkissen. Morgen war ein neuer Tag und den heutigen wollte sie mit Jason beenden. Und niemand wird ihr das vermiesen, auch nicht Jules, dachte sie, gähnte müde, kniff die Lider noch fester zusammen und versank in einen tiefen Schlaf.

Die ersten Sonnenstrahlen durchströmten das Zimmer: Weit entfernt hörte man die Vögel zwitschern. Der Morgenduft wehte durch das Fenster und eine angenehme, kühle Luft hatte sich im ganzen Zimmer ausgebreitet. Blinzelnd öffnete Jason seine Augen. Mit einem einfühlsamen Blick sah er zu Luce, die sich an ihn gekuschelt hatte und fest schlief. Ihre Haare waren zerzaust, ihr Atem ging ruhig und ein Lächeln lag auf ihren Lippen. Immer wieder war sie schreiend aufgewacht, bis er sich zu ihr gelegt und sie fest in den Arm genommen hatte. Erst dann hatte sie sich beruhigt und war nicht mehr aufgewacht.

Nie hatte er einfach so mit einem Mädchen im Bett gelegen. Er suchte immer nach einem bestimmten Gefühl, das er bei einem dieser Mädchen zu finden hoffte. Aber bei keinem fand er, was er suchte. Und nun lag er mit einem Mädchen im Bett, das er nur wenige Tage kannte und in ihm etwas auslöste, was er nicht mehr zu finden geglaubt hatte. Luce war ein besonderes Mädchen. Das hatte er gewusst, als er sie das erste Mal auf der Party getroffen hatte: Ein Blitz durchzuckte seinen Körper, als sie sich berührten. Der Angriff, den Jason nicht verhindern konnte, und ihre Hilflosigkeit berührten ihn auf unerklärliche Weise. Die Berührungen in Luces Haus, ihre Blicke, all das ließ ihn nicht zur Ruhe kommen: sie ging ihm nicht mehr aus dem Kopf. Er wehrte sich dagegen und spielte sich auf, womit er sie abschrecken wollte und auf Distanz zu halten versuchte. Aber seinen Gefühlen konnte er nicht ausweichen: er lag mit ihr im Bett und genoss es so sehr, dass sich ihm der Kopf drehte.

Angestrengt dachte er nach. Waren das die Gefühle, die er suchte? Er strich ihr eine Haarsträhne aus dem Gesicht und Luce seufzte leise. Ihre Hand lag entspannt auf seiner Brust und bewegte sich im Takt seines Atems. Gedankenverloren fing Jason an, ihren Arm zu streicheln. Luce bewegte sich, streckte ihre Arme von sich, um sich schwungvoll umzudrehen. Schlaftrunken nahm sie seinen Arm und zog ihn mit auf die Seite. Sie spreizte die Finger, um sie mit den seinen zu verschränken, und drückte sie fest zusammen. Mit einem Ruck zerrte sie ihn dichter an sich heran und ein leises Stöhnen entwich ihrem Mund.

Jasons Gefühle überschlugen sich. Ihre Nähe brachte sein Blut in Wallung und alles in ihm spannte sich an, bis in den letzten Winkel seines Körpers. Immer wieder versuchte er, sich zurückzuhalten, aber es siegte das Gefühl.

Er küsste ihre Schulter, ihr Schlüsselbein: Luce Körper spannte sich an, Jason konnte ihre Gänsehaut mit seinen Lippen spüren. Sie schmiegte sich noch dichter an ihn. Sein Mund glitt zu ihrem Hals und er schmeckte das Salz auf ihrer Haut. Langsam drehte sie sich zum ihm um und er schaute in kleine, schlaftrunkene, grüne Augen, die ihn sehnsuchtsvoll anschauten. Er löste seine Hand aus ihrer Umklammerung, um ihr Gesicht zu streicheln. Ihre Köpfe wanderten dichter aufeinander zu und nur wenige Zentimeter trennten ihre Lippen voneinander. Sie hatte die Augen bereits geschlossen und Jason bemerkte, wie sehr sie auf einen Kuss von ihm wartete. Ein Lächeln huschte über sein Gesicht und auch er schloss seine Augen und bewegte sich behutsam auf sie zu.

»Jason!«

Ruckartig zuckte Jason von Luce weg, sprang wie von einer Tarantel gebissen aus dem Bett und stand kerzengerade neben dem Sessel. Er starrte mit großen, erschrockenen Augen auf die Tür, die weit offen stand.

»Dad!«, murmelte er.

Endemir stand mit offenem Mund da, die Hände wütend in die Hüften gestemmt, und schaute abwechselnd zu Jason und Luce.

»Was um alles in der Welt macht ihr hier?«

Seine Worte klangen rau, kalt und er sah Jason wütend an. Luce war wie vor den Kopf gestoßen: sie setzte sich auf und zog die Bettdecke bis zum Hals.

Mit hochrotem Kopf blaffte Endemir Jason an: »Ich möchte dich sofort in meinem Büro sprechen! Und du ...«, er zeigte auf Luce, die wie versteinert im Bett saß, »... begibst dich sofort auf die Krankenstation zu Miss Elena!«

Endemir drehte sich wütend um und verließ das Zimmer.

Er schlug die Tür zu: Der Knall hallte durch die ganze Fabrik. Luce und Jason tauschten erschrockene Blicke aus.

»Ich muss jetzt los. Ich sollte meinen Dad lieber nicht warten lassen.«

Er sah sie traurig an und ging zur Tür.

»Warte, Jason!«, rief Luce, sprang aus dem Bett und fiel ihm in die Arme.

»Danke, dass du heute Nacht bei mir geblieben bist.« Sie drückte sich fest an seine Brust.

Er sagte nichts, schaute ihr nur tief in die Augen. Dann nahm er ihr Gesicht liebevoll in die Hände. Sein Herz schlug schnell und seine Gedanken überschlugen sich: Luce bewegte sich auf ihn zu. Sollte er sie wirklich küssen? Würde er das Richtige tun – oder würde er den Kuss bereuen? Ihre Lippen näherten sich einander – doch erneut flog die Tür auf.

»Himmel nochmal!«, entfuhr es Jason. »Kann denn niemand in diesem verdammten Haus anklopfen?«

Wütend sah er Mel an, die wie versteinert in der Tür stand. Luce wich erschrocken zurück.

»Ich, ich ...« Mel sah zu Jason, der ihr böse Blicke zuwarf. Sie entschuldigte sich leise. Jason verdrehte die Augen, wandte den Blick zu Luce und lächelte sie traurig an.

»Ich muss jetzt los. Wir sehen uns später.« Er verließ das Zimmer und Luce schaute ihm sehnsüchtig hinterher.

Jason trottete zu Endemirs Büro. Bevor er an der Tür klopfte, atmete er tief durch. Er war sich nicht sicher, was ihn erwarten würde. Wie Endemirs Tonfall vermuten ließ, würde er ihn maßregeln wollen. Er tat dies immer, wenn er Jason mit einem Mädchen erwischte. Warum das so war, konnte er sich nicht erklären. Aber eines wusste er genau: heute würde er nicht klein beigeben und ihm mitteilen, wie wichtig Luce ihm geworden war. Was genau er für sie empfand, konnte er nicht sagen, dafür war es zu früh. Aber er sehnte sich nach ihr – und das von Tag zu Tag stärker. Er dachte an ihre grünen Augen, die ihn schlaftrunken angeschaut hatten, und ihren sehnsuchtsvollen Blick, als er sie hatte küssen wollen. Ihre zarten Berührungen gingen ihm nicht mehr aus dem Kopf und verursachten ein angenehmes Kribbeln in seinem Körper. Er lächelte still und hoffte, bald wieder bei ihr zu sein.

Mit einem Ruck öffnete sich die Tür von Endemirs Büro und

Luna, die nun vor ihm stand, schaute ihn mit einem selbstgefälligen Blick an.

»Der Tag wird ja immer besser! Schön, dich zu sehen, Jason!« Er schaute sie verwirrt an.

Ohne ihr eine Antwort zu geben, drängte er sich an ihr vorbei. Endemir hatte bereits nach ihm gerufen, nachdem er wohl gehört hatte, wer vor der Tür stand. Er deutete mit dem Finger in das Zimmer, schloss die Tür hinter sich und atmete erleichtert aus.

Luna kostete ihn Nerven. Jason hatte damals, als sie aus der Hauptstadt der Elben zu ihnen gezogen war, ein kleines, aber intensives Techtelmechtel mit ihr angefangen. Dieses Intermezzo bereute er jetzt zutiefst. Damals musste er feststellen, dass Luna nicht die war, wofür er sie gehalten hatte. Wie sie mit Menschen umging, dass sie ständig lauschte, dass sie sich für etwas Besseres hielt, weil sie die Erstgeborene einer der wichtigsten Lichterfamilien war: all das nervte ihn. Er beendete die Affäre, bevor sie richtig begonnen hatte. Luna hatte es ihm nie verziehen und wollte es noch immer nicht wahrhaben. Unentwegt bedrängte sie ihn, machte eindeutige Angebote und küsste ihn vor anderen, um zu zeigen, dass sie noch ein Paar waren. Oft stellte sie ihm nach und beobachte ihn mit anderen Mädchen: sie ging zu seinem Dad, um ihm davon zu berichten, was immer in einem heftigen Streit endete. Jason hatte viele Gespräche mit Luna geführt, aber sie wollte einfach nicht aufgeben. Am besten war es, sie zu ignorieren.

»Da bist du ja endlich! Wir müssen uns über Luce unterhalten!«

Endemir saß hinter seinem Schreibtisch und schaute ihn wütend an. Jason blieb demonstrativ vor ihm stehen und verschränkte die Arme vor seiner Brust.

»Was hast du dir nur dabei gedacht?«

Jason funkelte ihn böse an. »Was meinst du?«

»Du weißt genau, was ich meine! Ich möchte, dass du dich von Luce fern hältst. Wir wissen nicht, woher sie kommt und wer sie ist. Wir wissen überhaupt nichts über sie. Wir brauchen sie als Mittel zum Zweck: so solltest du sie behandeln. Oberste Priorität hat jetzt, herauszufinden, wer Argor ist und weshalb er nach dem Artefakt sucht. Wir können uns keine Ablenkungen erlauben. Ist das klar?«

Endemir hatte sich von seinem Stuhl erhoben.

»Außerdem möchte ich dich bald darauf vorbereiten, die Leitung der Fabrik von mir zu übernehmen. Dafür werde ich dich Schritt für Schritt einweisen. Die Ablenkung durch Luce ist nicht vorteilhaft. Du brauchst einen klaren Kopf, um die Vorgänge hier zu verstehen, und volle Konzentration.«

Einige Male hatte Endemir mit ihm über die Leitung der Fabrik gesprochen. Doch Jason hielt sich für viel zu jung, um eine so verantwortungsvolle Aufgabe zu übernehmen. Er stand kurz vor seinem zwanzigsten Geburtstag. Seine besondere Fähigkeit hatte sich noch nicht gezeigt und seine Erfahrung reichte seiner Meinung nach nicht aus, um die Fabrik zu leiten. Er fühlte sich nicht bereit, solch ein ehrenvolles Amt zu übernehmen und eigentlich wollte er das prinzipiell nicht. Er hatte ganz andere Vorstellungen als sein Vater: Er wollte in die anderen Welten reisen, dort weitere Fähigkeiten erwerben und mehr Erfahrung sammeln: nicht in einem verstaubten, alten Büro sitzen.

Ihm schwirrte der Kopf.

»Dad, es tut mir leid, aber ich werde Luce nicht benutzen, um an Informationen zu kommen. Ich mag sie und sie ist ein besonderes Mädchen. Ich werde alles tun, um dieses Monster zur Strecke zu bringen, aber ohne Luce dabei als Mittel zum Zweck zu missbrauchen!« Jason stand noch immer kerzengerade vor ihm.

»Es ist mir egal, was du davon hältst. Du wirst tun, was ich dir auftrage, es gibt keine Diskussionen!« Endemir sah ihn fordernd an und kam hinter seinem Schreibtisch vor.

Jason kochte vor Wut, das Blut schoss durch seinen Körper und er ballte seine Hände zu Fäusten, sodass die Knöchel weiß hervortraten. Aufgewühlt starrte er seinen Vater an, seine Augen glühten. Er wollte ihm sagen, dass er seine Anweisungen zu ignorieren gedenke, als eine sonderbare Anspannung seine Muskeln befiel. Seine Augen weiteten sich und er verspürte einen Schmerz, der ihm fremd war – plötzlich hörte er die Stimmen verschiedener Personen, obwohl sich außer ihm und Endemir niemand im Büro befand. Verdutzt schaute er sich um und sah ängstlich zu Endemir, der ihn mit verengten Augen musterte.

»Dad, irgendetwas stimmt hier nicht. In mir geschied etwas, was ich nicht beschreiben kann.«

Er hatte den Satz noch nicht ganz ausgesprochen, als er zusammensackte und in ein tiefes, schwarzes Loch fiel …

»*Hilf mir!*« *Ein Flüstern kroch in seine Ohren und er blickte sich erschrocken um. Er stand in einem dunklen Wald. Kein Sonnenstrahl durchdrang das dichte Geäst und es war bitterkalt. Stimmen hallten in seinem Kopf und als er eine Hand auf seinem Rücken spürte, zuckte er zusammen.*

»Alles wird gut. Wir werden sie gemeinsam retten.«

Eine ihm bekannte Stimme beruhigte ihn. Im Laufschritt eilten er und die Person, die ganz in Schwarz gehüllt war, durch den Wald. Die Bäume flogen an ihm vorbei. Ein Schwarm Vögel, der eben noch auf den Ästen gesessen hatte, erhob sich panisch und unter lautem Geschrei in die Luft. In weiter Ferne konnte er ein dunkelhaariges Mädchen sehen, das von ihm abgewandt in einen Abgrund blickte. Er vermochte aus dieser Entfernung nicht zu erkennen, wer es war. Er wurde schneller und sein Begleiter, der gerade noch neben ihm gelaufen war, schien sich verwandelt zu haben, er erhob sich in die Luft. Ein lautes Kreischen – wie von einem Raubvogel – ertönte und ein dumpfes Knurren hallte durch den Wald. Sein Herz zuckte, seine Augen schmerzten und er zitterte am ganzen Körper. Es waren nur noch wenige Meter, bis er das Mädchen erreichen würde. Doch seine Beine versanken in einer Lache aus Blut, die sich auf dem Waldboden ausgebreitet hatte. Mit aller Kraft versuchte er, sich zu befreien, als er eine kalte, raue Stimme in seinem Ohr hörte.

»Du wirst sie nie retten können!« Im selben

Moment sprang das Mädchen schreiend in die Tiefe ...

Kapitel 14

»EIN KLARER BLICK IST SO WICHTIG, SUCHEN VERKRAMPFT, DOCH SCHAUEN NICHT RICHTIG. LAUFEN VORBEI AN WAS AUCH IMMER ES SEI. IRREN IM DUNKELN, VERZERRTE SICHT, GEBLENDET VOM FUNKELN, DOCH SEHEN ES NICHT.«

@QUEENSOFDAYDREAMS

»Du und Jason! Ich wusste es!« Mel schloss die Tür und ging aufgeregt zu Luce.

Mit einem neugierigen Blick zerrte sie Luce in Richtung Bett und ließ sich hineinfallen.

»Du musst mir alles erzählen! Habt ihr euch geküsst? War er die ganze Nacht bei dir? Nein, habt ihr etwa …?«

»Hör auf, Mel. Nein, haben wir nicht. Wir haben uns nicht einmal geküsst!«, niedergeschlagen blickte Luce auf die Tür.

Sie hätte ihn gern geküsst und sich weiter an ihn gedrückt, um sein Herz schlagen zu hören. Luce versank in ihren Gedanken. Dieses wohlige Kribbeln, das sie empfunden hatte, als Jason sie berührt und am Hals geküsst hatte, seine blauen Augen, mit denen er sie sehnsüchtig angesehen hatte, sein laut pochendes Herz – all das raubte ihr den Verstand. Sie schlang die Arme fest um ihren Körper und stellte sich vor, wie Jason ansetzte, um sie zu küssen. Ihr Herz raste, ihre Hände zitterten und ihr Atem ging schneller. Dumpf hämmerte Mels Geplapper in ihren Ohren und aus dem Augenwinkel nahm sie ihre wilden Handbewegungen wahr, die Luce aber ignorierte. Sie hätte nicht im Traum daran gedacht, dass Jason auch etwas für sie empfinden könnte. Trotz der Abweisung gestern Abend und der vereinzelten unfreundlichen Bemerkungen hatte sie die Hoffnung zwar nie ganz aufgegeben, aber sicher war sie ihrer Sache nicht: dann lag er neben ihr und wollte sie küssen. Sie schloss die Augen, erinnerte sich an seinen Geruch und sog seufzend die Luft ein.

»Luce! Was ist denn nun passiert? Bitte, bitte erzähl es mir!«

Mit einem Ruck wurde Luce aus ihren Gedanken gerissen und schüttelte sich.

»Nichts ist passiert, Mel. Ich hatte einen Albtraum und Jason hat nach mir gesehen. Ich bat ihn, bei mir zu bleiben, was er auch tat. Es ist nichts weiter passiert.«

Dass Jason bei ihr im Bett geschlafen hatte und sie sich einander nähergekommen waren, verschwieg sie. Sie war sich nicht sicher, ob Jason es befürworten würde, wenn sie alles ausplauderte: schließlich wusste sie nicht, ob er ihre Gefühle wirklich erwiderte. Klar war lediglich, dass er ihr gehörig den Kopf verdreht hatte. Alles Weitere wollte sie auf sich zukommen lassen. Wenn es ihr doch nur gelänge, die Schmetterlinge in ihrem Bauch im Zaum zu halten.

»Sobald etwas passiert, bist du die Erste, der ich davon erzähle. Versprochen.«

Luce war versucht, Mel alles zu berichten. Sie hatte sie lieb gewonnen, wie eine richtige Freundin, die sie nie gehabt hatte. Zwar hatte sie Jules: aber eine Freundin zu haben, mit der man sich über Jungs unterhalten konnte, war doch etwas anderes. Liebevoll schaute sie zu ihr hinüber.

»Na ja, wer weiß, was noch alles passiert. Auf jeden Fall habe ich Jason noch nie so wütend gesehen, wenn ich ihn mit einem Mädchen erwischt habe.« Sie feixte Luce an, sprang elegant vom Bett und zupfte ihr T-Shirt zurecht.

»Wir müssen jetzt zur Krankenstation aufbrechen. Miss Elena wird bestimmt schon warten.«

Bei der Erwähnung der Krankenstation zuckte Luce zusammen. Jules! Den hatte sie bei all der Aufregung beinahe vergessen.

»Meinst du, Jules ist schon aufgewacht und wir können ihn besuchen?«

»Ich weiß es leider nicht. Aber das bekommen wir raus! Aber nur, wenn wir uns jetzt beeilen. Los, beweg deinen süßen ...«

Das Wort verschluckte sie, lächelte Luce entschuldigend an, die mit einer hochgezogenen Augenbraue zu ihr schaute. Nachdem sich Luce schnell im Bad frisch gemacht hatte, begaben sie sich auf den Weg.

Die Mädchen hatten die Krankenstation schnell erreicht, Mel flitzte wieder durch die Gänge. Luce versuchte, mit ihr mitzuhalten, aber ihre Kondition versagte erneut kläglich. Sie nahm sich vor, künftig mehr Sport zu treiben. Keuchend und erschöpft stand Luce in einem breiten, langen Flur, wischte sich die Schweißperlen von der Stirn und blickte sich suchend um. Es war totenstill, niemand war auf dem Gang zu sehen. Mühsam setzte sie ein Bein vor das andere. Ihre Blicke wanderten von Tür zu Tür, in der Hoffnung, auf einem Türschild Jules' Namen zu finden. Sie wollte ihn vor ihrer Reise in die Vergangenheit besuchen und sehen, ob es ihm besser ging. Leider stieß sie auf keinem Schild auf seinen Namen und schaute traurig zu Mel, die hektisch im Flur umherlief.

»Wo sind denn alle hin?«

Sie ging entschlossen den Flur entlang und klopfte schwungvoll an die letzte Tür. Luce trottete ihr langsam hinterher. Ein leises »*Herein*« drang durch die Tür und die Mädchen traten vorsichtig ein und schauten sich um. Miss Elena saß an ihrem Schreibtisch und blätterte aufgeregt in einem Buch.

Ohne den Blick davon abzuwenden, sagte sie: »Oh, da seid ihr ja schon! Bitte entschuldigt, ich muss noch etwas für einen Notfall nachlesen.«

Sie zögerte zunächst, schloss dann aber das Buch und begrüßte die Mädchen freundlich. Im selben Moment klingelte ihr Handy und Miss Elena zuckte erschrocken zusammen.

»Bitte entschuldigt, da muss ich rangehen. Ich bin gleich wieder da.«

Sie huschte aus der Tür und kehrte kurz darauf mit einem zufriedenen Lächeln auf den Lippen zurück.

»Dann wollen wir mal, Luce! Bitte setz dich auf den Stuhl dort, damit ich dir Blut abnehmen kann.«

Folgsam tat Luce, was ihr aufgetragen wurde. Sie krempelte ihren Pullover hoch und legte ihren rechten Arm frei. Miss Elena schnürte ein Gummiband um ihren Oberarm und suchte eine Vene. Behutsam schob sie die Nadel in die hervorgetretene Ader und zog ein wenig Blut heraus.

»Das war es schon, meine Liebe.« Sie stand auf, befreite Luce von der Nadel, öffnete das Gummiband und drückte ihr ein Pflaster auf die kleine Wunde. »Fest drücken, dann hört es gleich auf zu bluten.«

Mel wurde kreidebleich.

»Das ist nicht dein Ernst, Mel. Du tötest, ohne zu zögern, diese Akumas und bei dem bisschen Blut wird dir schlecht?«

Luce lachte laut auf und sah zu Mel, die wieder etwas Farbe im Gesicht hatte.

»Ja, merkwürdig, oder?« Sie zuckte mit ihren Schultern.

»So, ihr beiden, dann folgt mir bitte ins andere Zimmer.« Miss Elena ging voraus und öffnete eine Tür.

»Können wir, bevor ich in die Vergangenheit reise, Jules besuchen? Sie hatten gesagt, heute dürften wir zu ihm.« Luce sah sie mit großen, fragenden Augen an. »Ich möchte nur sichergehen, dass es ihm gut geht. Bitte!«

»Leider ist dein Freund noch nicht aufgewacht. Aber soweit wir das beurteilen können, geht es ihm gut. Du kannst nachher bei ihm vorbeischauen. Versprochen.«

Miss Elena drehte sich um und ging in den spärlich beleuchteten Raum. Traurig sah Luce ihr hinterher, wollte aber nicht weiter nachfragen: sie würde nach ihrer Reise zu Jules gehen. Mit gesenktem Kopf folgte sie Miss Elena und Mel schloss sich ihnen wortlos an.

Ein großes Sofa, das gemütlich aussah, stand mitten im Raum. Der große Kamin, in dem ein Feuer brannte, sorgte für eine kuschlige Wärme. Die Fenster waren mit dicken, dunkelroten Vorhängen zugezogen und davor standen zwei große, bequeme Sessel. Gemälde mit Landschaften hingen überall an den Wänden und ein großes Bücherregal zog sich über die ganze andere Wand. Man hatte das Gefühl, bei seinem Opa in der Bibliothek zu stehen. Nicht dass Luce jemals einen Opa gehabt hätte, der über ein so schönes Zimmer verfügte. Aber sie hatte das Glück Jules' Großeltern mit solch imposanten Räumen kennenzulernen: sie lebten außerhalb der Stadt auf einem riesigen Anwesen.

»Bitte setz dich auf die Couch, Luce. Hier hast du das Elixier für die Reise in die Vergangenheit. Bitte trink es vollständig aus. Wenn alles gut geht und deine Mutter deine Vergangenheit nicht blockiert hat, dann kannst du womöglich bis zu deiner Geburt zurückreisen.«

Miss Elena gab ihr das Fläschchen mit der orangefarbenen Flüssigkeit, ging zum Sessel und setzte sich. Mel ging auf Luce zu und nahm sie fest in den Arm.

»Alles wird gut, Luce. Du musst keine Angst haben.« Auch sie ging zum freien Sessel und ließ sich hineinfallen.

»Wir sind bei dir, sollte etwas passieren.« Miss Elena schaute sie liebevoll an.

»Wie meinen Sie das?«, fragte Luce eingeschüchtert.

»Nichts Dramatisches, meine Liebe. Manchmal kommt es vor, dass wir unsere Reisenden aufwecken müssen, weil sie in der Vergangenheit feststecken. Dafür haben wir das da!« Sie zeigte auf ein Gerät, das neben ihrem Sessel stand.

Es sah aus wie ein Defibrillator aus dem Krankenhaus, der Menschen ins Leben zurückholt. Luce Augen wurden größer.

»Das heißt, ich sterbe, wenn ich das Zeug hier trinke?«

»Nein, nicht ganz. Dein ganzer Körper wird auf das Nötigste heruntergefahren und verlangsamt seine Aktivitäten stark. Das Blut fließt sehr langsam durch deine Adern und dein Herz schlägt noch langsamer. Aber keine Sorge, du wirst nicht sterben.«

Luce lief es kalt den Rücken herunter und eine Gänsehaut breitete sich auf ihrem Körper aus.

»Du brauchst wirklich keine Angst haben. Wir passen auf dich auf. Trink die Flüssigkeit und versuche, dich zu entspannen«, sagte Miss Elena mit einer überaus weichen Stimme.

Na, die hat gut reden, dachte Luce, sah sich den Trank an, roch daran und leerte das Fläschchen. Sie hatte furchtbare Angst, nicht mehr aus der Trance aufzuwachen, was ihr Herz rasen ließ: es war zu spät. Das Gebräu hatte seinen Weg in ihren Magen gefunden und ein Blitz durchzuckte ihren Körper. Woher sie den Mut nahm, sich dieser Prozedur zu unterziehen, wusste sie selbst nicht. Mel gab ihr etwas Halt mit ihrem aufmunternden Blick, um nicht vor all dem zurück zu schrecken und schreiend den Raum zu verlassen.

In die Vergangenheit reisen: was würde sie wohl erwarten? Sie kannte solche Reisen aus Filmen, die in der Zukunft spielten, und nun würde sie, wie in einem Blockbuster, selbst so eine Reise antreten. In ihrem Kopf summte es wie in einem Bienenstock. Sie dachte an Jason, der bei ihr sein wollte, wenn sie in die Vergangenheit reisen würde. Luce fragte sich, wo er steckte und ob das

Gespräch mit seinem Vater wohl länger dauern würde. Sie hätte ihn so gern bei sich gehabt: sein Geruch nach Zitrone, Minze und Blumen hätte sie beruhigt.

Mit einem traurigen Blick schaute sich Luce zur Tür um. Sie hoffte, dass Jason lächelnd hereinkommen, sie in den Arm nehmen und sich zu ihr auf die Couch setzen würde: es geschah nichts dergleichen. Enttäuscht seufzte sie. Er war nicht da und sie musste sich der Sache allein stellen – was auch immer sie erwartete.

Luce bemerkte, dass der Trank sie zu lähmen begann. Sie sackte tiefer in die Sofakissen, ihre Arme und Beine wurden schwer und ihr Herzschlag verlangsamte sich zunehmend. Eine leichte Panik stieg in ihr auf, aber es war zu spät, die Prozedur abzubrechen: ihre Stimme versagte und sie brachte kein Wort mehr heraus. Ein Kribbeln durchfuhr ihren Körper und über ihre Augen legte sich ein Schleier, durch den sie die Umgebung nur noch in Umrissen erkennen konnte. In ihren Ohren begann es zu rauschen, als wenn sie am Meer stünde, dann fielen ihr die Augen zu, obwohl sie sich nach Kräften dagegen wehrte: sie hatte keine Chance ...

Luce öffnete blinzelnd die Augen, sah sich benommen um und stellte fest, dass sie am Ufer des Sees in Rolu stand. Das Gewässer lag ruhig vor ihr und weit und breit war niemand zu sehen. Die Vögel zwitscherten, die Sonne erwärmte ihre Haut und ein süßlicher Duft strömte ihr in die Nase. Sie wandte sich zu ihrem alten Haus, das sich nicht verändert hatte. Rauch quoll aus dem Schornstein, die Fenster standen weit offen und leises Stimmengewirr dröhnte aus dem Haus. Ihr Herz klopfte wie wild. Neugierig machte sie sich auf den Weg zum Eingang des Hauses, blieb dann aber abrupt stehen.

Ein kleiner, blonder Junge stürmte aus der Tür, hielt sich die Ohren zu und eilte zur Blumenwiese, die vor dem Häuschen lag. Flink huschte er in die

Mitte der Wiese und schaute sich zum Haus um. Luce beobachtete den kleinen Jungen, als ihr im Augenwinkel ein großer, schlanker Mann auffiel, der auf den Jungen zulief. Als er ihn eingeholt hatte, nahm er ihn fest in die Arme und warf ihn in die Luft. Der kleine Junge juchzte laut und rief: »Noch mal, noch mal!« Sie lächelte und verlor sich in Gedanken, in denen sie Jason mit dem kleinen Jungen vor sich sah. Die Zukunftsgedanken jagten ihr einen Schauer über den Rücken, denn sie waren ja noch nicht einmal ein Paar. Ihre Gefühle für Jason waren also bereits so ausgeprägt, dass sie sich eine gemeinsame Zukunft mit ihm vorstellen konnte. Das war verrückt, sie kannte diesen Jungen erst seit ein paar Tagen und nun dachte sie daran, dass er der Vater ihrer Kinder sein könnte. Luce versuchte, diese Gedanken so schnell wie möglich zu verdrängen. Es gab wichtigere Dinge, denen sie sich stellen musste. Trotzdem lächelte sie verliebt in sich hinein, als sie durch einen Schrei rüde aus ihren Gedanken gerissen wurde.

Erschrocken schaute sie auf das Haus, aus dem die Schreie kamen, und sah aus dem Augenwinkel, wie der Mann und der Junge zur Tür liefen. Aus dem lauten Schrei, den Luce einer Frau zuordnete, wurde wenige Sekunden später Babygeschrei. Sie wollte sich in Bewegung setzen, konnte ihre Beine aber nicht bewegen. Irgendetwas schien sie festzuhalten. Alle Versuche, sich loszureißen, misslangen: erschöpft gab sie auf und ließ sich zu Boden fallen. Wie gern hätte sie einen Blick in ihr altes Haus geworfen, um in Erfahrung zu bringen, wer dort lebte. Waren es ihre Mutter und ihr Vater? Oder doch eine ganz andere Familie, mit der sie nichts zu tun hatte? So viele Fragen schwirrten in ihrem Kopf herum, bis es vor ihren Augen zu flimmern begann, die Luft auffrischte und sie von einem Strudel aus Wind, Blättern und Gras mitgerissen wurde. Ihre Arme und Beine schwangen umher, die langen

Haare peitschten ihr gegen das Gesicht und hinterließen einen leichten Schmerz auf ihrer Haut. Ihr wurde schwindlig und sie verlor das Bewusstsein ...

Hart schlug sie auf dem Boden auf und ein stechender Schmerz durchzuckte ihren Körper. Noch benommen von dem Aufprall, schaute sie sich um und stellte fest, dass sie in einem Wald gelandet war. Es war kalt, regnerisch und der Wind wehte ihr unangenehm ins Gesicht. Luce setzte sich auf und blickte sich mit zusammengekniffenen Augen erneut um. Weiter hinten im Wald konnte sie eine Frau und einen Mann erkennen, die zwei schreiende Babys trugen. Sie stand auf und bemerkte wieder den kleinen, blonden Jungen, den sie bereits auf der Wiese vor ihrem Haus gesehen hatte. Er wurde mit einer Art Tragegurt auf dem Rücken der Frau transportiert und weinte laut.

Luces Blick wanderte und sie sah den groß gewachsenen Mann, der den kleinen Jungen ins Haus getragen hatte. Die Erwachsenen schauten sich immer wieder ängstlich um, als würden sie verfolgt. Ihre Schritte wurden schneller und Luce versuchte, ihnen zu folgen. Als sie beinahe zu den Leuten aufgeschlossen hatte, erkannte Luce, warum sie panisch flüchteten. Entsetzt sah sie eine Horde finsterer, bewaffneter Gestalten, die der Frau und dem Mann nachsetzten. Luces Herz klopfte wie wild in ihrer Brust. Sie erstarrte: beide waren an Armen und Beinen verletzt und auf der Kleidung klebte Blut. Der Mann schrie: »Wir müssen zurück! Wir können ihn nicht bei diesen Monstern lassen!«

Er versuchte, seine Gefährtin zur Umkehr zu bewegen: die Frau riss sich los und drängte ihn weiterzulaufen. Endlich konnte sich Luce aus ihrer Schockstarre befreien und lief panisch los. Kurz bevor sie die flüchtende Familie erreicht hatte, legte sich ein grauer Schleier über sie und Luce verlor alle aus den Augen. Sie drehte sich suchend in alle

Richtungen, konnte aber nichts mehr erkennen. Der Wind frischte auf und der Regen nahm zu. Ihre Kleidung triefte vor Nässe, sie zitterte am ganzen Leib. Wildes Geschrei dröhnte in ihren Ohren und die Kälte verlangsamte ihre Schritte, bis sie erschöpft und halb erfroren zusammensackte. Luce schloss ihre Augen und sofort wurde sie in einen Strudel aus Wind und Regen gesaugt und hoch in die Luft katapultiert. Um sie herum wurde alles dunkel und Luce verlor erneut das Bewusstsein ...

Mit einem weiteren, harten Aufprall landete sie erneut in einem Wald, wo sie wenig später wieder die Familie erblickte. Die Babys schrien noch lauter und der kleine, blonde Junge hing stumm in seinem Tragegurt. Luce rappelte sich auf und lief auf die Familie zu. Sie wollte ihr helfen: vor allem aber, wollte sie wissen, wer sie waren und ob es ihre Familie sein könnte. »Hallo«, rief sie, sich dem Mann und der Frau nähernd. Beide blickten durch sie hindurch, als wäre sie unsichtbar. Luce trat einen Schritt auf sie zu und streckte ihre Hand nach der Schulter des Mannes aus. Erschrocken taumelte sie zurück, ihre Hand glitt durch ihn hindurch. Luce schaute nachdenklich auf die kleine Gruppe, die sich noch immer ängstlich umsah. Sie konnte in der Vergangenheit also nichts ausrichten, sie schien gar nicht hier zu sein. Sie war nur ein stiller Beobachter. Traurig senkte sie ihren Blick, als sie einen schmerzhaften Druck in ihrem Kopf verspürte, als hätte man ihr einen heftigen Schlag verpasst. Sie taumelte, fiel auf den harten Boden und blieb regungslos liegen. Rote Lichter zuckten vor ihren Augen, die sie angsterfüllt schloss, um wieder in einen Strudel hineingezogen zu werden ...

Stöhnend hielt sich Luce den schmerzenden Kopf und öffnete die Augen: Vor ihr standen zwei groß gewachsene Männer, die einander anbrüllten. Luce verstand kein Wort. Sie erkannte jedoch, dass *es sich um die Männer aus dem Wald handelte, die der flüchtenden Familie gefolgt waren und sah sich verzweifelt nach ihnen um. Dann stockte ihr der Atem: Sie erblickte den Mann, den sie im Wald zu berühren versucht hatte, blutüberströmt am Boden liegen. Schwerfällig schleppte sie sich in seine Richtung, als vier Hände den regungslosen Körper des Mannes packten. Sie schleuderten ihn in den nahe gelegenen Fluss, der ihn mit sich riss. Die beiden Gestalten klopfen sich in die Hände und warfen einander anerkennende Blicke zu.*

Ein weiterer Mann schrie ihnen aus dem Hintergrund zu, sie sollten sich beeilen: »Zeit ist Geld und dieses Balg muss schnell verkauft werden.« Ruckartig drehte Luce ihren Kopf, was einen höllischen Schmerz verursachte, und starrte gebannt auf den Mann mit dem Baby. Sie versuchte krampfhaft aufzustehen, um zu ihm zu gelangen, aber ihre Beine versagten. Der Schmerz aus dem Kopf breitete sich über ihren ganzen Körper aus und sie blieb erschöpft am Boden liegen. Weitere Stimmen dröhnten in ihren Ohren, die davon sprachen, dass die beiden kleinen Kinder ihnen eine ordentliche Menge Geld einbringen würden. Luce erschrak. Sprachen die Männer von ihrer Familie? Was war geschehen?

Tränen liefen über ihr Gesicht und sie sah den blutüberströmten Mann vor ihrem inneren Auge. Sie hatten den Mann getötet: Sie hatten ihren Vater getötet! Aber was war aus der Frau und dem kleinen Jungen geworden? Die angsterfüllten Schreie des Babys dröhnten in ihrem Kopf und sie hielt sich die Ohren zu. Sie fühlte sich wie in einem Albtraum, wollte die Vergangenheit so schnell wie möglich wieder verlassen. Resigniert schloss sie die Augen und dachte an die Fabrik: doch nichts geschah. Hilflos lag sie auf dem Boden und zitterte am ganzen Körper. So hatte sie sich die Reise in die Vergangenheit nicht vorgestellt. War es wirklich ihre Geschichte? Luce konnte es nicht glauben. Wenn es so war, hatte sie nicht nur ihre Mutter und ihren Vater verloren, sondern auch ihre Geschwister. Die Erkenntnis, dass sie Geschwister gehabt hatte, machte sie wütend: niemand hatte ihr davon erzählt. Ihre Adoptiveltern hatten sich in Schweigen gehüllt.

Wann immer Luce etwas über ihre Familie hatte erfahren wollen, war sie weggeschickt worden. Traurig, wütend und erschöpft starrte sie in den Himmel: dunkle, bizarre Formationen bildende Wolken hatten sich über ihr ausgebreitet. Blitze durchzuckten die Wolken und ein eisiger Wind peitschte ihr entgegen, als wollte die Natur ihre Wut, Trauer und Angst aufnehmen. Ihr wurde schwindlig und sie atmete tief ein. Luce wollte ihre Mutter und ihre Geschwister finden – und wenn sie dafür bis ans Ende der Welt laufen müsste! Sie würde herausfinden, weshalb ihr Vater ermordet worden war, und nicht ruhen, bis sie seine Mörder gefunden hätte. Zitternd schloss sie erneut ihre Augen, um sofort von einem Strudel eingefangen und durch die Luft geschleudert zu werden. Dieses Mal war der Wind so stark, dass ihre peitschenden Haare große, rote Striemen in ihrem Gesicht hinterließen und Luce augenblicklich das Bewusstsein verlor. Sie tauchte erneut in das schwarze Nichts ...

Mühsam öffnete Luce ihre Augen, in der Hoffnung, die Fabrik und Miss Elena zu erblicken. Doch leider fand sie sich an einem ganz anderen, unerwarteten Ort wieder – unter Wasser. Es drückte ihr auf die Brust und die Atemluft entwich ihrem Mund. In Todesangst strampelte sie mit den Armen und Beinen und versuchte, zur Oberfläche zu gelangen, wo sich das Sonnenlicht im Wasser spiegelte. Es gelang ihr nicht: stattdessen wurde sie weiter in die Tiefe gezogen. Sie strampelte mit den Beinen, um sich aus dem unsichtbaren Griff zu befreien, doch vergeblich. Allmählich ging ihr die Luft aus. Die letzten Luftblasen stiegen aus ihrem Mund und mit aufgerissenen Augen starrte sie in die Dunkelheit des Wassers. So ist es also, wenn man ertrinkt, dachte sie. Verzweifelt schloss Luce ihre Augen und ließ sich ohne Gegenwehr in die Tiefe ziehen.

In der rapide zunehmenden Kälte des Wassers wurden ihre Gliedmaßen steif. Ihre letzten Gedanken galten ihrer Mutter, ihrem Vater und ihren Geschwistern. Sie dachte an die Babys und an den Jungen, der so schön gejuchzt hatte, als der Mann ihn in die Luft geworfen hatte. Was geschähe, wenn sie jetzt sterben würde? Wäre sie dann in der realen Welt ebenfalls tot? Oder säße sie für immer in ihrer Vergangenheit fest? Luce hatte so viele Fragen – wenn sie jetzt aufgäbe, würden sie unbeantwortet bleiben. Die Gedanken daran entfachten neuen Lebensmut: sie öffnete die Augen und strampelte erneut mit voller Kraft, um sich aus dem Griff, der sie noch immer in die Tiefe zog, zu befreien: aber es gelang ihr einfach nicht. Ein dumpfer Aufprall stoppte den Sog nach unten.

Eine ihr unbekannte Stimme säuselte, sie solle ihre Augen weit öffnen und genau hinsehen. Die Stimme klang melodisch, fein und liebevoll, dass Luce in ihren Bann geriet. Sie schwebte vor einer großen Fensterscheibe und hinter dem Glas erblickte sie die Frau wieder, die ihre Mutter zu sein schien. Sie lief hektisch in einem Raum voller Bücher umher. Überall standen Fläschchen, die in verschiedenen Farben leuchteten. Ein großer Tisch war mit Papierrollen übersät und ringsherum waren Stapel loser Zettel auf Stühlen verteilt. Sie wandte sich einer kahlen Wand zu, unterhielt sich augenscheinlich mit jemandem und gestikulierte aufgeregt mit ihren Händen: Luce konnte jedoch nichts erkennen. Doch dann erschrak sie: die Wand wurde durchsichtig und sie sah, dass sich eine

Scheibe zwischen ihrer Mutter und der anderen Person befand. Luce traute ihren Augen nicht, sie sah eine Meerjungfrau, deren Schwanz in allen erdenklichen Farben leuchtete: sie unterhielt sich mit ihrer Mutter. Perplex drückte sie sich dichter an die Scheibe.

Die Meerjungfrau war schlank und zierlich, und hatte lange, kupferfarbene Haare, die im Wasser sanft hin und her wiegten. Zauberhaft lächelte sie ihrer Mutter zu, die ihre Hände zu Fäusten ballte. Sie schuf einen großen Lichterkreis, aus dem die Meerjungfrau hinaustrat. Von dem Licht geblendet, wich Luce zurück, um sich sofort wieder an die Scheibe zu drücken. Gebannt starrte sie auf die Szene, die sich vor ihr abspielte. Zur ihrer Überraschung hatte dieses zarte, hübsche Wesen nun lange, dünne Beine. Luce war verwirrt und fasste sich an den Kopf. Konnte das real sein? Gedanken rasten durch ihren Kopf. Meerjungfrauen, die sich in Menschen verwandeln können? Luce war in eine neue Welt eingetaucht, die nun auch die ihre sein würde. Wenn die Frau tatsächlich ihre Mutter war, was hatte Luce dann für Fähigkeiten?

Dass ihre Hände besondere, wenn auch bisher unkontrollierbare Kräfte besaßen, wusste sie. Aber wozu war sie noch imstande? Die leise Stimme ermahnte Luce erneut, genau hinzusehen. Sie richtete ihren Blick wieder auf die Frauen, als sie einen Gegenstand an der Hand ihrer Mutter sah: einen silbernen Ring mit einem großen, blauen Stein, der hell aufleuchtete. Ihre Mutter übergab den Ring der Meerjungfrau, die sich bedankte und in den Lichterkreis zurücktrat. Die Frauen lächelten in Richtung Luce, was sie ruckartig zurückschnellen ließ. Konnten sie sie sehen? Nein, unmöglich! Sie war in der Vergangenheit ein stummer, unsichtbarer Geist. Oder doch nicht? Um sie herum begann das Wasser, heftig zu sprudeln: es zog Luce von der Scheibe weg, wirbelte sie umher und schleuderte *sie an Land ...*

Benommen fand Luce sich am Ufer eines Sees wieder. Sie wusste nicht, wie sie unter Wasser so lang hatte überleben können, und war heilfroh, wieder festen Boden unter den Füßen zu haben. Sie atmete tief ein und schaute sich um: Sie befand sich wieder in Rolu, nicht weit von ihrem alten Haus entfernt. Entsetzt sah sie plötzlich Argor, der ihre Mutter an den Haaren hinter sich herschleifte. »Haferien, ach, Haferien, du kannst mir ja doch nicht entkommen!« Argor lächelte böse auf ihre Mutter herab, die keuchend und zitternd vor ihm hockte.

Schnell rappelte sich Luce auf, ballte ihre Hände zu Fäusten und schrie: »Lass sie sofort los, du verdammtes Monster!« Funken sprühten aus ihren Handflächen und formten eine Lichtkugel, die in grellem Blau leuchtete. Auch wenn sie hier, in der Vergangenheit, nichts ausrichten konnte, schleuderte Luce das Licht so heftig auf Argor, dass sie von der Wucht umgeworfen wurde. Aus dem Augenwinkel konnte sie erkennen, dass Argor stehen blieb, sich ans Kinn fasste und sich argwöhnisch zu ihr umdrehte, als hätte er den Lichtball gespürt. Kopfschüttelnd wandte er sich Haferien zu, die ein Lächeln auf den Lippen hatte. Nachdenklich musterte Argor Luces Mutter und schaute sich erneut in der Gegend um. Luce versuchte, sich aufzurappeln, als die Stimme, die bereits unter Wasser zu ihr gesprochen hatte, leise, aber bestimmt sagte:

»Du darfst ihm den Ring, wenn du ihn gefunden hast, niemals in die Hände fallen lassen. Das würde für uns alle den Tod bedeuten. Suche nicht nach mir, denn ich werde dich finden. Ich bin Haferien, deine Mutter und ich liebe dich, Luce.«

Wind zog auf, der Himmel verdunkelte sich und Blitze zuckten durch die Wolken. Ein Strudel aus eiskaltem Wind, Blättern und Erde begann, an Luce zu zerren. Sie versuchte, dem Sog zu widerstehen: sie wollte noch nicht gehen. Sie hatte so viele Fragen und wollte wissen, wohin Argor ihre Mutter brachte und was er mit ihr vorhatte. Sie nahm all ihre Kraft zusammen, krallte sich an dem Gras fest, konnte sich aber dem starken Sog nicht entziehen und wurde in die Luft geschleudert. Blitze zuckten grell an ihr vorbei, rot leuchtende Augen starrten sie an und ein höhnisches Lachen hallte in ihren Ohren. Luce wirbelte umher und schnappte nach Luft. Unsichtbare Hände würgten sie und nahmen ihr die Luft zum Atmen. Immer wieder versuchte sie, sich mit den Händen von dem Druck, der auf ihrem Hals lag, zu befreien, aber sie scheiterte. Dunkelheit legte sich auf ihre Augen: kraftlos ließ sie die Hände sinken.

Das höhnische Gelächter verstummte und die warme, zarte Stimme ihrer Mutter flüsterte ihr erneut zu: »Suche nicht nach mir, denn ich werde dich finden. Ich liebe dich, Luce.«

Dann umschloss sie das schwarze Nichts ...

Kapitel 15

»ZEIT HILFT MEIST NICHT OHNE WEITERES, HEILT WUNDEN NICHT VON SELBST. EHER LÄUFT SIE MIT, WENN MAN BEREIT IST UND SICH SEINEN ÄNGSTEN STELLT.«

@QUEENSOFDAYDREAMS

»Wach auf! Luce! Bitte wach auf!«

Luce gelang es nicht, die Augen zu öffnen: Ihr Schädel dröhnte, ihr Körper schmerzte und ihr Herz raste, als wolle es jeden Moment zerspringen. Die Dunkelheit hatte sie verschluckt und sie konnte ihr nicht entfliehen. Vor ihrem inneren Auge sah sie die Ereignisse der Reise: ihre Mutter und ihre Geschwister, die vor den Männern flüchteten, ihren Vater, der vom Fluss mitgerissen wurde, und ein schreiendes Baby in den Armen eines furchterregenden Mannes. Sie sah Argor, der sich argwöhnisch umdrehte, als Luce die Lichtkugel mit voller Wucht auf ihn geschleudert hatte. Noch immer hallten die letzten Worte ihrer Mutter in ihrem Kopf: »Suche nicht nach mir, denn ich werde dich finden. Ich bin Haferien, deine Mutter und ich liebe dich, Luce!«

Sie bemerkte eine Hand auf ihrer Stirn, die sich warm und weich anfühlte, und ein bekannter Duft nach Minze und Zitrone kroch in ihre Nase. Das schwarze Nichts löste sich auf und erleichtert sog sie die Luft tief ein: Luce öffnete ihre Augen. Sie musste mehrere Male blinzeln, um zu erkennen, dass es Jason war, der vor ihr hockte. Er starrte sie mit großen, sorgenvollen Augen an. Sie war so froh, ihn zu sehen, dass die Gefühle mit ihr durchgingen. Blitzartig richtete sie sich auf und schmiegte sich an ihn. Zitternd nahm sie sein Gesicht in die Hände und küsste ihn stürmisch. Als sie bemerkte, dass Jason ihren Kuss erwiderte, schlang sie die Arme um seinen Hals. Endlich war er bei ihr und die Bilder aus der Vergangenheit verblassten fast vollständig. Ihr Herz flatterte, als Jason die Führung übernahm und vorsichtig seine Lippen öffnete, um seine Zunge in ihren Mund gleiten zu lassen. Luce stöhnte leise auf und versteifte sich vor Anspannung. Zärtlich hob er sie auf seinen Schoss, lehnte sich an die Rückenlehne der Couch, ohne die Lippen von den ihren zu nehmen. Luce rutschte dicht an ihn heran, dass ihre Knie tief im Sofa versanken. Alles in ihrem Körper zuckte: das Blut schoss wie ein Wasserfall durch ihre Adern und ihr Herz pochte unregelmäßig in der Brust. Ihr Gesicht glühte und ihre Hände zitterten vor Erregung.

Endlich konnte sie ihn küssen. Sie hatte es sich so sehr gewünscht und nun lagen ihre Lippen auf den seinen und sie genoss es. Luce spürte, wie sich eine angenehme Wärme in ihrem Körper ausbreitete, die in heißes Verlangen überging. Ihre Hände wanderten von seinem Hals über seine Brust hinunter zu seinem Bauch, bis sie den Rand des T-Shirts erreicht hatten. Unsicher glitten ihre Fingerspitzen unter den Stoff. Als Jason tief einatmete, war sie sich sicher, dass auch er es genoss, und zog ihm sein Shirt über den Kopf. Jeder Muskel an seinem Oberkörper war angespannt. Auch Jasons Hände erkundeten Luces Körper. Mit seinen Fingerkuppen tastete er unter ihr T-Shirt und streifte es über ihren Kopf, um sie dann sanft zu streicheln, was bei ihr eine Gänsehaut verursachte.

Luces Gedanken wirbelten durcheinander. Sie wollte ihn so sehr, dass ihr in diesem Moment alles egal war, sogar die furchtbaren Erlebnisse auf ihrer Reise. Sie wollte sich ihm hingeben und an nichts anderes denken. Es spielte für sie keine Rolle mehr, dass sie ihn erst seit ein paar Tagen kannte, und sie ignorierte, was die anderen dazu sagen würden – und selbst an Jules dachte sie nicht. Nur für einen winzig kurzen Moment verspürte sie ein Schuldgefühl, das aber sofort verflog, als ihre Küsse leidenschaftlicher wurden. Das Verlangen nach mehr, kreiste in ihrem Kopf und verdrängte das schlechte Gewissen gegenüber Jules. Völlig außer Atem zog sie sich kurz von Jason zurück, um in sein Gesicht zu schauen. Erleichtert lächelte sie ihn an, als seine leuchtenden Augen Luce zeigten, wie sehr auch er sie wollte. Er begann, ihren Hals zu küssen, wanderte hinunter zu ihrem Brustbein und saugte an ihrer Haut. Luce ließ ihren Kopf nach hinten fallen, wobei Jasons blaue Augen funkelten und er sie genau beobachtete. Alles drehte sich um sie und es kribbelte an Stellen, die ihr die Röte ins Gesicht steigen ließen. Er lächelte verschmitzt, als er sie an den Hüften packte, sie rücklings auf das Sofa warf und leidenschaftlich ansah. Luce packte ihn an seinen Haaren und zerrte ihn zu sich, um ihm einen heißblütigen Kuss aufzudrücken, als er ihr ins Ohr flüsterte:

»Ich will dich, Luce! Ich wollte dich vom ersten Tag an!«

Sie lächelte und zog ihn fester an sich, bis sich ihre Lippen erneut berührten. Sie konnte seine Erregung förmlich spüren, was ein Glücksgefühl in Luce auslöste: dann hatte sie sich also doch nicht getäuscht. Auch er wollte sie und sie war so glücklich darüber, dass sie die Augen schloss und hingebungsvoll einatmete.

»Ich ... Sorry, ich will euch wirklich nicht stören, aber ...«

Erschrocken schoss Jason hoch und sah zur Tür, in der überrascht Mel stand.

Mel stotterte weiter: »Ihr solltet euch anziehen, Dad und Miss Elena sind auf dem Weg hierher.«

Luce lag wie angewurzelt auf der Couch und wäre am liebsten im Erdboden versunken. Eine heiße Röte wanderte in ihr Gesicht und sie schaute verlegen zu Jason, der sich bereits sein T-Shirt übergeworfen hatte. Ohne den Blick von Mel abzuwenden, tastete er nach Luces Shirt und drückte es ihr in die Hand. Dankbar lächelte sie ihm zu, zog es schnell an und setzte sich aufrecht hin. Sie vermied den Blickkontakt mit Mel und schaute peinlich berührt auf den Boden. Jason, der sich an die hinterste Ecke des Sofa's drückte, starrte nervös zur Tür.

»Möchte jemand einen Kaffee?«, fragte Mel, um die Stimmung aufzulockern.

»Danke.« Luce nahm ihr einen Becher ab und lächelte sie verlegen an.

Mel setzte sich zu ihr und stupste sie feixend an.

»Schön, dass du wieder bei uns bist. Wie war deine Reise?«

Ihr Blick verriet Luce, dass Mel das nicht interessierte: sie wollte wissen, wobei sie die beiden ertappt hatte. Luce würde Mel alles bis ins Detail schildern müssen: das hatte sie versprochen.

Aus dem Augenwinkel schaute Luce zu Jason, der seinen Kopf an die Couchlehne gedrückt und die Augen geschlossen hatte. Sie hätte gern seine Gedanken gelesen und mit ihm dort weitergemacht, wo sie unterbrochen worden waren: Die Erinnerung an seine Küsse und an seine sie streichelnden Hände ließ sie wieder erröten.

»Hallo, Luce! Schön, dass du wieder bei uns bist!« Miss Elena betrat den Raum und lächelte sie freundlich an.

Hinter Miss Elena stand Endemir, der grimmig dreinblickte. Sie gingen auf die Sessel zu, setzten sich und wandten den Blick zu Luce. Ab und zu sah Endemir zu Jason, der mit gesenktem Blick zu Boden schaute. Endemir sagte kein Wort – was Luce beunruhigte.

»Na, dann berichte uns, wie deine Reise in die Vergangenheit war.« Miss Elena lehnte sich zurück, nahm ihr mitgebrachtes Buch zur Hand und hielt den Stift für Notizen parat.

Nervös zuppelte Luce an ihrem T-Shirt, rückte es zurecht und schaute verlegen auf ihren Kaffeebecher, den sie in der Hand hielt. Das leidenschaftliche Zusammentreffen mit Jason konnte man ihr noch ansehen und Luce hoffte inständig, dass Endemir und Miss Elena die Erregung der Reise in die Vergangenheit zuschreiben würden. Sie schob die mit Jason verbundenen Gedanken beiseite und begann mit ihrem Bericht.

Luce versuchte, sich an jedes noch so kleine Detail zu erinnern. Aufgewühlt erzählte sie von ihrer Mutter, ihrem Vater und ihren Geschwistern.

»Du hast Geschwister?«, fragte Mel aufgeregt. »Was ist mit ihnen passiert?«

Luce berichtete, wie ihre Familie von Männern verfolgt worden war – wie ihr Vater blutüberströmt am Boden gelegen hatte und später vom Fluss mitgerissen worden war – wie der angsteinflößende Mann das schreiende Baby auf dem Arm gehalten hatte. Tränen rollten über Luces Wangen, die sie sich mit dem Handrücken wegwischte. Auch die Szene mit der Meerjungfrau, die den Ring von Haferien entgegengenommen hatte, beschrieb sie genau. Sie berichtete ihnen von der Lichtkugel, die sie auf Argor geschleudert und worauf dieser sich zu ihr umgewandt hatte.

Luce zuckte zusammen. Ein heftiger Stich durchbohrte ihr Herz, denn sie dachte an ihre Familie, die sie nie hatte kennenlernen dürfen: sie musste sie finden.

»Wir müssen nach meiner Familie suchen und wir müssen meine Mutter befreien!«, schoss es aus ihr heraus.

Luce sprang auf und lief nervös im Raum umher.

»Luce! Du musst dich beruhigen!«, rief Jason ihr zu.

»Wie soll ich mich beruhigen? Meine Mutter wird von diesem Monster festgehalten und der Rest meiner Familie könnte sonst wo sein. Ich will sie finden! Am besten fangen wir gleich mit der Suche an!«

»Die Chance, deine Geschwister zu finden, ist sehr gering. Wir müssen uns jetzt auf Argor konzentrieren!«

Endemir, der sich von seinem Stuhl erhoben hatte, blickte sie kalt an.

Was hatte er gesagt? Die Wahrscheinlichkeit, dass sie ihre Geschwister finden würde, sei gering? Luce schnappte nach Luft.

»Ich werde meine Geschwister finden! Mit oder eben ohne deine Hilfe!«

Luce ballte ihre Hände zu Fäusten, aus denen kleine, helle Funken hervorschossen, und schaute Endemir böse an.

Jason stellte sich zwischen die beiden, die Situation drohte zu eskalieren.

»Wir müssen den Ring finden, Luce. Nach deinen Berichten hat deine Mutter ihn vor Argor versteckt. Wir müssen in deine alte Heimat reisen und herausfinden, wo sich die Meerjungfrau jetzt aufhält. Und dabei können wir dann nach Hinweisen auf deine Geschwister suchen. Wenn ...«, Jason sah sie liebevoll an.

»Was zu tun ist, bestimme noch immer ich!«, unterbrach Endemir seinen Sohn. »Bist du dir sicher, Luce, dass die Meerjungfrau in deinem alten zu Hause den Ring entgegengenommen hat?«

»Ich weiß es nicht. Diesen Raum, in dem sich meine Mutter und die Meerjungfrau befanden, habe ich noch nie gesehen.«

Die Funken waren verschwunden und Luce wanderte nervös auf und ab.

»Ein geheimes Zimmer?«, fragte Mel, die sich angespannt auf die Sofakante gesetzt hatte.

Eine nachdenkliche Stille hatte sich im Raum ausgebreitet

Mit leeren Augen starrte Endemir ins Feuer, holte tief Luft und sprach: »Wir müssen den Ring finden. Argor hat uns nur eine Woche Zeit gegeben, sonst sterben deine Adoptiveltern. Wir haben keine andere Wahl. Ihr werdet nach Rolu reisen und versuchen, den Ring zu finden. Die Wasserwesen sind freundliche Geister, die immer bereit sind zu helfen – vorausgesetzt, ihr habt ein Geschenk für sie. Sie lieben kleine Aufmerksamkeiten, wie zum Beispiel ein Schmuckstück, eine glitzernde Waffe oder etwas anderes, womit sie sich schmücken können. Sobald ihr den Tausch vollzogen habt, kommt ihr zurück: dann sehen wir weiter. Ich werde mich in der Zwischenzeit mit den Zwergen darüber unterhalten, ob es andere Optionen gibt. Jason, Mel und Luce, ihr werdet morgen früh aufbrechen. Und da du, Luce, keine Erfahrung im Umgang mit deiner Magie hast, werden euch zusätzlich Luna und Keil begleiten.«

Aufgeregt ging Luce zu Jason und nahm seine Hand.

»Wir dürfen Argor den Ring nicht in die Hände fallen lassen – das würde für uns alle den Tod bedeuten! Das hat mir meine Mutter in meinen Gedanken mehrmals zugeflüstert! Wir müssen ihn überlisten und meine Mutter befreien: anschließend suche ich nach meinen Geschwistern!«

Mit erhobenem Kopf schaute sie zu Endemir, der argwöhnisch auf die Hände der beiden schaute und seine Stirn ärgerlich in Falten legte: Sofort ließ Luce Jasons Hand los. Dieser eisige Blick machte ihr Angst: Sie hatte ein flaues Gefühl im Bauch. Luce wollte sich nicht von ihm herumkommandieren lassen. Aber ihr war klar, dass sie ohne Endemirs Hilfe nie ihre Mutter, ihre Adoptiveltern und ihre Geschwister würde finden und befreien können. Sie musste sich mit ihm verbünden, so schwer es ihr auch fiel.

Unterdessen öffnete sich die Tür leicht und zwei braune Augen lugten durch den Spalt. Niemand, außer Mel, die zufällig zur Tür schaute, bemerkte es. Es war Jules, der sie fragend anblinzelte. Mel bedeutete ihm hereinzukommen.

»Dad, ich weiß nicht, ob Keil und Luna mitkommen sollten. Wir schaffen das allein, wir brauchen sie nicht!« Jason blickte seinen Vater entnervt an und rollte mit den Augen.

»Sie sind hervorragend ausgebildet und Keil verfügt über Kräfte, die euch sehr nützlich sein werden. Ich werde nicht darüber diskutieren.«

Jetzt schaltete sich Mel ein, die aufsprang und mit großen Schritten auf Endemir zuging. Sie presste ihre Hände in die

Hüften.

»Ich kann die beiden nicht ausstehen und will nicht, dass sie mitkommen. Wahrscheinlich machen sie mehr Ärger, als sie uns helfen. Dafür ist Luna ja bekannt!«

Ihr Vater funkelte sie böse an. »Du wirst dich zusammenreißen! Ist das klar?«

Mel atmete tief ein und setzte erneut an, als Luce schlichtend das Wort ergriff.

Sie sah zu Endemir und fragte: »Wann brechen wir auf?«

Sie wollte so schnell wie möglich den Ring finden, um ihre Mutter und ihre Eltern aus den Fängen Argors zu befreien, damit sie sich auf die Suche nach ihren Geschwistern machen konnte. Ihr war es egal, ob Luna und Keil mitkämen oder nicht. Luce wollte lediglich nach Rolu reisen, um dort weitere Hinweise zu finden, wohin die Männer ihre Geschwister verschleppt hatten. Bilder des kleinen, blonden Jungen und des Babys gingen ihr durch den Kopf.

»Morgen früh um sechs treffen wir uns am Haupteingang«, war Endemirs knappe Antwort. »Keil und Luna werde ich informieren und sie in den Reiseplan einweihen.«

»Wahrscheinlich brauchst du das nicht, Luna hat bestimmt wieder gelauscht!«, murmelte Mel und schaute böse zu Jason, der ihr einen belustigten Blick zuwarf.

Nun meldete sich eine andere Stimme zu Wort.

»Sechs Uhr ist aber verdammt früh! Aber wenn mir jemand einen Wecker leiht, dann bin ich gern dabei!«

Alle drehten sich um.

»Jules!« Luce lief auf ihn zu, nahm ihn fest in ihre Arme und drückte sich an seine Brust. »Du bist wach! Ich habe mir solche Sorgen gemacht! Geht es dir gut?«

»Mir geht es gut. Alles scheint wieder in Ordnung zu sein. Glaube ich zumindest. Oder was sagt meine Ärztin dazu?« Jules sah Miss Elena an, die ihn gequält anlächelte, und fasste sich an seinen Kopf. »Wo soll es denn morgen hingehen?«

»Für dich geht es morgen nirgendwo hin. Du bist gerade aufgewacht und wir müssen noch einige Tests machen.« Miss

Elena ging auf ihn zu, drängte Luce zur Seite und leuchtete Jules mit ihrer winzigen Taschenlampe in die Augen.

»Mir geht es gut, Miss Elena!« Er schob sie von sich weg und wedelte abwertend mit den Händen. »Wo Luce hingeht, gehe auch ich hin! Und niemand kann mich aufhalten!« Er blicke fragend zu Endemir.

»Da du nicht in meinen Zuständigkeitsbereich fällst, ist es mir gleich. Aber ihr alle übernehmt die Verantwortung für ihn!« Er blickte herablassend zu Jules, verdrehte die Augen und wollte den Raum verlassen, als Miss Elena sich einschaltete.

»Aber was ist mit der Aussage Argors, der ihn als Hexer bezeichnet hat? Sollten wir das nicht prüfen? Was wenn …« Ihren Satz konnte sie nicht beenden, weil Endemir sie unterbrach.

»Das können wir gern tun, sobald alle wieder zurück sind. Der Ring hat oberste Priorität und da spielt es keine Rolle, ob ein unerfahrener Hexer die Gruppe begleitet oder nicht. Er kann ohnehin nichts ausrichten, sollte er über magische Fähigkeiten verfügen, denn sie müssten erst trainiert werden. Und jetzt ruht euch aus. Bis morgen früh um sechs – und keine Minute später!«

Entschlossen stapfte Endemir aus dem Raum, ohne sich umzudrehen. Miss Elena folgte ihm und redete noch immer auf ihn ein.

»Großartig! Dann bin ich wohl dabei!« Jules grinste in die Runde.

»Bist du dir sicher, dass es dir gut geht und du uns begleiten kannst?« Besorgt sah Luce ihn an.

Er nahm sie in den Arm, drückte sie fest an seine Brust und gab ihr einen Kuss auf die Stirn. »Ja, alles ist bestens!«

»Luce, können wir uns kurz unterhalten? Allein!« Jason sah sie fragend an und deutete auf die Tür.

Blitzartig schossen ihr wieder Bilder durch den Kopf – von seinen leidenschaftlichen Küssen, seinen zärtlichen Berührungen, seinen sehnsüchtigen Blicken. Luce bemerkte, dass ihr die Röte ins Gesicht schoss: ihr Herz begann zu flattern und ihre Hände wurden feucht. Bevor sie auch nur mit einem Wort darauf antworten konnte, schaltete sich Jules ein, der Jason musterte.

»Sorry, Blondie, aber jetzt bin ich dran. Luce hat mir sicher viel

zu erzählen, denn es scheint so, als hätte ich einiges verpasst.«
Er zog Luce am Arm und zerrte sie zur Tür.

Verwirrt starrte sie Jason an, der wie versteinert zurückblieb. Ein lautloses »Tut mir leid« zeichnete sich auf Luces Lippen ab, bevor sie im Flur verschwand und die Tür ins Schloss fiel.

»Vergiss das Atmen nicht, Bruderherz!«

Mel lachte laut auf, trat ebenfalls durch die Tür und ließ ihn allein im

Zimmer zurück ...

Kapitel 16

»WENN EIN ALTES GEFÜHL AN BEDEUTUNG VERLIERT, FÜHLT ES SICH AN, ALS WÄRE NIE ETWAS PASSIERT.«

@QUEENSOFDAYDREAMS

Jules zerrte Luce den Flur entlang, bis sie sich von ihm losriss und atemlos stehen blieb.

»Wo willst du denn hin, Jules?« Sie stand schnaufend vor ihm und sah ihn fragend an.

Sie hatte noch immer mit der Reise in die Vergangenheit zu kämpfen, die ihr so viel abverlangt hatte, dass ihr ganzer Körper schmerzte und ausgelaugt war. Auch die Begegnung mit Jason hatte sie mitgenommen, dass es ihr schwerfiel, einen Fuß vor den anderen zu setzen.

»Weit weg von diesem Jason, der dich mit seinen widerlichen Blicken fast ausgezogen hätte.«

Luce biss sich auf die Zunge. Was Jules angeblich in Jasons Augen gesehen hatte, stimmte nicht: sie schluckte laut, sagte aber nichts. Sie wusste nicht, was geschähe, wenn sie ihm von Jason und ihr berichten würde. Dafür war jetzt nicht der richtige Zeitpunkt, denn er war gerade aus seiner Bewusstlosigkeit erwacht und würde völlig verwirrt reagieren.

»Lass uns in mein Zimmer gehen. Da können wir in Ruhe miteinander reden«, schlug sie vor und machte sich auf den Weg in Richtung Fahrstuhl.

»Du hast ein Zimmer hier?« Überrascht schaute er ihr hinterher, um ihr mit großen Schritten zu folgen.

Im Fahrstuhl angekommen, zuckte sie mit den Schultern, weil er sie noch immer fragend ansah.

»Ich durfte mich in eines der Gästezimmer der Familie einquartieren und es ist wirklich nett dort. Du wirst sehen.«

Luce lächelte ihn an und beide fuhren schweigend in die dritte Etage.

»Mist! Ohne die richtige Kombination der Steine kommen wir

nicht rein. Ich habe vergessen, Mel zu fragen, ob sie uns behilflich sein kann. Nein richtig! Ich konnte Mel ja gar nicht fragen, da ich von jemandem aus dem Zimmer gezerrt wurde!« Vorwurfsvoll sah sie Jules an, der peinlich berührt zu Boden schaute und mit dem Fuß kreisende Bewegungen auf dem Steinboden vollzog.

Luce lächelte amüsiert und sah sich suchend um, in der Hoffnung, Mel zu entdecken: es war totenstill in der Fabrik und niemand war zu sehen oder zu hören.

»Ich muss noch einmal zurück, Jules, und Mel finden.« Aufbruchbereit stand sie vor ihm, als sich eine Hand auf ihre Schulter legte.

Bei der Berührung war es, als ob ein elektrischer Schlag sie durchzuckte. Jason! Luce wandte sich um und sah in blaue Augen, die sie unangenehm musterten. Für ein paar Sekunden kam es ihr vor, als wären sie und Jason allein auf dieser Welt. Sie fühlte seine Sehnsucht, seine Leidenschaft und seinen Zorn, was sie erschrocken aus ihren Gedanken riss.

»Ähm«, stotterte sie, »könntest du uns vielleicht hineinlassen?«

Jules hatte die Begegnung beobachtet und stellte sich nun demonstrativ zwischen die beiden.

»Luce möchte mir eine Schlafgelegenheit in ihrem Zimmer anbieten, die ich natürlich dankend annehmen würde. Aber dafür müsstest du uns hineinlassen.« Feixend und provozierend blickte Jules Jason an, der erst ihm und dann Luce einen bösen Blick zuwarf.

Entsetzt blickte Luce in Richtung der Jungs und musste traurig feststellen, dass Jason die Tür bereits geöffnet hatte und blitzschnell hindurchgehuscht war. Dieser überraschende, böse Blick Jasons ließ ihr Herz zu Eis gefrieren. War es Eifersucht, die Jason so wütend machte? Einerseits fühlte sie sich geschmeichelt, andererseits war sie wütend, denn die Begegnung im Reiseraum war doch eindeutig gewesen: er hätte erkennen müssen, dass auch sie etwas für ihn empfand. Jules war nur ihr bester Freund. Gut, er hatte ihr seine Liebe gestanden und sie geküsst, und sie hatte seinen Kuss erwidert, aber das war vor den Erlebnissen mit Jason im Bett und im Reiseraum geschehen. Sie war in Jason verliebt und nicht in Jules. Er ging ihr nicht mehr aus dem Kopf: das musste er doch bemerkt haben. Traurig sah sie ihm hinterher, als er wortlos in seinem Zimmer verschwand. Ein triumphierendes Lächeln huschte über Jules' Lippen, das Luce nicht verborgen blieb.

»Was sollte das?« Sie stupste ihn mit dem Ellenbogen in die Seite und schaute böse.

»Na, irgendwo muss ich ja heute Nacht schlafen. Also warum nicht bei dir?« Achselzuckend schlüpfte er durch die Tür und schlenderte den langen Flur entlang.

Entnervt folgte sie ihm, ging auf ihre Zimmertür zu und öffnete diese.

»Das ist vorübergehend mein Zimmer.« Jules blickte sich um, warf sich aufs Bett und hüpfte ein wenig, um die Matratze zu testen.

»Erzählst du mir, was mit dir los ist? Du verhältst dich merkwürdig – ganz anders als der Jules, den ich kenne.« Luce sah ihn aufmerksam an, bekam aber keine Antwort.

Sie dachte nach und versuchte herauszufinden, warum er sich so machohaft und arrogant aufführte, bis es ihr wie Schuppen von den Augen fiel: er war eifersüchtig auf Jason.

»Sag mal, läuft zwischen dir und Blondie etwas?« Jules hatte den Matratzentest beendet und saß nun aufrecht im Bett.

»Er heißt Jason. Und nein, es läuft nichts zwischen mir und ihm. Er hilft mir, meine Mutter zu finden, sonst nichts!«

Luce bekam ein schlechtes Gewissen: sie log gerade ihren besten Freund an, dem sie immer die Wahrheit sagte. Kleinere Schwindeleien, wenn sie einmal keine Lust hatte, mit ihm zu reden oder zum Sport zu gehen, waren in Ordnung. Doch ihm direkt ins Gesicht zu lügen, obwohl sie so starke Gefühle für Jason hatte, war nicht in Ordnung. Luce war mit Haut und Haaren in Jason verliebt, das war kaum zu übersehen. Sie hatten einander geküsst und wenn sie nicht gestört worden wären, wäre noch mehr geschehen. Ihr Magen verkrampfte. Sie konnte ihm nicht die Wahrheit sagen, sie wusste genau, dass sie ihn verletzen und seine Gefühle mit Füßen treten würde: ihre Freundschaft wäre in Gefahr. Das konnte sie auf keinen Fall riskieren, sie brauchte ihn jetzt und sie liebte ihn.

»Ich glaube, er denkt anders darüber. Aber das ist jetzt

nicht so wichtig, ich muss dir unbedingt etwas erzählen. Als ich bewusstlos war, hatte ich einen merkwürdigen Traum.« Jules klopfte mit seiner Hand aufs Bett und gab ihr nickend zu verstehen, sie solle sich zu ihm setzen.

Luce aber setzte sich auf den Sessel, stützte ihre Ellenbogen auf die Oberschenkel und sah ihn gespannt an. Traurig erwiderte er den Blick und begann zu berichten. Mit einem gequälten Lächeln verfolgte sie sein Gesicht. Es war schön, ihn wieder in der Nähe zu haben, aber sie wollte auf keinen Fall weitere Gefühle in ihm wecken, indem sie sich zu ihm setzte. Gespannt hörte sie ihm zu und ihre Augen wurden größer, als er von seinem Traum erzählte. Ein kalter Schauer lief ihr über den Rücken, als er von rot glühenden Augen, Händen und Armen, die nach ihm griffen, und von den Schreien erzählte. Entsetzt starrte sie ihn an, als er ihr schilderte, dass der Mann ihn töten wolle, wenn dieser nicht bekomme, was er verlange. Jules berichtete aufgeregt, wie er in den Himmel aufstieg und aus der Höhe auf die Erde herabsah. Er erzählte ihr auch, wie er den Kampf zwischen dem Mann und einem großen Tier beobachtete, bevor es schwarz um ihn wurde und er in einen Abgrund stürzte. Atemlos sah er Luce an, die wie versteinert auf dem Sessel saß und weinte.

»Luce, was hat das alles zu bedeuten?«

Sie konnte keinen klaren Gedanken fassen. Auch sie hatte einen ähnlichen Traum gehabt, aus dem sie schreiend erwacht war. Aber im Gegensatz zu Jules, war sie nicht allein gewesen: Jason war bei ihr, der über sie gewacht und sie beruhigt hatte. Sie erhob sich langsam, kroch zu Jules ins Bett und nahm ihn fest in den Arm.

»Es tut mir so leid, dass ich nicht bei dir war. Alles tut mir furchtbar leid.«

Tränen strömten über ihr Gesicht, als er sie fest an sich zog, dass sie kaum noch Luft bekam. Jules wischte ihr die Tränen von den Wangen und schaute sie mit seinen braunen Augen so intensiv an, dass ihr schwindlig wurde.

»Aber es ist doch nicht deine Schuld, Luce. Du bist jetzt für mich da und nur das zählt.«

Er nahm ihr Gesicht in beide Hände und küsste sie. Für einen kurzen Moment war Luce so überrascht, dass sie zurückwich. Er ließ sie aber nicht los, sondern zog sie wieder an sich und küsste sie erneut. Er drückte sie vorsichtig aufs Bett und beugte sich über sie: Luce wusste nicht, wie ihr geschah. Ihr Körper hatte sich versteift, ihre Gedanken spielten verrückt und sie starrte Jules mit großen Augen an. Wieder küsste er sie – dieses Mal so leidenschaftlich, dass sie keine Chance hatte, sich dagegen zu wehren. Sie schloss die Augen, ließ sich fallen und erwiderte seinen Kuss. Sie sog seinen Geruch ein, klammerte ihre Arme um seinen Hals. Jules legte sich auf sie und wanderte mit seinem Mund an ihrem Hals entlang. Die Härchen ihrer Haut richteten sich auf, als er hinabglitt und zu ihrem Schlüsselbein gelangte. Überall kribbelte es. Sie stöhnte leise auf, sah Jules an, der sie mit seinen funkelnden Augen liebevoll anlächelte, und konnte sehen, wie sehr er sich nach ihr sehnte.

Im selben Moment dachte sie an Jason – und tatsächlich stand dieser plötzlich in der Tür und räusperte sich laut. Luce schreckte hoch, schubste Jules unsanft zur Seite und setzte sich auf. Ihre Blicke trafen sich: seine Augen funkelten kalt und böse. Luces Herz raste, alles drehte sich und ihre Hände zitterten.

»Schon mal etwas von Anklopfen gehört?«, maulte Jules in Richtung Tür.

»Endemir hat mich geschickt, um euch abzuholen. Ihr braucht ein paar Sachen für die Reise.« Jasons Stimme klang so kalt, dass Luce erstarrte. »Ich warte dann draußen!«

Er verließ den Raum und warf Luce einen Blick zu, der noch kälter war als der vorige. Ein Schauer lief ihr über den Rücken und sie schüttelte sich.

»Alles in Ordnung?«, fragte Jules verwirrt.

Sie konnte ihn nicht anschauen: ihm nicht antworten. Wortlos stieg sie aus dem Bett, warf sich einen Pulli über, ihr Körper war vor Anspannung so kalt, dass ihre Zähne klapperten, und ging zur Tür. Ihr schlechtes Gewissen beherrschte ihre Gedanken. Sie fühlte sich miserabel und ihr Körper war so schwer, als lägen Steine in ihrem Magen. Was hatte sie sich nur dabei gedacht? Mit Jules knutschend im Bett zu liegen war eine Sache: aber von Jason dabei erwischt zu werden, das war das Schlimmste. Sie war so wütend auf sich und auf Jules, der sie geküsst hatte, dass sich ihre Nackenhaare aufstellten. Luce wollte Jason und nicht ihren besten Freund: doch das Gefühl der Vertrautheit war so verlockend gewesen, dass sie nicht hatte widerstehen können. War es möglich, dass sie sich in beide Jungs verliebt hatte? Wenn es so war, befand sie sich in einer äußerst verzwickten Lage. Durch ihren Kopf schwirrten Bilder von Jason und Jules und die Vorahnung eines Kampfes zwischen ihnen, der sich wohl nicht mehr verhindern ließ. Es sei denn, Jason gab sie auf, was Luce auf keinen Fall wollte. Sie musste das Problem jetzt aus der Welt schaffen.

Zitternd griff sie nach der Türklinke und öffnete die Tür einen Spalt, um hinauszuschlüpfen. Jules, der auf dem Bett saß, sah ihr mit fragenden Blicken nach. Vor Luce stand Jason, der traurig auf den Boden starrte. Sie trat näher an ihn heran, nahm seine Hand und lehnte sich bei ihm an. Ruckartig zog er seine Hand zurück und wandte sich von ihr ab.

»Lass das! Dafür haben wir keine Zeit!«

Ängstlich blickte sie zu ihm auf und Tränen schossen in ihre Augen: sie versuchte, es zu verhindern, vergeblich. Sie wollte ihm alles erklären, als Jason ihr über den Mund fuhr und nach Jules fragte.

»Wo ist dein Lover? Kommt der heute noch? Ich habe nicht ewig Zeit!« Seine Stimme klang rau und verbittert.

Jason schaute Luce nicht an, starrte missmutig auf die Zimmertür.

»Ich bin ja schon da. Ganz ruhig, Blondie!« Jules trat aus dem Zimmer und grinste fröhlich.

»Na, dann können wir ja los!« Jason ließ Luce und Jules den Vortritt und deutete auf die große Holztür.

Sie setzten sich in Bewegung und Luce spürte, wie Jasons Augen sie von hinten regelrecht durchbohrten. Ihre Nackenhaare stellten sich auf, als Jules sie an die Hand nahm, ihr einen flüchtigen Kuss auf den Mund gab und genussvoll in sich hineinlächelte. Was sollte sie nur tun? Sie hatte sich in Jason verliebt, konnte aber die Gefühle für Jules, welche es auch immer waren, nicht ignorieren. Da Jason sie bei dem Versuch, alles zu erklären, unterbrochen hatte, brauchte sie dringend jemanden zum Reden. Eigentlich war sie ganz froh, dass er ihr über den Mund gefahren war: was hätte sie ihm auch sagen sollen? Dass Jules in ihr Gefühle weckte, dass das, was er eben gesehen hatte, nichts zu bedeuten hatte oder dass Jules sie dazu gezwungen hatte? Nein, Luce konnte ihm im Moment nichts erklären. Ihre Gefühle waren so durcheinander, dass sie selbst nicht wusste, zu wem sie sich mehr hingezogen fühlte. Ihr Kopf brummte: sie musste mit Mel sprechen. Verzweifelt sah sie sich um und blickte Jason an, der noch immer die Augen auf sie gerichtet hatte.

»Kommt Mel auch mit?« Luce fragte ihn leise und versuchte, so unaufgeregt wie möglich zu klingen, um Jules nicht zu beunruhigen.

»Sie ist bereits da und wartet auf uns«, antwortete Jason einsilbig.

Luce wäre es lieber gewesen, Mel hätte sie abgeholt. Das hätte die ganze Situation entspannt. Sie atmete tief ein und seufzte traurig.

»Ich hätte es auch besser gefunden, wenn mein Dad sie beauftragt hätte, euch zu holen.« Angewidert schaute Jason Jules an, der sich umdrehte.

»Warum denn?« Seine Stimme klang scheinheilig, dass Jason beinahe explodiert wäre.

Jules ahnte, dass Jason etwas für Luce empfand, und wollte ihn provozieren, was Luce wütend machte. Sie entschärfte die Situation, indem sie schnell voranging. Sie betraten wortlos den Fahrstuhl und Jason drückte eine längere Zahlenkombination, die den Fahrstuhl in Bewegung setzte. Es dauerte eine Weile, bis sie am Ziel ankamen. Luce trat als Erste aus dem Fahrstuhl und schaute sich um. Sie befand sich in einem großen, kellerähnlichen Raum. Die Wände waren auch hier aus dem roten Backstein erbaut, aus dem die ganze Fabrik bestand. Überall standen Kisten, alte Möbel waren mit Bettlaken abgedeckt und ausrangierte Computerbildschirme standen fein säuberlich nebeneinander an der Wand. Es roch feucht und muffig, und das Licht aus den Neonröhren leuchtete in einem grellen Weiß, das die Gesichter grau und fad erscheinen ließ.

»Hier entlang!«, befahl Jason, der eine Tür öffnete und in einen langen, spärlich beleuchteten Flur hinaustrat.

Jules und Luce folgten ihm schweigend. Der Gang nahm kein Ende, wie Luce erschöpft feststellen musste, sie war bereits völlig außer Atem, was Jules zu belustigen schien.

»Vielleicht hättest du doch öfter mit mir zum Sport gehen sollen, meine Liebe!« Sie funkelte ihn böse an. »Hey, Blondie, warte mal! Luce kann nicht mehr und braucht eine kurze Pause.«

Jason, der fast im Laufschritt durch den endlos langen Flur gegangen war, blieb stehen und schaute entnervt auf die beiden zurück.

»Nein, alles gut! Es geht schon!« Luce wollte Jason auf keinen Fall noch wütender machen, als er schon war.

Sie riss sich zusammen, schnaufte tief durch und ging weiter. Nach einer gefühlten Ewigkeit gelangten sie zu einer großen, eisernen Tür, die wie eine Gefängnistür verriegelt war. Jules hob seine Augenbraue und sah Jason fragend an, der mit den Achseln zuckte.

»Die Zwerge haben eine Vorliebe für Sicherheit!«

Die Klingel an der Wand leuchtete hektisch, als Jason sie betätigte, und mit einem lauten Knarren öffnete sich die schwere Tür. Im Raum angekommen, staunten Luce und Jules. Überall standen schwere Werkbänke, an denen Zwerge arbeiteten. Genau so hatte sich Luce die Zwerge vorgestellt: lange Bärte, kleine, muskulöse, Körper und grimmige Gesichter, die zu verstehen gaben, dass sie nicht gestört werden wollten. Am hinteren Ende der Werkstatt hatte Luce Mel entdeckt, die zu den drei Jugendlichen eilte, Luce am Arm packte und davonzerrte.

»Du kommst mit mir! Jason, du nimmst Jules mit! Wir treffen uns in einer Stunde wieder hier!«

Und schon waren die Mädchen im Dunst der Werkstatt verschwunden. Jason verdrehte die Augen und bedeutete Jules, ihm zu folgen, was dieser missmutig tat.

»Wo wollen wir hin? Wieso können wir nicht mit Mel und Luce gehen?« Er versuchte, die Mädchen im Raum zu erspähen, was ihm aber nicht gelang.

»Die sind in der Frauenabteilung!« Jason setzte die Wörter in Gänsefüßchen, grinste und öffnete eine weitere Tür, die Jules niemals als Tür erkannt hätte. Erstaunt folgte er ihm und machte große Augen, als er den Raum betrat. Es verschlug ihm die Sprache, als er sich umblickte und überall an den Wänden glänzende Waffen sah – große und kleine, kurze und lange, alles war dabei. Die polierten Klingen glänzten im Licht und man konnte erkennen, wie scharf sie sein mussten. An der anderen Wand stand ein großer Kleiderschrank, in dem eine große Auswahl an Lederkleidung hing, als wäre eine Bikergang ausgeraubt worden. Der Geruch von Stahl und Leder hing Jules in der Nase, als er aus dem Augenwinkel eine Person mit spitzen Ohren hinter einem Computerbildschirm wahrnahm.

Erschrocken zuckte er zusammen. Er wusste, dass diese Welt anders war als seine. Kleine Menschen waren in seiner Umgebung nichts Ungewöhnliches, aber Leute mit spitzen Ohren hatte er noch nie gesehen.

»Willkommen in unserer Waffenkammer. Welche Waffe bevorzugst du?« Jules sah den jungen Mann verwundert an.

Er hatte noch nie eine Waffe in der Hand gehabt und war bekennender Pazifist.

»Ich, ähm ...«

Jason unterbrach ihn: »Er hat noch nie gekämpft und wird es wahrscheinlich auch nicht tun. Wir sind hier, damit er für die Reise, die wir morgen antreten werden, passende Kleidung erhält.«

»Ach so! Welche Größe hast du?« Der Elbenjunge kam hinter seinem Schreibtisch hervor und musterte ihn. »Eine L müsste passen.« Er ging zum Schrank, holte eine Art Lederhose und eine Lederjacke aus dem Regal. »Hier, probiere das mal an. Das müsste dir passen.« Er lächelte ihm zu und hielt ihm die Sachen hin.

Jules blickte sich suchend um, konnte aber keine Umkleide finden. Jason und der Elbenjunge lachten einander an.

»Und, was ist jetzt? Probiere es an!« Auffordernd sah Jason ihn an und der, wie Jules fand, äußerst attraktive Elb feixte.

»Ja, ja, schon gut!«

Er zog seine Hose aus und probierte die Lederhose an: Auch die Jacke warf er sich über und stellte fest, dass beides hervorragend passte und er sich darin sehr wohlfühlte.

»Perfekt! Was ich doch für einen scharfen Blick habe! Du siehst hinreißend aus, mein Lieber!«

Der junge Mann tätschelte Jules' Arm und flüsterte ihm seinen Namen ins Ohr, bevor er sich abwandte. Jules errötete und grinste ihn peinlich berührt an.

»Na, da hat wohl jemand einen neuen Freund gefunden!«, sagte Jason.

»Halt die Klappe!«, tönte es von beiden Seiten.

Jason lachte laut und zwinkerte Jules zu. »Gut, dann sind wir hier ja schneller fertig als gedacht!«

»Was ist denn mit dir?« Fragend sah Jules Jason an.

»Ich habe meine Sachen schon. Die hängen bereits fein säuberlich in meinem Schrank.«

»Schade, ich hätte gern ein Auge auf ihn geworfen!«, murmelte der Elbenjunge, ging zu seinem Schreibtisch und ließ sich in seinen Stuhl fallen.

Jason ignorierte ihn, ging zur Tür und trat hinaus.

»Ist der immer so freundlich?« Jules, der sich zu dem Elbenjungen gedreht hatte, schaute ihn erwartungsvoll an.

»Jason ist wirklich nett. Es sei denn, er mag jemanden nicht, dann kann er richtig gemein sein. Also pass auf, was du sagst!« Der hübsche Elb schaute ihn liebevoll an und wandte sich wieder seinen Aufgaben am Computer zu.

Nachdenklich schaute Jules zur Tür und folgte Jason wortlos.

»Wo soll ich die Klamotten hinbringen lassen?«, rief der Elbenjunge Jules hinterher: keiner der Jungs hörte ihn.

Jason unterhielt sich angeregt mit einem der Zwerge, der wiederholt auf das Schwert zeigte und ihn stolz ansah. Jules konnte dem Gespräch nicht folgen, da er die Sprache nicht verstand. Um nicht wie ein ungeliebtes Spielzeug herumzustehen, entschied er sich, die Werkstatt zu erkunden. Er hoffte, dass Luce und Mel bald wieder zu ihnen stießen und er endlich zurückgehen konnte. Er dachte an das Zusammensein mit Luce: ein warmes Kribbeln durchflutete ihn. Endlich konnte er seinen Gefühlen freien Lauf lassen und musste sie nicht mehr verstecken. Luce hatte seinen Kuss erwidert, was ihn glücklich machte. Er genoss jede Sekunde mit ihr, auch wenn sie ab und zu etwas verwirrt aussah und sich manchmal seltsam benahm. Aber schließlich war das alles neu für Luce und für ihn. Jetzt waren sie nicht mehr nur beste Freunde, sondern endlich auch ein Liebespaar: darauf hatte Jules lange gewartet. Er grinste zufrieden und schaute sich gedankenverloren um.

Zur selben Zeit folgte Luce Mel, die mit schnellen Schritten eine Treppe hinaufeilte und eine Tür öffnete.

»Voilà! Hier ist unser Allerheiligstes: unsere Waffen- und Klamottenhöhle!« Sie lachte und zog Luce in den dunklen Raum.

Als sie das Licht anschaltete, staunte Luce: Es gab drei übergroße Kleiderschränke mit den verschiedensten Kleidungsstücken. Zwei weitere Schränke quollen über mit Schuhen und in dem letzten konnte Luce allerhand Accessoires erkennen – Hüte, Mützen, Schals und eine Menge Schmuck. Ihre Augen wurden größer, als sie sich weiter umschaute und die Waffen an der Wand sah. Schwerter, Dolche und Messer in verschiedenen Größen hingen an den Wänden und glänzten. Einige davon waren wunderschön verziert und mit Edelsteinen besetzt, die im Licht funkelten.

»Such dir etwas aus!« Mel schaute sie auffordernd an und deutete auf die Waffen.

»Nein!« Luce schüttelte den Kopf. »Ich kann doch gar nicht damit umgehen. Ich hatte noch nie eine Waffe in der Hand.«

»Ob das gut ist oder nicht, sei mal dahingestellt. Aber du brauchst eine Waffe, wenn du uns begleiten möchtest. Sicher ist sicher, Luce.«

»Meinst du?« Ängstlich sah sie Mel an, die ihr zunickte.

Luces Augen wanderten über die schönen Waffen. Eine davon, ein Kurzschwert, zog ihr Interesse besonders auf sich: sie berührte es mit ihren Fingerkuppen. Ein seltsames Gefühl huschte durch ihren Körper und ihre Augen begannen zu glänzen. Sie betrachtete das Kurzschwert mit dem blauen Edelstein genauer. Behutsam fuhr sie mit ihren Fingern über die Klinge und spürte, wie scharf diese war.

»Offenbar hast du dich entschieden. Oder die Klinge für dich? Man weiß es nicht.« Mel lachte, nahm die Waffe von der Wand und reichte sie Luce.

In sich gekehrt umfasste Luce den Schaft und schwang das Schwert spielerisch: es gefiel ihr, sie lächelte.

»Axel ist es also!«

»Axel?« Luce konnte ihren Blick kaum von dem schönen Schwert abwenden.

»Ja, das Schwert heißt Axel. Der Zwerg, der diese schöne Waffe hergestellt hat, gab ihr seinen Namen. Die Zwerge arbeiten lang und hart an den Waffen, die sie mit viel Liebe zum Detail verzieren und für uns freigeben. Schon immer haben die Zwerge ihren Waffen Namen gegeben und das haben wir beibehalten. Axel ist übrigens gleich der erste Zwerg an der Tür. Wenn du magst, sagen wir ihm nachher Hallo.«

»Ich weiß nicht, Mel. Ich habe keine Erfahrung mit Schwertern. Ich mache es bestimmt nur kaputt.«

»Blödsinn. Jason kann dir beibringen, wie du damit umzugehen hast. Er ist einer unser besten Kämpfer. Er wird es dir zeigen.«

Da war es wieder – dieses Gefühl, wenn sie seinen Namen hörte.

Traurig sah sie Mel an. »Ich glaube, im Moment wird er gar nichts mit mir machen wollen.«

Erstaunt sah Mel sie an. »Warum nicht?«

Luce brach in Tränen aus. Etwas unbeholfen und verwirrt nahm Mel sie in den Arm.

»Um Himmels willen, was ist denn passiert? Du bist ja ganz aufgelöst! Setz dich und erzähl mir alles!« Mel zog sie auf die Couch, die mitten im Raum vor einem großen Spiegel stand.

Luce wischte sich die Tränen aus dem Gesicht und begann mit zittriger Stimme zu berichten, wie Jason sie mit Jules erwischt hatte. Immer wieder kullerte ihr dabei eine Träne übers Gesicht.

»Seitdem kam kein nettes Wort von ihm. Und dann Jules, der Jason ständig provoziert. Das alles macht mich verrückt!«

»Luce, weißt du denn nicht, dass Jason in dich verliebt ist? Wenn ich euch zwei auf der Couch nicht gestört hätte, dann wäre ... Na ja, du weißt schon, was dann passiert wäre. Seine Augen haben mir sofort verraten, dass du etwas Besonderes für ihn bist! Was hast du also erwartet, als er dich mit Jules erwischt hat?«

»Ich weiß es nicht.« Traurig sah Luce in den Spiegel, in dem sie ein Häufchen Elend erblickte.

»Bist du denn in Jason verliebt oder in Jules?«

»Wenn ich das wüsste. Jason weckt in mir so starke Gefühle, dass ich Schmetterlinge im Bauch habe, wenn ich ihn nur anschaue. Und mit Jules ist es so vertraut, so normal – und doch aufregend. Ich weiß es nicht. Sag du mir, was ich tun soll.« Hilfe suchend schaute sie Mel an, die ihre Hände abwehrend in die Luft warf.

»Es tut mir leid, Luce, aber das kann ich nicht. Das musst du selbst herausfinden. Vielleicht solltest du zu beiden auf Abstand gehen.«

»Wie soll ich das machen? Jules will bei mir übernachten und Jason wird das nicht gefallen und mich weiter böse ansehen.«

»Dabei kann ich dir helfen. Ich werde gleich ein Zimmer für Jules herrichten lassen. Dann kannst du heute Nacht allein schlafen. Und morgen konzentrieren wir uns auf die Reise in deine alte Heimat. Und glaub mir, wir werden auf jeden Fall abgelenkt sein. Keil und Luna werden sich gekonnt in Szene setzen!« Luce lachte schüchtern und sah Mel dankbar an: diese zückte bereits ihr Telefon und wies jemanden an, ein weiteres Gästezimmer vorzubereiten.

Sie bedankte sich wortlos bei ihr und Mel nickte ihr liebevoll zu.

»So, alles erledigt. Und nun ziehen wir dich für die Reise an. Was hättest du gern?«

Mel sprang auf und schlenderte zum Schrank.

»Schwarz würde gut zu meiner Stimmung passen, findest du nicht?«

»Na dann doch wohl eher etwas Graues. Nicht weiß, nicht schwarz. So entscheidungsfreudig wie du gerade bist?«

Die Mädchen lachten laut, wischten sich die Lachtränen aus

den Augen und machten sich an dem Schrank zu schaffen. Sie fanden nichts in Grau und wählten etwas in Schwarz. Mel reichte Luce eine schwarze Lederjacke und eine schwarze, eng anliegende Hose. Dann gab sie ihr schwarze Boots, die wie angegossen passten. Luce stand nun in voller Montur vor dem Spiegel, musterte sich und befand, dass sie gut aussah: sie grinste breit. Sie dachte an Jason und fragte sich, ob sie ihm in diesem Outfit auch gefiele.

»Du siehst gut aus!«, bestätigte Mel und nahm sie von hinten in den Arm.

»Mel?«

»Ja!«

»Ich möchte mich bedanken. Ich bin so froh, dich zu haben. Du bist wie eine Schwester für mich. Und das, obwohl wir uns erst seit einigen Tagen kennen. Danke, dass du mir zugehört hast.« Luce blickte sie liebevoll durch den Spiegel an und lächelte.

Mel erwiderte das Lächeln, wandte sich aber schnell ab und wischte sich eine Träne von der Wange. Auch sie genoss die Zeit mit Luce, denn sie hatte nie eine echte Freundin finden können. Dass sie die Tochter des Fabrikleiters war, machte es ihr schwer, Freundschaften zu schließen. Die meiste Zeit verbrachte sie mit Jason oder im Kampfraum: oder sie lernte, neue Elixiere herzustellen. Umso schöner war es, eine Freundin gefunden zu haben, die es ehrlich mit ihr meinte.

»Mel, ist alles in Ordnung?«

»Ja, ja, alles bestens, ich habe nur etwas ins Auge bekommen.« Luce lachte und schüttelte den Kopf, beließ es aber dabei, Mel einen Spruch zuzurufen.

»Wir müssen los. Die Jungs werden schon ungeduldig auf uns warten.« Luce atmete tief ein und rollte mit den Augen.

»Ehrlich gesagt habe ich im Moment keine Lust, sie zu sehen. Aber es nützt nichts, da muss ich wohl durch.« Entschlossen stopfte Luce ihre eigenen Sachen in einen Rucksack, den Mel ihr gegeben hatte, und hievte ihn schwungvoll auf den Rücken. »Dann mal los!«

»Warte – das Schwert!« Mel nahm es von der Wand und verstaute es in ihrer Jacke.

»Ich bewahre es bis morgen auf. Nicht dass du damit noch Dummheiten machst!« Sie lachten und verließen den Raum.

♡

Jason und Jules schauten ungeduldig von der Tür aus in den Raum, bis Jason die Mädchen entdeckt hatte. Luce trug ihr neues Outfit und schritt elegant auf die beiden zu. Jason sah sie mit großen Augen an und grinste ihr verführerisch zu, sodass Luce die Röte ins Gesicht stieg: es gefiel ihm also, dachte sie und ihr Herz hüpfte. Jules sah sie nicht ganz so verführerisch an, sein Blick glich eher dem eines Professors, der einen Studenten beim Abschreiben erwischt hatte.

»Was hast du denn da an?« Er ging auf sie zu und musterte sie von oben bis unten. »So willst du morgen losgehen?«

Luce schaute an sich herab: Sie trug eine schwarze, eng anliegende Hose, die ihre Figur schön zur Geltung brachte. Das T-Shirt hatte einen tiefen – vielleicht etwas zu tiefen – Ausschnitt, bedeckte aber das Nötigste. Die Lederjacke rundete das Outfit ab. Sie sah aufreizend aus und fühlte sich wohl dabei.

Mit einem provozierenden Blick stemmte sie die Hände in ihre Hüften. »Ich finde es super!«

»Ich nicht! Und ich möchte auch nicht, dass du so losziehst! Habt ihr nichts anderes gefunden?« Jules sah vorwurfsvoll in Mels Richtung.

»Nein, leider war schon alles ausverkauft«, neckte Mel ihn, was Luce und Jason laut lachen ließ.

»Das ist nicht witzig. Du kannst morgen ein T-Shirt von mir bekommen, das nicht so offenherzig ist!« Jules schüttelte den Kopf und stemmte die Hände in seine Hüften.

»Das werde ich ganz sicher nicht tun!«, widersprach Luce.

»Gibt es etwa Ärger im Paradies?«, grinste Jason.

Jules' böse Blicke trafen Luce und Jason, die einander angrinsten.

»Das besprechen wir später!« Beleidigt wandte sich Jules ab und atmete tief ein.

Der von Jules verursachte Wirbel gefiel Luce überhaupt nicht.

Noch nie hatte er diesen Ton ihr gegenüber angeschlagen: und so wollte sie auch nicht mit sich reden lassen. Zum ersten Mal, seitdem sie auf der Party das Kleidchen getragen hatte, fühlte sie sich stark, schön und sexy. Die Besitzansprüche, die Jules ihr gegenüber anmeldete, würde sie nicht akzeptieren und das wollte sie ihm bei Gelegenheit auch sagen. Dass er sie geküsst und sie seinen Kuss erwidert hatte, bedeutete nicht, dass sie ein Paar wären und er mit ihr so umspringen konnte.

Missmutig verließ Jules die Werkstatt. Luce rollte mit den Augen, lachte und folgte ihm mit Jason und Mel durch die große, eiserne Tür ...

Kapitel 17

»WIR SCHAUEN IN DEN SPIEGEL UND WÜRDEN GERN VERSTEHEN,
WAS ANDERE WOHL SO ALLES IN UNS SEHEN.«
@QUEENSOFDAYDREAMS

Die Mädchen hatten sich untergehakt, schwatzten miteinander und gingen leichtfüßig den Flur entlang. Jules schaute böse auf die vorauslaufenden Mädchen, was Jason belustigte. Immer wieder versuchte Jules, an Mel vorbeizukommen, um näher bei Luce zu sein, was ihm aber nicht gelang.

»Ach, Jason, Luce hat sich übrigens ein Schwert ausgesucht. Bei Gelegenheit müsstest du ihr Unterricht geben, sie hat noch nie eine Waffe in der Hand gehabt. Und sie hat sich für Axel entschieden!« Mel wandte sich um und feixte Jason an, der sie verwirrt ansah.

Auch er hatte seine Schwerter von Axel, der dafür bekannt war, hervorragende Arbeiten abzuliefern. Nur die Besten aller Besten hatten das Glück, eines dieser Schwerter ausgehändigt zu bekommen.

»Okay«, murmelte Jason kühl in Luces Richtung.

»Du hast ein Schwert bekommen?«, fragte Jules und blickte argwöhnisch zu Luce.

Sie reagierte nicht auf seine Frage, denn sie war noch damit beschäftigt, wie Jason auf die Information mit dem Schwert reagiert hatte. Seine kalte Stimme durchzog ihren Körper und hinterließ ein seltsames Gefühl. Mel, die unentwegt weiterplapperte, wie der Unterricht mit Jason ablaufen würde, hatte von dem Ganzen nichts mitbekommen.

»Apropos Unterricht. Ihr könnt natürlich nicht mehr in eure normale Schule zurück, das wisst ihr, oder? Ab sofort werdet ihr hier in der Fabrik unterrichtet.«

Mit diesen Worten hatte Mel unbewusst das Thema gewechselt. Luce war erleichtert, sie wollte nicht noch eine sinnlose Diskussion mit Jules führen, der sich mit dem Thema Waffen überhaupt nicht anfreunden konnte.

»Bestimmt hat Frau Blondee bereits deine Eltern angerufen und gefragt, wo du bist.« Luce schaute zu Jules.

Sie wusste, wie wichtig ihm die Schule war. Sein Verhältnis zu der Schulleiterin war hervorragend und er hatte noch nie irgendetwas getan, was Frau Blondee missmutig gestimmt hätte: Demnach würde es ihr sehr ungewöhnlich vorkommen, dass Jules unentschuldigt in der Schule fehlte.

Jules sah sie erschrocken an.

Mel plapperte weiter. »Keine Angst, mein Dad wird sich darum kümmern. Er wird mit Frau ... wie heißt sie gleich noch ... Frau Blondie ... sprechen und ihr eine gute Ausrede auftischen. Zur Not bekommt sie einfach ein Elixier von mir. Dann hat sie euch im Nu vergessen. Deinen Eltern werden wir sagen, dass du auf einer Klassenreise bist und erst in zwei Wochen wieder zurückkehrst. Das hört sich doch nach einem guten Plan an, oder?« Mel blickte fragend zu Luce, die daraufhin nickte. »Jetzt brauche ich noch den Namen eurer Schule.«

»Ist das okay, Jules?« Luce schaute ihn fragend an.

»Ja, ich denke schon. Wir fehlen ja erst seit einem Tag. Außerdem sind meine Eltern gerade im Urlaub. Also wird sie sowieso niemanden erreichen. Unsere Schule trägt den Namen Amera.«

»Okay.« Mel zückte ihr Telefon und wählte die Nummer ihres Vaters.

Sie ging ein Stück voraus und erzählte ihm, auf welche Schule die beiden gehen würden und dass er dort eine Nachricht für Luce und Jules hinterlassen müsse.

»So, erledigt! Mein Dad schickt jemanden vorbei, der sich mit Frau Blondie unterhalten wird.«

»Sie heißt ... Blondee!«, berichtigte Jules oberlehrerhaft. »Betonung auf der zweiten Silbe!« Luce verdrehte die Augen.

Sie hatten den langen Flur hinter sich gelassen und stiegen in den Fahrstuhl: Jules drängelte sich zu Luce und griff nach ihrer Hand. Er schaute sie verliebt an, woraufhin Jason seine Augen verdrehte und zwar so, dass es Luce nicht verborgen blieb. Mel hatte das Ganze beobachtet. Luce sah sie hilfesuchend an.

»Ach, übrigens, Jules. Ich habe dir ein Gästezimmer vorbereiten lassen. Dort kannst du dich vorübergehend einrichten. Du darfst leider nicht bei Luce schlafen.«

Er riss die Augen auf. »Aber ...!«

»Nichts aber! Mein Dad duldet keine Jungs in Mädchenzimmern, die dort übernachten wollen. Ich kann da leider gar nichts für dich tun.« Sie zwinkerte Luce unauffällig zu, die ein tonloses »Danke« mit ihren Lippen formte.

Jules ließ den Kopf hängen und schaute aus dem Augenwinkel auf Luce, die zu Boden starrte.

»Außerdem habe ich vorhin bei Madame Madeline noch etwas zu essen bestellt, das sie bestimmt schon in die Küche gestellt hat. Wer hat Hunger von euch?« Mel schaute in die Runde: alle nickten.

Angekommen in den privaten Räumen der Familie stieg Luce ein angenehmer Duft in die Nase. Es roch nach gegrilltem Gemüse, frisch gebackenem Brot und verschiedenen Gewürzen. Ihr Magen knurrte und erst jetzt merkte sie, dass sie wieder das Essen vergessen hatte, was ihr hier ständig passierte. Nach der ganzen Aufregung mit Jules und Jason, den Erlebnissen in der Vergangenheit und der Aufregung, morgen in ihre alte Heimat aufzubrechen, war sie nicht dazu gekommen, an Essen oder Trinken zu denken. Das machte sich nun bemerkbar: Ihr Magen knurrte mittlerweile so laut, dass Jason ein leichtes Grinsen nicht unterdrücken konnte. Ihre Kehle war staubtrocken und langsam gesellte sich zu dem Hunger ein Kopfschmerz, der durch den Flüssigkeitsmangel ausgelöst wurde.

»Madame Madeline hat mal wieder gezaubert!« Jason lief schnurstracks in die Küche und pflanzte sich hungrig auf einen der vier Stühle.

Die anderen folgten ihm und setzten sich auf die freien Plätze. Jules platzierte sich demonstrativ neben Jason, damit Luce erst gar nicht auf die Idee kam, sich neben ihn zu setzen. Natürlich bemerkte sie das ziemlich schnell und musste innerlich lachen. Irgendwie war es fast schon niedlich, wie Jules um sie buhlte und versuchte, Jason auszustechen. Sie tat so, als würde sie das ganze Theater nicht bemerken, und setzte sich entspannt neben Mel, die sich an ihre Schulter lehnte und erschöpft in die Runde lächelte. Das Essen stand auf dem Tisch und sah verführerisch aus. Immer wieder bemerkte Luce, wie Jules versuchte, mit ihr Blickkontakt herzustellen. Doch sie wich ihm aus: sie wollte sich jetzt nicht mit ihm beschäftigen, sie hatte gewaltigen Hunger. Und da sie wusste, wie lecker das Essen von Madame Madeline schmeckte, wollte sie ihr Abendbrot genießen, ohne einen Gedanken an Jules zu verschwenden.

Es gab Hackbällchen mit gegrilltem Gemüse, frisch gebackenes Brot mit Kräuterbutter und Kartoffelecken, die mit Gewürzen bestreut waren. Luce langte kräftig zu: sie hatte lange nicht mehr so gut gegessen. Es kam selten vor, dass ihre Mutter für die Familie kochte. Meistens aßen sie, was der Kühlschrank hergab, oder sie bestellten bei Mister Chang, der nicht nur Kaffee hatte, sondern in den Abendstunden chinesisches Essen auslieferte. Allerdings konnte der kleine dicke Asiate mit dem selbstgekochten Essen von Madame Madeline, nicht konkurrieren. Genüsslich aß Luce die letzten Kartoffelspalten von ihrem Teller, lehnte sich entspannt zurück und gähnte. Der Tag war für sie sehr anstrengend gewesen und hatte an ihren Nerven gezerrt. Sie wollte nur noch eine heiße Dusche und sich in ihr Bett kuscheln.

»Wenn ihr nichts dagegen habt, würde ich mich jetzt verabschieden und schlafen gehen. Ich möchte morgen ausgeruht in den Tag starten«, sagte Luce gähnend in die Runde.

»Ja … ich werde auch schlafen gehen.« Mel nickte ihr zu und begann, das Geschirr auf dem Tisch zusammenzustellen.

»Lass stehen, Mel. Ich mach das schon.«

»Danke, Bruderherz, das ist lieb von dir.« Mel stand auf, reckte sich und sah zu Jules.

»Soll ich dir noch kurz dein Zimmer zeigen?«

Jules nickte und erhob sich langsam.

»Na dann, gute Nacht. Bis morgen früh.« Er ging auf Luce zu, nahm ihr Gesicht in beide Hände und drückte ihr einen festen Kuss auf den Mund.

Mit großen Augen sah sie ihn an: sie spürte ein Kribbeln im Bauch und eine leichte Röte stieg ihr ins Gesicht. Gequält lächelte sie ihn an und wünschte ihm auch eine gute Nacht. Mel und Jules machten sich auf den Weg zu dem Gästezimmer, das am hinteren Ende des Flures lag. In der Zwischenzeit hatte Jason damit begonnen, den Tisch abzuräumen. Luce half ihm dabei. Sie stellte die Teller in die Spülmaschine, als sie Jason nah hinter sich spürte.

Sie fühlte seinen warmen Atem im Nacken und ihr Körper erstarrte. Das Herz schlug ihr bis zum Hals, ihre Hände fingen an zu zittern: langsam drehte sie sich um. Jason atmete tief ein und rückte näher an sie heran. Alles in ihr fing an zu kribbeln, nervös spielte sie mit den Fingern, bis Jason ihre Hände nahm und sie fest mit seinen umschloss. Er beugte seinen Kopf und begann sie zu küssen. Erst ganz vorsichtig, aber als er merkte, dass Luce sich nicht abwandte, wurde der Kuss leidenschaftlicher. Sie löste sich aus seinen Händen und umarmte ihn. Alles drehte sich. Ihr Herz klopfte wild und eine Gänsehaut kroch über ihren Körper. Mit einem Ruck hievte Jason sie auf die Arbeitsplatte, drückte sich zwischen ihre Beine und zog sie fest an sich heran. Sie stöhnte auf und schaute zärtlich zu ihm hoch. Ein Glücksgefühl durchzog sie, sie nahm sein Gesicht in beide Hände und küsste ihn: sie konnte nicht anders. Die Gefühle übermannten sie, obwohl der Verstand ihr sagte, sie solle die Finger von ihm lassen. Aber es ging nicht.

Sie genoss seine warmen, weichen Lippen und drückte sich fest an seinen Körper. Ein heißes Verlangen durchströmte sie. Der Kuss wurde leidenschaftlicher und sie konnte Jasons Herz wild in seiner Brust schlagen hören. Er löste sich abrupt von ihr und trat einen Schritt zurück. Verwundert und fragend sah sie ihn an.

»Luce, was machst du nur mit mir?«

»Die Frage kann ich genauso gut dir stellen!«, antwortete sie ihm atemlos.

»Ich kann einfach nicht aufhören, an dich zu denken. Und dann erwische ich dich mit Jules im Bett! Warum? Ich dachte, du würdest …«, er stockte, »… mich genauso wollen wie ich dich!« Verzweifelt sah er sie an.

»Es tut mir leid«, flüsterte Luce. »Ich bin durcheinander. Ich bin hin- und hergerissen. Ich mag dich. Ich mag dich sogar so sehr, dass meine Knie weich werden und mein Herz zerspringen möchte, wenn du mich nur anschaust. Ich will ständig in deiner Nähe sein, dich berühren und dich küssen. Aber Jules spukt auch in meinem Kopf herum. Und auch ihn habe ich verdammt gern!« Sie neigte den Kopf und schloss die Augen.

Sie konnte Jason nicht ansehen, weil sie seinen traurigen Blick fürchtete. Vor ihrem inneren Auge sah sie die beiden Jungs, wie sie an ihr zerrten: es zerriss sie innerlich. Als sie wieder hochblickte, stellte sie fest, dass Jason nicht mehr vor ihr stand. Sie hörte, wie eine Tür laut ins Schloss fiel, und vermutete, dass er in sein Zimmer gestürmt war.

Mit Tränen in den Augen ließ sie sich von der Arbeitsplatte gleiten, räumte den Rest vom Tisch ab und ging erschöpft in ihr Zimmer. Dieses Mal schloss sie die Tür ab, um sich vor ungebetenen Gästen zu schützen: Worauf sie keine Lust hatte, war Jules, der nachts hereinkäme, um mit ihr zu reden oder einfach dort weiterzumachen, wo sie aufgehört hatten. Luce ließ sich aufs Bett fallen und grübelte. Noch immer geisterten ihr die Bilder im Kopf, wie Jules und Jason sich um sie stritten. Sie schüttelte sich und machte sich auf ins Bad. Eine heiße Dusche würde ihr guttun, um den Kopf freizubekommen und ein bisschen entspannter zu schlafen, als es in der letzten Nacht der Fall gewesen war. Es machte ihr Angst, allein im Bett zu liegen. Aber sie hatte keine andere Wahl, wenn sie nicht wieder einen von beiden verletzen wollte.

Luce drehte den Wasserhahn auf und der heiße Dampf füllte den kleinen Raum. Sie zog sich aus und schlüpfte unter die Dusche: Heißes Wasser prasselte auf ihren Körper. Sie stand einfach nur da und genoss den Wasserstrahl, der ihre schmerzenden Glieder massierte. Aber auch hier konnte sie ihre Gedanken, die sich nur um die beiden Jungs drehten, nicht ausschalten. Sie hatte keine Ahnung, was sie tun und für wen sie sich entscheiden sollte. Beide entfachten Gefühle in ihr, die sie verwirrten. Sie seufzte und legte den Kopf nach hinten. Das heiße Wasser spülte ihre Tränen weg.

Doch dann regte sich ihr Gewissen: Bilder von ihren Eltern, die blutüberströmt und an Ketten gefesselt in einem feuchten, dreckigen Keller eingesperrt waren, schossen ihr durch den Kopf.

Die Bilder, die Argor von ihnen gezeigt hatte, machten sie zornig: Sie ballte die Hände zu Fäusten. Darum sollte sie sich kümmern und nicht um zwei Jungs, die um sie stritten und ihr das Leben schwer machten. Luce neigte sich nach vorn, um sich das warme Wasser über den Rücken laufen zu lassen. Sie musste ihre Eltern finden und befreien, genauso wie ihre leibliche Mutter. Sie hatte so viele Fragen an ihre Eltern und an ihre Mutter, die sie beantwortet haben wollte. Das Herz wurde ihr schwer. Sie war tief in Gedanken versunken, dass sie nicht bemerkte, wie Jason das Badezimmer betrat.

Er lehnte sich ans Waschbecken und beobachtete Luces Schatten. Seine Gedanken überschlugen sich. Was um Himmels Willen tat er hier, schoss es ihm durch den Kopf. Er starrte auf den Duschvorhang, in seinen Ohren rauschte das Blut und seine Hände umklammerten den Rand des Waschtisches, bis seine Fingerknöchel weiß hervortraten. Mit einem Ruck drehte er sich um und sah in den Spiegel.

Vor ihm stand ein trauriger Junge mit wilden blonden Haaren und blauen Augen, die ausdruckslos in das Spiegelgesicht blickten. Seine Haut wirkte fahl – genauso, wie er sich im Moment fühlte. Er hatte sich in Luce verliebt, das musste er sich eingestehen. Doch sie hatte sich nicht nur in ihn verliebt, sondern auch in einen anderen Jungen. So etwas hatte er noch nie erlebt. Ein Mädchen, das er erst kurz kannte und ihm den Verstand raubte, ihn verwirrte, dass er nicht mehr klar denken konnte und dass alles um ihn herum unwichtig wurde, liebte zwei Jungen gleichzeitig. Er hatte wahrlich schon viele Mädchen, aber keine hatte jemals einen solchen Einfluss auf ihn gehabt, und das nach so kurzer Zeit. Seit er Luce kennengelernt hatte, waren ihm alle anderen egal. Er lehnte seine Stirn an den Spiegel und schloss die Augen.

Luce bemerkte, dass ihre Haut aufgeweicht war, und beschloss, das Duschen zu beenden. Das heiße Wasser hatte sie noch schläfriger gemacht, als sie es sowieso schon war. Sie fühlte sich matt und erschöpft und sehnte sich nach ihrem Bett. Sie schloss den Wasserhahn, griff nach dem Handtuch, trocknete sich leicht ab und wickelte sich das Handtuch um den Körper. Langsam schob sie den Duschvorhang beiseite und erblickte Jason. Ihre Blicke trafen sich in seinem Spiegelbild und für Sekunden stand die Welt still. Keiner sagte ein Wort, bis Luce die Stille durchbrach.

»Jason, was machst du hier?«

Luce hatte sich aus ihrer Schockstarre gelöst und zog sich das Handtuch noch fester um den Körper.

»Ich weiß es nicht«, murmelte er und drehte sich zu ihr um. »Du gehst mir nicht mehr aus dem Kopf. Ich kann mich auf nichts anderes mehr konzentrieren, obwohl ich das eigentlich müsste. Du verwirrst mich und ich fühle mich hin- und hergerissen!« Er starrte sie an.

Luce sagte nichts: sie wusste nicht, was sie ihm darauf antworten sollte. Auch sie musste immer an ihn denken: sie sah ihn vor sich und spürte das Verlangen, ihn zu berühren, zu küssen oder einfach nur von ihm in den Arm genommen zu werden.

»Sag mir, was ich tun soll!« Jason trat einen Schritt vor und schaute sie eindringlich an. »Soll ich dich in Ruhe lassen, soll ich um dich kämpfen oder soll ich dich zu einer Entscheidung drängen? Sag es mir, Luce!«

»Ich weiß es doch auch nicht!« Luce wandte den Blick von ihm ab.

»Vielleicht sollte ich auf meinen Dad hören und dich aus meinem Kopf streichen!« Er drehte sich um und verließ das Bad ohne ein weiteres Wort.

»Sei einfach nur bei mir!« flüsterte Luce ihm nach.

Doch Jason hatte den Raum verlassen: es wurde still. Tränen liefen Luce über das Gesicht. Warum ist die Liebe nur so kompliziert, dachte sie und ging langsam in ihr Zimmer ...

Kapitel 18

»KEIN ORT DIESER WELT, KEIN WORT DAS MICH HÄLT, JETZT SOFORT, MIR GEFÄLLT, UNVERSTELLT, MEIN NEUES SELBST.«
@QUEENSOFDAYDREAMS

Tief in Luce Kopf dröhnte eine Stimme, die ihr immer wieder die gleichen Worte zurief.

»Luce, wach auf!«

Jemand rüttelte an ihr und als ihr klar wurde, dass jemand versuchte, sie zu wecken, schreckte sie hoch. Ein harter Aufprall ließ sie wieder ins Bett zurückfallen, ein stechender Schmerz durchzuckte ihren Kopf.

»Aua.«

Luce öffnete die Augen und erblickte Mel, die sich den Kopf hielt und ein schmerzverzerrtes Gesicht machte.

»Oh ... Es tut mir leid, Mel!«

»Ist ja nichts passiert. Mein Kopf ist ja noch heil! Jetzt steh endlich auf! Wir müssen los!«

Erschrocken starrte Luce Mel an.

»Ich habe verschlafen, oder?«

»Jaaa, das hast du! Die anderen warten bereits unten auf uns. Wir haben mehrmals an deine Tür geklopft, aber du hast nicht geöffnet. Wir dachten, du würdest vielleicht schon unten auf uns warten. Aber da waren nur mein Dad, Jason, Keil und Luna. Also habe ich mich auf den Weg gemacht und bin durch Jasons Zimmer und euer gemeinsames Bad hier hereingekommen. Seit wann schließt du dein Zimmer ab?« Mel sah sie fragend an.

»Ich wollte keinen Besuch heute Nacht! Du verstehst?«

Mel nickte und lächelte sie an. »So, nun aber los!«

Luce hatte nach dem Aufeinandertreffen mit Jason im Bad schnell ihren Rucksack für die Reise gepackt und war dann kraftlos in ihr Bett gesunken. Sofort fielen ihr die Augen zu und innerhalb von Sekunden schlief sie tief und fest. Dieses Mal hatte sie weder Albträume noch andere Träume. Sie fühlte sich, abgesehen von dem Zusammenprall mit Mels Kopf, erholt, ausgeschlafen und fit.

Sie sprang auf, lief hastig ins Bad, putzte sich die Zähne und zog sich an. Sie griff sich den Rucksack, hievte ihn auf den Rücken und ging zur Tür.

»Kommst du?«

Ungläubig schaute Mel sie an. »Das ging aber schnell!«

Die Mädchen machten sich auf den Weg zum Haupteingang. Die Fabrik lag ruhig vor ihnen. Niemand ließ sich zu so früher Stunde auf den Fluren blicken. Die Sonne hatte ihre ersten Strahlen durch die Fenster geworfen und die Flurlichter waren automatisch ausgegangen. Das Rot der aufgehenden Sonne färbte die Wände: die Schatten der Mädchen verfolgten sie wie Geister. Als sie am Haupteingang ankamen, sahen sie die anderen, die bereits ungeduldig auf sie warteten. Luce blickte auf die große Standuhr im Vorraum und musste feststellen, dass sie sich um eine halbe Stunde verspätet hatte, was ihr peinlich war. Sie lächelte alle in der Runde an und entschuldigte sich tonlos.

Jules kam mit großen Schritten auf sie zu, um sie in den Arm zu nehmen. Aus dem Augenwinkel beobachtete Luce Jason, der dies mit Argusaugen verfolgte. Nein, schon wieder fing dieses Theater an! Luce hatte das Gefühl zu explodieren. Sie hatte keine Lust, den ganzen Tag darauf zu achten, mit wem sie sich umgab: schon gar nicht wollte sie darauf achten müssen, was genau sie mit demjenigen tat. Luce wollte einfach nur in ihr altes Dorf und den Ring finden. Das war heute ihre Aufgabe und niemand würde sie davon abbringen.

Luce huschte unter Jules' Armen hindurch und gesellte sich zu Luna und Keil. Verdutzt schaute Jules sie an. Sie zuckte mit den Schultern und zwinkerte ihm zu.

»Na, dann können wir ja jetzt endlich los!«, bemerkte Keil und warf seinen Rucksack über die Schulter.

»Wartet, meine Lieben!«, trällerte eine bekannte Stimme.

Von hinten kam Madame Madeline mit mehreren Tüten in der Hand angelaufen. Schwer atmend blieb sie vor Jason stehen und überreichte ihm eine.

»Für meinen Lieblingslichtler!« Sie lächelte ihn verschmitzt an, ging weiter auf die anderen zu und überreichte jedem einzelnen eine Papiertüte.

Außer Jules: Für ihn hatte sie keine Tüte dabei.

»Oh ... ein neuer Hexer ist unter uns. Hätte ich das gewusst, hätte ich dir auch etwas zubereitet.« Vorwurfsvoll schaute sie zu Endemir, der sie ignorierte.

Verblüfft schaute Jules sie an und man konnte an seinem Gesichtsausdruck erkennen, dass seine Gedanken wild umherkreisten. Dass er vielleicht ein Hexer sein könnte, hatte ihm so direkt noch niemand gesagt, außer Argor. Er wollte zu einer Frage ansetzen, als Luce ihm zuvorkam.

»Schon gut, Madame Madeline, ich teile mit Jules.« Luce nahm ihre Tüte, ging auf Jules zu und steckte sie in seinen Rucksack.

Sie flüsterte ihm zu, dass sie die Hexer-Frage sofort nach ihrer Rückkehr mit Endemir besprechen würden und er sich keine Gedanken darüber machen sollte. Jules wandte sich zu ihr um und lächelte sie dankbar an. Luce hatte in der ganzen Aufregung fast vergessen, dass Jules ein Hexer sein könnte, der genauso in diese Welt gehörte wie sie. Natürlich wollte sie unbedingt mehr darüber erfahren, aber das musste jetzt warten, der Auftrag, den Ring zu finden, war wichtiger.

»Okay, jetzt aber los!« Endemir öffnete die große Holztür. »Wir sehen uns heute Abend mit dem Ring wieder. Und macht ja keine Dummheiten. Max wird euch alle nach Rolu fahren und dort auf euch warten.«

Luce schaute ihn nachdenklich an. Endemir schien zuversichtlich zu sein, dass sie heute Abend mit dem Ring wieder in der Fabrik sein würden. Wollte er die Gruppe motivieren? Oder war es eine klare Ansage, dass der Auftrag schnellstens zu erledigen sei? Luce war sich nicht sicher, sie konnte Endemir nicht durchschauen.

»Luce, kommst du?«, rief Jules vom Schotterweg herüber.

Aus ihren Gedanken gerissen folgte sie rasch den anderen.

Jules drängte sich an Luce, legte seinen Arm um sie. Er schaute ihr ins Gesicht und lächelte sie an. Gequält erwiderte sie sein Lächeln, obwohl ihr danach wirklich nicht zumute war. Sie war nervös, dass ihr Herz wild in der Brust pochte und sich kalter Schweiß auf ihrer Stirn bildete. Seit sie in die große Stadt gezogen war, hatte sie Rolu nicht wiedergesehen. Sie freute sich, wieder hinzureisen, aber der Grund dafür gefiel ihr ganz und gar nicht. Sie dachte an ihre Eltern und hoffte, dass die ganze Aktion Erfolg haben würde: ohne das Artefakt konnte sie ihre Eltern und ihre Mutter nicht retten.

Max wartete bereits am Bus auf die Gruppe. Kaum begannen sie einzusteigen, als Luna mit quietschiger Stimme verkündete: »Ich sitze neben Jason!«

Jason verdrehte die Augen, wandte sich zu Max und begrüßte ihn freundlich. Keil hatte sich bereits auf den Beifahrersitz gesetzt und griente Jason an. Wieder rollte Jason mit den Augen – Luna und Keil gingen ihm ziemlich auf die Nerven. Während Max die Rucksäcke im Kofferraum verstaute, setzte sich Jules blitzschnell in die dritte Reihe des Busses und deutete Luce an, dass der Platz neben ihm noch frei sei. Ein leichtes Unwohlsein befiel Luce, irgendwie wollte sie nicht in Jules' Nähe sein. Warum das so war, wusste sie selbst nicht genau: es war einfach ein Bauchgefühl.

Entnervt zuckte sie mit den Schultern und machte sich daran, in den Bus zu steigen. Plötzlich stieß Mel sie zurück, kletterte zur hinteren Sitzbank und machte es sich dort gemütlich. Auf Luces fragenden Blick antwortete Mel mit einem schiefen Lächeln und Achselzucken: der eisige Blick von Jules entging Luce dabei nicht. Sie hatte keine Zeit darauf zu reagieren, Jason beförderte sie bereits in den Bus. Diese Berührung löste wieder ein heftiges Kribbeln in ihr aus und sie fragte sich, ob das wohl bei jeder Berührung von Jason so sein würde. Sie liebte dieses Gefühl, gleichzeitig wünschte sie sich, dass es für heute verschwinden würde, damit sie sich voll und ganz auf die Suche konzentrieren konnte: da er nun neben ihr saß und sie verschmitzt angrinste, gab Luce die Hoffnung auf. Jason so nah bei sich zu haben, würde das Kribbeln noch verstärken, anstatt es verschwinden zu lassen. Mit einem leisen Seufzer rutschte sie tiefer in ihren Sitz.

Luna war die Letzte, die in den Bus stieg. Sie knallte die Autotür lautstark zu. Anscheinend war sie nicht begeistert, dass auch Luce neben Jason saß. Zerknirscht schnallte sie sich an, lehnte sich zurück und starrte aus dem Fenster. Das kann ja eine lustige

Autofahrt werden, dachte sich Luce: alle waren genervt und schlecht gelaunt.

»Sind alle an Bord?« Max durchbrach die angespannte Stimmung im Auto und drehte sich um. Fragend schaute er zu Jason: dieser nickte. »Okay, dann mal los!« Er startete den Wagen und fuhr los.

Jules saß mit tief beleidigter Miene neben Mel. Er beugte sich zu Luce vor: »Wir müssen reden!« Seine Stimme klang scharf.

Einen solchen Ton hatte sie bei ihm noch nie erlebt. Er schien außer sich zu sein. Sie konnte nichts dafür, dass Mel sich blitzartig vorbeigedrängelt und sich auf den Platz gesetzt hatte, der für Luce angedacht war. Bedrückt senkte sie den Kopf und starrte auf ihre Hände. Warum musste ausgerechnet heute alles schief laufen?

Um die eisige Stimmung aufzulockern, fragte Luce Max, wie lange die Autofahrt dauern würde. Sie erhoffte sich ein freundliches Gespräch, was sie auf andere Gedanken bringen würde. Max antwortete ihr aber so knapp, dass Luce es aufgab. Entnervt ließ sie sich wieder in ihren Sitz fallen, starrte aus dem Fenster und dachte nach.

Die Autofahrt sollte knapp vier Stunden dauern. Reichlich viel Zeit, um über alles was geschehen könnte nachzudenken, dachte sich Luce. Was wäre, wenn sie den Raum in ihrem Haus nicht finden würde? Und was wäre, wenn sie das Zimmer zwar gefunden hätte, die Meerjungfrau aber nicht mehr da wäre? Wie könnte Luce sie dann finden? Fragen um Fragen quälten sie. Argor hatte ihr eine Woche Zeit gegeben, um den Ring zu beschaffen: zwei Tage waren davon vergangen. Sie dachte an all das, was sie in diesen zwei Tagen erlebt hatte, und schüttelte innerlich den Kopf. Dass es nur zwei Tage waren, konnte sie nicht glauben, es kam ihr wie eine halbe Ewigkeit vor.

Starr schaute Luce aus dem Fenster. Mittlerweile waren sie seit einer Stunde unterwegs. Die vorbeihuschende Landschaft aus endlosen Wiesen, auf denen Mohnblumen in glühendem Rot leuchteten, kam ihr vertraut vor. Die knorrigen Bäume, die bizarre Formationen bildeten, jagten ihr einen Schauer über den Rücken. Alles erinnerte sie an ihr altes Zuhause und an ihre Eltern, die sie vermisste. Luce dachte gedankenversunken an ihr altes Leben, das so schön einfach gewesen war.

Sie schloss die Augen und spürte, wie sich eine Gänsehaut auf ihren Armen ausbreitete.

Jason blieb das nicht verborgen. Er neigte sich zu ihr und flüsterte ihr ins Ohr: »Ist dir kalt?«

Ohne die Antwort abzuwarten, kramte er unter seinem Sitz und holte eine Decke hervor. Er breitete sie aus und legte sie über Luce, sodass auch er zur Hälfte darunter verschwand. Ein leises, kaum hörbares Stöhnen drang an Luces Ohren. Es kam aus der hinteren Sitzreihe und konnte nur von Jules stammen. Luce hatte das Gefühl, dass er sie die ganze Zeit beobachtete: und das, seit sich der Bus in Bewegung gesetzt hatte. Was Jules zum Glück nicht sehen konnte, war Jasons Hand, die unter die Decke glitt und Luces Finger berührte. Ein Blitz durchzuckte sie. Ihr Herz klopfte und alles in ihr versteifte sich. Sie wollte ein bisschen Ruhe, aber Jasons Hand machte das unmöglich. Schmetterlinge schienen ihr durch den Bauch zu flattern und ein flaues Gefühl breitete sich im Magen aus. Sie versuchte sich zu zwingen, seine Hand zurückzuschieben, aber ihre Gefühle waren so stark, dass sie stattdessen seine Hand fest umschloss. Sie schloss die Augen und entspannte sich. Die klassische Musik, die im Auto lief, säuselte vor sich hin. Luce sank in einen tiefen Schlummer, ohne einen einzigen Albtraum.

Ein lauter Knall riss Luce unsanft aus dem Schlaf. Sie krallte sich in Jasons Hand und schaute ängstlich auf Max, der wild am Lenkrad kurbelte.

»Alle gut festhalten!«, schrie er.

Luna kreischte, Mel und Jules blickten sich erschrocken an und Keil hielt sich am Armaturenbrett fest.

»Wir haben einen Platten und ich bekomme das Auto nicht unter Kontrolle!«

Max hatte die Wörter noch nicht ganz ausgesprochen, als sie auch schon in den Straßengraben glitten. Sie hatten Glück im Unglück, ein großer Busch bremste den Bus unsanft, sodass sie abrupt stehen blieben. Aus der Motorhaube stieg mit einem Zischen weißer Qualm hervor.

»Ist bei euch alles okay?« Max schaute sich besorgt im Wagen um.

Alle nickten wie in Trance, außer Luna, die noch immer kreischte.

»Halt endlich die Klappe, Luna. Es ist überhaupt nichts passiert!«, schrie Mel ihr entgegen.

»Es ist nichts passiert! Wir hatten gerade einen schweren Unfall!«, polterte Luna zurück.

Max hatte den Bus bereits verlassen und stand vor der Motorhaube. »Hiermit ist die Reise beendet!«

Keil verließ den Beifahrersitz und blickte Max nachdenklich an. Langsam stiegen auch alle anderen aus, gesellten sich zu Max und Keil und begutachteten den Wagen. Max öffnete die Motorhaube: Dicke Rauchschwaden quollen hervor.

»Der Motor hat wohl etwas abbekommen. Wäre es nur der Reifen, dann hätte ich das im Nu wieder hinbekommen. Aber das hier …! Wir müssen die Fahrt abbrechen und deinen Dad anrufen, Jason.«

Luce wandte sich Jason zu, der nachdenklich auf das Auto schaute. »Wir können die Fahrt nicht abbrechen. Wir brauchen unbedingt den Ring, sonst dreht Argor durch und ich kann meine Familie in Einzelstücken beerdigen!«

»Sie hat Recht. Wir müssen zu Fuß weiter. Wie weit ist es noch bis Rolu?« Jason sah Max fragend an.

»Zu Fuß weiter!?«, quäkte Luna, die es sich im Straßengraben bequem gemacht hatte. Wie eine Furie sprang sie auf und polterte los: »Nicht mit mir! So war das Ganze nicht abgesprochen! Ich gehe keinen einzigen Zentimeter!«

»Nicht abgesprochen! Die spinnt doch! Als wenn man einen Unfall absprechen könnte!« Mel wandte sich zu Luce, die mit dem Rücken zu Luna stand, und zeigte ihr einen Vogel.

»Höchstens dreißig Minuten Fahrtzeit, vielleicht auch nur zwanzig. So weit sind wir nicht mehr entfernt. Genau weiß ich es aber nicht. Ich kenne die Strecke nicht besonders gut.«

»Okay. Danke Max.« Jason drehte sich zu Mel um. »Und du, reißt dich jetzt zusammen!« Er blickte sie mit funkelnden Augen an. »Luna kann ja gern hier bei Max warten, bis Hilfe kommt. Ich

würde sagen, wir brechen jetzt auf. Kommst du klar, Max?«
Max nickte.

»Ich bleibe auf keinen Fall hier, mit diesem ...!« Luna hakte sich bei Keil unter, doch dieser sträubte sich.

»Hinten im Auto sind eure Rucksäcke und drei Schlafsäcke, falls ihr es nicht rechtzeitig vor Einbruch der Dunkelheit schaffen solltet.« Max deutete mit dem Kinn auf den Kofferraum.

Die Sonne stand hoch am Himmel. Luce vermutete, dass es zwölf Uhr mittags sein musste. Wenn Rolu nur zwanzig bis dreißig Autominuten entfernt war, müssten sie für die Strecke zu Fuß etwa vier Stunden benötigen. Wenn alle ordentlich einen Schritt zulegen, würden sie vor Einbruch der Dunkelheit ankommen. Das werden vier lange anstrengende Stunden, dachte sie und blickte auf die einsame Straße, die vor ihr lag. Und das mit Jules und Jason an ihrer Seite, die beide um sie buhlten. Das wird ein richtig lustiger Nachmittag, stöhnte Luce in Gedanken.

Sie ging zum Kofferraum, wo die anderen bereits ihre Rucksäcke herausholten. Jason gab ihr ihren Rucksack und sie hievte ihn auf den Rücken. Die Jungs nahmen sich die Schlafsäcke und alle marschierten los. Luce und Jules gingen voran, gefolgt von Mel. Luna blieb zwei Schritte hinter ihr. Das Schlusslicht bildeten Jason und Keil.

»Du, sag mal, die Kleine da vorne ... Wie hieß sie doch gleich nochmal?« Keil sah Jason fragend an. »Ach ja, Luce. Ist die mit dem Typen dort zusammen?«

»Das fragst du sie lieber selbst, Keil.« Jason antwortete knapp und blickte dabei stur geradeaus.

»Ach, schade. Ich dachte, du wüsstest es. Aber eigentlich ist es mir auch egal. Wenn ich ein Mädchen haben will, dann bekomm ich es auch, egal ob mit Freund an ihrer Seite oder ohne. Die Kleine ist echt scharf. Bestimmt kann man eine Menge Spaß mit ihr haben!« Keil beschleunigte und schloss grinsend zu Luna auf.

Jason schaute Keil nach. Er wusste, dass er nicht ohne war. Es lagen bereits mehrere Beschwerden von Mädchen vor: immer wieder fielen diese unter den Tisch, weil Keil der Sohn einer der wichtigsten Familien im Land war. Sehr zum Leidwesen der vielen Mädchen, die er belästigte. Er würde ihn nicht aus den Augen lassen, denn bei Luce würde es gar nicht erst so weit kommen, dafür würde er sorgen. Er lief an Keil und Luna vorbei und gesellte sich zu Mel. Er erzählte ihr, was Keil mit Luce vorhatte.

»Der sollte eine von uns auch nur mit der Fingerkuppe berühren und schon hat er mein Messer zwischen den Rippen!«

Jason lachte, er wusste, dass seine kleine Schwester bei solchen Dingen nicht zu Scherzen aufgelegt war. Außerdem hatte er sie oft in Action gesehen und wünschte niemanden eine schlechtgelaunte Mel, die gerade ein Messer oder einen Gegenstand in der Hand hielt.

Der Weg zog sich und die Sonne brannte gnadenlos auf ihre Köpfe. Die Straße lag endlos vor ihnen und weit und breit war nichts von dem Dörfchen zu sehen. Außer den weit entfernten Gebirgsketten hatte die Landschaft entlang der Straße nichts zu bieten. Die Wiesen waren kahlgemäht, die Krüppelbäume standen noch immer bizarr am Straßenrand und nirgends war ein belaubter Baum zu erspähen, der ihnen Schatten hätte spenden können. Jules und Luce gingen ein ganzes Stück voraus. Niemand war in Hörweite, sodass Jules die Gelegenheit ergriff und Luce ansprach.

»Luce?«

»Ja.«

»Was ist eigentlich los mit dir?«

Sie schaute ihn an. »Ich weiß nicht, was du meinst.«

»Seit du mit Mel in der Werkstatt verschwunden bist, benimmst du dich seltsam. Ich dachte, wir wären jetzt zusammen. Aber du schaust mich nicht mehr an, weichst mir aus und lässt dich nicht mehr von mir anfassen. Warum?« Mit großen Augen blickte Jules sie an.

Luce fühlte sich ertappt und starrte peinlich berührt auf die Straße. Sie war sich ihrer Gefühle selbst nicht sicher und konnte nicht genau sagen, was sie für ihn empfand und was nicht. Aber konnte sie ihm das so sagen? Sie liebte ihn, das stand fest. Aber sie wusste nicht, ob nur als besten Freund oder als Freund mit allem Drum und Dran.

»Läuft da etwas zwischen dir und Jason?« Er kam direkt auf den Punkt und wartete nervös auf eine Antwort.

»Nichts ist zwischen Jason und mir!« Luce versuchte, so natürlich wie möglich zu klingen, aber ihre Stimme zitterte ein wenig.

»Die Blicke, die ihr euch zuwerft, sagen aber etwas ganz anderes!«

Was sollte sie jetzt tun? Ihm alles erzählen, oder einfach schweigen oder ihn anlügen? Sie war durcheinander. Er blieb stehen, schaute sie eindringlich an und ergriff ihre Hände: er küsste sie auf den Mund. Überrascht erwiderte sie seinen Kuss: ihr Herz flatterte und sie bekam eine Gänsehaut.

»Los, wir müssen weiter! Knutschen könnt ihr später noch!« Mel unterbrach die beiden unsanft, schob sie weiter und hakte sich bei Luce unter.

Luce war froh, dass Mel keine Fragen stellte und sie wortlos nebeneinander hergingen. In ihrem Kopf drehte sich alles und ihr Magen rebellierte. Die Straße, die noch immer kein Ende nahm, lag in der sengenden Hitze vor ihnen. Die Sonne raubte Luce den Atem. Ihre Füße wurden immer schwerer, ihr Mund trockener und ihr Gesicht fühlte sich verbrannt an.

»Ich könnte eine Pause vertragen!«, stöhnte sie Mel entgegen, die auch schon am Hecheln war.

»Ein kleines Stück noch, Luce. Wir haben es gleich geschafft. Siehst du, da vorn steht eine alte Weide, die uns Schatten spenden kann.« Mel zeigte auf den weit entfernten Baum.

Luce konnte sich nur mühsam zusammenreißen, sie nickte Mel zu und marschierte weiter. Nach einer gefühlten Ewigkeit kamen alle an der Weide an, ließen sich in den Schatten fallen und schlossen erschöpft die Augen. Der einzige, der sich nicht ausruhte, war Jason. Er lief ein kleines Stück die Straße entlang, die leicht bergauf ging. Abrupt blieb er stehen und rief nach Luce. Schwerfällig rappelte sie sich aus dem Schatten auf.

»Wehe, wenn es nicht wichtig ist!«, maulte sie in seine Richtung.

Erschöpft stand sie vor ihm. »Was ist denn?«

Er zeigte ihr die Straße, die sich in zwei Richtungen aufteilte. Weit und breit gab es keinen Hinweis, in welche Richtung sie gehen mussten, um nach Rolu zu gelangen. Luce zuckte mit den Schultern, sprang über den Straßengraben und betrat die Wiese, die vor ihr lag: Jason folgte ihr. Auf beiden Seiten konnten sie die Gebirgsketten erkennen.

»Eigentlich müsste es geradeaus gehen. Das Dorf liegt genau zwischen den Gebirgen«, murmelte Luce in sich hinein.

»Na, dann nennen wir es Abkürzung und gehen einfach geradeaus weiter.« Jason lächelte sie an.

»Ich weiß nicht, Jason. Sollten wir nicht lieber auf der Straße bleiben?« Fragend schaute sie in seine blauen Augen.

»Aber auf welcher? Wir müssten uns aufteilen und in beide Richtungen gehen. Und wer geht mit wem? Wer wird als erstes das Haus ...«

»Ja, schon gut, ich habe es ja verstanden. Wir machen es so, wie du gesagt hast, und laufen querfeldein.« Luce zwinkerte ihm zu und ging wieder zurück.

Jason folgte Luce, um den anderen den Plan mitzuteilen. Alle waren einverstanden, außer Luna, die sich wieder einmal gegen die Entscheidung zu wehren versuchte. Keil teilte ihr unmissverständlich mit, dass sie ihre Füße bewegen solle oder hier allein zurückgelassen würde. Luce und Jason waren bereits aufgebrochen und ignorierten den Streit zwischen den Geschwistern. Während alle mit Luna beschäftigt waren, entfernten sich Luce und Jason weiter von der Gruppe. Ihre Schritte wurden schneller, sodass sie die anderen, die immer weiter zurückblieben, weil Luna sich bockig stellte, nur noch verschwommen sehen konnten.

Luce fand es nicht schlimm, mit Jason allein durch das Gras zu laufen. Die Stille, die zwischen ihnen herrschte, nutzte sie dafür, um sich wieder an die Räume in ihrem Haus zu erinnern. Irgendwo musste der Raum sein, den sie auf ihrer Reise in die Vergangenheit gesehen hatte. Gedanklich forschte sie im Obergeschoss, konnte sich aber nur schwach daran erinnern. Ihr Zimmer hatte auf jeden Fall keine geheime Tür: das wäre Luce in Erinnerung geblieben. Sie kniff die Augen zusammen, um sich die Bilder besser vorstellen zu können, aber es half nichts, sie fand in ihren Gedanken rein gar nichts. Sie musste warten, bis sie in ihrem Haus war, und würde dann auf die Suche gehen. Es blieb ihr nichts anderes übrig. Seufzend ging sie weiter.

»Ist alles in Ordnung? Brauchst du eine kurze Pause?« Jason sah zu ihr hinüber und hielt ihr seine Wasserflasche hin.

»Nein, schon gut. Ich habe versucht, in meinen Gedanken den Raum mit der Glaswand zu finden. Aber ich muss wohl warten, bis wir in Rolu sind. Ich kann mich nicht mehr an alles erinnern.« Sie zuckte mit den Schultern, nahm einen kräftigen Schluck aus der Trinkflasche und gab sie Jason zurück.

Luce hatte nicht bemerkt, dass sie so weit vorgelaufen waren. Die anderen konnte man nur noch als kleine schwarze Punkte auf der Wiese erkennen. Jason gab noch immer einen strammen Gang vor, und so erreichten sie bald einen Waldrand. Dort gab es viel Schatten, den Luce gern nutzen wollte: Die brennende Sonne hatte ihr ziemlich zugesetzt. Erschöpft ließen sie ihre Rucksäcke fallen und gingen ein Stück in den dunklen Wald hinein, um sich umzuschauen.

»Wo jetzt lang?«, fragend sah Luce Jason an. Er zuckte mit den Achseln.

Die Sonne schien durch die hohen Bäume und ihre Strahlen trafen Luces grüne Augen. Sie funkelten wie Edelsteine. Jason lächelte verschmitzt und trat auf sie zu.

»Warum lächelst du?« Ohne zu antworten rückte er noch näher an sie heran, schlang seine Arme um sie und küsste sie leidenschaftlich.

Er wollte gar nicht mehr aufhören, bis Luce in vorsichtig wegschob.

»Es tut mir leid.« Er schaute verlegen auf den Waldboden.

»Das muss dir nicht leidtun, Jason. Ich will es ja auch, aber wir müssen unbedingt ins Dorf und unsere Aufgabe erledigen.« Sie nahm seine Hand, zog ihn wieder zu sich heran und gab ihm einen Kuss.

Es fühlte sich wunderbar an, ihn zu küssen. Aber so war es auch, als sie Jules' Kuss vorhin erwidert hatte: und doch waren beide so unterschiedlich. Für wen sollte sie sich bloß entscheiden? Oder war die Entscheidung bereits gefällt? Ihre Gedanken flackerten wild in ihrem Kopf herum. Sie musste sich zwingen, sich auf das Wesentliche zu konzentrieren, um die Aufgabe, die ihnen gestellt wurde, nicht zu behindern.

»Ja, du hast recht. Wir müssen so schnell wie möglich weiter. Ich schaue mal, wo die anderen bleiben.«

Jason löste sich von ihr und lief zurück zum Waldrand. Noch immer konnte man die Truppe in der Ferne nur wie kleine Ameisen erkennen. Luce schaute sich um, suchte nach dem richtigen Weg, bis ein Geräusch ihre Aufmerksamkeit beanspruchte. Erschrocken sah sie, wie ein Mann aus dem Gebüsch hervorsprang und auf sie zu gelaufen kam. Wie gelähmt blieb sie stehen, bis der Mann direkt vor ihr stand, sie ruckartig umdrehte und fest umschlang. Luce wollte losschreien, doch der Angreifer presste ihr die Hand auf den Mund. Sie versuchte, sich zu befreien, und biss in seine Hand, so fest sie konnte. Stöhnend löste der Mann die Finger von ihrem Mund und Luce schrie so laut sie konnte um Hilfe. Erneut packte der Angreifer sie und versuchte, sie tiefer in den Wald zu zerren.

Kaum hatte Jason Luces Schreien gehört, ließ er seinen Rucksack fallen, stürmte los und zog eines seiner Schwerter aus der Jacke: doch er wurde sofort von einem weiteren Mann gestoppt. Der Mann sah ihn drohend an und zückte ebenfalls ein Schwert. Die Klingen prallten aufeinander, Funken sprühten. Der Klang des Metalls hallte durch den ganzen Wald. Luce zuckte zusammen und sie blickte besorgt zu Jason hinüber. Wut stieg in ihr auf und in ihren Händen fing es wie wild an zu kribbeln. Kurz darauf bildeten sich kleine Funken, die sich zu einer kleinen blauen Lichtkugel formte. Der Angreifer starrte gebannt auf ihre Hände und dann erklang ein höhnisches Lachen.

»Da wird sich unser Meister aber freuen. Eine kleine Hexe haben wir schon lange nicht mehr gefangen. Du wirst uns einen guten Preis bringen.«

Fieberhaft versuchte sich Luce aus der Umklammerung zu lösen und überlegte, wie sie ihre Lichtbälle gegen den Mann einsetzen konnte. Bei ihrer Reise in die Vergangenheit hatte sie ihre Mutter beobachtet, wie sie damit ein Portal erschaffen konnte. Also hatte auch sie eine besondere Kraft: Sie erinnerte sich an die Lichtkugel, die sie auf Argor geschossen hatte. Wie sollte sie sich aus der Umklammerung lösen, um das Licht zu benutzen? Ihre Schläfen pochten vor Anstrengung, ein stechender Schmerz durchzog ihren Körper. Luce dachte an den Sportunterricht in ihrer Schule, wo sie einen kurzen Selbstverteidigungskurs über sich ergehen lassen musste. Hätte sie nur besser aufgepasst, maßregelte sie sich in Gedanken. Sie murmelte wirre Worte, bis sie an die Szene dachte, in der ihr Sportlehrer sie von hinten gepackt hatte: »Jetzt müsst ihr versuchen, dem Angreifer zu entkommen, indem ihr euren Hinterkopf so fest wie möglich gegen seinen Kopf schlagt. Auch wenn das Schmerzen bereitet, so könnt ihr euch von dem Mann befreien.« - und genau das tat Luce jetzt.

Sie bäumte sich auf, stellte sich auf Zehenspitzen und schlug mit aller Kraft, die sie aufbringen konnte, gegen den Kopf des Mannes. Er kam ins Straucheln und musste sie loslassen, um nicht das Gleichgewicht zu verlieren. Ihr Kopf dröhnte schmerzvoll, aber das war ihre Chance, ein Stück zu entkommen. Blitzschnell lief sie los, drehte sich nach ein paar Metern um und schleuderte ihre Lichtkugeln auf den Mann. Der sah sie mit großen erschrockenen Augen an. Die Lichtbälle trafen ihn mit einer so großen Wucht, dass er hoch in die Luft geschleudert wurde und ein paar Meter weiter auf den Boden prallte. Stöhnend blieb er liegen, verlor das Bewusstsein und bewegte sich nicht mehr.

Triumphierend klatschte Luce in die Hände. Sie drehte sich zu Jason um, der sein Schwert gerade tief in die Brust des Mannes bohrte, der ihn angegriffen hatte. Erstarrt und wie versteinert betrachtete Luce die Szene, die wie in Zeitlupe abzulaufen schien. Alles um sie herum drehte sich. Noch nie in ihrem Leben hatte sie gesehen, wie ein Mensch von einem anderen getötet wurde. Die Szene, auf die sie starrte, war so schockierend, dass ihr Herz fast stehen blieb. Genauso gut hätte es Jason sein können, der an der Stelle des Mannes blutüberströmt zu Boden fiel. Angst ergriff sie, und die Furcht, Jason zu verlieren, ließ ihr Blut gefrieren. Sie wollte auf ihn zulaufen, ihn in den Arm nehmen und nie wieder loslassen, aber ihre Beine wollten sich nicht in Bewegung setzen.

Besorgt lief Jason auf sie zu: während er über den unebenen Waldboden hechtete, rief er Luce etwas zu. Sie hörte es nicht, weil sie wie in Trance da stand. Zwei weitere Männer hatten sich hinter ihr aufgebäumt, packten sie an den Schultern und zerrten sie tiefer in den Wald. Als sie zu sich kam, war sie schon weit von Jason entfernt. Verzweiflung packte sie: Luce hatte die Männer überhaupt nicht bemerkt. Sie versuchte sich zu befreien, hatte aber gegen die starken Angreifer keine Chance. Immer wieder schrie sie nach Jason. Doch ehe er ihr zu Hilfe kommen konnte, umzingelten ihn drei weitere Männer. Sei schrie verzweifelt und strampelte mit den Armen und Beinen, um den Männern irgendwie zu entkommen: es gelang ihr nicht. Entmutigt gab sie auf und sackte zusammen.

Jason hatte ein weiteres Schwert aus seiner Jacke gezogen und stürzte nun mit zwei Waffen auf die Angreifer zu. Zwei der Männer sprangen zur Seite und überließen dem größeren das Kämpfen. Die anderen beiden zogen sich zurück, betrachteten die Szene mit höhnischem Grinsen. Mitten im Kampf, der Jason alles abverlangte, zog ein Angreifer ein Netz hinter seinem Rücken vor und breitete es aus. Luce schrie erneut, in der Hoffnung, Jason warnen zu können. Doch der Mann, der sie festhielt, presste seine Hand fest auf ihren Mund, dass Blut hervorquoll und ihre Schreie erstickten. Jason hatte ihren erstickten Schrei wahrgenommen, und so sah er das Netz, das die Männer über ihn warfen, nicht rechtzeitig kommen: Er musste sich geschlagen geben. Es gab keine Chance, sich aus den Fängen zu befreien. Erschöpft sackte er zusammen. Mit einem lauten Lachen befreiten ihn die Männer aus dem Netz, fesselten ihn und stießen ihn hin zu Luce und den anderen Männern.

»Was für ein guter Fang heute! Eine kleine Hexe und ein Lichtler, der noch unverbraucht ist. Das wird uns gutes Geld einbringen.«

Die Männer zwangen Jason vor dem Mann, dessen Haare ungewöhnlich rot leuchteten, auf die Knie, der Luce fest in den Armen hielt.

»Ein Lichtler, wie er im Buche steht. Da wird sich unser Meister aber freuen.«

Er löste seine Hand von Luces Lippen und strich mit den Fingern über ihre Wange. Angewidert wandte sie das Gesicht ab.

»Was wollt ihr von uns?«, flüsterte sie.

»Einen guten Preis! Und den werden wir bekommen! Bringt sie ins Lager!«

Der große Mann mit den roten Haaren schaute amüsiert auf Luce: böse funkelte sie ihn an. Er löste sich mit einem Grinsen von ihr und ging voran. Luce, mit rüde auf dem Rücken gefesselten Armen, schaute verzweifelt zu Jason, der noch immer auf dem Boden kniete.

»Los!«, brüllte ein weiterer Mann Jason an und zerrte ihn auf die Beine.

Alle setzten sich in Bewegung und marschierten in den dunklen Wald hinein ...

Kapitel 19

»BESONDERS SOLL ES SEIN, EIN BISSCHEN WENIGER ALLTÄGLICH.
UND GEHT MAN EINMAL DIESEN WEG, IST DER NORMALFALL
UNERTRÄGLICH.«
@QUEENSOFDAYDREAMS

Die restliche Gruppe hatte mühsam und mit vielen Unterbrechungen den Waldrand erreicht und schaute sich verwundert um. Es gab keine Spur von Jason und Luce, nur die Rucksäcke standen einsam und verlassen am Waldrand. Das machte Mel stutzig. Besorgt lief sie tiefer in den Wald, während Jules nachdenklich auf die Rucksäcke starrte.

»Wo sind die beiden?«, murmelte er leise vor sich hin.

In seinem Kopf spielten sich verschiedene Szenarien ab. Jason und Luce, die sich ein ruhiges Plätzchen im Wald gesucht hatten, um ihrer Liebe freien Lauf zu lassen – Luce, die sich vor Jason versteckte und auf Jules wartete, damit er sie befreie – Jason und Luce, die von einem wilden Tier verfolgt wurden und Hilfe brauchten. Seine Fantasie ging mit ihm durch und er musste sich schütteln, um wieder in der Realität anzukommen.

Mel lief zwischen den Bäumen hin und her und schrie auf. Keil und Luna liefen zu ihr und auch Jules, der durch den Schrei aus seinen Gedanken gerissen wurde, schaute aufgeschreckt zu ihr hinüber. Stumm blickten die drei auf einen blutüberströmten Körper, der leblos vor ihnen lag. Jules sah, wie Luna sich übergeben musste: auch er hatte ein flaues Gefühl im Magen. Panik stieg in ihm auf, er lief los – bis er außer Atem vor einer Leiche stand. Angewidert verzog Jules das Gesicht und musste würgen. Vor ihm lag ein Mann mit weit aufgerissen Augen und blutverschmiertem Oberkörper: eine tiefe Wunde klaffte in seiner Brust. Jules dachte sofort an Luce und was mit ihr geschehen sein könnte.

»Das war ganz sicher Jason! Hier ist etwas passiert! Wir müssen sie suchen!«, riss Mel Jules aus seinen Gedanken.

Aufgeregt lief sie in den Wald, schaute sich um und bedeutete den anderen, ihr zu folgen.

Keil folgte ihr und musterte den Waldboden, um keine Spur von Jason und Luce zu übersehen: abrupt blieb er stehen.

»Mel, komm her!«, schrie er.

Sie stürmte zu ihm, das Herz klopfte ihr bis zum Hals und ein ungutes Gefühl ergriff sie. Kalter Schweiß lief ihr den Rücken entlang, als sie kurz vor Keil zum Stehen kam. Entsetzt blickte sie auf den Boden. Dort lag ein weiterer Mann, mit flackernden Augen und schmerzverzerrtem Gesicht.

»Der lebt noch!« Keil tippte ihn mit seinem Fuß an, bis der Mann stöhnend die Augen verdrehte.

Der Mann versuchte sich aufzusetzen, strauchelte aber immer wieder, bis ihm Keil half. Seine Augen funkelten böse, und als er aufrecht saß, lachte er höhnisch.

Mel packte ihn wütend am Hals und schrie ihn an. »Wo sind Jason und Luce?«

Aus den böse funkelnden Augen wurden verwirrte Blicke. Der Mann zuckte mit den Achseln. »Ich habe keine Ahnung, wovon du sprichst!«

Mel stieß ihn zurück auf den Boden, zog ihr Schwert aus der Jacke und hielt es ihm an die Kehle.

»Vielleicht fällt es dir ja jetzt wieder ein! Oder möchtest du wie dein Kumpel da drüben enden?« Sie zeigte auf den Leichnam, der ein Stück weiter auf dem Boden lag. »Sag mir, was hier passiert ist! Oder ich schlitze dir die Kehle auf, ohne auch nur mit der Wimper zu zucken!«

Jules hatte sich von dem toten Mann gelöst. Langsam ging er auf Keil und Mel zu und starrte auf die Szene, die sich vor ihm abspielte.

»Mit der würde ich mich nicht anlegen wollen!« Keil sah Jules lachend an und wandte sich wieder dem am Boden liegenden Mann zu.

»Er wird uns nichts erzählen! Ich kenne solche Typen gut. Lieber würde er sich die Zunge aus dem Mund reißen!« Keil hatte seinen Fuß auf die Brust des Mannes gestellt und trat fest zu.

Der Mann stöhnte vor Schmerz.

»Du wirst uns jetzt sofort zu meinem Bruder führen. Oder die letzte Minute deines sinnlosen Lebens hat geschlagen!« Mel packte ihn am Kragen und zog ihn ein Stück hoch.

Keil half ihr, den Mann zum Stehen zu bringen.

»Hat jemand zufällig ein Seil oder etwas Ähnliches dabei?«, fragte Mel in die Runde.

Sie hatte die Worte noch nicht ganz ausgesprochen, als der Angreifer aufsprang, eine Hand zur Faust ballte und mit dem Arm ausholte. Er wollte ihr einen heftigen Schlag verabreichen, als sie herumschnellte und ihm einen Fuß in den Bauch rammte. Der Mann brach jaulend zusammen und krümmte sich.

»Leg dich nicht mit mir an, du elender Mistkerl!«, schrie Mel.

Keil klopfte ihr anerkennend auf die Schulter, zerrte den Mann, der seinen Bauch hielt, auf die Beine.

»Hat denn nun jemand ein Seil, oder nicht?« Mel drehte sich um und sie erblickte Jules, der wie angewurzelt vor ihr stand.

Er hatte alles fasziniert beobachtet: seine großen braunen Augen blickten Mel beeindruckt an.

»Hier, das Seil!« Luna stand mit einem Seil in der Hand vor den anderen und hielt es Mel hin. »Das habe ich in Jasons Rucksack gefunden.« Sie lächelte gequält in die Runde.

Hektisch nahm Keil ihr das Seil ab, fesselte die Arme des Mannes auf dessen Rücken.

»Wow, Mel, woher kannst du so zutreten? Das hätte ich dir gar nicht zugetraut. Ich bin beeindruckt!« Jules schaute ihr in die Augen.

»Danke! Du kennst mich eben noch nicht! Aber was nicht ist, kann ja noch werden!« Sie zwinkerte ihm zu, wandte sich dem Angreifer zu und befahl ihm, sich in Gang zu setzen.

»Jules und Luna, ihr holt bitte die Rucksäcke von Jason und Luce. Wir machen uns auf den Weg!« Beide zuckten leicht zusammen, taten aber, was Mel ihnen aufgetragen hatte: ihr Tonfall war unmissverständlich.

Die kleine Gruppe machte sich auf den Weg, um Keil zu folgen, der voraneilte: seine besondere Fähigkeit war das Spuren lesen.

Luce und Jason liefen gefühlt seit Ewigkeiten durch den Wald. Die Sonne schien nur spärlich durch die Bäume und alles um sie herum roch nach vermoderndem Laub. Es war kalt und feucht, und der Weg wurde immer anstrengender: er führte steil bergauf. Luce hatte Schwierigkeiten, den Männern zu folgen, die schnellen Schrittes vorangingen. Immer wieder rutschte sie auf den glatten, mit feuchten Blättern übersäten Steinen aus, die den Weg pflasterten. Ihre Kehle brannte, ihre Knochen schmerzten und ihr Magen knurrte. Die Konzentration nahm ab, sie verlor immer öfter das Gleichgewicht. Ihre Hände, die gefesselt auf dem Rücken hingen, schmerzten. Sie hatte das Gefühl, als würde nur noch wenig Blut durch ihre Adern fließen, denn sie konnte ihre Finger kaum noch spüren.

Noch immer konnte Luce die Szenen aus dem Wald nicht begreifen. Jason und sein Schwert, das tief im Brustkorb des Mannes steckte, und der Angreifer, den Luce mit ihrer Magie durch die Luft wirbeln ließ, erzeugten ein seltsames Gefühl in ihrem Magen. Hat sie den Mann getötet, fragte sie sich: Luce hoffte, dass er nur bewusstlos wäre. Sie wollte auf keinen Fall einen Menschen umbringen, auch wenn er es vielleicht verdient hatte. Ihre Gedanken kreisten zu den brutalen Männern, die sie überwältigt und festgehalten hatten, um sie diesen kräftezerrenden Weg entlang zu treiben: das alles nur, um sie zu verkaufen, wie ein Stück Vieh.

Alles drehte sich in ihrem Kopf. Sie zitterte und fragte sich, wie sie und Jason aus dieser Situation herauskommen sollten. Jason war gefesselt und konnte sich nicht befreien. Auch wenn er die Chance dazu gehabt hätte: Wie sollte er sie so schnell losbinden, dass sie in den Wald flüchten konnten? Es waren zu viele Männer, die ihnen folgen würden, wenn sie es überhaupt tiefer in den Wald schaffen würden. Luce fühlte sich zu schwach, um so eine Aktion zu überstehen. Das war also das Ende ihrer Reise: Eine Reise, die sie dringend hätte zu Ende bringen müssen, um ihre Eltern und ihre leibliche Mutter aus Argors Klauen zu befreien. Sie war verzweifelt.

Der Weg wurde beschwerlicher und sie war froh, dass Jason

dicht hinter ihr ging. Er musste sie mehrere Male stützen, weil sie das Gleichgewicht immer häufiger verlor.

»Können wir vielleicht eine kurze Pause machen? Die Kleine kann nicht mehr!« Jason blickte sich fragend zu dem Mann um, der hinter ihm ging.

»Halt's Maul!« Unfreundlich stieß der Mann Jason voran.

Der Weg führte noch steiler bergauf und verlangte Jasons Kondition alles ab. Wie muss es dann Luce gehen, dachte er sich. Wütend ging er weiter und behielt Luce im Auge, damit er sie abstützen könne, falls sie wieder das Gleichgewicht verlieren sollte. Seine Gedanken kreisten schmerzend im Kopf. Er schaute sich bei jedem Schritt genauestens um: vielleicht fand er eine Fluchtmöglichkeit für Luce und sich. Das Problem waren die gefesselten Hände, die ihnen eine Flucht fast unmöglich machten. Er würde sich losreißen können, aber Luce würde das nicht schaffen: sie war zu schwach und er würde sie auf keinen Fall zurücklassen. Ihm blieb keine Wahl, als auszuharren, auf Luce zu achten und auf einen passenden Augenblick zu warten, der beiden zur Flucht verhelfen könnte. Hätte er nur auf Luce gehört, eine der beiden Straßen zu nehmen, wäre das alles nicht passiert und er müsste kein schlechtes Gewissen haben. Sie wird ihn dafür hassen! Und er konnte es sogar verstehen.

Die Männer verlangsamten ihre Schritte, sie blieben stehen.

»Wir machen eine kurze Pause. Aber macht es euch nicht zu gemütlich, es geht gleich wieder weiter!«, rief einer der Männer, der sich in der Mitte des Trupps befand.

Luce ließ sich erschöpft zu Boden gleiten, stöhnte und lehnte sich an einen Baum: sie schloss die Augen. Was würde sie für einen Schluck Wasser oder für ein Stück von dem selbstgebackenen Brot geben, das Madame Madeline ihr in die Tüte gepackt hatte. Tränen schossen ihr in die Augen.

Jason setzte sich neben sie und schaute sie besorgt an. »Alles okay bei dir?«

Sie riss die Augen auf und brüllte ihn an. »Nein! Nichts ist okay. Ich habe Durst! Ich habe Hunger und mir tut alles weh! Ich kann meine Arme nicht mehr bewegen und mir ist kalt!« Jason zuckte zusammen, sagte nichts, sondern schaute nur ratlos zu Boden.

War es denn nicht offensichtlich, dass es ihr nicht gut ging? Luce wusste, dass Jason nichts für all das konnte: sie konnte aber ihre Emotionen einfach nicht zurückhalten. Sie hatte solche Angst, dass sie ihre Lieben nie mehr zu Gesicht bekommen würde. Und dann auch noch an ein Monster verkauft zu werden, um Gott weiß was für ihn zu tun. War das ihre neue Welt? Sie wünschte sich in ihr altes, eintöniges Leben zurück, in dem sie träumend auf ihrer Fensterbank gesessen hatte.

»Na, Ärger im Paradies?« Der große stämmige Mann grinste belustigt.

»Halt die Klappe!«, herrschten beide ihn gleichzeitig an.

Er lachte laut und wandte sich ab.

»Tut mir leid«, flüsterte Luce und kroch ein Stück näher an Jason heran.

»Nein, mir tut es leid. Wären wir auf der Straße geblieben, wäre das alles nicht passiert.« Er schaute Luce in die Augen. »Aber ich verspreche, dass ich dich hier heil und sicher rausholen werde! Ich weiß noch nicht genau wie, aber ich lass mir etwas einfallen!«

Luce antwortete nicht, sondern lehnte sich an seine Schulter und starrte in den Wald. Die Sonne verzog sich hinter die Wolken und ein eisiger Wind wehte ihr ins Gesicht: sie zitterte am ganzen Körper. Tränen kullerten ihr über die Wangen, sie begann zu schluchzen und vergrub ihr Gesicht an Jasons Schulter. Sanft legte er sein Kinn auf ihren Kopf. Ein Ruf ließ Luce zusammenzucken. Die Männer hatten sich erhoben. Es waren an die zwanzig, die alle gleich aussahen: groß, kräftig und ungepflegt. Sie sprachen eine Sprache, die Luce nicht verstand, ihre Augen waren von der Gier auf das schnelle Geld zerfressen. Niemand scherte sich um Jason und sie. Es war ihnen anscheinend egal, wie verletzt und wie ausgemergelt sie ihrem Käufer überbracht wurden. Das machte Luce Angst: wenn es ihnen egal war, wie egal würde es dem Käufer sein. Unsanft trat einer der Männer gegen ihren Fuß. Er gab ihr damit zu verstehen, sich zu erheben.

»Weiter geht's!«, blaffte er sie an.

Schwerfällig rappelten sich Jason und Luce auf, um den Männern zu folgen. Jason versuchte, den Mann hinter ihnen um ein Schluck Wasser zu bitten, doch er wurde eines Besseren belehrt und rüde vorangestoßen, sodass er Mühe hatte, sich zu halten. Brennende Wut flackerte in ihm auf.

»Ich werde dich töten!« Er funkelte den Mann scharf an und drehte sich, ohne die Reaktion des Angreifers abzuwarten, wieder um.

Ein lautes Lachen erklang hinter seinem Rücken, was ihn noch wütender machte.

Langsam lichtete sich der Wald: der Trupp lief an einem steilen Abhang entlang. Der blaue Himmel färbte sich rötlich und die dunkelblauen Wolken, die vom Wind über das Gebirge geblasen wurden, läuteten den Abend ein. Es war bitterkalt und bald würde es dunkel werden.

Luce schaute gedankenverloren in den Himmel. Der Aufstieg in die Berge verzögerte sich, da die Männer nur schleppend vorankamen. Es hatte sich ein Stau gebildet, der Jason und ihr die Chance gab, sich ein wenig auszuruhen. Sie hätte es hier schön gefunden, wenn der Grund, warum sie sich hier aufhielten, ein anderer gewesen wäre. Der freie Blick auf die Berge, der Sonnenuntergang mit seinen bunten Farben und die frische kalte Luft hätte sie voll und ganz eingenommen. Ein Lagerfeuer, ein Zelt, ein wärmender Schlafsack und sie wäre glücklich gewesen: das Ganze mit Jason, allein und ungestört. Sie erschrak in ihren Gedanken und zuckte zusammen. Warum Jason, warum nicht Jules? Hatte sie sich bereits entschieden?

Sie kniff die Augen zusammen, der klirrend kalte Wind wehte in ihr Gesicht, was ein unangenehmes Prickeln hervorrief. Jules' Bild flackerte in ihrem Kopf herum: sie bekam ein schlechtes Gewissen. Aber nicht nur ihr bester Freund tauchte in ihrem Kopf auf, es gesellten sich Mel, Keil und Luna dazu, die sie in der ganzen Aufregung vergessen hatte. Würden sie nach ihnen suchen? Gab es mehr von diesen Sklavenfängern, die durch die Wälder streiften, um auch Mel und die anderen zu verschleppen? Ängstlich drehte sie sich zu Jason und formte tonlos das Wort Mel mit ihren Lippen. Er reagierte genauso erschüttert wie sie, fing sich aber schnell und bedeutete ihr mit seinen Blicken, dass sie nicht weiter darüber sprechen sollte. Mit einer unauffälligen Kopfbewegung deutete er auf den Mann hinter sich, um ihr zu zeigen, dass es nicht gut wäre, wenn er von den anderen erfahren würde. Jason hatte Recht: vielleicht sind sie davongekommen und würden Hilfe holen, die sie dringend brauchten.

Sie neigte sich nach vorn, um sich einen Überblick zu verschaffen, wie weit der Trupp vorangekommen war. Ein dumpfer Schlag und ein aufgeregtes Stimmengewirr machte Luce nervös. Was war geschehen? Sie reckte sich, um zu sehen, was dort vor sich ging, konnte aber nichts erkennen. Das Geschrei der Männer wurde lauter, die abrupt auf dem schmalen Weg stehen geblieben waren. Ein alles übertönender Ruf brachte die Menge zum Schweigen, der Trupp setzte sich langsam wieder in Bewegung. Mit einem Stoß in den Rücken demonstrierte der Mann hinter ihnen, dass auch sie weiter gehen sollten.

Der Weg, den sie entlang gingen, wurde schmaler, sodass nur eine Person hinter der anderen gehen konnte. Auf der einen Seite befand sich eine Felswand, die den Männern ein wenig Halt bot, auf der anderen Seite klaffte eine tiefe Schlucht. Luce geriet in Panik: mit gefesselten Händen hatte sie keine Chance, den Weg unbeschadet zu überstehen. Mit aufgerissenen Augen schaute sie sich um und starrte auf Jason, der ihr mutig entgegenblickte: ihre Angst verflog nicht. Wenn sie Pech hatte, würde ihr Leben hier und jetzt enden. Das konnte sie nicht zulassen, die Aufgabe, die ihr gestellt worden war, war zu wichtig, um jetzt in den Tod gerissen zu werden.

»Ohne meine Hände werde ich in den Abgrund stürzen!« Sie schaute auf den hinter Jason stehenden Mann. Er zuckte mit den Achseln, so als wäre es ihm egal. »Du weißt schon, dass euch dann eine Menge Geld flöten geht!«

Aufgeschreckt von dem Gedanken, ihm könne weniger Geld zugute kommen, ging der Mann an Jason vorbei und stellte sich dicht vor Luce. Seine Pupillen weiteten sich und Luce konnte erkennen, dass die Gier in seinen Augen stärker wurde. Er drehte sie unsanft um, löste die Fesseln um ihre Hände zu befreien: zugleich packte er ihre Arme, bog sie nach vorn und band sie vor ihrem Oberkörper wieder zusammen. Der Mann knotete das Seil fest um ihre Knöchel, dass sie laut aufstöhnte. Der Schmerz schoss durch ihren ganzen Körper. Ohne ein weiteres Wort ging er auf Jason zu, drehte auch ihn um. Er zwang ihn auf die Knie und löste seine Hände aus dem Seil. Blitzschnell verschnürte er

Jasons Handgelenke vor seinem Oberkörper, genau wie bei Luce: Sie hatten keine Chance, in den wenigen Sekunden zu flüchten, wie Luce es sich in ihren Gedanken ausgemalt hatte. Der Mann war so flink in seinen Bewegungen, dass sie verzweifelt die Luft anhielt.

Mit einem Tritt in Jasons Rücken machte der Mann ihnen klar, dass es für sie weiterging. Schritt für Schritt lief Luce den Weg entlang, bis sie an die Stelle kam, wo die Männer vorhin abrupt stehen geblieben waren. Sie blickte in die Schlucht, riss die Augen weit auf und wich entsetzt zurück an die Felswand. Auf einem Felsvorsprung lag ein Mann, aus dem das Blut hervorquoll. Sein rechtes Bein stand in einem unnatürlichen Winkel ab. Sein Schädel war zertrümmert und die weit aufgerissen Augen zeigten Luce, dass er kurz vor seinem Tod panische Angst gehabt haben musste. Die spitzen Steine, die lose auf der Felsplatte lagen, hatten sich tief in seinen Kopf gebohrt: Ein Würgereiz setzte bei Luce ein. Mit tiefem Ein- und Ausatmen versuchte sie, ihn in den Griff zu bekommen.

»Schau nicht hin, Luce, konzentriere dich auf den Weg!« Jason schob sie vorsichtig voran.

Mit zittrigen Beinen ging sie den steinigen Weg entlang, ohne einen weiteren Blick in den Abgrund zu werfen. Ihre gefesselten Hände tasteten sich langsam an der Steilwand entlang: Sie wollte nicht dem gleichen Schicksal erliegen. Der Aufprall war so hart, dass sich die Steine durch seinen Körper gebohrt hatten und der Mann sofort tot war. Niemand hätte irgendetwas für ihn tun können. Luce konnte es nicht begreifen. Wie viele Männer auf diesem gefährlichen Weg gestorben waren – und das alles nur für Geld.

Das Ende des Pfads war erreicht: Sie befanden sich auf einer Hochebene. Luce lockerte ihre Gliedmaßen, die so angespannt waren, dass sie ihre Beine kaum spürte. Die Sonne war fast vollständig untergegangen, die Dunkelheit breitete sich unaufhaltsam aus. Weit entfernt sah sie ein Feuer brennen, hörte laut singende Menschen und ging davon aus, dass sie das Lager des Trupps erreicht hatten. Mit schnellen Schritten liefen sie einen Trampelpfad entlang, an dem bizarre Bäume standen: Solche hatte Luce in ihrem Leben noch nicht gesehen. Die Stämme hatten ein rautenförmiges Muster, die Äste waren wie kleine Spiralen gedreht und auch die Blätter der Bäume wiesen das rautenförmige Muster auf. Wo war sie hier gelandet?

Ohne darüber nachzudenken, lief sie weiter, in der Hoffnung, gleich ein wenig Wärme vom Feuer erhaschen zu können. Der eisige Wind hatte ihren Körper ausgekühlt und sie fast zu einem Eisblock gefrieren lassen. Die Flammen, die sich in ihren Augen spiegelten, würden sie hoffentlich aufwärmen und ihr neuen Lebensmut einhauchen. Kurz bevor sie das Lager erreichten, setzte sich der Mann vor die beiden und zerrte sie auf einen anderen Weg, der sich vom Licht entfernte. Mit entsetzten Blicken folgten Luce und Jason dem Mann. Ein Stück abseits vom Lager band er Jason und sie an einen Baum: Ihre Hände blieben gefesselt. Der Mann schlang ein Seil um ihre Körper und den dicken Stamm. Er überprüfte die Schnürungen, lief dann höhnisch lachend zu den anderen und machte es sich am Lagerfeuer gemütlich. Luce zitterte am ganz Leib und versuchte ein Stück näher an Jason heranzurücken. Das Seil war so fest um ihren Leib gebunden, dass sie sich kaum bewegen konnte, es aber dennoch irgendwie schaffte. Tränen liefen ihr übers Gesicht, sie schluchzte.

»Was sollen wir denn jetzt tun?« Verzweifelt lehnte Luce den Kopf an den Baum und sah hinauf zu den Sternen, die ihr entgegenglitzerten.

Die Kälte setzte ihr dermaßen zu, dass ihre Finger bereits steif waren. Sie hatte Hunger, sie hatte Durst, und die Angst, hier draußen zu sterben, raubte ihr den Verstand. Luce konnte sich auf nichts mehr konzentrieren. Sie wollte nur noch nach Hause, in ihr warmes, kuscheliges Bett. Sie schloss die Augen und stellte sich in Gedanken ihr Zimmer vor. Die gemütliche Sitzbank vor dem Fenster, auf der sie saß und auf die schlafende Stadt blickte: Jason riss sie rüde aus ihren Träumen.

»Luce! Du darfst jetzt nicht einschlafen!«, befahl er und drehte sich so gut es ging zu ihr. »Wenn du einschläfst, wirst du erfrieren!«

Sie schaute ihn ängstlich an. »Aber ich bin so müde. Ich kann kaum meine Augen aufhalten. Ich habe Hunger und mir ist so unendlich kalt«, flüsterte sie ihm zu.

Er rückte mit seinem Kopf nah an sie heran, blickte ihr tief in die Augen: seine warmen Lippen drückten sich auf ihren Mund. »Vielleicht hält dich das vom Einschlafen ab und wärmt dich ein bisschen.« Er grinste sie an.

»Ich bräuchte noch ein zwei mehr davon.« Ihre Augen funkelten Jason an, der sich feixend zu ihr beugte und ihr erneut einen leidenschaftlichen Kuss gab, der in Luce Hitzewallungen auslöste. Die Wärme, die der Kuss bei ihr hinterließ, tat so gut, dass sie nicht aufhören wollte ihn zu küssen. Sie genoss seine weichen Lippen auf ihrem Mund. Sein Geruch nach Minze, Zitrone und frisch duftenden Blumen erinnerte sie an die Begegnung auf der Couch, nachdem sie die Reise in die Vergangenheit beendet hatte. Sie wollte so viel mehr von ihm. Sogar hier und jetzt!

»Oh, wie niedlich. Ein süßes kleines Liebespaar!« Eine Stimme holte Luce und Jason aus ihren heißen, leidenschaftlichen Küssen. Ein großer, dicker, unförmiger Mann stand vor ihnen und lachte sie amüsiert an.

»Was für ein kleines hübsches Ding, das du dir da ausgesucht hast, Lichtler! Die würde gut in mein Beuteschema passen!« Der Mann begutachtete Luce mit gierigen Augen.

»Na, zum Glück habe ich die Beute bereits erlegt. Also fass sie ja nicht an!«

»Oh, ein witziger Lichtler. Ich wusste gar nicht, dass es solche wie dich auch in witzig gibt. Alles, was ich bisher kennengelernt habe, war mürrisch, gereizt und gefrustet. Du scheinst eine positive Ausnahme zu sein.« Provozierend stieß er Jasons Fuß an, der ihn böse anfunkelte. »Ich hätte jetzt Lust auf ein bisschen Spaß! Der Wein war lecker, dass Essen ist verdaut und nun fehlt mir noch eine Gespielin. Du weißt schon. Wo ich ein wenig Druck ablassen kann.« Er schaute zu Jason, dem das Entsetzen ins Gesicht geschrieben war.

Jason wusste, was dieser Mann vorhatte, und zermarterte sein Hirn, wie er Luce aus dieser Situation befreien konnte. Er versuchte, sich von seinen Handfesseln zu lösen, was ihm nicht gelang, sondern nur Schmerzen bereitete. Gleichzeitig band der Mann ein weiteres Seil um Jason und zog es so fest, dass Jason der Atem wegblieb.

»Lass sie in Ruhe!«, brüllte er so laut, dass einige Männer

vom Lagerfeuer aufmerksam wurden, sich aber schnell wieder umdrehten, als wenn nichts gewesen wäre. Panik funkelte in Jasons Augen: er riss wie ein wahnsinniger an den Seilen, aber es bewegte sich nichts. Luce starrte mit aufgerissenen Augen auf den Mann, auch ihr war klar, was dieses Monster mit ihr vorhatte. Sie versuchte ihre Gedanken zu ordnen, um eine Antwort zu finden, die den Mann umstimmen könnte.

»Willst du mehr Geld für mich bekommen?«, fragte sie den Angreifer und schaute ihm fordernd in die Augen. »Ich bin noch Jungfrau. Das müsste doch mehr Geld für mich bringen, oder?«

Der dicke Mann kratzte sich am Kinn und dachte nach. Er schien abzuwägen, ob ihm das Geld oder das Vergnügen wichtiger war. Es dauerte eine Weile, bis er wortlos die Fessel vom Baum löste, Luce am Arm packte und sie mit sich schleifte: er hatte sich entschieden. Es kam ihr vor, als liefe alles wie in Zeitlupe ab. Sie hörte Jason schreien, spürte den Schmerz in ihrem Arm. Hilflos stolperte sie neben dem Mann her, der sie mit großen Schritten vom Lager wegschleppte. Ihre Gedanken überschlugen sich und sie wusste genau, was gleich geschehen würde.

Angst stieg in ihr hoch. Sie würde keine Chance haben, sich gegen diesen Kerl zur Wehr zu setzen: er war zu groß und zu stark. Sollte sie es einfach über sich ergehen lassen? Es war das Schlimmste, was man einer Frau antun konnte. Sie musste sich etwas einfallen lassen. Jason konnte ihr nicht zu Hilfe eilen, er war gefesselt und musste einfach bei dem, was gleich geschehen würde, zuschauen. Ein kalter Schauer lief ihr über den Rücken. Sie würde ihm nie wieder unter die Augen treten können, ohne daran zu denken.

Mit einem Ruck warf der Mann sie auf den Boden und beugte sich über sie. Sein Atem stank nach saurem Wein, seine schmierigen Haare klebten im Gesicht und seine Augen gierten nach ihr. Er grinste sie mit seinen verfaulten Zähnen an und versuchte sie zu küssen. Luce drehte angewidert ihren Kopf zur Seite: er lachte laut auf.

»Keine Angst, meine Liebe. Ich werde dir nur ein bisschen wehtun. Glaub mir, der Schmerz wird gleich in Lust übergehen, und du wirst mich anbetteln, es nochmal zu tun.«

Was bildete sich dieser Kerl ein! Luce wurde zornig und strampelte heftig mit den Beinen, dass er Mühe hatte, sie festzuhalten: sie spuckte ihm ins Gesicht.

»Du widerlicher Kerl wirst mich nicht bekommen!«, schrie sie.

»Okay. Du willst es also auf die harte Tour! Das kannst du haben!«

Der Mann schlug ihr mit der Hand ins Gesicht, was so sehr schmerzte, dass ihr die Tränen in die Augen schossen. Luce wollte dennoch nicht aufgeben: Sie war ein starkes Mädchen, das sich aus dieser Situation befreien konnte. Mit einem heftigen Stoß rammte sie ihr Knie zwischen die Beine des Mannes. Stöhnend brach er über ihr zusammen. Vergeblich versuchte sie, ihn von sich abzuwälzen, aber der Mann war zu schwer. Verzweifelt schnappte sie nach Luft, er lag mit seinem vollen Gewicht auf ihr. Grinsend erhob sich der schmierige Typ und blickte sie lustvoll an. Luce schloss die Augen und dachte angestrengt nach. Was könnte sie noch tun? Sie musste sich unbedingt aus dieser furchtbaren Situation befreien. Ihre Gedanken flackerten wild im Kopf, bis sie einen seltsamen Laut von dem Mann hörte. Sie riss die Augen auf und blickte auf ihn. Mit schmerzverzerrtem Gesicht schaute er auf seine Brust, aus der das Blut strömte. Sekunden später sackte er stöhnend über ihr zusammen.

»Du verdammtes Schwein fasst meine Kleine nie wieder an!«, dröhnte es in Luces Ohren.

Es war Jason, der sein Schwert tief in die Brust des Mannes gestoßen hatte. Er zerrte den toten Körper von ihr herunter und beugte sich zu ihr. Besorgt blickte er sie an, und als er Luces dankbares Lächeln sah, drückte er ihr einen leidenschaftlichen Kuss auf den Mund. Sie schlang die Arme um seinen Hals, so als wollte sie ihn nie mehr loslassen. Er hatte sie gerettet und Luce war unendlich dankbar dafür, dass sie ihn an sich zog und ihn erneut küsste, bis sie von einer unbekannten Stimme unterbrochen wurden.

»Genug geknutscht, ihr zwei. Versteckt euch, gleich wird es hässlich hier«, erklang die unbekannte freundliche, warme Stimme: dennoch war der Ton sehr bestimmt.

Der Mann, dem die Stimme gehörte, stürmte voran und einige Männer folgten ihm. Verdutzt schaute Luce zu Jason, der ihr aufhalf.

»Wer sind diese Männer?«

»Das sind Lichtler, die dem Trupp schon seit einigen Monaten folgen, um ihnen den Garaus zu machen.« Luce schaute zum Lager hinüber, das von den Lichtlern angegriffen wurde.

Lautes Gebrüll dröhnte herüber und Luce sah die Männer wie aufgeschreckte Hühner im Lager umherlaufen. Einige von ihnen sackten an Ort und Stelle zusammen, während andere sich in alle Richtungen verstreuten und versuchten, den Lichtlern zu entkommen.

»Ich muss ihnen helfen.« Jason nahm die Hände von Luce und schaute sie eindringlich an. »Bitte versteck dich dort hinten in den Büschen, bis ich wieder zurückkomme. Versprich mir, dass du dort so lange wartest.«

Ihre Augen wanderten zum Lager und wieder zurück zu ihm.

»Hast du mich verstanden, Luce!«

Er hatte den Satz noch nicht ganz ausgesprochen, als er von hinten einen heftigen Schlag auf die Schulter bekam. Nur knapp hatte der Mann mit seiner Faust, der hinter ihm aufgetaucht war, seinen Kopf verfehlt. Jasons Schwert segelte ins hohe Gras und er fiel auf die Knie. Gerade noch konnte er Luce mit aller Kraft zurückstoßen: Sie stolperte, fiel hart auf den Boden und stöhnte auf. Aus dem Augenwinkel konnte sie erkennen, wie sich Jasons Pupillen veränderten und er sich hasserfüllt aufrichtete. Wieder setzte der Mann, der nun mit seinem erhobenen Schwert dicht vor ihm stand, zu einem Schlag an. Blitzschnell drehte sich Jason zur Seite. Wieder verfehlte der Angreifer seinen Kopf. Luce schrie auf und versuchte aufzustehen, um ihm zu helfen. Ihre Gedanken rasten, sie wusste nicht, was sie tun sollte. Magie, schoss es ihr dann durch den Kopf.

Sie hatte besondere Fähigkeiten, das wusste sie. Sie musste sich nur anstrengen, dann könnte sie den Mann mit ihren Lichtbällen besiegen und sich für Jasons Hilfe revanchieren. Sie nahm all ihre Kraft zusammen, rieb ihre Hände aneinander und schloss die Augen. Wärme kroch in ihre Handflächen, Funken blitzten durch ihre Finger und es bildete sich das blaue Licht. Dankbar öffnete sie die Augen, sah zu Jason hinüber, der den Angreifer von ihr weggelockt hatte, und holte aus: Das Licht flog wie Pfeile auf die beiden zu. Zeitgleich schrie Luce Jasons Namen.

Er drehte sich zu ihr, ging im selben Moment blitzartig in die Hocke, um dem Licht zu entkommen. Mit voller Wucht traf es auf den Angreifer. Er wurde hoch in die Luft geschleudert und schlug einige Meter entfernt auf dem Boden auf. Schnell ergriff Luce Jasons Schwert, das neben ihr im Gras lag, stürmte auf den Mann zu, der versuchte aufzustehen und stieß die Waffe mit voller Kraft in seinen Brustkorb. Der entsetzte Blick des Mannes durchbohrte sie, bis er gurgelnd zusammenbrach und leblos zu Boden sank. Aus seinem Brustkorb quoll das Blut: Luce drehte sich würgend zur Seite, sie übergab sich. Noch nie hatte sie auch nur im Traum daran gedacht, einen Menschen zu töten. Nun stand sie mit einem Schwert in der Hand vor einem toten Menschen - Sie hatte ihm das Leben genommen.

Luce sackte zusammen, fing an zu weinen und krümmte sich auf dem Boden. Jason kam herbeigelaufen, kniete sich neben sie und nahm sie fest in den Arm.

»Das erste Mal ist das Schlimmste! Er hatte es verdient!«

»Niemand hat es verdient, getötet zu werden, Jason!« Sie löste sich von ihm, schaute auf die Leiche und wischte sich die Tränen aus dem Gesicht.

Sie konnte es nicht fassen: Sie hatte gerade einen Menschen getötet und musste sich von Jason anhören, dass das erste Mal das Schlimmste sei. Nie wieder wollte sie in so eine Lage geraten: aber was, wenn es zu ihrer neuen Welt dazugehörte? Wer weiß, was noch auf sie zukommen würde, in welche Situationen sie sich begeben müsste, um ihre Eltern und ihre leibliche Mutter zu retten. Sie ging auf Jason zu, der sich ein Stück von ihr entfernt hatte, und schmiegte sich fest an seine Brust.

»Es tut mir leid«, hauchte sie und vergrub ihr Gesicht in seiner Jacke.

»Nichts muss dir leidtun, Luce. Das alles gehört in unsere Welt. Ich bin froh, dich an meiner Seite zu haben.« Er umarmte sie und gab ihr einen Kuss auf die Stirn.

Das Geschrei im Lager hatte sich gelegt, niemand lief mehr kopflos umher. Die Lichtler hatten die Oberhand gewonnen und führten die Männer gefesselt an Jason und Luce vorbei. Einige waren schwer verwundet und mussten von den anderen gestützt werden. Ihre Blicke hingen wie versteinert am Vordermann:

langsam trotteten sie hinter den Lichtlern her.

»Was passiert jetzt mit ihnen?«, wollte Luce wissen und beobachtete die vorbeigehenden Männer.

»Sie werden mitgenommen, verhört und dann ins Gefängnis gesperrt, bis sie dort verrotten.« Der Mann mit der freundlichen Stimme, die Luce zuvor schon gehört hatte, gesellte sich zu ihnen, stellte sich neben sie und schaute gedankenverloren auf die Männer.

Luce löste sich aus Jasons Umarmung und schaute sich den Mann genauer an. Auch er betrachtete sie.

»Hallo, ich bin Nael. Und du bist ...?« Er hielt ihr die Hand entgegen. Luce drückte sie und sagte ihm freundlich ihren Namen. »Was für ein hübscher Name. Luce.« Er lächelte sie an und verbeugte sich vor ihr. »Schön, dich kennenzulernen.«

Der Mann musste um die dreißig Jahre alt sein. Seine Haare waren in der Dunkelheit kaum zu sehen, so rabenschwarz hingen sie bis auf seine Schultern herab. Von seinen Augen sah man nur das Weiß, der Rest war schwarz wie sein Haar. Seine Haut leuchtete im Mondlicht und Luce konnte das markante Gesicht gut erkennen. Ein hübscher Mann stand vor ihr, mit einem zauberhaften Lächeln, wie sie feststellen musste. Das Blut schoss ihr in die Wangen, sie schaute verlegen zu Boden.

»So, und nun komm her!« Nael zog Jason in seine Arme und drückte ihn ausgiebig. »Schön, dich wiederzusehen, mein Junge!« Er schob ihn ein Stück von sich weg und beäugte ihn von oben bis unten.

»Ganz meinerseits, Nael. Zum Glück genau rechtzeitig.«

»Was hattet ihr denn hier zu suchen?«

»Wir wurden von diesen Typen gefangen genommen und verschleppt. Wir sollten verkauft werden an ihren Meister, der wohl extra Geld ausspucken würde, für Magieträger und Lichtler. Wer waren diese Männer?«

»Das ist ein Trupp, der seit Jahren unterwegs ist, um solche wie uns zu fangen und zu verkaufen. Leider ist es uns noch nicht gelungen, den Anführer festzusetzen, geschweige denn den Käufer zu finden.« Nachdenklich schaute er zu Luce. »Aber lasst uns jetzt erst einmal aufbrechen. Ihr seid bestimmt hungrig und so wie ich sehe, auch ziemlich durchgefroren.« Er lächelte Luce an, die mit den Zähnen klapperte und sich ihre zittrigen Hände rieb.

»Könnt ihr sie mitnehmen? Ich muss nochmal zurück in den Wald, um Mel und die anderen zu finden.« Luce sah Jason mit großen Augen an, als er auf sie deutete.

Auf keinen Fall würde sie ihn allein durch den Wald gehen lassen, um die anderen zu suchen: sie würde ihn selbstverständlich begleiten, schließlich waren es auch ihre Freunde, die eventuell ihre Hilfe benötigten. Sie könnte Jason unterstützen, wie sie eindrucksvoll bewiesen hatte.

»Meine kleine Mel ist auch hier? Ich schicke sofort meine Männer los, um sie zu suchen. Ihr kommt mit mir! Meine Männer werden sie finden. Dieses Gebiet durchstreifen wir schon seit einigen Monaten und die Männer sind gut mit dem Wald vertraut. Sie werden sie finden. Versprochen.« Nael drehte sich um und rief ein paar Namen. Sofort kamen fünf stattliche Männer und blieben vor ihm stehen. »Und keine Widerrede. Ihr geht mit mir und die Jungs hier werden Mel und die anderen finden.«

Jason wollte ihm widersprechen, musste aber einsehen, dass er Recht hatte: sie kannten sich im Wald nicht aus. Außerdem waren sie viel zu erschöpft, um nach den anderen suchen zu können. Jason nickte Nael zu, nahm Luce an die Hand und zog sie näher heran, um sie zu wärmen.

»Mel wird den Männern nicht trauen. Ich sollte vielleicht doch lieber mitgehen.« Jason blickte nachdenklich auf die fünf Männer.

»Nein, das wirst du nicht! Ich schreibe ihr kurz ein paar Zeilen und dann wird sie bedenkenlos mitgehen. Vertrau mir.«

Als Nael ein paar Zeilen an Mel geschrieben und den Brief einem der Männer übergeben hatte, machte sich der Trupp der Lichtler auf den Weg. Die Männer verschwanden leise im Wald, wo die Dunkelheit sie verschluckte.

Der Weg zum Versteck der Lichtler fühlte sich ebenso schwer an wie der Weg, den Luce und Jason mit den anderen Männern gegangen waren: es ging steil bergauf. Die rutschigen Steine zwangen Luce immer wieder vorsichtiger zu gehen. Jason hielt sie fest an der Hand, dennoch kam sie des Öfteren ins Straucheln und musste sich an ihm festhalten, um nicht zu stürzen. Ihre Kehle brannte, ihr Magen knurrte, ihre Füße fühlten sich an, als hätte sie an jedem einzelnen Zeh Blasen, die furchtbare Schmerzen verursachten. Wenn sie nicht bald das Ziel erreichten, würde sie zusammenbrechen und nie wieder aufstehen. Mit einem tiefen Seufzer ging sie weiter. Sie ließen den steilen Trampelpfad hinter sich und nun schien es so, als würde der Weg, der noch vor Ihnen lag, leichter werden. Hand in Hand gingen Luce und Jason hinter den Männern, genossen die Nähe zueinander. Trotz der beschwerlichen Reise und der schrecklichen Erlebnisse war Luce glücklich. Sie hatte Jason an ihrer Seite: nur das war für sie im Moment wichtig ...

Kapitel 20

»ZAHLREICHE MENSCHEN VERLASSEN DICH AUF DEINEM WEG. MANCHE ZU FRÜH UND MANCHE ZU SPÄT. LETZTENDLICH ZÄHLT NIE WOHIN ES GEHT, SONDERN WER IM ENTSCHEIDENDEN MOMENT WIRKLICH ZU DIR STEHT.«

@QUEENSOFDAYDREAMS

Keil lief schnellen Schrittes voran und hockte sich immer wieder hin, um die Spuren, die er fand, genauestens zu analysieren.

»Hier entlang!«, rief er den anderen zu und ging mit gesenktem Kopf weiter.

Mel hatte den Angreifer unter ihre Fittiche genommen und stieß ihn unsanft voran.

»Ihr werdet sie sowieso nicht mehr einholen. Bis wir am Lager angekommen sind, werden sie auf dem Weg sein, um eure Freunde zu verkaufen.« Er grinste sie an und zuckte mit den Schultern.

»Halt deine Klappe! Und ob wir sie einholen werden!« Mel trieb ihn an und stieß ihm in die Seite.

Der Weg gestaltete sich schwieriger als gedacht. Das Laub, das auf den Steinen lag, machte den Weg rutschig und zwang die vier, langsamer zu gehen. Luna, die jammernd ein ganzes Stück hinterherlief, war völlig außer Atem. Jules musste sie ab und zu anstoßen, damit sie nicht den Anschluss verlor. Die Dunkelheit legte sich auf den Wald und es wurde schwieriger für Keil, die Spuren zu lesen.

»Habe ich euch doch gesagt. Ihr werdet nicht schnell genug da sein.« Der Angreifer deutete auf Keil, der sich die Augen rieb und Mel zu sich rief.

»Jules, kannst du bitte auf den Typen aufpassen. Ich muss kurz mit Keil besprechen, wie es weitergeht.«

»Aber ...«

Mel gab ihm das Ende des Seils, mit dem der Mann gefesselt war. Elegant hüpfte sie über die Baumwurzeln, um zu Keil aufzuschließen.

Verzweifelt sah sich Jules das Seil an und schaute dann auf den Mann, der ihn höhnisch angrinste.

»Was grinst du denn so blöd. Meinst du, ich bekomm das nicht hin?« Der Mann zuckte mit den Schultern und wandte sich ab.

Was um Himmels Willen tue ich hier, dachte sich Jules. Nachdenklich schaute er zu Keil und Mel: Wenn es nicht um Luce gehen würde, hätte er die Reise längst abgebrochen. Ihm war kalt, er hatte Hunger und seine Füße schmerzten von dem langen Marsch, der ihm eine Menge abverlangte. Seine Gedanken kreisten wild in seinem Kopf, er fühlte sich matt und ausgelaugt. Wie es wohl Luce ging? Wo steckte sie gerade? Hatte man ihr etwas angetan? Ein kalter Schauer lief ihm über den Rücken. Er hatte große Angst, dass ihr etwas zugestoßen sein könnte, dass es ihm ganz schummerig vor den Augen wurde. Er hoffte, dass Jason auf sie aufpasste, damit ihr niemand auch nur ein einziges Haar krümmte. Gleichzeitig missfiel es ihm aber, dass Jason an ihrer Seite war: Die beiden würden sich zwangsläufig sehr nah kommen. Jules schüttelte sich, der Gedanke daran machte ihn wütend. Luce war sein Mädchen, er würde sie nicht kampflos aufgeben.

»Wir können weiter!« Mel winkte Jules und Luna zu, die es gerade zu den anderen geschafft hatte.

»Ich habe keine Lust mehr!«, schnaubte sie, ließ ihre Arme hängen und atmete tief durch.

Jules sah sie mit großen Augen an, zuckte mit den Schultern und riss an dem Seil, um den Angreifer hinter sich her zu ziehen. Er hatte keine Lust, sich mit Luna auseinanderzusetzen. Allen ging sie auf die Nerven: seit dem Autounfall hatte sie nur gejammert, sich zurückfallen lassen und immer wieder nach Pausen verlangt. Wäre sie nicht gewesen, wären alle zusammen am Waldrand angekommen und die Situation, in der sie steckten, wäre vollkommen anders gewesen. Das machte Jules wütend, dass er sie ohne eine Antwort einfach stehen ließ, um sich Keil und Mel anzuschließen, die weitergegangen waren.

»Leider kann ich nicht mehr gut sehen, welchen Weg sie eingeschlagen haben. Wir müssen uns jetzt auf meinen Geruchssinn verlassen«, flüsterte Keil Mel zu.

»Ist die Fähigkeit denn schon vollständig entwickelt bei dir?« Mel sah ihn mit fragenden Augen an.

Keil hatte seinen zwanzigsten Geburtstag hinter sich und seine besondere Fähigkeit war der Geruchssinn. Er gab ihm die Möglichkeit, alle Gerüche auf dieser und den anderen Welten auseinanderzuhalten und genau zu bestimmen.

»Ja, ist sie.« Er antwortete knapp, um sich auf die Gerüche in der Umgebung zu konzentrieren.

Mel beobachtete ihn und war froh, ihn jetzt doch in der Gruppe zu haben. Ihr Vater hatte also Recht behalten, dass sich Keil als nützlich erweisen würde: auch wenn sie sich das nur schwer eingestehen konnte. Wozu allerdings Luna nützlich war, wollte sich ihr noch nicht ganz erschließen: Es würde sicherlich eine Situation geben, in der sie ihre Fähigkeit einsetzen könnte, die allen behilflich wäre. Im Moment war Mel extrem von ihr genervt, weil sie die Gruppe aufhielt.

Dann war da noch Jules.

Er gab sich Mühe, mit ihr und Keil mitzuhalten. Das Führen des Mannes gelang ihm gut, wie Mel feststellte. Sie schaute gedankenverloren zu ihm und musste zugeben, dass er ein gutaussehender Kerl war. Seine große schlanke, aber dennoch muskulöse Statur, die braunen Augen und seine dunkel gelockten Haare gefielen ihr überraschend gut. Prompt errötete sie leicht und sie musste lächeln. Sie erinnerte sich an die Begegnung mit Argor, als sich Jules' Augen gelbbraun verfärbt hatten und stark funkelten. Mel wusste sofort, dass er in ihre Welt gehörte. Auf jeden Fall mussten sie, sobald sie den Auftrag erledigt hatten, herausfinden, was er war und woher er kam. Sie sah ihn an und fragte sich, wie es ihm erging, jetzt wo Luce nicht an seiner Seite war. Niemand wusste, was mit ihnen passiert war: bis die Worte des Angreifers in ihren Gedanken aufflackerten.

»Verkauft werden ...«, murmelte sie vor sich hin.

Sie schreckte hoch, schaute verkniffen auf den gefesselten Mann. Es mussten Sklavenhändler sein, die auf junge Lichtler lauerten, sie verschleppten und verkauften. Als kleines Kind hatte sie Gespräche belauscht, die ihr Vater mit Nael geführt hatte. Sie hatten damals beschlossen, einen Trupp Männer loszuschicken, um die Gesetzlosen zu fangen. Es war ihr verboten zu lauschen, aber wenn Nael da war, konnte sie sich nicht zurückhalten: er war wie ein zweiter großer Bruder. Nael hatte ihr das Kämpfen beigebracht, sie in die Elixierkunst eingewiesen und das, obwohl sie damals noch gar nicht alt genug war, um diese Dinge zu erlernen. Wehmütig dachte sie an diesen jungen Mann, den sie sehr vermisste: Sie liebte ihn und war traurig, als er sie verlassen musste. Niemand erzählte, warum und wohin er aufgebrochen war.

Nael war seinerzeit fünfundzwanzig Jahre alt und hatte seine Fähigkeit vollständig erhalten. Er wollte sich auf Abenteuer begeben, sehr zu Mels Leidwesen, die ihn gern länger bei sich gehabt hätte. Mit einem Lächeln dachte sie an die schöne Zeit mit ihm, als Jules zu ihr herantrat und sie fragend ansah.

»Ist alles in Ordnung?«

Sie wischte sich eine Träne aus dem Auge und lächelte ihn an.

»Ja, alles bestens. Wir müssen uns beeilen, denn die Männer, die Luce und Jason entführt haben, sind Sklavenhändler. Sie haben es auf Lichtler abgesehen, um sie zu verkaufen.«

Ihm stockte der Atem. Sklavenhändler? Sie wollten Luce und Jason verkaufen? Wenn sie die beiden nicht rechtzeitig erreichten, könnte es sein, dass er Luce nie wiedersah? Angstschweiß bildete sich auf seiner Stirn, seine Hände begannen zu zittern.

»An wen verkaufen?«, fragte er angstvoll.

»Das wissen wir nicht. Niemand weiß, wer der Käufer ist. Vor ein paar Jahren ist ein guter Freund und ein Trupp Lichtler aufgebrochen, um die Männer zu finden. Sie wollten herausbekommen warum, und wohin sie unseresgleichen bringen. Und vor allem, an wen sie uns verkaufen.«

»Das heißt, es geht schon seit Jahren so?«

»Leider weiß ich zu wenig darüber. Ich weiß nur, dass das ganz windige Hunde sind. Sie schaffen es immer wieder, sich aus den Fängen der Lichtler zu befreien.«

»Und warum stehen wir hier noch so rum? Wir müssen Luce finden!«

»... und Jason!« Mel funkelte ihn an, die Abneigung, die Jules für Jason empfand, gefiel ihr nicht.

»Ja, natürlich, und Jason.« Er zwinkerte ihr zu und zerrte an dem Mann, der sich stöhnend in Bewegung setzte.

Die Sonne war fast untergegangen, man konnte kaum noch etwas sehen. Der Weg wurde steiniger, rutschiger und steiler: es ging bergauf, was die vier mit jedem Schritt merkten. Mel gönnte niemandem eine Pause, obwohl sie dringend eine nötig gehabt hätten. Mel schaute sich zu Luna um, die ihnen langsam folgte, was sie immer wütender machte. Sie rief Luna zu, schneller zu laufen: aber Luna ignorierte sie und ging absichtlich langsamer.

»Meine Güte, was für eine Schnecke.« Entnervt blickte Keil zu seiner Schwester.

Alle mussten auf Luna warten, bis sie aufgeholt hatte. Keil nahm ihr den Rucksack ab und schnallte ihn vor seine Brust.

»Hier entlang!« Mit den Händen wedelte er den anderen zu, ihm zu folgen, und schritt auf den steilen Bergpass zu.

Keil blieb stehen: verunsichert blickte er in die Gegend.

»Warum gehen wir nicht weiter?«, fragte Jules, der ungeduldig von einem Bein auf das andere hüpfte.

Nicht nur, dass ihm kalt war und er so versuchte, sich warm zu halten, nein, er wollte so schnell wie möglich Luce finden und sie retten.

»Weil der Weg zu unsicher ist. Ich kann kaum etwas sehen und das, was ich erkennen kann, verheißt nichts Gutes. Es ist ein sehr schmaler Weg, der steil hinaufführt und kaum Platz für eine Person bietet. Neben dem Weg befindet sich ein Abhang, der uns alle in den Tod reißen könnte, wenn wir nicht aufpassen. Mel, was meinst du, sollen wir es wagen?«

Der eisige Wind blies in ihre Gesichter und ließ sie erzittern. Viel war auf dem Pfad nicht zu erkennen: Die Sonne war vollständig untergegangen, die Nacht hatte sich ausgebreitet.

Jules überholte Mel, übergab ihr das Seil, mit dem der Mann gefesselt war, und ging zu Keil. Er schaute sich den Weg, die Steilwand und den Abhang an, zuckte zurück und fuhr sich durch die Haare. Keil hatte Recht: es war viel zu gefährlich diesen Weg in der Dunkelheit zu passieren. Schon bei Tageslicht wäre es schwierig, aber bei Nacht – das wäre Selbstmord. Niemandem wäre geholfen, wenn einem von ihnen etwas passieren würde oder einer womöglich in den Tod stürzte. Jules musste einsehen, dass es im Moment keine Möglichkeit gab, den Weg zu passieren. Er blickte Keil an und gab ihm recht.

»Was sollen wir denn jetzt machen? Wir müssen unbedingt zu Jason und Luce. Wenn wir nicht rechtzeitig bei ihnen sind, werden wir sie nie wiedersehen.«

Tränen liefen Mel übers Gesicht: sie wischte diese mit dem Ärmel ab. Das Seil, mit dem der Mann gefesselt war, fiel zu Boden. Im selben Moment riss sich der Angreifer los, stieß Jules zur Seite: er strauchelte und stürzte über die Felskante. Ein lauter Aufschrei hallte durch den Wald und die aufgeschreckten Vögel folgen kreischend davon. Mel hastete auf den Abhang zu: sie sah, wie Jules sich gerade noch an einem Ast festhalten konnte. Aus dem Augenwinkel sah Mel den Angreifer davonrasen. Er rannte den steilen Weg entlang, bis seine Schritte plötzlich verstummten: Ein dumpfer Aufprall folgte. Er muss in die Schlucht gestürzt sein, schoss es Mel durch den Kopf. Sie lenkte ihre Aufmerksamkeit wieder Jules zu. Jeden Moment konnten ihn seine Kräfte verlassen. Er würde in den Abgrund stürzen und sterben. Was sollte sie tun?

Das Seil, mit dem der Angreifer gefesselt war, wäre die einzige Hoffnung gewesen, um Jules zu retten. Angestrengt dachte sie nach, was sie noch tun könnte, und schaute zu Keil, der versteinert dastand und keinen Ton von sich gab. Luna war nicht zu sehen und Mel hatte keine Ahnung, wohin sie gelaufen sein könnte. Alles lag in ihren Händen, was ihr eine Heidenangst einjagte.

»Ihr müsst mich retten! Ich kann mich nicht mehr lange halten. Bitte!«, schrie Jules panisch.

Es hämmerte in Mels Kopf, ihre Beine zitterten und ihre Zähne klapperten vor Aufregung. Es gab eine weitere Möglichkeit der Rettung: Keil müsste sie an den Füssen festhalten und den Abhang hinunterlassen. Vielleicht würde Jules ihre Hände fassen können, sodass sie ihn gemeinsam nach oben ziehen könnten. Mel wandte sich um, konnte aber niemanden hinter sich entdecken. Auch Keil war fort. Wut stieg in ihr auf und sie biss sich auf die Lippe, bis sie Blut schmeckte. Dieses Schwein hatte sie einfach hängenlassen: dafür würde sie ihn büßen lassen, das schwor sie sich. Panik ergriff sie. Wie würde Luce reagieren, wenn sie erfahren würde, dass ihr bester Freund ums Leben gekommen war? Sie würde sie für immer hassen. Angst, Wut und Verzweiflung schnürten Mel den Hals zu.

»Mel, beeil dich! Ich kann nicht mehr!«, hörte sie Jules schreien.

Panisch blickte Mel in die Schlucht, als eine unbekannte Hitze in ihr aufstieg, die rasend schnell in ihre Hände schoss. Mit aufgerissenen Augen sah Mel auf ihre Finger, in denen sich eine rot leuchtende Kugel bildete, die immer größer wurde und emporstieg. Langsam setzte sie sich in Bewegung, sank hinunter zu Jules und schloss ihn vollständig ein. Gebannt sah Mel dem Schauspiel zu, bis sich die Lichtkugel so stark bewegte, dass sie Jules vom Ast losriss. Mel brachte keinen Ton heraus und schaute angsterfüllt zu, wie sich die Kugel in die Luft erhob. Langsam glitt sie bis zum Rand der Schlucht und bewegte sich auf den schmalen Weg zu. Mit schwebenden Bewegungen steuerte das Licht auf sie zu und verharrte kurz vor ihr. Ein lauter Knall ließ sie zusammenzucken: Das glühende Rot hatte sich verflüchtigt, ließ Jules auf dem Boden zurück, der nun zusammengekrümmt ein Stück von ihr entfernt lag.

Mels Augen tränten von der Helligkeit, die die Kugel abgestrahlt hatte, und sie blickte auf Jules, der langsam wieder zu sich kam. Was war geschehen? Hatte ausgerechnet sie eine rot glühende Kugel erschaffen, die Jules gerettet hatte? Ungläubig schaute sie auf ihre Hände, die normal zu sein schienen: das konnte nicht sein. Ihre Zeit für die außergewöhnliche Fähigkeit war noch nicht gekommen. Ein leises Stöhnen riss Mel aus ihren Gedanken. Jules versuchte aufzustehen, sackte aber sofort wieder zusammen. Mit ängstlichen Blicken kroch Mel auf Jules zu und nahm ihn fest in die Arme. In ihrem Kopf flackerten die Bilder von dem roten schwebenden Ball und sie stellte sich die Frage, was für eine Fähigkeit das sein könnte. Und warum … Schwindel ergriff sie. Auf einmal wurde alles um sie herum dunkel und kalt …

»Du wirst mir nicht entkommen!«, flüsterte eine kalte, raue Stimme, die sie erstarren ließ. Mit zusammengekniffenen Augen musterte sie die Gegend, in der sie sich befand, und erschrak, als sie auf mehrere Leichen blickte, deren Augen rot leuchteten. Ein eisiger Wind peitschte ihr ins Gesicht und der faulige Geruch brachte sie zum Würgen. Mühsam bewegte sie sich aus der Starre: sie wandte sich um und folgte der Stimme, die immer leiser wurde. Außer den Toten konnte sie niemanden erkennen. Langsam setzte sie einen Fuß vor den anderen, stieg vorsichtig und mit gesenktem Blick über die Leichen und fand sich auf einmal in einer kargen, stürmischen Wüstenlandschaft wieder. Der rote Sand peitschte gegen ihre Haut und hinterließ einen höllischen Schmerz. Niemand war zu sehen: Nur der endlose rote Sand leuchtete ihr entgegen. Sie fing an zu rennen, ungeachtet dessen, dass ihre Füße auf dem heißen Sand schmerzten und blieb nach einer Weile erschöpft stehen: ein ohrenbetäubendes Kreischen pfiff unmittelbar über ihr. Schützend riss sie die Arme über den Kopf. Krallen packten sie an den Schultern und rissen sie hoch in die Luft. Die Umgebung verschwamm, bis sie in die Dunkelheit der Bewusstlosigkeit glitt ...

»Mel, kannst du mich hören? Wach auf!«

In ihrem Kopf hämmerte eine Stimme, die so sehr schmerzte, dass ihr Magen sich zusammenzog und ihr übel wurde. Es war Jules, der sich über sie gebeugt hatte, ihr die Wange streichelte und sie liebevoll ansah.

»Geht es dir gut?« Besorgt half er ihr hoch. »Mel, du hast mich gerettet! Ich weiß nicht wie, aber das ist auch nicht wichtig. Ich danke dir dafür. Das werde ich in meinem ganzen Leben nicht vergessen.« Er gab ihr einen Kuss auf die Wange und sie zuckte erschrocken zurück.

Was war geschehen? Mel raffte sich auf und blickte sich verwirrt um. War das alles nur ein Traum? Weit entfernte Stimmen holten sie aus ihrem Gedankenchaos zurück.

»Wo, zum Teufel, sind Keil und Luna!« Mel ging auf die Stimmen zu, die lauter wurden, bis sie fünf große Männer vor sich sah.

Sie riss die Augen auf, ballte die Hände zu Fäusten und wollte gerade auf die Männer zuspringen, als Jules sie zurückhielt.

»Nein, Mel! Das sind Freunde von Nael. Sie haben Luce und Jason aus den Fängen der Sklaventreiber befreit. Nael hat die beiden mitgenommen in ihr Lager. Sie wollen uns zu ihnen bringen.«

»Nael?« Eine innere Freude durchzog ihren Körper. »Woher wissen wir, dass das stimmt? Vielleicht gehören sie zu den Männern, die Jason und Luce entführt haben, und wollen uns ködern. Ich traue ihnen nicht.«

Mel riss sich von Jules los und zog ihr Schwert aus der Jacke. Einer der Männer trat vorsichtig auf sie zu und zeigte ihr eine Tätowierung, die das Zeichen der Lichtler trug. Anschließend wühlte er in seiner Tasche, holte einen handgeschriebenen Zettel heraus und übergab ihn ihr.

»Nael und Jason hatten so etwas vermutet. Deshalb hat dir Nael einen Brief geschrieben, damit du uns glaubst.« Er lächelte sie an und trat einen Schritt zurück.

> »Liebe Mel, wenn du diesen Zettel liest, haben dich meine Männer gefunden und möchten dich und die anderen zu uns bringen. Du kannst ihnen vertrauen, ich habe sie geschickt, um euch zu suchen. Jason und Luce befinden sich unversehrt in unserem Lager und warten auf euch. Als Zeichen, dass du meinen Männern vertrauen kannst, schreibe ich dir etwas auf, was nur wir beide kennen und lesen können. Aki maral de vendi, obhoft guto maran! Und nun folge ihnen, ich möchte dich endlich wieder in meine Arme schließen. Nael«

Mit einem Lächeln murmelte Mel den Spruch nach, dass

niemand es hören konnte: Eine wohlige Wärme durchzog ihren Körper. Das konnte wirklich nur von Nael sein. Sie hatten sich die Wörter seinerzeit ausgedacht und einen Satz daraus erfunden. Nael hatte es nicht vergessen – er hatte sie nicht vergessen! Endlich würde sie ihn wiedersehen, ihr Herz hüpfte aufgeregt.

Sie sah zu den Männern, nickte ihnen zu und wandte sich an Jules: »Sie haben sie gefunden und gerettet! Wir werden sie wiedersehen. Lass uns schnell los!« Mel drehte sich um, ihr stockte der Atem.

Luna und Keil hatten sich zu ihnen gesellt, schauten verlegen zu Boden und gaben keinen Ton von sich. Mel ballte ihre Hände zu Fäusten und sprang blitzschnell auf Keil zu, um ihm einen heftigen Schlag zu verpassen. Die Faust traf ihn so unverhofft, dass er rücklings zu Boden fiel: das Blut schoss ihm aus der Nase.

»Du elender Mistkerl! Das ist erst der Anfang. Ich werde dich fertig machen!«, schrie Mel ihn an.

Zwei der Männer hielten Mel zurück, die drauf und dran war, weiter auf Keil einzuprügeln. Sie versuchte sich von ihnen loszureißen, schaffte es aber nicht und beruhigte sich mit tiefen Atemzügen.

»Wow, was für ein Schlag, Kleine. Respekt!« Einer der Männer schenkte ihr ein beeindrucktes Lächeln und klopfte ihr auf die Schulter. »So eine wie dich könnten wir gut in unserer Truppe brauchen.«

Mel lächelte den Mann gequält an. »Können wir dann los?« Ihr Ton war rau, bestimmt und eiskalt, sodass alle leicht zusammenzuckten und sich sofort auf den Weg machten.

»Wir werden nicht den steilen Weg über die Schlucht nehmen. Der ist bei Dunkelheit nicht passierbar. Wir gehen außen herum. Das dauert zwar länger, aber der Weg ist viel sicherer.« Der große Mann ging als erster voran und bedeutete allen, ihm zu folgen. Mel, Jules und die anderen Männer setzten sich unverzüglich in Bewegung.

Luna hatte sich über ihren Bruder Keil gebeugt, funkelte Mel aus dem Augenwinkel an und verfolgte sie mit hasserfüllten Blicken. Niemand scherte sich um die beiden: ob sie mitgingen oder nicht, war allen gleichgültig. Lichtler, die sich nicht an den

Kodex hielten, wurden ignoriert und in schweren Fällen aus dem Kreis der Lichterfamilien verstoßen. Mel war es egal, was mit ihnen geschah, das was sie getan hatten, hätte Jules beinahe das Leben gekostet. Erneut stieg Wut in ihr auf. Mit tiefen Atemzügen versuchte sie sich zu entspannen, und folgte den Männern in den Wald.

Sie waren seit Stunden unterwegs und die Männer kamen kein einziges Mal ins Straucheln, obwohl es stockfinster war: Das Mondlicht schaffte es kaum durch die dichten Baumkronen hindurch. Mel konnte nicht einmal ihren Vordermann erkennen und rannte ungebremst in ihn hinein, als der Trupp abrupt stehen blieb.

»Sorry, das wollte ich nicht!« Der Mann drehte sich zu ihr um, lächelte und leuchtete sie mit seinen hellbraunen Augen an.

Nun wusste sie, warum die Männer sich so gut in der Dunkelheit fortbewegen konnten. Ihre Fähigkeit war die Nachtsicht, die für diese Wanderung ideal war.

»Wir haben es nicht mehr weit. Wir müssen noch den Weg entlang, rechts abbiegen und schon haben wir das Lager erreicht. Vielleicht noch eine Stunde«, sagte einer der Männer.

Ein leises Stöhnen drang an Mels Ohr und sie wusste, von wem das kam. Luna und Keil waren ihnen gefolgt, hatten aufgeholt und trotteten nun hinterher. Am liebsten hätte Mel die beiden dagelassen, wo sie waren. Insgeheim hoffte sie, dass die Männer, die Luce und Jason entführt hatten, auch sie holen würden und Mel sie nie wiedersehen müsste. Natürlich wusste sie, dass das gemein war, und wünschte niemandem solch eine Situation: aber sie war so wütend auf die beiden, dass sich ihr Magen zusammenschnürte. Mel sog die kalte frische Waldluft tief ein und ignorierte Luna und Keil. Gedankenverloren folgte sie den Lichtlern.

Sie hatte Jules gerettet, mit einer Fähigkeit, von der sie nicht im Traum gedacht hatte, sie zu besitzen. Diese Gabe hätte sich nicht zeigen dürfen, da sie das zwanzigste Lebensjahr noch nicht erreicht hatte. Sie steuerte gerade auf ihren neunzehnten Geburtstag zu, der noch zwei Monate auf sich warten ließ. Bilder von der rot glühenden Lichtkugel und von Jules, der zusammengekrümmt darin gelegen hatte, huschten durch ihre Gedanken.

Das war alles so unglaublich, so fantastisch, dass sie es kaum erwarten konnte, Jason davon zu erzählen. Eine kalte raue Stimme verdrängte das rote Licht und bahnte sich nun den Weg in ihr Bewusstsein. Die vielen Leichen mit den rot glühenden Augen, der heiße Sand und die Krallen, die sich in ihre Schultern gebohrt hatten, zuckten vor ihrem inneren Auge. Die Szenen aus dem Traum jagten ihr einen Schauer über den Rücken. Wo war sie in dem Traum? Warum war sie dort? Hatte es etwas mit der glühenden Kugel zu tun? Sie beschleunigte ihre Schritte, damit sie schnell zu ihrem Bruder kam und ihm davon berichten konnte.

Auch Jules grübelte über das Erlebte nach und dachte daran, dass er fast gestorben wäre. Ohne Mels Hilfe würde er sich jetzt tief in der Schlucht befinden, mit einem zertrümmertem Körper auf dem harten Boden liegen und tot sein. Kalter Schweiß bildete sich auf seiner Stirn: die Bilder ließen ihn erschaudern. Wie hatte sie das gemacht, fragte er sich in Gedanken und blickte zu Mel.

»Wie hast du das mit der roten Kugel gemacht? Die ist ja förmlich durch mich hindurch geglitten und trotzdem hat sie mich aufgefangen und mich nach oben befördert. Wie ist das möglich?« Fragend sah er sie an.

»Ich weiß es nicht. Es ist einfach passiert, als ich alle Hoffnung aufgegeben hatte, dich jemals wieder lebend zu sehen. In meinem Körper hat sich eine noch nie dagewesene Wärme ausgebreitet, zog weiter zu meinen Händen und ließ sie einfach glühen, bis sich eine riesige, rot leuchtende Kugel gebildet hatte. Es scheint, als sei das meine Spezialfähigkeit. Normalerweise dürfte die sich noch gar nicht zeigen.«

»Wow, meinst du, ich bekomme auch so eine Fähigkeit? Alle haben davon geredet, dass ich einer von euch bin. Dann müsste ich doch auch so eine Superfähigkeit bekommen, oder?« In seiner Stimme lag Neugier, gemischt mit Aufregung und Bewunderung.

»Das müssen wir noch herausfinden. Aber eins nach dem anderen. Jetzt müssen wir erstmal den Ring finden und schauen, wie wir Argor überlisten können. Ich glaube Luce, dass wir das Artefakt auf keinen Fall diesem Monster überlassen dürfen.«

Jules stimmte ihr zu: Mel hakte sich bei ihm unter, als würden sie sich seit Jahren kennen. Schweigend gingen sie den Weg entlang und genossen die kalte Luft, bis sie wieder einmal abrupt stehen bleiben mussten. Einer der Männer zündete eine Fackel an, deren Licht eine mit Schlingpflanzen übersäte Böschung beleuchtete. Mit ein paar behutsamen Handgriffen schoben die Männer die Pflanzen beiseite. Dahinter öffnete sich ein großes Tor, das den Blick auf ein Lager freigab. Lichter leuchteten ihnen entgegen und die Jugendlichen schauten mit offenen Mündern auf ein riesiges Haus, das in den Fels erbaut worden war...

Kapitel 21

»NIEMAND LIEST GENAU DAS GLEICHE IN DEN AUGEN, DIE DU SIEHST. DARUM IST ES WICHTIG DAS ZU GLAUBEN WAS DU FÜHLST, WENN DU SIE SCHLIESST.«

@QUEENSOFDAYDREAMS

Nach einem anstrengenden Weg hatten Luce und Jason das Lager erreicht. Sie standen vor einem großen, beeindruckenden Gebäude, das in eine riesige Felswand eingebettet war. In allen Fenstern leuchteten warme, gelbe Lichter und eine große Holztür öffnete sich. Bedächtig betraten sie die Eingangshalle, die mit mehreren Holzbänken, einer großen Standuhr und Schränken ausgestattet war. Von der Decke hing ein großer Kronleuchter, der den Raum hell erleuchtete. Die übrigen Männer, die nicht die Gefangenen in den Keller brachten, setzten sich auf die Holzbänke, zogen ihre Kampfgewänder aus, hingen sie fein säuberlich in die Schränke und verließen den Raum.

»Das ist doch auf deinem Mist gewachsen, Nael.« Jason lachte ihn an und deutete auf die Männer.

Luce sah ihn fragend an, sie konnte nicht erkennen, was an der Situation so komisch gewesen sein könnte.

»Nael ist ein Ordnungsfetischist. Es muss immer alles perfekt aufgeräumt sein«, grinste Jason sie an.

»Ja, das stimmt. Und es hat Jahre gedauert, bis sich meine Männer an meine Vorgaben gehalten haben. Aber jetzt funktioniert es und ehrlich gesagt bin ich ziemlich stolz darauf.« Er lachte, begab sich auf eine der Holzbänke und zog sich aus.

Jason und Luce taten es ihm gleich, hingen ihre Sachen in einen der neben ihnen stehenden Schränke und schauten einander verliebt an. Luces Herz klopfte wild in der Brust und ihre Hände wurden feucht vor Aufregung. Jason hatte sie den ganzen Weg nicht losgelassen. Sie genoss seine Nähe, die liebevollen Berührungen und verliebten Blicke, die er ihr zuwarf. Was würde nun geschehen? Es war ihnen gelungen, aus den Klauen der Sklavenhändler zu entkommen und eine überaus beeindruckende Unterkunft zu finden. Natürlich wusste Luce, dass sie es ohne Nael und seine Männer niemals geschafft hätten, und dafür war sie dankbar: doch jetzt wollte sie sich gern mit Jason zurückziehen.

Hatte sie das wirklich gerade gedacht? Allein mit Jason in einem Zimmer?

Vielleicht war sie doch nicht so mutig, wie sie es sich zurechtgelegt hatte. Die Gänsehaut und das Gefühl, als jagten tausend Schmetterlinge durch ihren Bauch, sagten etwas anderes. Sie hatte Angst! Angst davor, was mit ihr und Jason geschehen könnte. Bilder flackerten vor ihren Augen: die heißen Küsse, die sie ausgetauscht hatten, die liebevollen Berührungen und die leidenschaftlichen Blicke – all das sagte mehr als tausend Worte.

»Ich zeige euch jetzt ein Gästezimmer. Leider haben wir nur drei. Auch wenn die Behausung von draußen riesig aussieht, haben wir hier drin doch wenig Platz. Der Fels, in den wir das Gebäude haben meißeln lassen, war so fest, dass wir nur ein paar Zimmer hineinschlagen konnten. Und da wir mittlerweile an die sechzig Männer sind, mussten einige Gästezimmer für die Unterkünfte meiner Männer weichen. Aber da ihr die Ersten seid, bekommt ihr das schönste Zimmer, das wir haben.« Er grinste Luce neckisch an und bedeutete den beiden, ihm zu folgen.

Er ging durch den großen Raum und bog um die Ecke, hinter der sich ein langer Flur erstreckte. Mehrere Türen, die alle geschlossen waren, befanden sich in dem Felsen, der vom Deckenlicht angestrahlt wurde. Die Steine funkelten, als wäre der Sternenhimmel nicht draußen, sondern direkt in diesem Flur. Luce ließ ihre Finger sanft über die Steine gleiten, spürte die Kälte, die von dem Felsen abgegeben wurde, und schaute sich neugierig um. Eine große Holztreppe führte in die nächste Etage, an der sie aber vorbeigingen. Nael öffnete die letzte Tür des Flures und trat in das Zimmer.

»So, das wäre dann euer Raum. Das Bad befindet sich dort hinten und es gibt sogar heißes Wasser. Ich lasse euch gleich noch etwas zu essen bringen und dann könnt ihr euch ein wenig ausruhen. Wir besprechen morgen früh, wie es weitergeht. Sobald Mel und die anderen eingetroffen sind, lasse ich euch rufen, es sei denn ...« Nael unterbrach sich und feixte Jason an, um dann gedehnt weiterzusprechen. »Es sei denn, ihr wollt heute nicht mehr gestört werden.«

»Nein, schon gut«, warf Luce ein. »Wenn die anderen eingetroffen sind, dann möchte ich sie gern begrüßen.« Luce nickte Jason zu, wartete auf seine Zustimmung und sah wieder zu Nael, der sie anlächelte.

»Okay, dann lasse ich euch holen.« Nael verließ das Zimmer, zwinkerte ihnen zu und schloss die Tür.

War es so offensichtlich, dass sie beide nur die eine Sache im Kopf hatten? Eine leichte Röte stieg Luce ins Gesicht: schnell wandte sie sich von Jason ab und schaute sich peinlich berührt im Raum um. Ihr Blick wanderte auf die Holzbalken, aus denen das Bett bestand. Es waren rautenförmige Muster, wie Luce sie auf der Hochebene gesehen hatte: es mussten die gleichen Bäume sein, die sie hier verarbeitet hatten. Mit ihren Fingerkuppen strich sie über die Holzmaserung, atmete den Geruch tief ein. Das Holz duftete, als wäre es frisch gespalten und mit einer Vanilleschote eingerieben worden. Dieser Geruch war so betörend, dass sie die Augen schloss und sich an den Bettpfosten lehnte, als sie Jasons Hände an ihren Hüften spürte.

»Diese Bäume werden hauptsächlich für den Bettenbau benutzt. Der Duft, der von ihnen ausgeht, vertreibt böse Träume und lässt dich in einen tiefen, erholsamen Schlaf fallen. Daher werden die Betten für unsere Kämpfer gebaut. Wir nennen sie Spiralbäume«, flüsterte Jason ihr ins Ohr.

Luce öffnete ihre Augen, drehte sich um und schaute Jason an, der nah vor ihr stand und sie eindringlich musterte. In diesem Moment war es ihr egal, was für ein Holz es war und wozu es benutzt wurde. Seine Augen funkelten sie sehnsüchtig an, dass sie alles um sich herum vergaß. Vorsichtig nahm er seine Hände, umschloss ihr Gesicht und küsste sie sanft. Mit geschlossenen Augen erwiderte sie seinen Kuss, der allmählich leidenschaftlicher wurde. Ihre Zungen berührten einander und ein elektrisches Zucken durchströmte die beiden. Jason hob sie hoch, ließ sie aufs Bett gleiten und legte sich auf sie, ohne seinen Mund von ihren Lippen zu lösen. Ihr Atem wurde schneller, das Herz klopfte Luce bis zum Hals und ihre Beine zitterten.

Noch nie hatte sie so eine Erregung bei einem Jungen gespürt. Luce konnte nicht aufhören, ihn zu küssen, krallte sich an seinem

Rücken fest, schloss die Beine um seine Hüften und stöhnte leise auf. Sie wollte ihn, jetzt, hier und für immer. Langsam glitt sie mit ihren Fingern unter sein T-Shirt und zog es ihm über den Kopf: sie hatte freie Sicht auf seinen muskulösen Oberkörper. Sie zeichnete jeden Muskel mit ihren Fingerkuppen nach und sah in Jasons Gesicht, der sie mit seinen funkelnden, saphirblauen Augen ansah. Er genoss die Berührungen, wie Luce an seinem Blick ablesen konnte. Jason setzte sich auf, zog Luce hoch, um auch ihr das Shirt auszuziehen. Er liebkoste ihren Nacken und glitt zu ihrem Schlüsselbein, um dann zu ihrer Brust zu gelangen. Sie warf den Kopf nach hinten, als er sie mit seiner Zunge kitzelte. Alles in ihrem Körper zuckte, kribbelte und sehnte sich nach mehr. Viel mehr!

Ein lautes Klopfen unterbrach die beiden. Jason warf sich entnervt auf die Seite, vergrub sein Gesicht in einem Kissen und stöhnte auf.

»Wenigstens klopft man hier.« Ein verschmitztes Lächeln huschte über Luces Gesicht.

Sie zog sich das Shirt an und eilte zur Tür. Mit einem Lachen öffnete sie diese und erblickte einen jungen Mann, der auf einem Tablett Essen brachte.

»Hallo, ich bin Karim. Nael hat mich geschickt, um euch etwas zu essen zu bringen. Darf ich eintreten?« Er schaute Luce mit freundlichen Augen an und sie ließ ihn eintreten.

Er stellte das Tablett auf dem Tisch ab und wandte sich bereits zum Gehen, als er Jason erblickte.

»Du bist Jason!«, entfuhr es ihm und er starrte ihn gebannt an.

»Ja, das bin ich.« Jason hatte seinen Kopf aus dem Kissen gezogen, sich auf die Seite gelegt und auf seinen Ellenbogen gestützt.

»Ich habe so viel von dir gehört. Hast du deine außergewöhnliche Fähigkeit schon?«, platzte es aus dem Jungen heraus.

Jason fühlte sich geschmeichelt, das konnte man ihm ansehen. Er setzte sich auf, griente ihn an und musterte ihn von oben bis unten.

»Nein. Aber wenn ich es weiß, dann bist du der Erste, der es erfährt.«

Der Junge fuhr sich nervös durch die Haare und schaute ihn mit weit aufgerissenen Augen an.

»Ehrlich? Denn weißt du, ich bin ein großer Fan von dir. Nael musste mir alles von dir erzählen und ich möchte eines Tages so werden wie du.«

Karim musste um die vierzehn Jahre alt sein und war ein schmaler Junge, der viel trainieren musste, wenn er einmal wie Jason werden wollte. Seine graugrünen Augen funkelten in dem schwachen Licht und seine gelockten, braunen Haare, die er sich immer wieder nervös hinter die Ohren klemmte, drehten sich in alle Richtungen.

»Wenn du willst, können wir morgen gemeinsam trainieren gehen. Ich kann dir gern ein, zwei Tricks zeigen.«

»Wirklich? Das wäre super. Jetzt muss ich aber los, Nael wartet auf mich. Wir müssen noch eine Schwertkampflektion durchgehen, die wir gestern nicht mehr geschafft haben. Also dann bis morgen …« Schon war Karim aus der Tür gesprungen und im Flur verschwunden.

Man hörte ein lautes »Juhu« und dann war es wieder still. Luce schloss die Tür, schaute zu Jason, der sich zum Tisch begeben hatte und ein Stück Brot in seinen Mund steckte.

»Ein Fan von dir, wie niedlich. Er scheint nett zu sein.«

»Ja, das glaube ich auch. Ich werde mich morgen bei Nael erkundigen, was es mit dem Jungen auf sich hat. Und nun, Madame, ist das Essen serviert.« Jason lachte sie liebevoll an und streckte seine Hände nach ihr aus.

Beide hatten es sich am Tisch gemütlich gemacht und aßen von dem leckeren, selbst gebackenen Brot, von dem Käse und tranken etwas Erfrischendes – vermutlich Zitronenwasser – aus dem Kelch.

»Hast du etwas dagegen, wenn ich eine heiße Dusche nehme?« Luce schaute ihn fragend an.

»Nein, natürlich nicht. Ich besorge uns unterdessen frische Kleidung. Denn diese hier möchte ich ungern wieder anziehen.« Jason zog sein T-Shirt zurecht, ging auf Luce zu und gab ihr einen Kuss auf die Stirn.

»Du kommst doch wieder, oder?«, fragte sie ihn neckisch,

stand auf, nahm sein Gesicht und küsste ihn auf den Mund.

»Und ob ich wiederkomme! Und das schneller, als du gucken kannst.« Er schlüpfte durch die Tür und ließ Luce allein im Zimmer zurück.

Jason lief den Flur entlang und schaute sich um. Er wollte so schnell wie möglich wieder zu Luce. Die Bilder, wie er mit ihr im Bett gelegen und sie einander geküsst hatten, zauberten ein Grinsen in sein Gesicht. Luce hatte ihm den Kopf verdreht: sie war das Mädchen, auf das er lange gewartet und endlich gefunden hatte. Er würde alles für sie tun, sie nie wieder aus den Augen lassen und hoffte, dass es ihr auch so ging. Die heikle Lage, in welche die Angreifer sie gebracht hatten, hatte sie noch mehr zusammengeschweißt und insgeheim war er ihnen dankbar dafür: auch wenn er auf keinen Fall wollte, dass sie dergleichen noch einmal erleben musste. Er würde sie beschützen und ihr dabei helfen, ihre Familie unversehrt zurückzubekommen.

Er war beinahe am Ende des Flurs angekommen und konnte keinen Raum entdecken, der ihm hätte nützlich sein können, bis sich eine Tür öffnete und Nael heraustrat.

»Jason, was machst du hier?«

»Ich suche Kleidung zum Wechseln für Luce und mich. Kannst du mir weiterhelfen?«

»Natürlich, ich schicke jemanden los, der euch saubere Sachen aufs Zimmer bringt.«

»Ich würde sie gleich mitnehmen, Luce steht gerade unter der Dusche.«

»Mir auch recht. Dann komm doch mit zu mir und wir plaudern ein bisschen wie in alten Tagen.« Nael nahm sein Handy zur Hand, tippte etwas ins Display ein, deutete auf die offene Tür und bat Jason herein.

Der Raum war spärlich beleuchtet. In ihm standen eine gemütliche Couch und ein großer, runder Tisch mit einigen Stühlen. Außerdem gab es eine kleine Küche und einen großen Kühlschrank, aus dem Nael zwei Flaschen Zwergenbier nahm. Eine davon drückte er Jason in die Hand.

»Lässt dein Vater dich schon Bier trinken?« Er lachte ihn an und setzte sich auf das Sofa.

Jason tat es ihm gleich, prostete ihm zu und grinste zurück. »Es ist mir egal, ob er es erlaubt oder nicht. Ich habe heute keine Lust, darüber nachzudenken.«

»Bitte erzähl mir doch noch einmal, warum ihr in dem Wald wart. Für gewöhnlich verirren sich Lichtler nur selten dorthin.«

Jason nahm einen großen Schluck aus der Flasche und begann zu berichten.

»Wir sind auf der Suche nach dem Ring – einem der vier Artefakte.«

»Was? Ihr sucht den Ring?« Naels Augen weiteten sich, er setzte sich kerzengerade hin.

»Wir hatten eine Begegnung mit einem Mann namens Argor, der Luce gezwungen hat, ihm das Artefakt auszuhändigen, sobald wir es gefunden haben. Kennst du ihn?«

Nael dachte angestrengt nach. »Nein, ich habe noch nie von ihm gehört. Könntest du mir die Geschichte von Anfang an erzählen?«

Jason begann und schilderte den Angriff des Akumas auf Luce, die Begegnung mit Argor in ihrem Haus und ihre Reise in die Vergangenheit. Er beschrieb, wie sie herauszufinden versucht hatte, wer ihre Eltern waren, um auf diese Weise einen Hinweis auf den Verbleib des Rings zu erhalten. Dann erzählte er ihm, was Luce gesehen hatte, und Nael wurde stutzig.

»Haferien? Den Namen kenne ich. Sie ist oder war vielmehr eine Tochter aus dem Hause der Rosana, einer der Hauptlichtlerfamilien.«

»Wieso war?«, wollte Jason wissen.

»Nun ja, sie hat ihre Familie verlassen, um sich voll und ganz der Magie zu widmen. Sie zog in ein entlegenes Dörfchen und niemand hat sie jemals wieder gesehen. Sie wurde aus ihrer Familie ausgestoßen und man vermutet, dass sie diese Welt verlassen hat, um in einer anderen in Ruhe leben zu können. Bist du dir sicher, dass Luce sie gesehen hat und sie ihre Mutter ist?« Nael schaute Jason gespannt an. »Das wäre mehr als interessant. Wenn das so ist, hat Luce ganz besondere Fähigkeiten. Wurde sie von Endemir schon untersucht?«

»Nein, dafür hatten wir keine Zeit. Abgesehen von der Blutabnahme, deren Ergebnisse wir noch nicht kennen, haben wir keine weiteren Tests gemacht.«

»Dann werden wir das morgen nachholen. Vielleicht sollte sie erneut in die Vergangenheit reisen – am besten mit dir, Jason. Du weißt ja, wie verwirrend diese Reisen sein können. Womöglich erfahren wir, welche Fähigkeiten sie hat. Bist du dabei?« Nael hielt ihm seine Flasche hin, um darauf anzustoßen.

»Ich bin bei allem dabei, was Luce angeht.« Jason prostete ihm lächelnd zu.

»Da hat sich jemand ganz schön verguckt in die Kleine.« Nael grinste Jason an. »Du solltest besser schlafen gehen. Es könnte morgen sehr anstrengend werden.« Nael schaute ihn mit großen Augen an und Jason wusste sofort, was er meinte.

Viele Jahre hatten sie gemeinsam Tür an Tür gewohnt, sich über alles und jeden ausgetauscht und waren wie Brüder miteinander umgegangen. Nael brachte ihm das Kämpfen und das Spurenlesen bei und weihte ihn in die Tunnel ein, die zu betreten für Jugendliche unter achtzehn Jahren verboten war. Jason hatte Naels Gegenwart stets genossen: Er war nicht so streng wie sein Vater und man konnte viel Spaß mit ihm haben.

Mittlerweile zeigte die Uhr drei Uhr morgens an, Nael wurde müde. Immer wieder gähnte er hinter vorgehaltener Hand, bis plötzlich die Tür aufsprang und Karim aufgeregt hereinstürmte.

»Die anderen sind angekommen, alle sind wohlauf. Sogar Mel ist dabei.« Er hüpfte wie ein Gnom durch den Raum und versuchte, Nael zum Aufstehen zu bewegen, indem er an dessen Shirt zerrte.

Was stimmt mit diesem kleinen Kerl nicht, dachte Jason, der aufstand, zur Tür ging und Mels Stimme hörte. Er raste in die Eingangshalle, nahm sie fest in den Arm und küsste sie auf die Stirn. Es war so schön, sie unversehrt zu sehen: ihm fiel ein Stein vom Herzen. Nickend begrüßte er die anderen und musste sich sogleich Jules' aufgeregten Fragen stellen.

»Wo ist Luce? Wie geht es ihr, wann kann ich sie sehen?« Jason starrte ihn verwirrt an und schüttelte den Kopf, als Nael sich einschaltete.

»Hallo, ich bin Nael und ich ...« Er konnte den Satz nicht zu Ende führen, da Mel ihm um den Hals fiel und ihm mehrere Küsse auf sein Gesicht drückte. Sie schmiegte sich wie eine Katze an seine Brust und atmete tief ein.

»Ich habe dich auch vermisst, Mel!« Er grinste sie an und drückte ihr einen Kuss auf die Wange. »Also noch einmal ... Hallo, ich bin Nael, der Leiter dieser Außenstelle. Seid willkommen. Jason und Luce haben bereits ein Zimmer bezogen. Da es sehr spät ist, bitte ich euch, meinen Männern zu folgen, damit sie euch die Gästezimmer zeigen können. Leider haben wir nur drei Zimmer, die von euch benutzt werden können. Also teilt euch auf.«

»Das ist nicht dein Ernst, Jason! Du hast ein Zimmer mit Luce?« Jules ballte seine Fäuste, ging auf ihn zu, bis jemand seinen Namen rief.

Es war Luce, die mit verschlafenen Augen auf ihn zustürmte, ihn in den Arm nahm und auf den Mund küsste. Überrascht starrten sie alle an.

Besonders Jason, der angenommen hatte, dass er und Luce nun ein Paar seien, traute seinen Augen nicht. Nun ballte er seine Hände zu Fäusten, atmete tief ein, um sich zu beruhigen, und wandte sich von Luce und Jules ab.

Nael, der die Szene beobachtet hatte, schritt ein und hielt erneut eine Ansprache.

»Luce und Mel, ihr teilt euch ein Zimmer, Jules und Jason, ihr geht in das zweite und ihr beide, er deutete auf Luna und Keil, geht in das dritte. Und keine Diskussionen.« Seine Stimme klang rau, kalt und angespannt.

Sofort meldete sich Luna zu Wort, die ihre Hände fest in ihre Hüften gestemmt hatte. »Es wird hier doch wohl noch ein freies Zimmer zu finden sein. Ich gehe auf keinen Fall mit meinem Bruder in ein Zimmer!«

Aus allen Ecken tönte es: »Halt die Klappe, Luna!« Sie zuckte zusammen und stand wie versteinert da.

Die Stimmung war so aufgeheizt, dass Mel sich von Nael entfernte und Luce mit sich zog.

»Sag mir, wohin wir müssen!« Luce starrte sie fragend an und zeigte ihr den Weg, als sie auch schon mitgerissen wurde.

»Jules kann das Zimmer für sich haben. Ich werde auf der Couch schlafen. Ist das okay?« Nael nickte: Jason verschwand um die Ecke und knallte die Tür hinter sich zu.

Keil und Luna schauten einander an, zuckten mit den Schultern und folgten den Männern. Jules hingegen blieb noch eine Weile stehen und starrte gedankenverloren vor sich hin, bis er von Nael aufgefordert wurde, den anderen zu folgen. Widerwillig setzte er sich in Gang.

Eine seltsame Stille kehrte in der Eingangshalle ein. Nael und Karim, die allein zurückgeblieben waren, schauten einander verwirrt an.

»Was war das denn?« Karim sah Nael nachdenklich an.

»Das nennt man Liebe …« Nael stöhnte. »Genau deshalb habe ich keine Frau!« Er lachte Karim an. »Bitte besorge noch Kleidung für Jason und Luce und die anderen. Und dann ab ins Bett.«

»Ja, mache ich!« Karim flitzte sofort los.

Nael hing noch seinen Gedanken nach. Er war davon ausgegangen, dass Luce und Jason ein Paar seien: er hatte sich getäuscht. Das kann ja noch etwas werden, dachte er, verließ die Halle und ging die Holztreppe zu seinem Zimmer hinauf …

Kapitel 22

»FÜR NICHTS AUF DIESER WELT GIBT ES DEN PERFEKTEN MOMENT. UMSO BEFREITER IST EIN MENSCH, DER DAS MÖGLICHST FRÜH ERKENNT.«

@QUEENSOFDAYDREAMS

Jules war in dem kleinen Zimmer angekommen und schaute sich um: Das Bett stand an einer Steinwand und ein kleiner Schreibtisch mit einem Stuhl zierte die andere Wand. Eine schmale, hölzerne Tür, die offen stand, führte in das winzige Bad, in dem es nur eine Toilette und ein Waschbecken gab. Er stellte seinen Rucksack ab und ging sich sein Gesicht und seine Hände waschen. Müde und ausgelaugt betrachtete er sich im Spiegel. Erschrocken musste er feststellen, dass die Ringe unter seinen Augen fast schwarz waren. Der anstrengende Weg hatte ihm alles abverlangt und die Ereignisse, die für ihn beinahe den Tod bedeutet hatten, taten ihr Übriges. Ein langes Gähnen zeigte, dass es höchste Zeit zum Schlafen war. Er verließ schlurfend das Bad und ließ sich aufs Bett fallen. Jules verschränkte die Hände hinter dem Kopf und dachte an Luce.

Die Nachricht, dass sich Luce ein Zimmer mit Jason teilte, hatte ihn wie ein Schlag getroffen. Was war nur los mit ihr? Er ballte seine Hände und schlug hart auf das Bett. Jason versuchte, ihm sein Mädchen wegzunehmen: das würde er auf keinen Fall akzeptieren. Oder hatte er etwas falsch verstanden? Luce hatte seinen Kuss erwidert und sich mit ihm aufs Bett gleiten lassen. Die leidenschaftlichen Küsse waren eindeutig gewesen. Auch Luce wollte mehr: da war sich Jules sicher. Konnte er sich so täuschen? Er atmete tief ein. Er würde mit Blondie ein ernstes Gespräch führen müssen – und das am besten sofort. Er versuchte sich aufzusetzen, was ihm aber nicht gelang. Zu sehr schmerzte sein Körper und die Müdigkeit übermannte ihn. Er ließ sich wieder fallen und schloss die Augen. Bilder quälten ihn: Jason und Luce, die eng umschlungen im Bett lagen und sich hingebungsvoll küssten; ein rot glühender Lichtball, der durch ihn hindurchgeschwebt war und ihn gerettet hatte und Mel, die sich fest an seine Brust gedrückt hatte. Ein unbekanntes Kribbeln ging durch seinen Körper und Jules fragte sich, was das zu bedeuten hatte. Mit einem tiefen Seufzer drehte er sich auf die Seite. Er konnte keinen klaren Gedanken mehr fassen. Die Müdigkeit hatte gesiegt und riss ihn in die Dunkelheit.

♡

Jason knallte die Tür hinter sich zu und warf sich auf die Couch. Luce hatte ihn erneut für Jules stehen lassen. Warum tat sie das? Die ganze Zeit, in der sie zusammen waren, hatte Jason das Gefühl, dass auch Luce ihn wollte. Die Berührungen im Bett und die leidenschaftlichen Küsse fühlten sich echt an. Es konnte nicht sein, dass sie die gleichen Gefühle für Jules empfand. Nein, es durfte nicht sein. Er setzte sich auf und überlegte, ob er zu ihr gehen sollte. Aber was sollte er sagen? Bis jetzt hatte Luce mit keinem Wort darüber gesprochen, ob sie zusammen waren oder nicht. Vielleicht hatte sich Jason in ihr getäuscht. Traurig blickte er zur Tür, ließ sich wieder fallen und schloss seine Augen. Er konnte nur an Luce denken: an ihre grünen Augen, die ihn sehnsuchtsvoll anschauten, ihr Lächeln und ihre zarten Berührungen. Was hatte dieses Mädchen nur an sich? Ein Blitz schoss durch seinen Körper, seine Muskeln verkrampften und er biss die Zähne fest zusammen. Was sollte er tun?

♡

»Was war das gerade?« Mel, die sich aufs Bett geworfen hatte, starrte Luce vorwurfsvoll an. »Bist du jetzt mit Jules zusammen?«

»Ich, nein, aber ich …« Luce brachte keinen sinnvollen Satz heraus.

Sie wusste selbst nicht, warum sie auf Jules zugestürmt war und ihn geküsst hatte. Nach dem Duschen hatte sie sehnsüchtig auf Jason gewartet und war eingeschlafen. Nachdem sie von Stimmengewirr geweckt worden war, eilte sie in die Halle, sah Jules und war überglücklich, ihn unversehrt zu sehen, dass die Freude darüber mit ihr durchging. Dass sie Jason verwirren oder verletzen könnte, bedachte sie nicht.

»Ich habe Mist gebaut, oder?« Luce warf sich zu Mel aufs Bett, drückte sich an sie und schluchzte. »Was soll ich denn jetzt tun?«

»Na, zu ihm gehen, du Dummerchen!« Mel kniff ihr sanft in den Arm und deutete auf die Tür.

»Ich bin froh, dass es dir gut geht und wir wieder zusammen sind. Soll ich nicht lieber bei dir bleiben?« Luce kuschelte sich fester an Mel und blickte fragend zu ihr auf.

»Du wirst dich nicht vor einem Gespräch mit Jason drücken! Geh zu ihm! Oder geh zu Jules!«

»Jason ...«, flüsterte Luce leise.

»Gut, dann ist ja eine Entscheidung gefallen!« Mel rappelte sich auf, zerrte Luce mit sich und ging zur Tür.

»Morgen will ich aber alles bis ins kleinste Detail wissen!« Mel zwinkerte Luce zu. »Ich habe auch tolle Neuigkeiten. Aber das kann bis morgen warten.«

»Was denn für Neuigkeiten? Mel! Ich kann doch jetzt nicht einfach so gehen.« Luce sah sie vorwurfsvoll an.

»Du hast etwas mit meinem Bruder zu klären. Und das ist jetzt wichtiger. Sei mir nicht böse, aber ich bin wirklich müde und will nur schlafen.« Mel drückte ihr einen Kuss auf die Wange und öffnete die Tür.

»Aber du bist mir genauso wichtig! Mel, erzähl es mir. Ich kann morgen mit Jason sprechen!«

»Das kannst du vergessen! Nach dieser Sache in der Halle musst du sofort mit ihm sprechen! Und jetzt los! Wir reden morgen miteinander, versprochen.« Mel drückte Luce aus dem Raum, zwinkerte ihr noch einmal zu und schloss die Tür.

Luce starrte in den leeren Flur. Eine leichte Übelkeit breitete sich in ihrem Magen aus. Zögernd machte sie sich auf den Weg, obwohl sie lieber bei Mel geblieben wäre, denn sie hatten einander so viel zu berichten. Angst stieg in Luce auf: sie wusste nicht, wie Jason reagieren würde, wenn sie jetzt bei ihm auftauchte. Nervös blickte sie sich noch einmal zur Tür um, die fest verschlossen war und ging los.

Ein harter Aufprall, der Luce ins Straucheln brachte, riss sie aus ihren Gedanken. Sie konnte sich gerade noch an der Steinwand abstützen. Es war Karim, der nicht so viel Glück hatte und mit voller Wucht auf den harten Boden fiel. Schmerzerfüllt sah er Luce an und versuchte aufzustehen. Luce reichte ihm die Hand und half ihm auf.

»Es tut mir leid. Ich habe dich nicht gesehen. Hast du dir wehgetan?«

»Nein, alles bestens. Mir fehlt nichts. Ich wollte dir und Jason frische Kleidung bringen.« Er schaute auf die Kleidungsstücke, die im Flur verteilt lagen.

»Oh, okay. Wie gesagt, es tut mir furchtbar leid. Soll ich dir die Sachen abnehmen?«

»Nein, schon gut. Wo willst du hin?« Er sammelte die Klamotten ein und blickte sie fragend an.

Luce half ihm, die Sachen aufzuheben, und murmelte leise: »Ich suche Jason.«

»Er hat sich in den Aufenthaltsraum zurückgezogen. Das ist die erste Tür vor der Eingangshalle. Oder die letzte, von dir aus gesehen.« Er lachte sie an und deutete auf die Tür.

»Vielen Dank«, sagte Luce und huschte an ihm vorbei, um die Röte, die gerade in ihr Gesicht stieg, vor ihm zu verbergen.

Sie ging den Flur entlang und wandte sich zu Karim um, der aber nicht mehr zu sehen war. Im Gebäude war es still: nur der Wind pfiff durch einige undichte Stellen, wodurch Luce eine Gänsehaut bekam. Oder lag es an der Nervosität, die sich ihrer bemächtigte? Sie hatte Jason verletzt, das stand fest. Vielleicht würde er sie gar nicht erst ins Zimmer lassen, sie fortschicken und nie wieder beachten. Sie zitterte am ganzen Leib und ihr Herz schlug bis zum Hals, als sie vor der Tür stand und leise anklopfte.

Nichts war zu hören und niemand öffnete ihr. Sie klopfte erneut, dieses Mal etwas lauter: wieder geschah nichts. Sie senkte ihren Kopf, lehnte ihn an die Tür und rief nach Jason. Tränen liefen ihr über die Wangen, sie atmete tief ein und wollte gerade wieder gehen, als sich die Tür langsam öffnete und Jason vor ihr stand.

Schwungvoll ließ Luce sich an seine Brust fallen. »Es tut mir leid. Bitte verzeih mir.«

Sie schluchzte, drückte sich fester an seine Brust und krallte sich mit ihren Händen in seinen Rücken, bis er ein leichtes Stöhnen von sich gab. Wortlos hob er sie hoch und brachte sie zur Couch. Er setzte sie ab, musterte sie von oben bis unten. Seine Augen funkelten vor Wut, seine Hände waren zu Fäusten geballt und er atmete schwer ein und aus. Allmählich machte er Luce Angst. So hatte sie ihn nur gegenüber den Sklavenhändlern erlebt. Was würde er mit ihr tun? Er sah so wütend aus, dass sie ihre Beine zu sich hochzog und ihn angsterfüllt ansah.

»Jason, es tut mir leid. Wirklich. Ich weiß nicht, was in mich gefahren ist. Als ich Jules sah und er unverletzt war, sind die Pferde mit mir durchgegangen. Ich wollte ihn gar nicht küssen. Bitte glaub mir.« Luce hatte Tränen in den Augen. »Ich will nur dich«, flüsterte sie.

Eine eisige Stille hatte sich im Raum ausgebreitet und Jason schwieg noch immer.

»Bitte sag doch was!«, flüsterte Luce.

Jason wandte sich von ihr ab. Er ging auf die kleine Küche zu und starrte an die Wand.

Luces Gefühle überschlugen sich: sie hatte ihn verletzt. Tränen kullerten unaufhaltsam über ihre Wangen. Was sollte sie jetzt tun? Sie erhob sich, ging auf ihn zu und lehnte den Kopf an seinen Rücken.

»Es tut mir leid.«

»Ach, wirklich?«, raunte Jason. »Da bin ich mir nicht so sicher!«

Er löste sich von ihr, ging zum Sofa und ließ sich auf sie fallen. Luce presste ihre Lippen zusammen. Was sollte sie denn noch sagen? Sie hatte sich für ihn entschieden und wollte mit ihm zusammen sein. Dass er sie ignorierte, machte sie wütend. Sie folgte ihm und bäumte sich vor ihn auf.

»Was vorhin passiert ist, kann ich nicht mehr ändern! Ich habe mich in dich verliebt und mich für dich entschieden. Und wenn du mir das nicht glaubst, dann ist es eben so!« Tränen liefen über ihr Gesicht.

Luces Blicke durchdrangen Jason, der nicht einmal zu ihr aufgeschaut hatte. Mit einem tiefen, traurigen Seufzen drehte sich Luce um und ging zur Tür.

»Mach das nie wieder!«

Luce erstarrte: Jasons Worte klangen traurig und verletzt.

»Bist du dir sicher, dass du dich entschieden hast? Du kannst uns nicht beide haben!«, knurrte er.

Er hatte recht: Beide konnte Luce nicht haben. Sie musste sich entscheiden – was sie getan hatte. Es war von Anfang an klar gewesen, dass sie ihn wollte. Sie wandte sich um und schaute in Jasons blaue Augen, die sie fragend musterten.

»Ich bin mir sicher!«

Luce ging zur Couch und setzte sich zu ihm. Die Anspannung war groß: sie schwiegen und starrten gedankenverloren ins Zimmer.

Würde Jason ihr glauben? Oder war es zu spät? Luce konnte das Schweigen kaum ertragen. Immer wieder sah sie verstohlen zu Jason, der seinen Kopf zurückgelehnt hatte. Seine Augen waren geschlossen, er atmete schwer. Worüber denkt er nach, fragte sich Luce. Sollte sie den ersten Schritt machen? Sollte sie gehen? Die Fragen zuckten durch ihren Kopf. Auch sie ließ sich zurückfallen, lehnte ihren Kopf an die Couch und schloss die Augen. So schnell würde Jason sie nicht loswerden – auch wenn sie die ganze Nacht schweigend neben ihm sitzen musste, um zu beweisen, dass sie ihn wollte.

Plötzlich hatte Luce das Gefühl zu explodieren. Warme Lippen trafen auf die ihren und alles in ihrem Körper kribbelte. Das Blut schoss durch ihre Adern und sie krallte ihre Hände in das Sitzkissen der Couch. Jason küsste sie leidenschaftlich, schlang seine Arme um sie, zog sie an sich und sah ihr tief in die Augen.

»Bist du dir ganz sicher?« Sein Blick durchdrang sie.

»Ja, das bin ich«, flüsterte sie ihm ins Ohr.

Erneut küsste er sie – ganz sanft, dann intensiver. Ihre Zungen berührten einander, sie atmeten schnell und beide konnten das Herz des anderen hören.

Atemlos schob Luce Jason ein Stück von sich. Sie blickte ihm in die Augen und lächelte ihn verliebt an. Ihre Hände glitten an seiner Brust entlang, bis Luce seinen Hosenbund erreicht hatte. Blitzartig schnellte Jason hoch und ließ sie verstört auf dem Sofa sitzen.

»Jason?«

»Dieses Mal stört uns niemand!«, rief er ihr zu, sprang zur Tür, um sie abzuschließen. Dann ging er auf sie zu, half ihr auf und glitt unter ihr T-Shirt, das er ihr langsam über den Kopf zog. Er küsste ihren Hals, glitt hinunter zu ihrer Schulter und öffnete dabei ihren BH. Luce stöhnte vor Erregung auf.

Sie zerrte an seinem Shirt, aber ihre zittrigen Hände schafften nicht, es Jason über den Kopf zu ziehen. Er half ihr dabei und sie fielen dabei lachend auf das Sofa. Lange und intensiv schaute er ihr in die Augen, bis Luce ihn leidenschaftlich an sich riss und ihre Beine um seine Hüften schlang.

»Ich will dich, Jason. Jetzt und hier!«, hauchte Luce ihm ins Ohr.

Langsam öffnete sie seine Hose und schob sie mit ihren Händen nach unten, bis er ihr dabei half, sie ganz auszuziehen. Sie machte sich an seine Boxershorts und zog sie ihm ebenfalls aus. Er lag nun nackt auf ihr und Luce genoss alles, was sie an ihm spüren konnte. Seine warme, weiche Haut hinterließ eine Gänsehaut auf ihrem Körper und sie bäumte sich auf, als er begann, ihre Brüste zu küssen. Alles drehte sich: tausend Schmetterlinge sausten durch ihren Bauch und ihre Beine kribbelten. Luce glühte vor Erregung und konnte es kaum erwarten, bis Jason sie komplett ausgezogen hatte. Es brachte sie um den Verstand, seine nackte Haut auf der ihren zu spüren. Sie wollte ihm so nah wie möglich sein.

»Es ist mein erstes Mal«, flüsterte sie und sah ihm ängstlich in die Augen.

»Ich bin ganz vorsichtig, versprochen.«

Erneut küsste er sie, tauchte tiefer hinab, bis er dort angekommen war, wo es bei ihr am stärksten zuckte. Seine Berührungen ließen sie aufstöhnen und sie krallte sich in die Kissen. Immer wieder liebkoste er sie, bis Luce sich ein Kissen vor das Gesicht drücken musste, damit nicht im ganzen Gebäude ihr Aufschrei zu hören war. Sie zuckte unkontrolliert, wand sich hin und her. Als Jason wieder zu ihr hochkroch, flüsterte er ihr zu: »Ich hole schnell ein Kondom.«

Ohne auf ihre Antwort zu warten, sprang er auf, zerrte an seiner Hosentasche, holte ein Kondom heraus und öffnete die Verpackung. Aufmerksam verfolgte Luce, wie er es sich überzog und zu ihr auf die Couch zurückkehrte. Sie küssten einander leidenschaftlich und Jason spreizte ihre Beine. Vorsichtig drang er in sie ein und bewegte sich langsam vor und zurück. Er beobachtete Luce bei jeder Bewegung und sie schlang die Arme um seinen Hals. Sie liebte das Gefühl, ihm so nah zu sein, ihn zu spüren und ihn zu riechen. Die Bewegung, die nun schneller wurde, reizte sie so sehr, dass sie laut stöhnte und ihr Gesicht in seiner Schulter vergrub. Luce war kurz davor zu explodieren und konnte sich nicht mehr zurückhalten: sie schrie laut auf, zitterte am ganzen Körper. Auch Jason stöhnte und presste sich fest auf ihren Unterleib, bis er seinen Kopf zurückschnellen ließ und die Augen schloss. Beide erlebten gerade ihren ersten Höhepunkt zusammen und es war wunderbar. Sie blickte Jason verliebt an, der sich ihr wieder zugewandt hatte, und lächelte ihn liebestrunken an. Luce nahm sein Gesicht in beide Hände und küsste ihn, bis sie sich aneinanderschmiegten und die Augen schlossen. Luce flüsterte »Ich liebe dich«, dann schlief sie ein.

Jasons innere Uhr ließ ihn aus dem Schlaf hochschrecken. Er schaute sich um, aber der Raum sah aus, wie er ihn vor wenigen Stunden betreten hatte. Die kleine Lampe, die auf der Küchenanrichte stand, leuchtete noch immer und tauchte das Zimmer in ein warmes Licht. Der Aufenthaltsraum hatte keine Fenster, man konnte nicht erkennen, wie spät es war. Vorsichtig versuchte er, sich von Luce zu lösen, die sich bei ihm angekuschelt hatte und fest schlief. Er sah auf sie hinunter, streichelte ihre Wange und drückte ihr einen leichten Kuss auf den Mund. Was er mit ihr erlebt hatte, war wunderbar. Sie hatte sich ihm voll und ganz hingegeben und ihm gesagt, dass auch sie ihn wollte. Jason hatte kaum die Finger von Luce lassen können, bis sie erschöpft und glücklich eingeschlafen war. Ein Mädchen so zu spüren, darauf hatte er lange gewartet. Jason hatte schon mit einigen Mädchen geschlafen: aber Sex mit jemandem, den man liebt, war etwas anderes – intensiver, gefühlvoller und leidenschaftlicher.

Jason versuchte sich aus ihrer Umklammerung zu befreien, als kleine Fingerkuppen ihn am Rücken streichelten. Luce blinzelte mit den Augen, lächelte ihn an und zog ihn wieder zu sich.

»Wo willst du denn hin?«, hauchte sie.

»Ich wollte nur schauen, wie spät es ist.«

»Nein! Bitte lass uns noch ein bisschen hierbleiben und die Zeit genießen.«

Er legte sich wieder zu Luce: sie krabbelte auf ihn, legte sich auf seine Brust und spielte mit seinen Fingern.

»Wenn du so weitermachst, kann ich für nichts garantieren.« Jason grinste.

Luce war beinahe ohnmächtig geworden, als sie mit ihm geschlafen hatte, so intensiv hatte sie ihn gespürt. Ihre Haut, ihre Haare, nein, ihr ganzer Körper hatte seinen Geruch angenommen, den sie so liebte. Sie fühlte sich unbeschreiblich gut, zufrieden und glücklich. Sie wollte die gemeinsame Zeit weiter genießen. Bald würde sie sich mit den anderen auseinandersetzen, sich mit dem Artefakt beschäftigen und nicht zuletzt mit Jules befassen müssen, worauf sie keine Lust hatte. Er würde zusammenbrechen, wenn sie ihm sagte, dass sie und Jason nun ein Paar seien und miteinander geschlafen hätten. Daran wollte sie nicht denken: sie wollte Jason noch einmal intensiv spüren, sich an ihn kuscheln und seinen Duft einatmen. Langsam bewegte sie ihren Unterleib, schaute Jason dabei tief in die Augen und grinste ihn an.

»Luce ...« Es fiel Jason schwer, ihr zu widerstehen – ihre nackte Haut auf seinem Körper erregte ihn.

»Wir können das jetzt nicht tun. Es ist nichts mehr da zum ...«

Er konnte den Satz nicht mehr beenden, da jemand laut an der Tür klopfte. Luce zuckte zusammen, kroch unter die Decke und zog sie bis zum Hals hoch. Stöhnend raffte sich Jason auf, zog sich an und ging zur Tür.

»Wer ist da?«

»Ist Luce bei dir?« Eine zittrige, wütende Stimme drang durch das Holz.

Es war Jules, der wie entfesselt mit dem Fuß gegen die Tür trat. Luce schüttelte den Kopf und bat Jason flüsternd, er solle ihm sagen, dass sie nicht da sei. Verwirrt schaute er sie an, bis sie aufstand, sich die Decke um den Körper schwang und zu ihm eilte.

»Bitte, Jason, sag ihm, dass ich nicht hier bin. Ich kann ihm das jetzt nicht antun. Ich möchte in Ruhe mit Jules darüber sprechen.

Bitte.« Flüsternd bettelte sie ihn an. »Bitte!«

»Hau ab, Jules. Luce ist nicht hier und ich bin gerade erst aufgewacht. Also verschwinde!«, rief Jason.

Jason und Luce hörten Jules davongehen. Erleichtert atmete Luce aus und begab sich wieder zur Couch.

»Wann willst du denn mit ihm sprechen?« Jason klang rau und ein wenig wütend.

»Bald.«

Er ging auf sie zu und schaute ihr eindringlich in die Augen. »Und wann wird *bald* sein?«

»Ich weiß es nicht, Jason. Können wir unsere Beziehung noch ein wenig geheim halten? Es ist so viel passiert in den letzten Tagen. Ihm jetzt zu sagen, dass wir ein Paar sind, würde ihn umbringen. Kannst du das verstehen?« Luce schaute ihn fragend an.

»Nein, kann ich nicht. Aber wenn du es so möchtest, dann machen wir es so.«

Sie senkte ihren Kopf, atmete tief ein. Mit einem großen Schritt ging sie auf ihn zu und gab ihm einen Kuss. Luce löste sich von ihm und genau in diesem Moment fiel die Decke, die sie sich umgewickelt hatte, zu Boden: sie stand nackt vor Jason. Seine Blicke wanderten über ihren Körper. Mit einem festen Handgriff zog er sie an sich und küsste Luce so intensiv, dass beinahe ihr Herz stehen blieb. Atemlos löste sie sich von ihm.

»Wir sollten uns anziehen. Offenbar werden wir bereits vermisst. Obwohl ...« Sie grinste Jason an, wandte sich aber hastig wieder von ihm ab.

Auch sie konnte die Finger nicht von ihm lassen. Da Jules nach ihr suchte, würden sich die anderen bald anschließen. Luce sammelte ihre Sachen ein und zog sich an. Gedankenverloren beobachtete sie Jason, der das Zimmer wieder auf Vordermann brachte. Sie war ihm dankbar, dass er ihre Beziehung Jules gegenüber geheim halten würde. Luce befürchtete Jules' Gefühle so stark zu verletzen, dass er nie wieder mit ihr reden würde. Sie liebte ihn – aber eben als Freund, als ihren besten Freund. Ein weiteres Problem bereitete ihr Kopfschmerzen: Wie würde sie unentdeckt aus dem Zimmer kommen? Eine Begegnung mit Jules würde sie nicht verkraften. Ihre Gedanken waren bei Jason und der wunderbaren Nacht, die sie gemeinsam verbracht hatten: Jules würde ihr ansehen, dass sie verändert war und sie etwas beschäftigte. Fieberhaft überlegte Luce, wie sie das umgehen könnte. Ohne Jasons Hilfe würde sie das nicht schaffen. Ein guter Plan musste her.

Sie schlich auf Jason zu, steckte ihre Hände in die Hosentaschen und senkte ihren Blick, als sie vor ihm stand.

»Hilfst du mir, unentdeckt aus dem Zimmer zu kommen?«

Er sah sie mit seinen großen, blauen Augen an und lächelte verschmitzt.

»Und was bekomme ich dafür?«

Sie war seinem Gesicht ganz nah und hauchte: »Mich!«

»Aber dich habe ich doch schon!« Er zog sie an sich und zwickte sie in den Po.

»Vielleicht hast du mich – vielleicht aber auch nicht.« Luce deutete einen Kuss an, zog sich grinsend, ohne seine Lippen berührt zu haben, wieder zurück und ließ ihn zappeln.

»Also was nun, hilfst du mir?«

Er nickte ihr schelmisch zu und zog sich seine Jacke über.

Vorsichtig öffnete Jason die Tür, lugte um die Ecke, um Luce ein Zeichen zu geben, dass der Weg frei sei. Aufgeregt trat sie hinaus, blickte sich nervös um und schlich durch den Flur. Jason, der noch immer grinste, folgte ihr. Sie warfen einander verliebte Blicke zu, als sie unerwartet auf Jules stießen, der gerade die Treppe hinunterkam.

»Da bist du ja. Ich habe dich überall gesucht!«, polterte er.

»Äh, ja, ich war … Ähm …« Luce sah ihn erschrocken an, stammelte und blickte zu Jason.

»Sie war draußen. Ich habe sie zufällig getroffen, als ich ein wenig frische Luft schnappen wollte.«

»Ja, genau, ich war draußen. Hier gibt es ja keine Fenster. Ich wollte den Sonnenaufgang bewundern und die frische Luft genießen.« Ein breites Grinsen huschte über Luces Gesicht: dankbar sah sie Jason an, der ihr zuzwinkerte, um sich sofort wieder Jules zuzuwenden.

Ungläubig starrte Jules die beiden an, ließ sich aber von Luces liebevollen Blicken betören und lächelte.

»Luce, ich würde gern mit dir reden. Ich möchte wissen, was passiert ist und wie es dir geht. Können wir irgendwo hingehen, wo wir ungestört sind?«

Seine Stimme klang warm, liebevoll und ein wenig flehend, wodurch Luce ein schlechtes Gewissen bekam: sie konnte und wollte jetzt auf keinen Fall mit ihm sprechen. Luce war nach der aufregenden Nacht mit Jason viel zu aufgewühlt und obwohl es ihr einen heftigen Stich ins Herz versetzte, wich sie Jules aus.

»Jules, sei mir nicht böse, aber ich möchte erst einmal duschen. Können wir danach miteinander reden?«

»Ja, natürlich, kein Problem.« Traurig schaute er zu Boden und atmete tief ein.

»Eine Dusche wäre jetzt genau das Richtige«, verkündete Jason. »Ich begleite dich.«

Luce schaute Jason verdutzt an. Sie wollten ihre Beziehung doch geheim halten – und nun trompetete er in Jules' Gegenwart, dass er mit ihr duschen gehen wollte? Die Röte stieg ihr ins Gesicht: sie schaute verlegen zu Jules, der sie mit fragenden Blicken musterte.

»Während du duschst, werde ich mich zu meinem Schwesterchen gesellen. Aber wehe, du klaust mir das ganze heiße Wasser!« Jason grinste beide an und machte sich auf den Weg zum Gästezimmer.

»Wenn er mitgeht, dann gehe ich auch mit!« Jules hakte sich bei Luce unter, die mit den Augen rollte, und zog sie durch den Flur mit sich ...

Kapitel 23

»ES IST NICHT WICHTIG WAS FALSCH UND WAS RICHTIG IST, SOLANGE DU FÜR DICH IM GLEICHGEWICHT BIST.«
@QUEENSOFDAYDREAMS

Das heiße Wasser strömte an Luces Körper hinab. Sie stand mit dem Kopf an die Wand gelehnt und genoss jeden einzelnen Tropfen, der ihre Haut massierte. Ihre Gedanken kreisten und sie hatte noch immer das Gefühl, als würde Jason sie berühren. Die Nacht mit ihm war wunderschön gewesen, dass sie an nichts anderes denken konnte. Sie sehnte den Abend herbei, um wieder bei ihm sein zu können. Das Verlangen nach seiner Nähe ließ das Kribbeln wieder aufsteigen: ihre Beine wurden weich. Sie konnte sich auf nichts anderes mehr konzentrieren – dabei musste sie doch den Auftrag erledigen das Artefakt zu finden, um ihre Eltern aus der Gewalt Argors zu befreien.

Sie löste sich widerwillig von dem heißen Wasser, um sich abzutrocknen. Mel platzte unerwartet herein.

»Sorry, Luce, aber ich dachte, du möchtest dir vielleicht neue Klamotten anziehen, und das nicht unbedingt vor den Jungs.« Sie hielt ihr eine Hose, ein T-Shirt und frische Unterwäsche hin.

»Du bist ein Schatz, vielen Dank.« Luce hatte sich das Handtuch um den Körper gebunden und lächelte Mel an.

»Und jetzt erzähl! Was ist passiert zwischen dir und Jason?« Aufgeregt hatte Mel die Tür geschlossen, sich auf den Waschtisch gesetzt und starrte sie neugierig an.

Luce errötete, schaute verlegen auf den Boden und stammelte vor sich hin: sie wollte das mit Jason niemandem erzählen. Aber irgend jemandem musste sie davon erzählen, sonst würde sie platzen. Und da Mel ihr mittlerweile so ans Herz gewachsen war, wie eine richtig gute Freundin, schoss es ungebremst aus ihr heraus. Sie erzählte Mel jedes Detail, schwärmte von den Berührungen, von den Küssen und von dem Sex, den sie hatten.

»Bitte, Mel, behalte es für dich. Wir haben uns darauf geeinigt, niemandem davon zu erzählen. Vor allem aber nicht Jules. Jetzt, wo er mir seine Liebe gestanden hat, würde es ihm das Herz brechen.« Flehentlich sah sie auf das hübsche Mädchen mit dem breiten Grinsen im Gesicht.

»Ich weiß gar nicht, wie du das nicht längst merken konntest. Ich glaube, Jules ist schon seit Ewigkeiten in dich verliebt!«

»Ich weiß es auch nicht. Ich hätte nie im Traum daran gedacht, dass Jules mich auf diese Weise lieben würde.« Nachdenklich schaute sie in den Spiegel, musterte sich und seufzte. »Aber ich kann es nicht ändern. Ich habe mich in Jason verliebt und möchte mit ihm zusammen sein.« Langsam kleidete sie sich an und zog ihr T-Shirt zurecht.

»Du musst es Jules erzählen, Luce. Lass ihn nicht zu lange warten. Man kann nämlich sehr genau sehen, wie verliebt du in Jason bist.«

»Du hast ja recht. Aber nicht heute. Wir müssen uns um Argor kümmern. Ich weiß zwar noch nicht wie, aber vielleicht kann Nael uns helfen. Apropos Nael! Läuft da etwas zwischen Euch?«

Verblüfft sah Mel sie an. »Was, nein! Er ist doch viel zu alt für mich. Er ist wie mein zweiter Bruder. Du nun wieder. Deine Hormone drehen wohl gerade durch!« Mel sprang schwungvoll vom Waschtisch und schüttelte wild den Kopf.

Beide lachten herzhaft, als Jason an die Tür klopfte. »Könnt ihr euch mal etwas beeilen. Ich würde auch gern noch unter die Dusche!«

Mel verdrehte die Augen, hüpfte zur Tür und entriegelte sie.

»Ja, ja, Bruderherz. Wir sind ja schon fertig.« Sie öffnete die Tür, schlüpfte hinaus und Jason trat herein. Er schob sich an Luce vorbei, berührte dabei ihre Hand und lächelte sie verschmitzt an.

»Beim nächsten Mal duschen wir zusammen«, flüsterte er ihr zu.

Luce lächelte ihn verliebt an und stolperte aus dem Bad. Er machte sie verrückt: diese kleine Berührung erregte sie so sehr, dass sie sich kaum halten konnte. Wie gern wäre sie bei ihm geblieben, hätte sich mit ihm zusammen unter die Dusche gestellt und ihn geküsst. Das alles musste warten - bis heute Abend, wenn sie heimlich zu ihm gehen würde.

Nachdem Jason frisch und munter die Dusche verlassen hatte und Luce den eindringlichen Blicken von Jules immer wieder ausgewichen war, erzählte Mel von ihrer neu gewonnen Fähigkeit. Jason riss seine Augen auf und starrte Mel mit offenem Mund ungläubig an. Er schien so überwältigt von der neuen Fähigkeit seiner Schwester zu sein, dass es ihm glatt die Sprache verschlug. Jules, der hin und wieder weitere Details einwarf, die Mel in der ganzen Aufregung vergessen hatte, nickte ihr anerkennend zu.

»Wahnsinn! Du hast Jules gerettet!« Luce ging auf Mel zu, nahm sie fest in den Arm und drückte sie, bis Mel nach Luft rang.

Die Geschichte zu hören, wie Jules fast umgekommen wäre, ließ Luce einen kalten Schauer über den Rücken laufen. Ihre Nackenhaare sträubten sich und sie sah dankbar zu ihrer Freundin. Was hätte sie getan, wenn Jules es nicht überlebt hätte? Gleichzeitig war sie wütend auf Keil und Luna, wie sie vorher noch nie auf jemanden gewesen war – abgesehen von den Männern, die sie entführt hatten und verkaufen wollten: besonders für den Mann, der sie vergewaltigen wollte, empfand sie abgrundtiefen Hass. Ihre Gefühle übermannten sie, ihr Herz pochte und ein leichter Schmerz durchzuckte ihren Kopf. Bilder, wie Jules an dem Ast hing und panisch wimmerte, sah sie in Gedanken vor sich. Sie war kurz davor gewesen, ihm doch alles von Jason und ihr zu erzählen: sie wollte nicht mit dem schlechten Gewissen leben. Aber jetzt, nachdem sie erfahren hatte, dass er beinahe gestorben wäre, konnte sie es nicht übers Herz bringen. Die Gefahr war nun noch größer, dass er zusammenbrechen würde.

»Weißt du noch, wie du das gemacht hast?« Jasons Stimme riss Luce aus ihren Gedanken.

Sie schüttelte sich, konzentrierte sich wieder auf Mel, die mit den Achseln zuckte.

»Ich habe keine Ahnung.« Mel blickte ihren Bruder an, der im Raum auf und ab ging und sich durch seine blonden Haare fuhr.

»Wir müssen mit Nael sprechen. Vielleicht hat er eine Erklärung und kann uns weiterhelfen«, murmelte Jason zu sich selbst.

In diesem Moment klopfte es. Jason öffnete die Tür und Karim stand mit einem breiten Lächeln vor ihm.

»Nael schickt mich. Er möchte euch in seinem Büro sehen.«

Karims Blick wanderte über Jules zu Luce und dann blieben seine Augen auf Mel hängen, die er mit anerkennenden Blicken musterte.

Sie schenke ihm ein liebevolles Lächeln, zog sich ihre Schuhe an und ging zur Tür.

»Na dann mal los.« Schon hatte Mel das Zimmer verlassen.

Karim folgte ihr hastig und auch Jules machte sich auf den Weg, ohne Luce aus den Augen zu lassen. Seine Blicke zerrten an ihren Nerven, sie fühlte sich von ihm beobachtet und kontrolliert. Seine Augen waren eindringlich auf sie gerichtet, dass sie es kaum wagte, Jason auch nur einen Blick zu zuwerfen. Mit einem tiefen Seufzen ging sie auf ihn zu, drängelte sich an ihm vorbei und schloss sich Mel und Karim an.

Karim schwatzte unentwegt und Mel, die mit ihren Gedanken weit weg zu sein schien, lächelte ihn freundlich an und nickte ihm höflich zu. Sein pausenloses Plaudern ließ auch Luce in Gedanken versinken. Sie dachte an Jules, an Jason und an das, was noch zwischen ihnen geschehen würde: woran sie nicht dachte, war die Tatsache, dass sie einen Auftrag zu erledigen hatte. Mittlerweile waren vier Tage vergangen, ohne dass sie einen weiteren Hinweis gefunden hatte, wo sich das Artefakt befinden könnte. Langsam schlich die Angst in ihr hoch. Sie sollte sich besser von den Jungs fernhalten und sich auf die Suche nach der Meerjungfrau machen: es war zum Verzweifeln. Nun hatte sie einen Jungen kennengelernt, in den sie sich nicht nur verliebt hatte, sondern ohne den sie nicht leben wollte, und jetzt musste sie einen Auftrag erledigen, der ihren Eltern das Leben retten könnte. Luce hoffte, dass sie keine Entscheidung treffen müsste zwischen dem Verliebtsein und der Aufgabe, den Auftrag konzentriert und ohne Ablenkung zu erledigen. Es musste doch möglich sein, beides miteinander zu verbinden!

Nachdenklich schaute sie zu Boden, stieß mit voller Wucht gegen Jason, der sie mit schnellen Schritten auf dem Flur überholt hatte und vor ihr ging. Der Aufprall erzeugte ein heftiges Kribbeln und sie errötete schlagartig: das alles unter den misstrauischen Blicken von Jules.

»Sorry«, stöhnte sie.

Für eine Sekunde versanken Luces Augen in denen von Jason.

Er warf ihr einen liebevollen Blick zu und lächelte sie an. Das warme Gefühl, das ihren Körper wieder durchflutete, erkaltete im Nu unter Jules' eisigen Blicken.

»Da seid ihr ja«, rief Nael ihnen zu.

Luce konnte sich endlich auf etwas anderes konzentrieren als auf Jules' misstrauische Blicke, die sie als sehr belastend empfand. Nael winkte fröhlich und bedeutete allen, dass sie hereinkommen sollten. Außer Karim durfte jeder in das Büro, was dem schlaksigen Jungen überhaupt nicht gefiel, wie man an seiner Haltung erkennen konnte.

»Karim, bitte geh zu Jack und sage ihm, er soll alles vorbereiten.« Karims heiteres Geplapper verstummte. Er nickte und machte sich auf den Weg.

Die anderen betraten den Raum und schauten sich neugierig um. Das Zimmer war nicht groß: es hatte einen Schreibtisch, vor dem zwei gemütliche Sessel standen und ein großes Bücherregal, das die ganze Wand einnahm. Gegenüber stand eine kleine Couch, in die sich Jason und Mel fallen ließen. Auch hier gab es kein einziges Fenster, nur ein paar kleine Stehlampen, die den Raum in ein gemütliches Licht tauchten. Luce fragte sich, zu welchen Zimmern wohl die Fenster gehören mochten, die sie bei ihrer Ankunft gesehen hatte und aus denen das Licht schien. Es mussten die Unterkünfte der Männer sein: wahrscheinlich wollte man es ihnen so angenehm wie möglich machen, damit sie sich hier wohlfühlten.

Sie wurde aus ihren Gedanken gerissen, als Nael sie fragte, wie sie heute Nacht geschlafen habe.

»Ähm ... Gut. Als ich dann endlich schlafen konnte, habe ich gut geschlafen«, stotterte sie.

Jason grinste verstohlen und Mel stieß ihm ihren Ellenbogen in die Seite. Luce zuckte kurz zusammen, als sie aus dem Augenwinkel auf die beiden schaute.

»Das ist schön.« Ohne Umschweife kam Nael auf den Punkt. »Ich habe mich gestern mit Jason unterhalten. Er hat mir die Geschichte erzählt und ich möchte euch helfen. Zuallererst müssen wir klären, ob Haferien wirklich deine Mutter ist, Luce. Sie hat es dir gesagt, ich weiß. Aber ein Bluttest wird es zu hundert Prozent bestätigen können. Wenn das wirklich wahr ist, dann glaube mir Luce, bist du etwas ganz Besonderes. Dann müsstest du noch einmal in die Vergangenheit reisen, damit wir mehr Informationen bekommen, wo sich das Artefakt genau befindet. Jason sagte mir bereits, dass du glaubst, dass dein altes Haus eine Rolle spielt. Ich bin mir aber nicht sicher, ob das auch wirklich so ist. Laut unseren Aufzeichnungen haben sich die Meerwesen aus dem See von Rolu zurückgezogen und sind in ihre eigene, bereits bestehende Welt zurückgewandert. Wahrscheinlich hatte das etwas mit diesem Argor zu tun. Das gilt es nun herauszufinden.«

Luce sah ihn mit großen Augen an. »Also gab es doch Meerjungfrauen in dem See!«

Sie hatte immer daran geglaubt, nur hatte sie sich nie getraut, einem einzigen Menschen davon zu erzählen. Wie hätte das auch geklungen: »In dem See vor unserem Haus schwimmen Meerjungfrauen.« Sie war eine Außenseiterin, wollte die ganze Sache nicht verschlimmern und behielt alles für sich. Sie lächelte in sich hinein und konnte die Bilder von den hübschen singenden Meerjungfrauen in ihrem Kopf sehen. Die bunten Schwanzflossen, die im Sonnenlicht glänzten, ihre Stimmen, die sanft und melodisch klangen, und das freundliche Zuwinken, das Luce immer ein wenig verschreckt hatte.

»Ja, die gab es wirklich. Vor ungefähr acht Jahren haben sie den See verlassen und sind in ihre eigene Welt zurückgekehrt«, erklärte Nael.

»Das war, als ich mit meinen Eltern in die Stadt gezogen bin.« Nachdenklich spielte Luce mit ihren Haaren.

»Hm …, das ist merkwürdig.« Nael ging zu seinem Schreibtisch, tippte etwas in seinen Computer und kratzte sich am Kinn. »Ich habe überprüft, wann es genau war, beziehungsweise, wann die Meerwesen uns bekannt gegeben haben, dass sie diese Welt verlassen. Und es war genau vor acht Jahren. Warum sie gegangen sind, steht hier leider nicht.«

»Also müssen wir eventuell das Artefakt in der Meerwesenwelt suchen«, bemerkte Jason, der sich zu Nael gesellt hatte und gemeinsam mit ihm auf den Bildschirm blickte.

»Ich weiß, das ist jetzt echt eine blöde Frage. Aber gibt es mehr Welten als nur unsere?« Jules, der sich an das Bücherregal gelehnt hatte, schaute fragend zu Nael.

»Ja, es gibt noch einige Welten, in denen sich Lichtler und andere Lebewesen, die zu dem Kreis der Lichterfamilien gehören, niedergelassen haben.« Nael lächelte ihn an.

»Und wie weit sind diese Welten entfernt? Und wie kommt man dahin? Und kann man sie von unserer Welt aus sehen?« Aufgeregt trat Jules an Nael heran.

Es war Jason, der antwortete. »Ganz ruhig, Brauner! Du bekommst es noch früh genug mit. Nämlich dann, wenn wir in eine dieser Welten reisen müssen. Es sei denn, du bleibst hier, wovon ich mal ausgehe, denn in der Regel bekommen nur wenige Personen eine Einladung für so eine Reise.« Jason lachte und Jules durchbohrte ihn mit bösen Blicken.

Luce sah zu Mel hinüber und rollte mit den Augen. Die beiden werden sich nie einig sein, geschweige denn anfreunden, was die Situation nicht leichter machte. Sie wollte mit Jason zusammen sein, aber sie wollte auch mit Jules befreundet bleiben, ohne dass sie immer zwischen den Stühlen stand. Mel zuckte mit den Schultern und sah zu Jules und Jason.

»Wie sollen wir in die Meerwesenwelt kommen? Habt ihr hier ein Portal?«, fragte Mel, wandte den Blick zu Nael und sah ihn mit großen Augen an.

»Selbstverständlich haben wir hier ein Portal. Es müsste nur ein bisschen gesäubert werden. Es wurde schon lange nicht mehr genutzt, dass es wohl ein wenig eingerostet ist. Es befindet sich unten im Keller, also im Berginneren, gleich neben den Eingängen zu den Tunneln. Natürlich geschützt durch eine Tür, die die Zwerge für uns hergestellt haben.«

Ein Klopfen unterbrach das Gespräch und die Tür wurde vorsichtig geöffnet. Ein kleiner dicklicher Mann mit einem Koffer trat herein und schaute verlegen zu Nael, der ihn heranwinkte.

»Hast du alles dabei, Jack?« Der Mann nickte aufgeregt und seine graublauen Augen leuchteten.

Er ging zu dem kleinen Tisch vor der Couch und legte seinen Koffer darauf. Vorsichtig holte er Spritzen, Kanülen, Gummimanschette, Desinfektionsmittel, Druckverband und Pflaster aus der

Tasche. Er ordnete alles der Reihenfolge nach an.

»Bei wem darf ich mich heute austoben?«, fragte er und ließ seinen Blick im Zimmer umherschweifen, bis er seine Augen auf Luce richtete und sie von oben bis unten musterte. »Du bist bestimmt Luce. Dann haben wir das Vergnügen heute zusammen. Hallo, ich bin Jack, der Bergdoktor.« Er lachte und bat sie, zu ihm zu kommen.

Es ging alles ganz schnell: Luce setzte sich auf die Couch, Jack stach ihr die Kanüle in die Vene, zog ein wenig Blut heraus und schon hatte sie einen Druckverband auf dem Arm. Jack verabschiedete sich und rief ihnen beim Verlassen des Zimmers zu, dass er in einer Stunde mit den ersten Ergebnissen vorbeischauen würde: die Tür fiel mit einem Klacken zu. Luce presste ihre Finger auf den Druckverband, damit die Einstichstelle aufhörte zu bluten und sah dem kleinen dicken Mann nach.

»Und was machen wir jetzt?«, fragte Jason, der noch immer am Computer stand und auf einige Tasten hämmerte.

»Wir müssen jetzt auf die Ergebnisse warten.« Nael ließ sich in seinen Stuhl fallen und schaute gedankenverloren auf Jason.

»Ach, übrigens habe ich Endemir Bescheid gegeben, dass ihr bei mir seid und dass es allen gut geht. Er war ganz krank vor Sorge. Wenn man bei ihm von Sorgen sprechen kann. Max hatte ihm zwar berichtet, was mit dem Bus passiert war, aber so gar nichts von euch zu hören machte ihn doch ein wenig nervös. Warum habt ihr ihn nicht angerufen?« Nael schaute fragend zu Jason, der daraufhin zu Mel schaute, die sich wiederum zu Luce drehte.

»Weil wir keinen Empfang hatten«, teilte Mel ihm achselzuckend mit.

Luce mischte sich in das Gespräch. »Und weil wir unsere Handys an diese Sklavenhändler abgeben mussten. Deshalb.«

Niemand hatte auch nur einen Gedanken darauf verwendet, Endemir eine Nachricht zukommen zu lassen. Sie waren so mit sich und der Situation beschäftigt, dass niemand daran gedacht hatte, dass sich Endemir Sorgen machen könnte: alle fühlten sich schuldig.

Nael fläzte sich in seinen Sessel. »Naja, er ist auf jeden Fall informiert und wird in den nächsten Stunden hier eintreffen.«

»Er kommt her?« Mel rutschte aufgeregt auf der Couch hin und her.

»Er wird uns bei der Suche unterstützen. Die Leitung hat er an Nadir abgegeben.« Luce schaute zu Mel und Jason hinüber und musste feststellen, dass sie wenig begeistert aussahen.

»Geht doch erstmal frühstücken. Ihr hab sicherlich Hunger und es wird ja noch ein wenig dauern bis Jack mit den Ergebnissen aufschlägt.«

»Nael, Mel muss dir noch etwas erzählen.« Jason drehte sich zu seiner Schwester, die bereits aufgestanden war und sich zur Tür gewandt hatte.

Mel wehrte ab: »Nein, schon gut. Das kann warten. Es ist nicht so wichtig«. Sie öffnete die Tür, trat hinaus, ohne Naels Antwort abzuwarten.

Verdutzt schaute Jason Mel nach, die rasch den Raum verlassen hatte, und schüttelte nachdenklich den Kopf. Achselzuckend folgte er den anderen, die im Flur standen und auf ihn warteten.

»Warum wolltest du Nael nichts von deiner neuen Fähigkeit erzählen?«, flüsterte Luce, sah Mel mit fragenden Augen an und hakte sich bei ihr unter. Sie folgten Karim, der sie in die Kantine bringen sollte.

»Ach weißt du, mein Vater ist in solchen Sachen immer etwas seltsam. Wenn er von meiner Fähigkeit erfährt, muss ich die ganze Zeit trainieren, um sie zu festigen und vollständig zu erlernen. So war das auch mit der Fähigkeit, Elixiere herzustellen. Ich saß gefühlt Tag und Nacht im Labor und musste jedes Elixier und seine Zusammensetzung auswendig lernen, bis ich alles konnte. Und glaub mir, mein Vater hat mich während dieser ganzen Zeit nicht aus den Augen gelassen. Ein paarmal konnte ich die Fähigkeit allein testen und erschuf neue Elixiere, die uns voranbringen könnten: bessere Heilung, bessere Kleidung und noch ein zwei Sachen. Aber er sagte, dass die richtige Zeit noch nicht gekommen sei, ich solle mich auf die Sachen konzentrieren, die es schon gibt. Er ist halt sehr speziell.« Sie schnaufte, verdrehte die Augen und biss die Zähne zusammen. »Es wäre schön, wenn wir das erstmal für uns behalten würden, bis ich genauer weiß, wie und wann sich meine Gabe wieder zeigt. Okay?« Sie schaute zu Luce, die zustimmend nickte. »Und jetzt habe ich wirklich Hunger, du auch? Nach der aufregenden Nacht brauchst du bestimmt eine Menge neuer Energie.« Mel stupste Luce in die Seite und lachte.

Luces Gesicht verfärbte sich kirschrot und sie schaute peinlich berührt auf den Boden. Sie zischte Mel zu, dass sie leiser sprechen solle, denn Jules ging knapp hinter ihnen und reckte sich bereits nach vorn, um mitzuhören. Sie ignorierte ihn und versuchte, die Fassung zurückzugewinnen, damit die Röte, die ihr ins Gesicht gestiegen war, verging.

Angekommen in der Kantine, trauten die Jugendlichen ihren Augen kaum. Der Raum war hell erleuchtet, die Sonne schien durch die bodentiefen Fenster, und frische, kühle Luft strömte ihnen entgegen: zwei große Flügeltüren standen offen, die in einen Garten führten. Vögel zwitscherten melodisch und es roch nach frisch gebackenem Brot. Im Raum standen mehrere Tische mit bequemen Stühlen, ein Buffett thronte an der langen Steinwand, die von der Sonne angestrahlt wurde und schimmerte. Mehrere Männer saßen an den Tischen, unterhielten sich angeregt und aßen dabei ihr Frühstück.

Es wirkte alles so normal, wie Luce es von der Schule her kannte. Gut, die Cafeteria war nicht so schön wie hier, aber irgendwie war alles vertraut und fühlte sich gut an. Sie ging auf das Buffett zu und schaute sich um. Von gebratenen Eiern, Speck, Pancakes und anderen Leckereien war reichlich vorhanden: alles sah frisch und delikat aus. Bei diesem Anblick merkte sie, welch großen Hunger sie hatte, und nahm sich einen Teller.

»Möchtest du Kaffee?«

Jason stand nah hinter Luce und berührte sie am Rücken: sie erstarrte. Das Kitzeln bei seiner Berührung ließ die Schmetterlinge in ihrem Bauch frei und es verstärkte das mulmige Gefühl in ihrem Magen, das der Hunger hervorgerufen hatte.

»Sehr gern. Mit Milch«, antwortete sie ihm, um sich zügig von ihm zu lösen.

So schwer es ihr auch fiel, sie musste jetzt Abstand halten, damit Jules keinen Verdacht schöpfte. Schnell packte sich Luce einige Speisen auf den Teller und folgte Mel, die sich nur einen

Kaffee genommen hatte, nach draußen auf die Terrasse.

»Ich denke, du hast Hunger?«, fragte Luce verwundert.

»Ich bin ja noch gar nicht fertig. Ich habe leider keinen Freund, der mir einen Kaffee holt.« Belustigt sah Mel Luce an, die wieder im Erdboden hätte versinken können, weil Jason auf sie zukam und ihr den Kaffee reichte, den sie bestellt hatte.

Jules, der sich nicht entscheiden konnte, was er essen wollte, stand am Buffett und schaute sich die Speisen genau an. Das machte er auch immer in der Schulkantine, was Luce und die anderen Schüler regelmäßig zur Weißglut trieb. Niemand wusste, warum er das tat, aber es nervte jeden: Ein Weiterkommen in der Schlange war dadurch nicht möglich. Er konnte froh sein, dass er einen guten Stand in der Schule hatte, sonst wäre er womöglich des Öfteren gemobbt worden. Und auch hier gestaltete sich die Essensauswahl schwierig für ihn.

Diesmal war es Luce egal, sie war bereits am Kauen und genoss die warmen Sonnenstrahlen auf ihrem Gesicht – und Jasons Nähe, der sich neben sie gesetzt hatte. Seine Hand wanderte auf Luce Oberschenkel, als sie an ihrem heißen Kaffee nippte. Sie verschluckte sich und musste laut husten.

»Alles okay bei dir, Luce?« Jules stand vor ihr mit einem Tablett in der Hand und musterte sie besorgt.

»Ja, alles bestens. Der Kaffee ist unwahrscheinlich heiß.« Jason hatte seine Hand wieder von ihrem Oberschenkel genommen, grinste in sich hinein und schmierte sich ein Brot.

Mit hochgezogenen Augenbrauen schaute Jules auf Jason und setzte sich auf den freien Platz neben Mel, die ebenfalls im Anmarsch war. Alle genossen die Sonne und aßen gemütlich ihr Frühstück. Niemand redete und Luce tat die Stille in dieser außergewöhnlichen Umgebung gut.

Die Terrasse war stufenförmig auf mehreren Ebenen angelegt, sodass die Tische versetzt standen. Überall standen die Bäume, die Luce bereits von der Hochebene kannte, aber noch nie bei Tageslicht gesehen hatte. Die Stämme mit dem rautenartigen Muster waren bestimmt sieben bis acht Meter hoch und an ihren Ästen, die sich spiralförmig kringelten, leuchteten rautenförmige lila Blätter.

»Lila also«, sagte Luce zu sich selbst und schaute sich weiter um.

Blumenbeete leuchteten in allen Farben, und auf den Zwischenebenen gab es einige Rasenflächen, die zu einem gemütlichen Picknick einluden. Der Berg thronte massiv über ihr und ein Blick nach oben ließ sie zurückzucken: das Gefühl, dass er jeden Moment auf sie fallen könnte, machte ihr Angst. Von dem Platz, an dem sie saßen, hatte man einen traumhaften Blick auf den Wald, durch den sie gekommen waren. Hinter den Bäumen konnte sie weitere Berge erblicken, deren Kuppen mit Schnee bedeckt waren. Ein schönes Fleckchen Erde hatte sich vor ihr aufgetan: hier hätte sie ewig sitzen können.

»Noch einen Kaffee?« Jules holte sie aus ihren Gedanken und sie schaute ihn fragend an. »Na, wo warst du schon wieder mit deinen Gedanken? Ich hatte gefragt, ob du noch einen Kaffee möchtest?« Er lächelte sie liebevoll an.

»Also, ich hätte gern noch einen. Mit Milch und einem Stück Zucker. Danke schön«, zwitscherte Mel und sah Luce fragend an.

»Ähm ..., ja, sehr gern.« Luce lächelte Jules an und er eilte sofort los.

Jason ergriff seine Chance, beugte sich zu ihr und drückte ihr einen Kuss auf den Mund. Luce zuckte zusammen.

»Was machst du da?« Sie schaute ihn mit großen Augen verständnislos an. »Du weißt doch, dass wir uns zurückhalten wollten.«

»Sorry, mir war gerade so.« Jason feixte, stand auf und verabschiedete sich mit den Worten: »Ich gehe jetzt ein bisschen laufen und danach noch trainieren. Wir sehen uns nachher«, und schon war er verschwunden und ließ Luce mit offenem Mund zurück.

Das Frühstück zog sich hin und Luce, Mel und Jules unterhielten sich über dies und das. Über alte Zeiten, die Schule und die jahrelange Freundschaft, die Luce und Jules verband. Es war herrlich, den Vormittag zu genießen, sich zu entspannen und mit Jules ganz normal zu reden, was Luce schon seit längerem nicht mehr getan hatte. Sie lehnte sich zurück, sah ihn an, während er erzählte, und lächelte.

»Was ist?«

»Ach, nichts. Es ist schön, dich wieder an meiner Seite zu haben. Und das, obwohl die Umstände nicht gerade einfach sind.«

Luce nahm seine Hand, vergrub ihre Finger darin und atmete die frische Luft ein. Es war wie in der Schule, als sie noch nicht wussten, dass sie nicht in die normale Welt gehörten, sondern in die Welt der Magie und der Zauberei...

Kapitel 24

»WIR DENKEN OFT AN DINGE, DIE NUR SELTEN PASSIEREN. DAS IST WIE ETWAS ZU RISKIEREN MIT DEM WISSEN ZU VERLIEREN.«
@QUEENSOFDAYDREAMS

Die Zeit raste wie im Flug dahin und allmählich machte sich der Schlafmangel bei Luce bemerkbar. Sie dachte an die schöne Zeit mit Jason und vermisste ihn minütlich, seitdem er sich aufgemacht hatte, um sich sportlich zu betätigen. Die Nachricht von Jack, der sich mit ihrem Blut ins Labor zurückgezogen hatte, ließ auch auf sich warten, was Luce nervös machte. Was würde er wohl finden? Könnte auch sie weitere Fähigkeiten besitzen, die sich noch nicht gezeigt hatten? Aufgeregt schaute sie zu den Flügeltüren, um Jack auf keinen Fall zu verpassen. Wie wollten sie eigentlich feststellen, dass Haferien ihre leibliche Mutter war, fragte sie sich in ihren Gedanken. In der großen Datenbank, von der Endemir bereits gesprochen hatte, würden auch die ihrer Mutter sein, vermutete Luce. Warum hatte Endemir in der Fabrik nicht danach geforscht? Das kam ihr alles merkwürdig vor. Bei Nael hingegen hatte sie ein gutes Gefühl: er schien aufrichtig an ihrer Geschichte interessiert zu sein und wollte helfen, was sie dankend annahm. Wenn sich heute herausstellen sollte, dass Haferien ihre leibliche Mutter war – und daran hatte sie keinen Zweifel – würde sie noch einmal in die Vergangenheit reisen müssen. Sie musste herausfinden, wo die Meerjungfrau den Ring versteckt hielt. Sie fürchtete sich davor: die erste Reise ging ihr durch Mark und Bein. Sie hatte sich auf viele Details nicht konzentrieren können, weil sie damit beschäftigt war, mit der außergewöhnlichen Situation zurechtzukommen. Luce hoffte, dass es diesmal besser gelingen würde und sie Antworten fände, die die Suche vereinfachen könnten. Sie musste es auf jeden Fall versuchen.

Im selben Moment lief Karim hektisch auf den Tisch zu, an dem die Jugendlichen saßen und war völlig außer Atem. Er stützte sich auf der Tischkante ab und holte ein paarmal tief Luft, um seine Stimme zu finden.

»Nael schickt mich. Die Ergebnisse sind da. Ihr sollt sofort zu ihm kommen.« Dann lief er zurück, stand aber wenig später wieder vor ihnen und lachte laut. »Ihr kennt den Weg ja gar nicht, wir sollen ins Labor kommen.«

Er bedeutete Mel, Luce und Jules ihm zu folgen. Luce klopfte das Herz bis zum Hals. Jetzt würde sie die Gewissheit bekommen, dass Haferien ihre Mutter war und was sie noch für Fähigkeiten hatte. Aufgeregt folgte sie Karim durch die Flure. Er wurde immer schneller, sodass alle Schwierigkeiten hatten ihm zu folgen. Nach kurzer Zeit wusste Luce nicht mehr wo sie war: Sie würde aus diesem Labyrinth der Gänge allein auf keinen Fall wieder zurückfinden. Luce war außer Atem und ihr Herz raste, als sie eine Metalltür erreichten, die vermutlich zum Labor führte. Mel und Jules schauten sich fragend an, als Karim die Tür öffnete und alle hindurchscheuchte. Hinter der Metalltür befand sich ein weiterer Flur und Luce drückte ihren Unmut aus, indem sie laut schnaufte und den Kopf schüttelte.

»Wie weit ist es denn noch, Karim?« Weder Jules noch Mel waren außer Atem und Luce musste überrascht, nein, nicht überrascht, sondern eher unglücklich feststellen, dass sie die Unsportlichste war.

Sie nahm sich vor, mehr Sport zu treiben, damit sie mit den anderen mithalten könne: und wer könnte dafür besser geeignet sein als ihr Freund. Wie sich das anhörte – IHR FREUND. Sie lächelte in sich hinein und dachte an Jason und sein verschmitztes Lächeln heute Morgen im Bad.

»Es ist nicht mehr weit. Versprochen.« Karim setzte sich wieder in Bewegung und alle folgten ihm erneut.

Nach zehn Minuten hatten sie ihr Ziel erreicht und standen im Labor. Zu Luces Überraschung stand Jason bereits im Raum, als eine vertraute Stimme erklang. Es war Endemir, der aus dem Schatten heraustrat und die Jugendlichen begrüßte.

»Da seid ihr ja. Dann können wir ja mit der Auswertung beginnen.« Nael, der sich neben Jack gestellt hatte, schaute von dem Blatt Papier auf, das er in der Hand hielt, und lächelte freundlich.

Luces Herz raste und ein leichter Schwindel ergriff sie. Sie wusste, dass Haferien ihre Mutter war: immerhin hatte sie es

Luce gesagt, aber dass es dort schwarz auf weiß stand, ließ sie erschaudern. Am liebsten wäre sie zu Jason gegangen und hätte sich an ihn geschmiegt. Aber er machte keinerlei Anstalten, sie anzuschauen, was merkwürdig war, da er seinen Blick sonst nicht von ihr abwenden konnte: und das, seit sie sich kennengelernt hatten. Irgendetwas war seltsam hier und Luce hatte keine Ahnung, was gleich geschehen würde.

Mit zittrigen Händen trat sie zu Nael und Jack, um einen Blick auf das Papier zu werfen. Nael drückte es an seine Brust, um Luce daran zu hindern.

»Luce, wir haben dein Blut untersucht und zu neunundneunzig Prozent steht fest, dass Haferien deine leibliche Mutter ist.« Nael lächelte sie begeistert an. »Das ist eine großartige Nachricht. Du bist etwas ganz Besonderes, denn deine Mutter war auch etwas ganz Besonderes. Sie hat Fähigkeiten, die kein anderer jemals erlangen wird, außer du. Darauf kannst du stolz sein. Leider zeigen sich einige Fähigkeiten erst, wenn du das zwanzigste Lebensjahr vollendet hast. Also müssen wir noch ein wenig Geduld haben. Aber …«

Endemir schaltete sich ein: » … Aber wir werden dich auf deinem Weg begleiten und dich lehren, wie du damit umzugehen hast und wie du deine Fähigkeiten ausbauen kannst. Du wirst viel lernen müssen. Ganz besonders mit deinen Lichtkugeln musst du üben. Deshalb werden wir morgen in die Fabrik reisen und Mel, Jason und die anderen werden sich des Artefakts annehmen. Das einzige, was du tun musst, ist in die Vergangenheit zu reisen und den Ort herauszufinden, an dem die Meerjungfrau den Ring versteckt hat. Den Rest bestreiten dann Mel, Jason, Keil und Luna. Geh und bereite dich auf die Reise vor.«

Luce stand mit offenem Mund vor Endemir und ballte die Fäuste.

»Ich werde nirgendwo hingehen!« Ihr Ton klang heiser und es fühlte sich an, als würde sie gleich ersticken. Ihre grünen Augen funkelten Endemir empört an. Was bildete sich dieser Mann ein? Er wird nicht über sie bestimmen, wie er es bei Mel gemacht hatte. Sie war nicht seine Tochter und er hatte ihr überhaupt nichts zu befehlen. Alles in ihr wehrte sich gegen ihn und seinen Befehl: Ihr wurde heiß und kalt, in ihren Ohren rauschte das Blut und sie zitterte am ganzen Leib.

»Es gibt keine weitere Diskussion darüber. Ich habe entschieden und du hast das zu befolgen«, befahl ihr Endemir.

»Wer sagt das! Ich bin nicht deine Tochter und bin auch keine Gefangene. Also entscheide ich was ich tue und was nicht!« Luce stellte sich demonstrativ dicht vor ihn und musste hochblicken, um seine Augen sehen zu können, die sie böse anfunkelten. Sie ballte erneut die Fäuste, bis die Fingerknöchel weiß hervortraten und sich langsam einige Funken in ihren Handflächen bildeten. Endemir starrte sie mit einem kaltem, arrogantem Blick an, sagte aber nichts.

»Luce, bitte beruhige dich. Du gehst nirgendwo hin. Du bleibst hier und wirst selbstverständlich mit auf die Suche gehen.« Nael, der an sie herangetreten war, strich ihr behutsam über die Schulter und versuchte, sie von Endemir wegzuziehen.

Aber Luce ließ sich nicht bewegen, blitzte Endemir weiterhin mit ihren grünen Augen an. Irgendetwas regte sich in ihr, das sie beunruhigte: so ein Gefühl hatte sie zuvor nie gespürt. Sie schaute auf ihre Hände, weil sich etwas in ihren Handflächen bewegte. Endemir, der die Funken in ihren Händen beobachtete, versuchte, ihre Hände zu berühren. Mit einem Ruck zog Luce sie hoch und streckte sie mit voller Kraft Endemir entgegen: alles war still, nichts bewegte sich mehr.

Alle standen wie angewurzelt auf ihren Plätzen und starrten ins Leere. Kein einziger Laut war zu hören, die Luft im Raum war eiskalt und die Farben verblassten. Endemir stand noch immer vor ihr: er schien wie eingefroren zu sein. Luce drehte sich um und schaute zu Jason, der genau wie die anderen erstarrt war. Was war geschehen? Ihr Blick schweifte von Jason zu den anderen. Jack und Nael standen ausdruckslos im Raum, ihre Haut wirkte fahl und die Kälte, die im Zimmer herrschte, ließ Luce frösteln. Alles in ihrem Kopf drehte sich. Hatte sie gerade die Menschen in dem Zimmer erstarren lassen? Und wenn ja, wie hatte sie das gemacht?

Luce versuchte, sich zu erinnern, was genau sie getan hatte. In ihrem Kopf herrschte eine Leere, die sie in Panik versetzte. Was, wenn sie dies nicht rückgängig machen könnte und die Menschen für immer in der Schockstarre verharren müssten?

Alles im Raum verblasste und die Farben wechselten langsam von pastelligen Tönen über Grau zu Schwarz-Weiß, wie in einem alten Film aus den zwanziger Jahren. Unruhe packte sie. Was, wenn sie nur eine bestimmte Zeitspanne hätte, um den Zauber zu lösen, bevor alles endgültig so bliebe? Sie würde Jules verlieren, Mel und natürlich auch Jason, der wie die anderen weiterhin ausdruckslos ins Leere starrte. Ängstlich ging sie auf ihn zu und berührte seine Hand, die schlaff an seinem Körper herabhing, bis er keuchend in sich zusammensackte und Luce mit weit aufgerissenen Augen anstarrte.

»Was ist hier los?« Er schaute sich entsetzt um. »Luce, was hast du gemacht?«

»Ich weiß es nicht!« Sie zuckte mit den Schultern. »Sag du mir, was hier gerade passiert! Du bist doch der, der aus einer anderen Welt kommt!«

Misstrauisch beäugte er sie, ging auf Endemir zu und berührte vorsichtig dessen Hand.

»Du hast eine weitere Fähigkeit dazubekommen. Du kannst die Zeit anhalten. Diese Gabe ist wirklich sehr selten. Bis jetzt habe ich davon nur in Geschichtsbüchern gelesen.« Beeindruckt spielte er mit Endemirs Fingern und zauberte aus dessen Hand einen Stinkefinger, den er in Richtung Nael drehte.

»Jason, lass das!« Obwohl Luce lachen musste, kniff sie ihn in die Seite, sodass er aufstöhnte und von seinem Vater abließ. »Und wie kann ich das wieder rückgängig machen?«

»Ich habe keine Ahnung.« Er ging auf sie zu, umschlang ihre Hüfte und zog sie schwungvoll zu sich heran. »Aber die Fähigkeit gefällt mir.« Er packte sie fester und küsste sie leidenschaftlich.

Alles in Luce kam in Wallung, das Blut schoss durch ihre Adern, ihr Herz flatterte und die Schmetterlinge tanzten einen Tango in ihrem Bauch. Atemlos küsste sie ihn leidenschaftlich zurück, bis sie sich ruckartig von ihm trennte.

»Wir können das jetzt nicht tun. Hör auf damit, Jason!« Sie entfernte sich ein Stück und wandte sich Mel zu, die ihre Augen wie alle anderen auf Endemir gerichtet hatte.

Luce nahm vorsichtig Mels Hand und im selben Moment erwachte auch sie aus der Starre: keuchend sackte sie zusammen und schaute auf Luce, die sich neben sie gehockt hatte.

»Was ist passiert?«, fragte Mel mit angsterfüllten Augen.

»Ich weiß es nicht. Aber ihr seid alle auf einmal erstarrt und durch meine Berührung habe ich euch wieder aufgeweckt, oder so ähnlich.« Mel richtete sich auf und schaute fragend zu Jason, der damit beschäftigt war, seine Finger in die erstarrten Menschen zu pieken.

»Hör auf damit, Jason! Lass uns lieber darüber nachdenken, wie wir das hier wieder aufheben können.« Mel schaute sich um und ging auf ihren Vater zu. »Luce, die Fähigkeit ist ja der Hammer. Wie hast du das gemacht?«

»Wenn ich das mal wüsste! Als ich den Befehl von deinem Vater erhalten habe, wurde ich wahnsinnig wütend und dann war es auch schon geschehen. Was glaubt er denn, wer er ist!« Wieder stieg die Wut in Luce hoch und sie schnaubte.

Als Endemir sich nicht bewegte, wurde sie nachdenklich. War das eine Fähigkeit, die sie von ihrer Mutter vererbt bekommen hatte? Aber warum hatte ihre Mutter sie nicht angewendet, als Argor sie aus dem Haus geschleift hatte, um sie zu entführen. Luce überlegte angestrengt. Warum konnte sie Personen nur durch eine Berührung wieder aufwecken und aus der Starre lösen? In ihrem Kopf schwirrte es: das war doch verrückt. Luce war hin- und hergerissen – wenn sie ehrlich war, fand sie die Fähigkeit genial. Aber die Angst, die damit einherging und die wie ein kleiner Teufel auf ihrer Schulter zu sitzen schien, jagte ihr einen Schauer über den Rücken. Sie versuchte, ihrer Angst Einhalt zu gebieten und sich auf die positiven Eigenschaften dieser Fähigkeit zu konzentrieren. Was sie alles damit anstellen konnte!

Sie grinste Jason verschmitzt an: er musterte sie und feixte zurück, weil er genau wusste, was sie gerade dachte. Es kribbelte in ihrem Körper. Schnell schob sie die Gedanken an ihn beiseite. Luce musste erst einmal herausfinden, wie ihre Gabe richtig anzuwenden war: vor allem aber, wie sie die Wirkung wieder rückgängig machen konnte. Minuten vergingen und Luce versuchte sich daran zu erinnern, wie es zu der Situation gekommen war. Sie ballte die Fäuste und beschwor angestrengt die Funken in ihren Handflächen, aber es geschah nichts.

»Es passiert nichts. Ich habe keine Ahnung, wie ich das wieder lösen kann.« Verzweifelt sah sie Jason und Mel an.

»Versuch es noch einmal, Luce, und konzentriere dich auf dein inneres Ich und deine Fähigkeit. Keine Angst, wir werden das auf gar keinen Fall unserem Vater erzählen. Wer weiß, wofür wir die Fähigkeit noch einmal brauchen. Außerdem ist es so viel lustiger.« Mel sah zu Jason hinüber. Er stimmte seiner Schwester zu und wandte sich wieder an Luce.

»Entspann dich und versuch, alles genauso zu machen, wie du es getan hast. Dann wird es funktionieren.« Jason brach ab, denn Luce stand wieder vor Endemir. Dieser legte seine Hand auf ihre Schulter.

»Es wird alles gut, Luce. Ich dachte nur, dass es vielleicht zu gefährlich wäre, wenn du mit halbfertigen Fähigkeiten und wenig Erfahrung einem Gegner gegenübertrittst, der höchstwahrscheinlich viel stärker ist als wir alle zusammen.«

Luce schaute Endemir an und drehte sich zu Jason: ein Grinsen huschte über seine Lippen. Es hatte funktioniert. Luce hatte die Zeit wieder angestellt. Mel und Jason schienen nichts vergessen zu haben – was bedeutete, dass sie real wach waren. Es hätte ja sein können, dass sie sich an nichts mehr erinnerten: was ziemlich unschön gewesen wäre, dachte sich Luce und freute sich über ihre neue Fähigkeit, die sicherlich ausbaufähig war.

»Luce, ist alles in Ordnung mit dir?« Nachdenklich schaute Luce Endemir an, der sie von oben bis unten musterte und ihr ein warmes, liebevolles Lächeln zuwarf. »Du wirst hierbleiben und Jason wird mit dir trainieren, damit du nicht ganz unvorbereitet Argor gegenübertreten musst. Ich würde sagen, ihr macht euch gleich an die Arbeit, während Nael und ich ein paar Nachforschungen anstellen, was deine Mutter betrifft. Vielleicht finden wir heraus, wo sie zuletzt gelebt hat. Außerdem versuchen wir, mit dem Meerwesenvolk in Verbindung zu treten. Vielleicht haben wir Glück und du musst nicht in die Vergangenheit reisen, um herauszufinden, wo der Ring versteckt ist.«

Luce lächelte Endemir verwirrt an. Wieso war er auf einmal so verständnisvoll? Sein Tonfall war mehr als seltsam und passte nicht zu ihm. Er war der Chef im Haus und niemand, aber wirklich niemand, sagte ihm, was und wie er etwas zu tun hätte: umso erstaunlicher fand Luce, dass er ihr zugestimmt hatte, hierzubleiben. Irgendetwas führte er im Schilde, das war Luce bewusst, aber sie konnte sich nicht darauf konzentrieren, da die neue Fähigkeit, die sie soeben dazugewonnen hatte, ihre Gedanken beherrschte.

»Okay, lasst uns gehen. Jack, vielen Dank für deine Hilfe. Wenn wir dich nochmal brauchen, dann schicke ich Karim wieder zu dir.« Endemir und Nael verließen den Raum und ihre Stimmen verhallten im Flur.

Karim, der die ganze Zeit vor der Tür gewartet hatte, trat nun ein. »Ich bringe euch wieder nach oben.«

Mit schnellen Schritten huschte er den Flur entlang und verdrehte entnervt die Augen, weil die Gruppe nur langsam in Bewegung kam.

»Das hier bleibt alles unter uns!«, flüsterte Luce Mel und Jason zu, als sie an ihnen vorbeiging, um Jules einzuholen, der als Einziger mit Karim Schritt hielt.

»Hey Jules, alles in Ordnung?« Luce hatte Jules' verwirrten Blick aufgefangen, als Endemir seinen Monolog hielt und wollte sich vergewissern, dass es ihm wirklich gut ging.

»Ja, außer dass mir echt kalt ist und ich irgendwie ein komisches Gefühl im Magen habe, geht es mir gut. Ich finde die ganze Sache ist ziemlich aufregend. Vielleicht brauche ich einfach nur ein bisschen Ruhe. Hast du Lust mir dabei Gesellschaft zu leisten?«

»Ähm …, eigentlich sehr gern, aber Endemir hat mich doch aufgefordert zu trainieren«, wehrte sie ab, weil sie ungern mit ihm allein sein wollte.

»Seit wann interessiert es dich, was Endemir sagt. Vorhin hast du ihm lautstark mitgeteilt, dass du dir nichts befehlen lässt.« Jules schaute sie mit einer hochgezogenen Augenbraue an und musterte sie.

»Ja, du hast Recht. Aber wenn wir Argor gegenübertreten, macht es vielleicht Sinn, vorher ein paar Kampfübungen zu erlernen, die mich etwas sicherer machen.«

»Na, wie du willst. Hast du später Lust, bei mir im Zimmer vorbeizuschauen. Ich würde gern mit dir reden.« Luce schaute zu Boden. Sie wusste, worüber er mit ihr sprechen wollte.

»Ja, ich komme nach dem Training zu dir. Versprochen.« Ein breites Grinsen bestätigte ihr, dass Jules sich darauf freute. Gedankenverloren nahm er ihre Hand und schaukelte sie hin und her, wie zwei Frischverliebte es tun, die einen romantischen Sparziergang machen.

Ein Gefühl der Vertrautheit ergriff Luce und irgendwie genoss sie es, von ihm berührt zu werden: wenn da nur nicht Jason wäre, der sie mit seinen Augen durchbohrte. Sie ignorierte seinen stechenden Blick. Sie hatten die Kantine erreicht, in der es ziemlich voll war. Viele der Männer saßen in Kampfuniformen an den Tischen und unterhielten sich lautstark.

»Habt ihr schon gehört, was unser nächster Auftrag ist. Ich kann es nicht glauben, endlich darf ich mich an diesen Akumas ausprobieren. Das wird ein Mordsspaß.« Luce schaute einen der Männer fragend an, er wandte sich schnell ab und senkte seine Stimme.

Nachdenklich sah sie sich um: sie hatte das Gefühl, dass alle anderen Männer sie anstarrten und leiser sprachen. Irgendetwas war los. Ein neuer Auftrag, der mit ihr und Argor zu tun hatte? Zumindest hatte sie das im Gefühl, die Anzeichen waren unverkennbar. Das bedeutete, dass sie nicht allein diesem Monster gegenüberstehen würde, dachte sie euphorisch. Sie würde mit starken Männern an den Ort zurückkehren, den sie nicht mehr als ihr Zuhause empfand: Argor hatte ihr das kaputt gemacht. Vielleicht könnte sich Luce so ihr Heim wiederholen. Die Männer würden diese hässlichen Akumas ordentlich auf links drehen, da war sie sich sicher: was sie mit den Sklavenhändlern gemacht hatten, war beeindruckend.

»Sollen wir los?« Jason riss sie aus ihren Gedanken und sie schaute ihn fragend an.

»Wohin?«

»Kämpfen!« Er grinste sie an und zerrte an ihrem Arm.

Sie ließ sich von ihm mitreißen und lächelte Jules entschuldigend an, der sich zusammen mit Mel einen Kaffee geholt hatte.

Innerhalb weniger Minuten standen sie und Jason in einem

großen Raum, der mit Matten auslegt war. Neonröhren leuchteten das Zimmer grell aus und die Bergwände ließen alles kahl und kalt erscheinen. Jason verriegelte die Tür von innen und ging auf Luce zu.

»Das ist nicht sehr einladend hier.« Luce ging ein Stück weiter in den Raum und schaute sich um.

»Du sollst hier drin kämpfen und nicht wohnen!«

Mit einem Satz stand Jason vor ihr und eine Sekunde später lag sie keuchend auf einer der Matten. Die Kälte, die von dem harten Untergrund ausging, kroch ihr in jede einzelne Hautzelle: ihre Zähne klapperten.

»Da haben wir aber eine Menge zu tun.« Jason half ihr auf, um sie im selben Moment wieder hart auf den Boden zu befördern.

»Jason! Kannst du das bitte lassen! Ich würde gern langsam anfangen und nicht gleich einen gebrochenen Arm davontragen.« Sie funkelte ihn böse an und kroch ein Stück von ihm weg, um sich aufzurichten.

Dieses Spiel, auf die Matte und wieder hoch, dauerte ganze zwei Stunden und Luce konnte sich kaum noch bewegen, so sehr schmerzte ihr Körper: Bestimmt würde sie später blaue Flecken auf ihrer Haut entdecken. Erschöpft ließ sie sich zu Boden fallen, hielt die Hände vors Gesicht und jammerte, dass sie eine Pause benötigte. Jason grinste sie frech an.

»Du wirst doch jetzt nicht aufgeben. Du machst Fortschritte. Lass uns noch ein zwei Übungen machen.«

»Nein! Ich will nicht mehr. Ich kann nicht mehr, Jason!« Aber er kannte keine Gnade und zog sie hoch, um sie erneut auf die Matte zu schicken.

Doch dieses Mal stemmte sich Luce mit ihrem ganzen Körpergewicht gegen ihn, hob ihre Hände und streckte sie mit Schwung nach vorn. Mit einem selbstgefälligen Lächeln stand Jason vor ihr, starrte ins Leere und bewegte sich nicht mehr. Erstaunt blickte sich Luce um. Eine eisige Kälte durchflutete den Raum, das grelle Neonlicht hatte sich in ein warmes, orangefarbenes Licht gewandelt und leuchtete Jasons blonde Haare an, die Luce an eine Karottensuppe erinnerten. Sie lachte und schlenderte um ihn herum. Ob er aufwachen würde, wenn sie ihn kneifen oder treten würde? Auf einen Versuch sollte man es ankommen lassen. Sie kniff ihn kraftvoll in den Arm: Es geschah nichts, er stand wie erstarrt da und es war mucksmäuschenstill im Raum. Okay, also würde sie ihn nur aufwecken können, wenn sie seine Hand berührte. Bevor sie das tat, zwickte sie ihn in die Oberarme, in den Bauch und in die Oberschenkel. Dann gab sie ihm einen Kuss auf den Mund, als Wiedergutmachung.

»Das ist die Strafe für das harte Training!« Sie lachte laut, nahm seine Hand und im selben Moment sackte er keuchend auf der Matte zusammen.

»Was ... was ist passiert?« Jason stand auf und sah zu Luce, die sich die Hand vor den Mund hielt, weil sie ein Lachen unterdrücken wollte.

»Aua!« Jason sah an sich herab, musterte seinen ganzen Körper, besonders aber die Stellen, die Luce mit ihren Fingern bearbeitet hatte. »Du hast wieder die Zeit angehalten, oder?«

»Jepp!« Sie lachte ihn an und ging lasziv auf ihn zu, um ihm einen leidenschaftlichen Kuss zu geben. »Du bist mein Versuchskaninchen! Und es gefällt mir!« Sie huschte von ihm weg und streckte ihre Hände vor, bis alles wieder normal schien.

Das Licht leuchtete neongrell, Jasons Haarfarbe hatte sich wieder in Blond verwandelt und die eisige Kälte war verschwunden.

»Du hast also herausgefunden, wie du die Zeit anhalten und wie du sie wieder anstellen kannst. Das ist gut.« Jason rieb sich einige Stellen an seinem Körper, zog sein T-Shirt aus und sah sich die Kneifspuren an.

»Warst du das, Luce?«

»Jepp!« Sie verzog das Gesicht zu einem hämischen Grinsen und trat ein Stück auf ihn zu, um über seine Oberarme zu streicheln.

»Ich kann nur jemanden aufwecken, wenn ich seine Hand berühre. Das musste ich erstmal herausfinden und da du mein Versuchskaninchen bist, dachte ich mir ...«

»... du kneifst mich, damit ich es die nächsten Tage nicht vergessen werde. Du kleines Luder!« Mit einem Ruck warf er sie zu Boden, legte sich auf sie und küsste sie stürmisch.

Ihre Hände wanderten über seinen Rücken: Jeder einzelne Muskel war anspannt. Sie zerrte ihn dichter an sich. Jasons Hände glitten unter ihr T-Shirt und er streichelte ihren Bauch, bis sie aufstöhnte und ihre Beine um seine Hüften schlang. Sie genoss die Wärme seines Körpers und die weichen Lippen, die an ihrem Hals entlangtasteten. Sie sog seinen Geruch, der ihr so vertraut war, tief in sich ein. Im nächsten Moment flog ihr T-Shirt weit auf die nächste Matte. Jasons Zunge glitt von ihrem Hals über den Kehlkopf bis zur Mitte ihres Brustbeins. Er zerrte an ihrer Hose, öffnete sie und zog sie herunter. Dabei schaute er ihr in die Augen, dass sie genau wusste, was folgen würde. Sie spannte ihre Muskeln an: Das Gefühl, das Jason in ihr auslöste, war unbeschreiblich. Das Kribbeln hatte wieder begonnen und Schmetterlinge bahnten sich den Weg durch ihren Bauch. Ein leichter Schwindel ergriff sie: Luce musste die Augen schließen. Sie stöhnte auf, bäumte sich ihm entgegen und zuckte. Nach ein paar Sekunden ließ sie sich erschöpft auf die Matte fallen. Alles kribbelte, als würden tausend Ameisen über ihren Körper laufen, bis Jason sich auf sie legte und sie erneut aufstöhnte, um wenig später glücklich auf die Matte zu gleiten.

Ihre Körper hatten sich beruhigt, sie lagen kraftlos auf der Matte, die Hände in einander verkeilt, und starrten gedankenverloren auf das grelle Neonlicht. Die Intensität des Lichtes brannte in Luce Augen und einige Tränen liefen ihr über die Wangen. Sie wischte sie mit dem Handrücken weg.

»Dass ich gut bin, wusste ich. Aber, dass ich so unglaublich bin, das war mir neu!« Jason feixte sie an, hatte sich auf seinen Ellenbogen gestützt und kitzelte sie am Bauch.

»Nein, du Idiot. Das ist das grelle Licht.«

»Hm ... na klar!« Luce grinste in das helle Licht und schloss die Augen.

Sie hatten sich wieder angezogen und standen eng umschlungen auf der Matte, als es an der Tür klopfte. Jason entriegelte das Schloss und Mel betrat den Raum. Sie schmunzelte ihnen verlegen entgegen.

»Dad will uns sehen. Wir sollen sofort in Naels Büro kommen. Seid ihr fertig mit dem, was auch immer ihr hier gemacht habt?« Luce wurde knallrot und schaute peinlich berührt zur Seite.

Jason hingegen lächelte breit, gab Luce einen Klaps auf den Po und verließ wortlos den Raum.

»So glücklich habe ich ihn lange nicht mehr gesehen«, bemerkte Mel und ergriff Luces Hand, um sie zu Naels Büro zu begleiten ...

Kapitel 25

»LASST UNS DARAN GLAUBEN, DASS SICH IMMER, WENN ETWAS
ENDET, ETWAS ANDERES ZUM GUTEN WENDET.«
@QUEENSOFDAYDREAMS

Mel und Luce hatten Naels Büro erreicht und standen neugierig in dem Raum, der wieder nur spärlich beleuchtet war. Nael saß in seinem Bürostuhl, Endemir lehnte am Bücherregal und Karim wieselte aufgeregt hin und her.

»Wir konnten über die Meerwesen leider keine Informationen bekommen. Luce, du musst noch einmal in die Vergangenheit reisen, um herauszufinden, wer diese Meerjungfrau ist und wo sie sich aufhält.« Nael sah sie nachdenklich an.

Endemir trat nah an Luce heran und sie wich mechanisch einen Schritt zurück: Sie konnte die Nähe von Jasons Vater irgendwie nicht ertragen. Warum das so war, konnte sie nicht sagen. Luce wusste selbst nicht, woher diese Abneigung kam: Aber ihr Bauchgefühl sagte, sie solle einen gewissen Abstand zu ihm halten.

»Jason wird dich begleiten. Vielleicht sieht er andere Dinge in deiner Vergangenheit und wir können so mehreren Hinweisen nachgehen. Wir werden morgen früh starten. Also seid um sieben hier bei mir im Büro. Und jetzt geht euch ein wenig ausruhen. Die Reise wird anstrengend.« Endemir wandte sich zu Nael um. Dieser hatte sich von seinem Stuhl erhoben und nickte den Jugendlichen zu, um die Anweisungen von Endemir zu bestätigen.

Alle verließen wortlos das Büro, um sich in der Kantine das Abendbrot zu holen.

Die Sonne hatte sich hinter den Bergen verzogen und der Himmel leuchtete in zahlreichen Farben. Die dunkelblauen Wolken zogen vorbei und dahinter erstrahlte der Himmel in Pink, Violett, Orange und Rot. Eine frische Brise huschte über die Gesichter der Menschen, die draußen den lauen Frühlingsabend genossen. Auch Mel, Jason und Luce hatten sich ein Plätzchen auf der Terrasse gesucht. Plötzlich sprang Mel auf und lief davon.

»Wo will sie hin?« Luce schaute ihr nach und blickte fragend zu Jason hinüber, der sich gerade einen Löffel Gulaschsuppe in den Mund schob.

»Ich habe keine Ahnung«, nuschelte er mit vollem Mund.

Wenige Minuten später stand Mel wieder am Tisch: sie hatte Jules im Schlepptau. Irgendetwas an dieser Situation war seltsam, fand Luce, dachte aber nicht näher darüber nach und lächelte beiden freundlich zu.

»Ich hatte vergessen, Jules Bescheid zu sagen, dass wir jetzt Abendbrot essen. Deshalb habe ich ihn schnell geholt. Nicht dass er uns noch vom Fleisch fällt.« Mel lachte Jules herzlich an.

Luce wurde das Gefühl nicht los, als sei bei Mel etwas mehr als Freundschaft im Spiel. Aber vielleicht lag es auch nur an ihren eigenen Hormonen! Seit sie mit Jason zusammen war, spielten diese verrückt. Sie schüttelte die Gedanken ab und genoss die heiße Gulaschsuppe, die hervorragend schmeckte. Alle vier saßen am Tisch und unterhielten sich angeregt über die Ereignisse, die morgen auf der Reise geschehen könnten. Würden sie einen Hinweis erhalten, wo sich die Meerjungfrau und der Ring befanden? Viel Zeit blieb ihnen nicht mehr, die Frist war fast abgelaufen. Das machte Luce Sorgen. Das Gefühl, dass sie ihre Eltern nie wieder zu Gesicht bekommen würde, wenn sie den Ring nicht rechtzeitig fände, ließ sie erschaudern. Und was war mit Haferien? Sie wollte sie unbedingt kennenlernen. Sie war ihre leibliche Mutter – eine Zauberin, die ihr sagen konnte, welche Fähigkeiten sie noch besitzen würde. Alles in allem musste sie sich morgen anstrengen, um einen Hinweis zu erhalten: genau das würde sie tun. Sie würde sich nicht aus der Vergangenheit zurückziehen, bevor sie nicht den Aufenthaltsort der Meerjungfrau erfuhr.

Die Sonne war vollständig untergegangen und die Dunkelheit hatte sich ausgebreitet. Der laue Frühsommerwind hatte gewechselt zu kalt und feucht, und langsam wurde es draußen auf der Terrasse frisch. Luce fröstelte und eine Gänsehaut kroch ihr von den Beinen bis hoch zum Hals. Den Anblick der Sterne, die glitzerten, wollte sie ungern aufgeben, aber nicht nur die

Kälte, sondern auch die Müdigkeit machten ihr zu schaffen. Es war schon spät und morgen würde der Wecker früh klingeln, damit sie und Jason die Reise antreten konnten. Mit einem leichten Seufzen setzte sie sich auf und schaute sich um. Die meisten Männer waren verschwunden und das Licht in der Kantine war erloschen. Nur das Buffett war noch erleuchtet. Zwei junge Männer waren dabei, die Terrasse aufzuräumen. Sie blickten immer wieder auffordernd zu den übriggebliebenen Personen, damit auch sie endlich in ihren wohlverdienten Feierabend gehen konnten.

»Wir sollten schlafen gehen«, bemerkte Luce und sah zu den anderen, die gerade darüber diskutierten, ob sie sich mit Luna und Keil versöhnen sollten oder eben nicht.

»Ich werde auf gar keinen Fall den ersten Schritt machen!«, meinte Mel, verschränkte die Arme vor der Brust und funkelte Jules an.

Jules hatte versucht, Jason und ihr die Situation aus der Sicht von Luna und Keil nahezubringen, was ihm nicht besonders gut gelang.

Jason schaltete sich ein: »Keil hätte euch helfen müssen und sich nicht aus dem Staub machen dürfen. So etwas machen wir Lichtler nicht. Da muss ich Mel Recht geben. Sichtweise hin oder her. Im Moment können wir sie sowieso nicht gebrauchen. Und ehrlich gesagt bin ich ganz froh, wenn Luna mich in Ruhe lässt.« Sein Blick wanderte unwillkürlich zu Luce, die ihn fragend ansah.

»Aber wäre es nicht eine tolle Geste, wenn ihr den ersten Schritt auf die beiden zumachen würdet?« Jules sah alle drei nach der Reihe an.

»Jules, lass gut sein. Wir haben andere Probleme, als uns mit Keil und Luna zu beschäftigen. Wichtig ist nur, dass wir den Ring finden. Sollten wir das nicht hinbekommen, dann steht uns Schlimmeres bevor als Luna und Keil. Ich bin müde, wir sollten wirklich schlafen gehen.« Mel reckte sich und erhob sich von ihrem Stuhl.

Sie räumte die Tassen, Teller und Gläser zusammen und stellte sie auf das Tablett.

»Lass mal, Schwesterchen, ich mach das schon.« Jason war

bereits aufgesprungen, nahm das Tablett und brachte es zu einem der jungen Männer, die noch immer mit dem Aufräumen der Terrasse beschäftigt waren.

Mel folgte ihm und fragte einen der Männer nach einer Flasche Wasser. Sofort eilte er los und innerhalb von Sekunden konnte er ihr freudestrahlend die Flasche überreichen. Auch Luce erhob sich und wollte sich gerade auf den Weg machen, als sie von Jules aufgehalten wurde.

»Wolltest du nicht heute nach dem Training vorbeikommen? Ich habe auf dich gewartet.« Eindringlich blickte er sie an und Luce wurde ganz mulmig.

Das hatte sie vergessen – ihn hatte sie vergessen. Der Tag war so aufregend, dass sie nicht an Jules gedacht hatte. Die Entdeckung ihrer neuen Fähigkeit und die Aussicht auf die erneute Reise in die Vergangenheit nahmen ihre Gedanken ein: Und das Training mit Jason, das erneut dazu führte, dass alles in ihrem Körper kribbelte.

»Das habe ich total vergessen, Jules. Es tut mir so leid.« Sie tätschelte behutsam seinen Arm und sah in bedauernd an. »Können wir das um ein weiteres Mal verschieben? Ich verspreche dir, dass wir es morgen nachholen. Sobald ich von meiner Reise zurück bin. Hoch und heilig versprochen.« Sie beugte sich zu ihm hinunter und wollte ihn auf die Wange küssen, doch er drehte blitzschnell den Kopf, sodass der Kuss auf seinem Mund landete.

Er umfasste Luces Gesicht und zog es liebevoll an sich heran, um den Kuss zu verlängern. Mit verstörten Augen starrte Luce ihn an: er schien es sichtlich zu genießen, ihr so nahe zu sein.

»Sucht euch ein Zimmer!« Erschrocken zuckte Luce zusammen und löste sich von Jules, der die Augen verdrehte.

Jason stand hinter ihnen und durchbohrte Luce mit eisigen Blicken.

»Das Zimmer ist kein Problem. Du bist das Problem, Blondie!«, raunte Jules Jason zu.

»Hört auf! Niemand ist hier das Problem! ... Und nun wünsche ich euch eine gute Nacht!«, polterte Luce und drehte sich auf dem Absatz um.

Sie brodelte innerlich vor Wut: Sie war es leid, wie ein Lieblingsspielzeug von Jules und Jason behandelt zu werden, um das sich gestritten wurde. Dass sie selbst daran schuld war, wusste sie. Trotzdem nervte es sie gewaltig. Am liebsten hätte sie reinen Tisch gemacht und Jules die Wahrheit über ihre Beziehung zu Jason erzählt: Immer, wenn sie ihn sah und in seine liebevollen Augen blickte, brachte sie es nicht übers Herz. Es würde ihn verletzen, was sie auf keinen Fall wollte. Sie verließ die Terrasse, damit die Situation nicht weiter eskalierte.

Angekommen im Zimmer ließ sie sich aufs Bett fallen und seufzte tief.

»Du musst es ihm sagen, Luce! Sonst wird sich das Ganze noch verschlimmern und am Ende verlierst du beide.« Mel setzte sich zu ihr und sah sie aufmunternd an.

»Sag mal, kann es sein, dass du dich für Jules interessierst?« Luce setzte sich auf, stützte sich auf ihre Unterarme und lächelte Mel verschmitzt an.

»Wie kommst du denn darauf? Nein, selbstverständlich nicht!« Empört sah Mel sie an.

»Ich hatte heute irgendwie das Gefühl. Bist du dir sicher? Du kannst es mir erzählen, Mel. Ich würde es wirklich schön finden, wenn ihr zwei ...«

»Da ist nichts, Luce! Und nun lass es gut sein!« Mel stand auf, lief ins Badezimmer und knallte die Tür hinter sich zu.

Verdutzt schaute Luce ihr nach, zählte eins und eins zusammen und lächelte in sich hinein. So wie Mel sich benahm, hatte sie ganz sicher Gefühle für Jules entwickelt. Bilder schossen ihr durch den Kopf, die Mel und Jules zeigten, wie sie sich küssten: sie grinste. Es wäre schön, die beiden zusammen zu sehen. Sie mochte Mel und für Jules wäre sie genau die Richtige, dachte sich Luce. Sie wünschte sich, ihn endlich glücklich zu sehen. Entschlossen nahm sich Luce vor, den beiden dabei zu helfen, sich ihrer Gefühle füreinander klarzuwerden. Gedankenverloren blickte sie zur Decke, als es leise an der Tür klopfte. Mit Schwung hüpfte Luce aus dem Bett und öffnete die Tür. Zwei große blaue Augen blickten sie an und ein Lächeln huschte über ihr Gesicht: Jason stand vor ihr.

»Was machst du hier?«

»Ich wollte dich sehen. Du bist vorhin so schnell davongelaufen und ich dachte mir, ich hole mir einen Gutenachtkuss von meiner Freundin.« Er lehnte sich lasziv an den Türrahmen und lächelte sie an.

Luces Herz hüpfte aufgeregt, eine leichte Röte kroch in ihr Gesicht.

»Du bist doch noch meine Freundin, oder?« Sie riss die Augen auf, starrte Jason an und verzog das Gesicht.

»Wieso?«

»Na, immerhin hast du mal wieder mit Jules geknutscht!«

»Nein, das stimmt nicht! Er hat mich geküsst und nicht ich ihn! Das hast du verwechselt!« Sie lachte ihn herausfordernd an und zog ihn ins Zimmer. »Eifersüchtig?«

»Ich? Wo denkst du hin. Ich weiß ja, dass du die Finger nicht von mir lassen kannst.« Jason kickte die Tür schwungvoll zu, zog Luce zu sich heran und gab ihr einen langen Kuss.

»Die Heimlichtuerei wird dir bald auf die Füße fallen, meine Liebe!« Mel, die gerade aus dem Bad herausspazierte, blickte eisig auf Luce und Jason und schüttelte missbilligend den Kopf. »Ich schlafe heute im Aufenthaltsraum. Ihr habt das Zimmer für euch allein.« Blitzschnell packte sie ein paar Sachen zusammen, und schon war sie aus dem Raum gestürmt.

»Was hat sie denn?« Jason blickte fragend zur Tür.

»Ich glaube sie hat sich in Jules verguckt und findet es nicht besonders gut, dass ich ihm von uns noch nichts erzählt habe.«

»Sie hat was?« Jason warf sich aufs Bett und klopfte mehrmals auf die Bettdecke, um Luce zu zeigen, dass sie ihm folgen sollte.

»Ja, Jason. Ich glaube deine Schwester hat sich in Jules verliebt. Das wäre doch großartig, wenn die beiden zueinander finden würden. Dann könnten wir endlich ...« Mit Schwung sprang Luce zu Jason ins Bett, rollte sich auf ihn und schaute ihn verliebt an. »... ganz öffentlich knutschen!«

»Ich weiß nicht. Meinst du, das wäre eine gute Idee?«

»Das öffentliche Knutschen?«, neckte sie ihn.

»Nein, natürlich nicht. Ich meine das mit Jules und Mel. Mein Vater würde es nicht so toll finden. Normalerweise bleiben wir

Lichtler aus den besonderen Familien immer unter uns. Und höchstwahrscheinlich hat er für Mel auch schon jemand anderen im Auge.«

»Was heißt denn, ihr bleibt unter euch. Das ist ja wie in diesen ganzen Königshäusern.« Luce schüttelte den Kopf und sah ihn fragend an. »Und was ist dann mit mir?«

»Was soll mit dir sein?«

»Naja, ich stamme vielleicht nicht zu hundert Prozent aus einer der wichtigsten Familien und wäre dann ja nicht deinem Stand entsprechend. Da wir nicht wissen wer mein Vater ist, kann es ja sein, dass ich nicht in den Kreis aufgenommen werde.« Beklommen ließ sie sich von Jason herunterrollen und starrte an die Decke.

Wenn das so wäre, könnten sie nicht zusammen sein und müssten ihre Liebe geheim halten: Schlimmer noch, Jason müsste mit jemand anderem zusammen sein und sie aufgeben. Luce presste die Lippen fest aufeinander. Sie schloss die Augen, um ihre Tränen zu verbergen.

»*Hallo Luce! Schön, dich zu sehen!« Luce schoss in die Höhe und erstarrte, als sie einen Mann in einem schwarzen Mantel vor sich stehen sah. Langsam schob er die Kapuze, die er tief ins Gesicht gezogen hatte, nach hinten und blickte Luce mit rot glühenden Augen an.*

»*Wie ich erfahren habe, bist du vom Weg abgekommen. Ich dachte mir, ich schaue vorbei, um dem Ganzen etwas Nachdruck zu verleihen. Wie du sicherlich festgestellt hast, ist die Zeit, die wir vereinbart haben, bald abgelaufen.« Die kalte raue Stimme brannte sich in Luces Kopf und erzeugte einen stechenden Schmerz.*

Es war Argor, der vor ihr stand und sie von oben bis unten musterte. »Ich sehe, du hast dich mit Endemirs Sohn angefreundet. Wohl etwas mehr als nur angefreundet.« Er ging näher auf sie zu und lachte sie mit seinen verfaulten gelbbraunen Zähnen an. »Du bist abgelenkt. Das ist nicht gut.«

Luce konnte kaum atmen, geschweige denn einen einzigen Ton von sich geben. Ihr Körper war angespannt, dass sie jeden einzelnen Muskel spürte, die sich fest zusammengezogen hatten. Aus dem Augenwinkel konnte sie erkennen, dass Jason wie versteinert auf dem Bett lag und sich nicht rührte.

»Er kann uns nicht sehen, nicht hören – aber vor allem kann er dir nicht helfen.« *Argor lachte höhnisch auf.* »Ich warte noch immer auf den Ring. Langsam verliere ich die Geduld.« *Er schlenderte im Zimmer auf und ab.* »Der Zwischenfall mit meinen Lieferanten war so nicht geplant. Sie haben mir mal wieder nicht zugehört, was dem ein oder anderen nicht gut bekommen ist, wie ich hörte.«

Luce schaute ihn fragend an. Lieferanten? Meinte er die Sklavenhändler? War Argor derjenige, der Lichtler entführte?

»Nicht unbedingt zu meinen Gunsten, aber das ist mir auch egal. Ich habe noch genug Lieferanten, die mich ausstatten. Mich interessiert nur der Ring und ich will, dass du ihn findest! Du weißt, ich habe deine Eltern. Wie lange sie es noch bei mir aushalten, entscheidest ganz allein du. So langsam schwindet die Lebenskraft aus ihnen und wenn ich ehrlich sein soll, habe ich keine Lust mehr, sie am Leben zu erhalten. Also, Luce, finde den Ring und rette deine Eltern. Oder soll ich mir den hübschen Jungen hier schnappen, damit du in Wallung kommst?« *Argor ging ums Bett, packte Jason an den Haaren und riss seinen Kopf in die Höhe.*

Mit erschrockenen Augen schaute Luce auf Jason, der wie tot auf dem Bett lag – nur sein Kopf hing in Argors Klauen. Sie befreite sich aus der Schockstarre. »Lass ihn in Ruhe, du Monster!«*, brüllte sie*

Argor an. Luce versuchte aufzustehen, um auf ihn zuzulaufen, aber sie konnte nicht. Verzweifelt ließ sie sich aufs Bett zurücksinken und funkelte Argor erbost an. »Ich werde dir den Ring besorgen. Und nun lass ihn in Ruhe!«

»Schön!« Argor ließ Jasons Kopf los. Er näherte sich wieder Luce, packte mit seiner kalten, knöchrigen Hand ihr Kinn und umklammerte es. »Beeil dich! Sonst sterben alle, die du gern hast. Angefangen bei deinen Eltern und deinem Freund hier!«

Mit einem lauten Knall verschwand Argor und Luce sackte in sich zusammen ...

»Luce, du bist das Mädchen, auf das ich so lange gewartet habe. Ich lasse mir von niemanden sagen, dass wir nicht zusammen sein dürfen. Auch nicht von meinem Vater.«

Jason wollte nach ihrer Hand greifen. Verdutzt setzte er sich auf und sah, dass Luce auf der Bettkante saß.

»Luce?«

In ihrem Kopf drehte es sich, ihr Körper schmerzte und der Geruch, den Argor an sich gehabt hatte, verursachte ihr einen Brechreiz. Mit vorgehaltener Hand sprang sie auf und rannte ins Bad, um sich dort zu übergeben. Blitzschnell stand ihr Jason zur Seite, hielt ihr den Kopf und sah sie fragend an.

»Luce, was ist denn los?« Mühselig raffte sie sich auf, setzte sich neben die Toilette und lehnte sich mit geschlossenen Augen gegen die kalte Steinwand.

Sie zitterte am ganzen Körper. Jason starrte sie verwirrt an. Argor hatte alle Menschen bedroht, die ihr etwas bedeuteten: er würde auch vor Jason keinen Halt machen, was ihr Angst machte. Sie hatte sich Hals über Kopf in ihn verliebt und wollte mit ihm zusammen sein. Der Gedanke, dass ihm etwas zustoßen könnte, ließ sie innerlich zusammenbrechen.

»Luce, was ist passiert? Habe ich etwas Falsches gesagt?« Luce versuchte sich zu beruhigen, atmete tief durch und öffnete die Augen.

»Argor war bei mir!«, brach es aus ihr heraus und sie lehnte den Kopf erneut gegen die kalte Steinwand: Nur so hatte sie das Gefühl, nicht in einen tiefen Abgrund zu stürzen. »Er will alle Menschen töten, die mir etwas bedeuten, wenn ich ihm nicht so schnell wie möglich den Ring besorge.« Luce löste sich von der Wand und blickte Jason an. Er setzte sich zu ihr und nahm sie liebevoll in den Arm.

»Argor war hier? Aber wie …«

Sie fing an, ihm die ganze Geschichte zu erzählen. Jasons Gesicht verhärtete sich und man konnte in seinen Augen den blanken Hass erkennen, den er für Argor empfand.

»Jason, wie kann es sein, dass er hier reingekommen ist? Und wie kann es sein, dass nur ich ihn sehen konnte? Du aber nicht?« Verzweifelt sah sie ihn an.

»Ich habe keine Ahnung. Er muss besondere Fähigkeiten haben. So ähnlich wie deine, vermute ich. Hast du noch jemand anderen im Raum sehen können?« Luce versuchte, sich zu erinnern.

Langsam ging sie die Szene durch und achtete dieses Mal auf alle Details: erschrocken schoss sie hoch.

»Da war etwas!«, sagte sie mit zittriger Stimme.

Luce schloss die Augen und dachte an Argor. Er schleifte einen Schatten hinter sich her, der kaum zu sehen war. Ob es eine Person war oder etwas anderes, konnte Luce nicht mehr erkennen.

»Ein Schatten«, murmelte sie Jason zu, der ebenfalls aufgestanden war.

»Dann war es nicht seine Fähigkeit. Sondern die einer Zauberin.«

»Meine Mutter!« Sofort schoss Luce ein Bild durch den Kopf, das dem Schatten Konturen gab. Das Bild erinnerte sie stark an ihre Mutter, als sie von Argor entführt wurde. Das kleine graue Etwas, das zusammengekauert vor ihm kniete und ihn flehentlich ansah.

»Es kann nur meine Mutter gewesen sein. Wenn sie die gleiche Fähigkeit hat wie ich, hat sie die Zeit angehalten und mich geweckt, damit Argor mit mir reden kann. Aber wie hat sie das geschafft, ohne mich zu berühren?« Nachdenklich schaute Luce zu Jason, der mit zusammengekniffenen Augen angestrengt nachdachte.

»Wir sollten mit Nael sprechen. Der ist Experte, was die Fähigkeiten angeht. Er kann uns bestimmt weiterhelfen.«

»Aber dann müssten wir ihm sagen, dass auch ich so eine Fähigkeit besitze. Und was machen wir mit deinem Vater? Jetzt sind es zwei Fähigkeiten, die ich nicht zu hundert Prozent ausführen kann. Er wird mich sofort zurück in die Fabrik schicken!« Luce drückte sich ängstlich an Jasons Brust.

Sie wollte auf keinen Fall, dass Endemir von ihrer neuen Fähigkeit erführe: noch nicht.

»Wir sprechen allein mit Nael, ohne meinen Vater, und bitten ihn, es für sich zu behalten.« Jason nahm Luce fester in den Arm und küsste sie auf die Stirn.

Sofort machten sie sich auf den Weg zu Naels Zimmer.

Ein leises »Herein« ertönte, als Luce und Jason an die Zimmertür geklopft hatten.

»Was kann ich zu so später Stunde noch für euch tun?« Nael saß an seinem kleinen Schreibtisch und man konnte deutlich erkennen, dass er todmüde war.

Um seine Augen hatten sich dunkle Schatten gebildet und seine Haare, die er zusammengebunden hatte, gaben ein wirres Bild ab. Er nippte an seiner Tasse, die er gerade mit frischem Kaffee gefüllt haben musste: Der Duft zog durch den ganzen Raum.

Jason und Luce schauten sich stumm an und beobachteten ihn beim Schlürfen seines Kaffees.

»Also?«, fragte er noch einmal nach, schaute die beiden an und deutete auf die Couch.

Sie setzten sich und mit leiser Stimme fing Jason an zu erzählen.

Er berichtete, dass Argor Luce aufgesucht hatte, dass dabei die Zeit angehalten wurde und dass höchstwahrscheinlich Luces Mutter mit ihrer Fähigkeit dafür gesorgt hatte. Jason erzählte weiter, dass Argor Luce gedroht habe, jeden den sie liebt, zu töten, wenn er den Ring nicht bald bekommen würde.

»Er war hier?! Hier im Außenposten? Aber wie ist das möglich?« Nael griff sich nervös in die Haare, was sie noch mehr durcheinander brachte. »Er erpresst deine Mutter! Sonst würde sie das nicht tun. Haferien hat unglaubliche Kräfte, die er sich zunutze macht.« Nachdenklich schenke Nael sich noch eine Tasse Kaffee ein. »Möchtet ihr auch?« Jason und Luce winkten dankend ab.

»Und was machen wir jetzt?« Jason hatte sich erhoben und ging zu Nael, der sich seinem Computer zugewandt hatte.

»Ich weiß jetzt, für wen diese Räuberbande arbeitet. Es ist Argor«, sagte Luce.

»Nein! Das kann nicht wahr sein! Dann ist also Argor für die Akumas verantwortlich? Er ist es, der mit den Lichtlern experimentiert? Wir müssen ihn finden. Es wurden schon wieder Lichtler entführt, als sie auf dem Weg in die Fabrik waren. Die Nachricht hat mich heute Abend erreicht. Es ist einfach nur schrecklich.« Und wieder raufte er sich die Haare.

»Ich kann auch die Zeit anhalten!«, schoss es jetzt aus Luce heraus. Sie war auf die äußerste Kante der kleinen Couch gerutscht.

Nael, der sich an seinem Kaffee verschluckt hatte, schaute sie erschrocken an.

»Wie, warum aber ...« stotterte er.

»Sie hat es heute Nachmittag herausgefunden, als wir im Labor waren und die Untersuchungsergebnisse bekommen haben«, schaltete sich Jason ein.

»Es ist einfach so passiert. Ich wollte Endemir von mir abwehren und auf einmal waren alle erstarrt. Nichts bewegte sich mehr. Ich habe Jasons Hand berührt und er ist aufgewacht. Das gleiche habe ich bei Mel gemacht und auch sie ist aufgewacht.«

»Warum habt ihr mir davon nichts erzählt?« Nael blickte Luce fragend an.

Jason antwortete an ihrer Stelle: »Wir wollten es Endemir nicht erzählen. Du weißt, wie er sich dann immer benimmt. Denk nur mal daran, als ich meine ersten Fähigkeiten bekam. Ich musste den ganzen Tag von morgens bis abends trainieren. Egal ob ich fit war oder nicht. Und bei Mel war es ebenso. Deshalb wollten und wollen wir ihm nichts davon erzählen. Kannst du es für dich behalten?« Jason sah Nael mit flehenden Augen an.

»Aber er muss es wissen. Immerhin ist der Leiter der Fabrik

und ihm darf nichts verheimlicht werden.«

»Wir werden es ihm ja auch erzählen. Nur nicht jetzt sofort. Bitte, Nael, erzähl es ihm nicht.« Luce bettelte ihn an.

Sie wollte nicht so enden wie Mel oder Jason, die ihre Fähigkeiten bis zum Erbrechen hatten trainieren müssen. Dafür hatte sie jetzt keine Zeit. Sie musste sich so schnell wie möglich auf den Weg machen, um den Ring zu finden. Die Eiseskälte, die Argor ausgestrahlt hatte, haftete noch immer auf ihrer Haut und machte ihr Angst. Sie wollte weder Jason noch jemand anderen, den sie liebte, verlieren. Argor würde ihnen weh tun, da war sie sich sicher: es waren keine leeren Drohungen. Am liebsten wäre Luce auf der Stelle in die Vergangenheit gereist. Sie wollte keine Zeit verstreichen lassen.

»Wir müssen in die Vergangenheit reisen. Am besten jetzt gleich.« Aufgeregt wippte sie auf der Couch hin und her.

Nael, der sich einen Cognac in seinen Kaffee gekippt hatte, sah die beiden ungläubig an.

»Luce, das geht nicht so schnell. Aber ich werde Jack sofort wecken und ihn bitten, alles vorzubereiten. In zwei, drei Stunden könnten wir sicherlich starten.«

Mittlerweile war es tief in der Nacht. Die Zeiger des Weckers, der auf Naels kleinem Nachttisch neben dem Bett stand, zeigte auf zwei Uhr morgens.

»Also können wir um fünf starten?« Jason sah Nael fragend an, der ihm zunickte. »Okay. Dann treffen wir uns um fünf ... Wo treffen wir uns eigentlich?«

»Bei mir im Büro. Ich lasse Jack dort alles vorbereiten.«

Luce lag auf dem Bett und starrte gedankenverloren an die Decke. Jason war unter die Dusche gegangen, um sich für die Reise frisch zu machen. Das letzte Mal, dass er in die Vergangenheit gereist war, war zusammen mit Mel. Sie hatten herausfinden sollen, wie ein bestimmtes Elixier wirkte, das ihr Dad an sich selbst ausprobiert hatte. Dies sollte nur ein weiterer Test sein, den Endemir anordnete, damit sie lernten, sich in der Vergangenheit zurechtzufinden. Immer wieder mussten sie die

Reise durchlaufen, bis sie an der richtigen Stelle angekommen waren und Mel Endemir detailliert erzählen konnte, wie das Elixier bei ihm gewirkt hatte. Luce dachte angestrengt nach. Würde Endemir ihr auch solche Übungen befehlen? Würde er sie auch so drangsalieren, wie er es mit seinen eigenen Kindern getan hatte? Oder war er nur so streng, weil sie seine Kinder waren? Luce konnte sich kaum vorstellen, wie anstrengend das für Jason und Mel gewesen sein musste: die gleichen Trainingseinheiten zu durchlaufen, bis sie nicht mehr konnten. Ein kalter Schauer durchlief sie.

»Du bist ja noch wach? Du solltest lieber schlafen, Luce, damit du nachher fit genug bist für die Reise.«

»Ich kann nicht schlafen. Zu viele Gedanken kreisen mir im Kopf herum.« Sie sah Jason an, der nur mit einem Handtuch bekleidet vor ihr stand. »Und jetzt kann ich noch weniger schlafen. Vielen Dank dafür!« Sie schaute ihn von oben bis unten an und feixte.

Ein breites Grinsen zuckte auf Jasons Lippen. Er kam zu ihr ins Bett gekrochen.

»Komm her …«, hauchte er mit seiner männlich-rauen Stimme und zerrte an ihrem T-Shirt.

Luce legte sich auf seine nackte Brust, hörte seinem Herzschlag zu und bemerkte wieder dieses Kribbeln im Bauch. Behutsam fing sie an, seinen Oberkörper zu streicheln und ihn zu küssen, bis Jason sie schwungvoll auf den Rücken warf und innig küsste. Die Leidenschaft, die sich in Luce ausbreitete wie ein unkontrollierter Waldbrand, verdrängte die Gedanken an Argor, die Reise und die Suche nach dem Ring aus ihrem Kopf. Ihr Herz raste, eine Gänsehaut überzog ihren Körper und die Schmetterlinge machten sich wieder auf den Weg, um in ihrem Bauch zu tanzen. Jasons warme Lippen berührten ihren Hals, ihre Schulter und arbeiteten sich weiter abwärts. Seine Hände berührten jeden einzelnen Zentimeter ihrer Haut. Sie stöhnte lustvoll auf. Sie liebte es, wenn er sie berührte, sie liebkoste und sie miteinander schliefen. Es war erst das vierte Mal, aber es fühlte sich an, als wären sie nie voneinander getrennt gewesen und seit Ewigkeiten zusammen. Sie genoss jeden Augenblick mit ihm und schmolz bei jeder seiner Berührungen dahin. Er brachte ihren Körper zum Beben, was immer in einem wilden Zucken endete.

Mit verliebten Blicken schaute sie Jason an, nachdem sie sich geliebt hatten und eingekuschelt im Bett lagen.

»Wie spät ist es?«, gähnte Luce.

»Wir haben noch ein bisschen Zeit. Es ist erst halb vier.« Jason las die Uhrzeit von seinem Handy ab, das auf dem Nachtisch lag. »Mach die Augen zu. Ich bleibe wach und wecke dich, wenn wir aufbrechen müssen...«

Kapitel 26

»WIR MÜSSEN NICHT WISSEN WOHIN UNS DIESER WEG MAL FÜHRT. LASST UNS EINFACH WEITER GEHEN UND SEHEN, WAS DARAUS WIRD.«

@QUEENSOFDAYDREAMS

Mühsam quälte sich Luce aus dem Bett, nachdem sie doch noch in einen festen Schlaf gesunken war. Beide machten sich auf den Weg und standen wenig später in Naels Büro.

»Luce, du musst dich auf die Meerjungfrau konzentrieren, damit du in die richtige Vergangenheit eingeschleust wirst. Am besten denkt ihr beide an die Meerjungfrau, dann sollte es funktionieren.« Nael deutete auf das Sofa in seinem Büro. »Macht es euch gemütlich und versucht euch zu entspannen.« Jason und Luce ließen sich fallen und lehnten sich zurück.

Jack, der bereits im Büro wartete, reichte ihnen zwei Gläser, in der die Flüssigkeit war, die sie in Trance versetzen sollte. Sie kippten das Gebräu in einem Zug hinunter. Jason nahm Luces Hand, verschränkte ihre Finger mit seinen und schaute ihr hoffnungsvoll in die Augen.

»Wir sehen uns gleich auf der anderen Seite. Und immer an die Meerjungfrau denken.«

Der Schwindel setzte ein: Luces Arme und Beine wurden schwer, ihre Haut kribbelte unangenehm und das Rauschen in ihren Ohren übertönte alles, was an anderen Geräuschen zu hören war. Sie schloss die Augen, versuchte sich zu entspannen und dachte an die Meerjungfrau, die bei ihrer Mutter gestanden und den Ring entgegengenommen hatte. Ihr Herz schlug langsam, Dunkelheit legte sich auf ihre Augen, bis es still und kalt um sie herum wurde ...

»Luce! Wach auf!« *Eine Stimme hallte in ihren Ohren und eine Hand rüttelte an ihrer Schulter. Benommen öffnete Luce die Augen. Verwirrt sah* sie sich um und schaute in alle Richtungen, um festzustellen, dass sie mitten in einem Wald auf dem Boden lag. Jason hatte sich über sie gebeugt und schaute sie liebevoll an.

»Wir haben es geschafft. Wir sind in der Vergangenheit.« Er lächelte sie zufrieden an und half ihr hoch.

Luce sah sich weiter um: der Wald, in dem sie gelandet waren, war kein normaler. Die Bäume, die hier standen, glänzten in einer Pracht, die sie noch nie gesehen hatte. Es kam ihr vor, als hingen tausende von Muscheln an den Ästen, die in zahlreichen Farben glitzerten. Sie ging auf einen der Bäume zu, berührte den Stamm und zuckte zurück. Er fühlte sich kalt und glatt an, ganz anders als das Holz, das sie kannte. Fragend sah sie zu Jason, der sich ein Stück von ihr entfernt hatte, um sich ebenfalls umzuschauen: er bemerkte ihren Blick nicht. Luce ließ ihre Fingerkuppen erneut an dem Baumstamm entlang gleiten. Wieso konnte sie ihn berühren? Das Holz – oder woraus der Stamm auch immer war – kitzelte unter ihren Fingern. Anscheinend konnte Luce hier alles berühren und war nicht nur ein unsichtbarer Gast, wie auf der ersten Reise. Konnte das etwas mit ihren neu gewonnen Fähigkeiten zu tun haben, fragte sie sich in Gedanken. Auf der ersten Reise hatte Luce nichts verrichten können: sie konnte mit niemandem sprechen und konnte ihrer Familie nicht helfen, was sie unsagbar traurig gemacht hatte. Umso erstaunter war sie, dass sie hier anscheinend alles berühren konnte.

Aufgeregt schaute sie sich zu Jason um, der bereits ein paar Schritte vorausgegangen war. Nachdenklich und abgelenkt von der außergewöhnlichen Natur folgte Luce ihm langsam. Immer wieder blieb sie stehen und bestaunte die Pflanzen, die so schön vor ihr standen. Das Moos auf dem Waldboden hatte eine ganz andere Farbe, als sie es von ihren Wäldern her kannte. Es leuchtete lila und die zarten Blüten, die sich daran befanden, glitzerten wie kleine Diamanten und brachen das Licht in die Farben des Regenbogens. Auch alle anderen Pflanzen hatten außergewöhnliche Farben und Luce stellte sich die Frage, wo sie hier war. Auf jeden Fall nicht in Rolu, eine solche Natur gab es definitiv nicht in ihrem Heimatdorf.

Ein Blick zum Himmel ließ sie aufschrecken. Dort befanden sich gleich zwei Sonnen, die um die Wette strahlten und den Himmel rosa färbten. Das Einzige, was hier normal zu sein schien, waren die Wolken, die genauso weiß über sie hinwegzogen, wie sie es von zu Hause her kannte.

»Jason, wo sind wir hier?« *Luce hatte ihn eingeholt, fasste nach seiner Hand und zwang ihn, stehenzubleiben.*

»Wenn mich nicht alles täuscht, sind wir auf Aquata – der Welt der Meerwesen.«

»Aber wie geht das? Sollten wir nicht in Rolu sein und herausfinden ...« *Ihre Stimme versagte und sie starrte ins Leere.* »Kann es sein, dass meine Mutter die Vergangenheit extra für mich umgebaut hat? Nein, das kann nicht sein. Das geht doch überhaupt nicht.« *Luce schüttelte den Kopf und sah Jason fragend an.*

»Wie Nael bereits sagte, ist deine Mutter eine der mächtigsten Zauberinnen, wenn nicht sogar die Mächtigste. Also warum nicht?« *Er löste sich von ihr und wollte weitergehen, als Luce ihn erneut zurückhielt.*

»Ich kann die Dinge in dieser Vergangenheit berühren, Jason. Das konnte ich auf der ersten Reise nicht. Warum?« *Fragend schaute sie ihm in die Augen.*

»Ich weiß es nicht, Luce. Lass uns weitergehen, um herauszufinden, wo genau wir sind.« *Jason nahm ihre Hand und zog sie zu einem kleinen Weg,* der sich vor ihnen erstreckte.

Auch dieser war nicht aus normalen Steinen oder Sand: vielmehr bestand er aus Muscheln, die dicht aneinandergereiht waren. Der Pfad glänzte mit den zwei Sonnen um die Wette. Es dauerte nicht lange und der Wald lichtete sich. Endlose Wiesen taten sich vor ihnen auf, die eine andere Farbe hatten als die Wiesen, die sie kannten. Luce konnte nicht anders und ging in die Knie, um einen der Halme, die am Wegesrand standen, unter die Lupe zu nehmen. Vorsichtig berührte sie den Stängel der Pflanze, der fünf verschiedene Farben aufwies. Oben leuchtete er in Rosa, ging in ein zartes Hellblau über, um von Pink in Lila zu wechseln und ganz unten in einem saftigen Grün zu enden. Sie rieb den Halm zwischen den Fingern: Ein zitronenartiger Duft strömte ihr entgegen. Luce saugte diesen tief in sich hinein und schloss die Augen. Nicht nur die Farben reizten ihre Sinne, sondern auch der Duft der Pflanze, sodass sie das Gefühl bekam zu fliegen. Nein, es war eher so, als würde sie schwerelos im Wasser treiben.

In der Nähe hörte Luce ein leises Rauschen: Es klang, als würde vor ihnen ein Meer liegen. Sie sprang auf und blickte dem Rauschen entgegen, bis sie das Wasser glitzern sah. Da sie noch nie am Meer gewesen war, stürmte sie los, um näher an das Wasser zu gelangen. Sie huschte an Jason vorbei, lief an den rosafarbenen Strand und riss die Augen auf. Sie hatte Recht: Vor ihr lag ein wunderschönes Meer, das ihr türkisfarben entgegenleuchtete. Jason, der ihr gefolgt war, lächelte ihr zu, schaute sich aber dennoch aufmerksam um.

»Das musst du dir anschauen, Jason.« Luce, die dicht am Ufer stand, rief aufgeregt zu ihm hinüber und winkte ihn zu sich heran.

Das Wasser lag glasklar vor ihnen und Fische, die so bunt waren, dass man die einzelnen Farben nicht auseinanderhalten konnte, sprangen in die Luft.

Fasziniert beobachtete Luce das bunte Treiben, bis Jason sie aus ihren Gedanken riss.

»Luce, wir sollten weiter. Wir müssen die Meerjungfrau finden.« *Wehmütig sah sie zu den kleinen hübschen Fischen hinüber und winkte ihnen zu.*

Der Weg führte am Meer entlang und die frische salzige Luft legte sich auf Luces Haut: sie fing an zu glitzern. Ein Kribbeln machte sich an ihrem ganzen Körper breit und sie lächelte Jason verliebt an.

»Was ist?«

»Ach, nichts.« *Sie nahm seine Hand und küsste jeden einzelnen seiner Fingerknöchel.* »Ich bin froh, dass du bei mir bist. Es ist hier traumhaft schön und ich fühle mich unglaublich leicht, fast schwerelos.« *Luce drehte sich im Kreis und summte fröhlich vor sich hin.*

»Ja, davon habe ich gelesen. In dieser Welt herrscht eine ganz besondere Magie. Wodurch diese Leichtigkeit entsteht, wurde in den Geschichtsbüchern leider nicht erwähnt.«

Luce tänzelte summend weiter und genoss die warme, salzige Luft auf ihrer Haut. Sie fühlte sich wie in Trance: schwerelos, glücklich und zufrieden. Immer wieder blickte sie zurück zu Jason, der sie nachdenklich musterte. Tanzend hüpfte sie zu ihm, drückte sich an ihn und gab ihm einen leidenschaftlichen Kuss. Ihre Finger wanderten unter seine Jacke, berührten seine Brust. Ein verschmitztes Lächeln huschte über ihre Lippen und ihre Hände glitten weiter zu seinem Hosenbund.

»Luce, was machst du denn da?«, *fragte er sie und sah sie mit hochgezogenen Augenbrauen an.*

»Hm ..., was könnte ich wohl wollen?« *Luce grinste ihn an und öffnete seinen Hosenknopf.*

Jason nahm ihre Finger und drückte sie von sich weg. »Hör auf damit! Dafür haben wir keine Zeit! Wir wollen doch den Aufenthaltsort der

Meerjungfrau finden.«

»Ja, das wollen wir. Aber es ist schön hier. So warm und einsam.« *Luce trat wieder näher an Jason heran, umarmte ihn und wollte ihn küssen, als er sie erneut von sich wegschob.*

»Luce, was ist denn mit dir los?«

»Nichts! Ich dachte nur ...«

Jason sah sie mit großen Augen an. »Was dachtest du?«

»Wir könnten vielleicht eine kleine Pause machen und ... na, du weißt schon!«

»Nein! Lass uns weitergehen. Wir holen das später nach! Versprochen!« *Er lächelte sie liebevoll an, gab ihr einen Kuss auf die Stirn und zog sie weiter am Ufer entlang.*

»Warte, Jason! Ich möchte meine Schuhe ausziehen! Der Sand ist so weich und warm, ich möchte ihn unter meinen Füßen spüren!« *Jason nickte ihr nachdenklich zu und Luce zog summend ihre Schuhe aus, die sie ihm in die Hand drückte.*

Kopfschüttelnd warf sich Jason die Schuhe über die Schulter und zog sie weiter. Noch immer hatte sie das Gefühl zu schweben und das Verlangen, das sie für ihn empfand, wollte nicht vergehen. Luce versuchte Jason zu bezirzen, aber er ignorierte sie. Irgendwann gab sie auf, stapfte missmutig den Weg entlang und schaute auf den Boden, der weich unter ihren Füssen lag. Der warme rosa Sand kitzelte zwischen ihren Zehen und löste ein leichtes Kribbeln in ihr aus. Luce war vollständig in Gedanken versunken. Sie dachte nur daran, wie entspannt, glücklich und zufrieden sie doch war. Plötzlich blieb Jason stehen. Luce schreckte aus ihren Gedanken hoch und blickte erstaunt nach vorn.

Vor ihnen stand ein kleines Haus, direkt am Meer: es war nicht aus Stein erbaut, wie Luce es kannte. Nein, es bestand aus zahllosen Muscheln, die dicht aneinanderklebten und glänzten. Es sah von außen nicht besonders groß aus und Luce stellte sich die Frage, ob dort wirklich eine Meerjungfrau lebte. Jason löste sich von ihr und ging auf die Tür zu. Vorsichtig klopfte er an und wartete, aber nichts geschah. Er klopfte erneut an, diesmal ein wenig lauter: er trat einen Schritt zurück. Beide warteten gespannt, was nun geschehen würde: und tatsächlich öffnete jemand. Quietschend und knarrend bewegte sich die Tür und eine Frau lugte durch den Türspalt. Mit leiser, zarter Stimme begrüßte sie Jason mit einem »Hallo«. Sie beugte den Kopf weiter durch den Türspalt, bis Luce die Frau erkennen konnte.

»Du bist bestimmt Luce.«

Mit großen Augen starrte Luce die Frau an. Woher kannte sie ihren Namen? Freundlich nickte sie ihr zu. Vor ihnen stand eine ältere Frau, die um die fünfzig Jahre alt sein musste. Ihre kupferfarbenen langen Haare bewegten sich im Wind. Ihre Augen erstrahlten in dem gleichen Türkisgrün wie das vor ihnen liegende Meer und sie warf ihnen ein freundliches Lächeln zu.

»Kommt doch herein.« Sie winkte Jason und Luce zu und ging ins Haus.

Langsam setzte sich Luce in Bewegung und sah fragend zu Jason, der ebenso ratlos zu sein schien.

Sie traten in das kleine Muschelhaus und schauten sich um. Alles glänzte in zartem Rosa und es duftete nach einer Blumenwiese. Auch hier fanden sich eine Menge Muscheln wieder, die als Wandbild verarbeitet waren. Die Sonne, die durch das kleine Fenster schien, erhellte den Raum und leuchtete das Bild an, das wohl das Meer darstellen sollte. Beindruckt berührte Luce mit den Fingerkuppen die Muscheln, als die Frau ihnen zurief, ihr zu folgen. Mit einem Ruck nahm Luce die Finger von dem Bild und sie folgten ihr durch einen kleinen Flur. Mit großen Augen standen sie nun in einem geräumigen hellen Zimmer, das hellblau glitzerte. Luce verschlug es die Sprache: an einer Wand lief Wasser herab, das smaragdgrün schillerte und sich in ein künstlich angelegtes Becken ergoss. Das Plätschern kitzelte in Luces Ohren und wieder fühlte sie sich wie schwerelos. Sie musterte den Raum genauer. Am anderen Ende befanden sich eine Küche, ein Tisch mit zwei Stühlen und ein kleines Sofa, das gemütlich aussah. Die Natur spiegelte sich auch hier wieder, alles glänzte in den Farben, die Luce bereits in der Landschaft bewundert hatte.

»Bitte setzt euch doch. Ich mache uns schnell einen Tee und dann können wir uns in Ruhe unterhalten.« *Die Frau ging in die Küche, schaltete den Wasserkocher an und holte drei Tassen aus dem Schrank. Sie befüllte eine Kanne, die aussah, als würde sie aus einer riesigen Muschel bestehen, mit ein paar grünen Teeblättern.*

Luce konnte nicht mehr an sich halten und fragte die Frau direkt, woher sie ihren Namen kannte.

»Na, von deiner Mutter, meine Liebe. Sie hat mir erzählt, dass du kommen würdest und ich habe sehr lange auf dich gewartet.«

»Sie war hier?« *Stirnrunzelnd sah Luce die Frau an, die den Tee auf einem Tablett servierte.*

»Nein, ich war bei ihr. Und ich habe etwas, das ihr ganz dringend sucht.«

»Den Ring?« *Jason blickte die Frau fragend an und rutschte auf die Sofakante.*

»Ja, es geht um den Ring.«

»Können Sie uns sagen, wo genau wir auf Aquata sind, damit wir hinreisen und ihn abholen können?«

Verblüfft schaute die Frau Luce an. »Wieso wollt ihr nochmal zu mir reisen? Ihr seid doch bereits hier und ich kann ihn euch geben.«

»Aber wie ist das möglich? Wir sind doch nur in die Vergangenheit gereist, um herauszufinden, wo der Ring versteckt ist.« *Nachdenklich schaute Jason zu Luce, die noch ratloser wirkte als er.*

»Nein. Ihr seid nicht in die Vergangenheit gereist. Ihr seid durch ein Portal gekommen und ganz real bei mir.« *Luce sprang auf und lief aufgeregt im Raum auf und ab.*

Ihre Gedanken rasten. Dabei knetete sie immer wieder nervös ihre Hände und sah fragend zu Jason, der sich anscheinend die gleiche Frage stellte: wie war das möglich?

»Deine Mutter sagte mir, dass du deine Fähigkeiten noch nicht bewusst wahrnehmen würdest, wenn du mich aufsuchen kommst. Nun ja ... Du hast die Fähigkeit, nur mit Hilfe deiner Gedanken ein Portal zu erschaffen. So kannst du in die verschiedenen Welten reisen, ohne die üblichen Reiseportale der Lichtler zu benutzen.«

»Ist nicht wahr!« *Jason sah Luce begeistert an.* »Luce, das ist fantastisch. Einfach unglaublich!«

Mit einem verwirrtem Blick schaute Luce zu der Frau und zu Jason, der sie anlächelte. Sie hatte gerade erfahren, dass sie eine weitere Fähigkeit besaß. Sie konnte ohne die Hilfe der Lichtlerportale in die anderen Welten reisen? Luce kam aus dem Staunen nicht mehr heraus. Also waren sie und Jason gar nicht in die Vergangenheit gereist: sie wurden mithilfe ihrer Gedanken nach Aquata transportiert. Luce fand immer mehr Gefallen an ihren Fähigkeiten und was sie damit anstellen konnte. Aber warum war ihr das nicht schon vorher aufgefallen? Niemals hatte sie in ihrem normalen Alltag eine der Fähigkeiten bemerkt. Nachdenklich starrte Luce auf das Wasserbecken, das türkisgrün leuchtete, bis sie von der Frau aus ihren Gedanken gerissen wurde.

»Ihr müsst diesen Argor aufhalten! Deine

Mutter hat mit aller Kraft versucht, ihn von seinem Vorhaben abzubringen. Deshalb hat sie die Artefakte verstecken lassen. Leider hat er sie daraufhin entführt. Jetzt missbraucht er ihre Kräfte, um alle Artefakte zu finden.«

Erschüttert sah Luce ihre Gastgeberin an. »Was will er damit? Wie können wir meine Mutter befreien?«

»Ich weiß es leider nicht. Wir hatten keine Zeit darüber zu sprechen, Argor war ihr bereits auf den Fersen. Ich weiß nur, dass ich den Ring für dich aufbewahren sollte. Was ich auch getan habe und das achtzehn Jahre lang. Ich werde ihn schnell holen. Bitte wartet hier ...«

Luce hatte sich wieder zu Jason auf die Couch gesetzt, zog schnell ihre Schuhe an und vergrub die Hände zwischen den Schenkeln. Kleine Funken bildeten sich in ihren Handflächen, weil sich der Hass gegen Argor in ihr festgebissen hatte und sie ihre Wut nicht kontrollieren konnte. Mit einem tiefen Atemzug versuchte sie sich zu entspannen, um das blaue Licht verschwinden zu lassen: es funktionierte nicht. Jason, der sie beobachtete hatte, nahm eine ihrer Hände und umschloss sie liebevoll. Mit der anderen Hand streichelte er sanft ihren Handrücken und sah sie besorgt an.

»Luce, du musst dich beruhigen.«

»Das versuche ich schon. Aber es ist leichter gesagt als getan.« *Luce atmete erneut tief ein.*

Jason rückte dichter an sie heran und Luce lehnte ihren Kopf an seine Schulter. Seine Nähe, sein Duft und seine Wärme beruhigten sie zunehmend: er hatte es geschafft, die blauen Funken verschwanden aus ihren Handflächen.

Nachdem die Frau Luce dabei beobachtet hatte, wie sie mit den Funken und dem Hass gegenüber Argor kämpfte, ging sie ohne ein weiteres Wort auf das Wasserbecken zu und wandte sich nochmals zu den beiden um. »Ich bin gleich wieder da!«

Mit einem Satz sprang sie ins Wasser und war verschwunden. Wie versteinert sahen Luce und Jason auf das Wasser, das aufgewühlt vor ihnen lag und dunkelgrün schimmerte.

»Wo ist sie hin?« Jason löste sich von Luce, ging zu dem Becken und blickte hinein.

Aber es war nichts zu sehen. Das Wasser hatte sich von dunkelgrün zu dunkelrot verfärbt und lag ruhig vor ihm. Luce gesellte sich zu ihm und schaute ebenfalls gespannt in die Tiefe. Die rote Farbe war so intensiv, dass man hätte denken können, es wäre Blut. Luce bekam eine Gänsehaut und wich zwei Schritte zurück: die rote Farbe erinnerte sie an ihre Träume und an Argor.

Im selben Moment tauchte die Frau an der Wasseroberfläche auf, ließ sich auf dem Beckenrand nieder und schaute lächelnd zu Luce, die sie verwundert musterte. Alles an der Frau glitzerte in den unterschiedlichsten Farben und im Wasser glänzte eine Schwanzflosse. Vorsichtig trat Luce einen Schritt näher, blickte ins Wasser hinein und weitete ihre Augen: sie stand wahrhaftig vor einer Meerjungfrau. Es gab sie wirklich: Meerjungfrauen! Nael hatte von den Meerwesen gesprochen und Luce konnte es schon dort kaum glauben. Aber nun stand sie leibhaftig vor einer wunderschönen Meerjungfrau. Langsam bildete sich die Flosse zurück und zwei schlanke Beine waren im Wasser zu erkennen. Wie konnte es sein, dass sie sich in einen normalen Menschen zurückverwandeln konnte, dachte Luce, während sie das Schauspiel fasziniert beobachtete. Diese neue Welt, in der sie jetzt lebte, war voller Magie: sie hatte so viele Fragen, die in ihrem Kopf herumspukten. Es verschlug ihr die Sprache, als die Frau das Wasser verließ und ihr etwas Kühles in die Hand drückte.

»Hier ist er!«

Luce schaute gebannt auf ihre Handfläche. Ein großer blauer Stein leuchtete ihr entgegen und ließ ihre Augen hell strahlen.

»Der Ring wurde unserem Volk übergeben. Wir vermuten, dass der blaue Stein das Wasser widerspiegeln soll. Ist er nicht schön?« *Die Meerjungfrau betrachtete den Ring nachdenklich und sprach dann weiter:* »Deine Mutter war eine der Zauberinnen, deren Aufgabe war, die vier Artefakte zu beschützen. Niemand wusste überhaupt, dass es zwei Zauberinnen gab, die die Artefakte behüten sollten. Ich war äußerst überrascht, als deine Mutter mich zu sich rief. Sie gab mir den Ring mit der Bitte, ihn zu verstecken und für dich aufzubewahren, bis du zu mir kommst, um ihn zu holen.«

Luce blickte gedankenverloren auf den Ring. »Was hat Argor mit ihm vor?« *murmelte sie.*

»Das wissen wir Meerwesen leider auch nicht.« *Die Frau hielt kurz inne, schaute Luce eindringlich in die Augen und sprach hastig weiter:* »Ihr müsst nun gehen. Am besten, ihr geht gleich zu den Zwergen. Vielleicht können die etwas mit dem Ring anfangen und herausfinden, was zu tun ist, damit Argor nichts mit ihm anstellen kann. Die Wissenslichtler könnten euch vielleicht auch weiterhelfen. Solltet ihr noch Hilfe benötigen, dann könnt ihr mich gern aufsuchen. Ich werde in den nächsten Tagen nach Rolu zurückkehren und dort für euch zur Verfügung stehen. Stellt euch einfach auf den Steg und ruft nach mir. Mein Name ist Calimé. Und nun geht!«

Die Meerjungfrau drehte sich um und sprang wieder zurück ins Wasser, das sich erneut dunkelrot verfärbte.

»Warte ...« *rief Luce hinterher, doch die Meerjungfrau war verschwunden.*

Luce umfasste den Ring und starrte ins Wasser,

als um sie herum ein frischer Wind aufzog. Verwirrt blickte sie sich um. Wie kann es sein, dass im Haus ein Wind aufzog, dachte sie sich. Unwillkürlich griff Luce nach Jasons Hand, doch er stand nicht mehr neben ihr. Ein schmerzhafter Druck machte sich in ihrem Kopf breit und sie musste die Augen schließen, weil sich alles im Raum drehte und ihr schwindlig wurde. Ein lautes Pfeifen kreischte in ihren Ohren, bis die Dunkelheit sie verschluckte ...

Kapitel 27

»JEDER KILOMETER, DER UNS VONEINANDER TRENNT, ZEIGT UNS VIELLEICHT SPÄTER, DASS DIESE LIEBE KEINE GRENZEN KENNT.«
@QUEENSOFDAYDREAMS

Benommen, orientierungslos und mit Schmerzen am ganzen Körper öffnete Luce langsam ihre Augen. Das schwarze Nichts, das sie soeben noch vor sich gehabt hatte, wich einem grellen Rot. Sie krallte ihre Finger in die Oberfläche und erkannte, dass es feinkörniger Sand war, auf dem sie lag. Das Gefühl, fast zu verbrennen, durchzog ihren Körper: Sandkörner drückten sich in ihre Haut und der Schmerz verstärkte sich von Sekunde zu Sekunde. Mühsam richtete sie sich auf, um dem heißen Sand zu entkommen und sich umzuschauen. Weit und breit war nichts, wirklich gar nichts zu erkennen. Eine karge, tote Landschaft erstreckte sich vor ihr. Die Luft war so heiß wie der Sand und der aufbrausende Wind schleuderte Luce immer wieder die feinen Sandkörner in die Augen. Wo um Himmels willen war sie gelandet? Sie hätte sich in der Außenstelle bei Nael befinden sollen, wo sie aber anscheinend nie angekommen war.

Nervös schaute sie sich erneut um und suchte die Gegend nach Jason ab: sie konnte ihn nicht finden. Angst bestimmte ihre Gedanken. Was war geschehen? Wo war er? Ihr Herz raste, ihre Ohren rauschten und der Schmerz nahm zu. Ein orangefarbener Himmel lag wolkenlos über ihr und zwei Sonnen, die grellrot leuchteten wie der Sand unter ihren Füßen, gaben ein bizarres Bild ab.

»Jason! Wo bist du?«, schrie Luce in die karge Landschaft.

Aber sie hörte nichts. Nur der heulende Wind, der das Rauschen in ihren Ohren übertönte, schien ihr zu antworten. Panisch drehte Luce sich um ihre eigene Achse, schaute sich weiter um, konnte jedoch noch immer nichts erkennen und sackte verzweifelt zusammen. Sie hatte keine Ahnung, wo, wie und warum sie hier gelandet war. Jason war wie vom Erdboden verschluckt und die Sorge um ihn wütete wie ein Tornado in ihrem Magen. Krampfhaft versuchte sie, sich an die Meerjungfrau zu erinnern, an die letzten Worte und die Ereignisse danach, aber Luce gelang es einfach nicht. Jason war nicht bei ihr: sie konnte an nichts anderes denken. Tränen schossen ihr in die Augen. Sie schlug die Hände vors Gesicht und ergab sich ihrer Angst.

»Luce!«, flüsterte eine Stimme.

Luce schreckte hoch: »Wer ist da?«

»Du musst aufstehen und dem Licht folgen!«

Niemand war zu sehen. Riefen die Hitze und die Angst um Jason etwa Wahnvorstellungen hervor? Angst kroch immer mehr in ihr hoch. Noch immer drehte sich Luce spähend im Kreis, aber da waren nur der grellrote Sand, der orangefarbene Himmel und die zwei bizarr leuchtenden Sonnen.

»Folge dem Licht!«, flüsterte die Stimme erneut.

»Wer bist du? Wo bist du? Ich gehe keinen Schritt, wenn du mir nicht sagst, wer du bist!«

Luce schrie die Wörter in den Wind und fragte sich, woher die Stimme kommen könnte.

»Ich bin es, deine Mutter – und nun folge dem Licht!«

»Mom?«, flüsterte Luce.

Konnte es wirklich sein, dass ihre Mutter zu ihr sprach? Aber wie war das möglich? Haferien wurde von Argor gefangen gehalten und das letzte Bild, das Luce von ihr gesehen hatte, zeigte eine halb tote, auf dem Boden zusammengekauerte Person, die sich kaum rühren konnte. Wie konnte sie jetzt ihre Stimme hören? Angestrengt dachte Luce nach. Haferien hatte in der Vergangenheit bereits zu ihr gesprochen und die Worte hallten noch immer in ihrem Kopf: *»Such nicht nach mir, denn ich werde dich finden. Ich liebe dich, Luce!«* Ihre Mutter war eine mächtige Zauberin: so hatte es ihr Nael gesagt. Konnte sie wirklich in Gedanken mit ihr sprechen?

»Was soll ich tun?«, fragte Luce zaghaft, noch immer nicht vollständig überzeugt davon, dass es die Stimme ihrer Mutter war.

»Folge dem Licht!«

Vor Luce tat sich eine helle Lichtkugel auf, die sich langsam in Bewegung setzte. Sie wischte sich die letzten Tränen aus den

Augen und folgte ihr vorsichtig. Was blieb ihr auch anderes übrig: weit und breit war nichts und niemand zu sehen, der ihr helfen konnte.

Der Fußmarsch durch den heißen Sand setzte Luce zu. Ihre Beine schmerzten, ihr Mund war staubtrocken und der heiße Wind peitschte ihr ins Gesicht. Mit aller Kraft stemmte sie sich gegen ihn, um der Lichtkugel zu folgen, die ein ganzes Stück vorausschwebte. Luce wusste nicht, wie lange sie bereits unterwegs und wie weit es noch war, und wo sie ihre Mutter hinführte. Die Landschaft hatte sich nicht verändert: Überall war nur heißer, glühender Sand, der ihr in den Augen brannte und sich inzwischen auf ihrer gesamten Kleidung verteilt hatte.

»Wo führst du mich hin und wie lange dauert es noch?«, schrie Luce in den heulenden Wind, aber sie bekam keine Antwort.

Mit einem tiefen Seufzen folgte sie weiter der Lichtkugel und dachte dabei an Jason. Wo war er? Sie hoffte inständig, dass er wohlauf und sicher bei Nael angekommen war. Sie sehnte sich nach ihm und wünschte, er wäre jetzt bei ihr. Luce hatte keine Ahnung, was auf sie zukommen würde: ohne ihn fühlte sie sich verloren und mutlos, dass ihr die Tränen in die Augen schossen. Sie dachte an seine saphirblauen Augen, an sein unwiderstehliches Lächeln, seine Berührungen und an das letzte Mal, als sie ihn gesehen hatte. Beide hatten gebannt auf den Ring gestarrt, den die Meerjungfrau Luce in die Hand gedrückt hatte. Der Ring, schoss es Luce durch den Kopf. Sie schaute auf ihre Hand und sah einen wunderschönen, silbernen Ring an ihrem Finger, dessen Stein hellblau leuchtete.

Luce versuchte sich zu erinnern, was sie gedacht hatte, als die Meerjungfrau sie aufgefordert hatte, wieder nach Hause zu reisen. Bilder schossen ihr durch den Kopf: kleine Männer mit langen Bärten und klirrende Geräusche; dunkle Räume, in denen Werkbänke standen; heißes Feuer, das aus den Öfen schlug, und silberne Schwerter, die an den Wänden hingen und im Licht des Feuers glänzten. Waren das ihre letzten Gedanken? Wenn dem so war, dann musste sie in der Zwergenwelt sein. Das wäre gut möglich, dachte sie, denn die Zwerge sollten den Ring begutachten. Vielleicht würden sie eine Möglichkeit finden, damit Argor diesen nicht mehr für seine Zwecke nutzen konnte. Aber warum war dann Jason nicht bei ihr? Wenn sie an ihn dachte, zog sich ihr Magen schmerzhaft zusammen und ein kalter Schauer lief ihr über den Rücken: sie vermisste ihn so sehr. Mit einem traurigen Seufzen ging sie weiter und folgte dem Licht.

Die Landschaft veränderte sich allmählich. Weit entfernt erkannte Luce eine Gebirgskette, die sich über den ganzen Horizont erstreckte. Steine ragten aus dem roten Sand und bildeten abstrakte Formen. Der Weg schien kein Ende zu nehmen und wurde immer beschwerlicher. Der Sand wich nach und nach den Felsen und Luce musste zunehmend über Steine klettern, um die Lichtkugel nicht aus den Augen zu verlieren. Erschöpft und halb verdurstet kletterte sie über mehrere Felsen, die bergauf führten, und blieb abrupt stehen, als sie eine Anhöhe erreicht hatte. Was sie sah, ließ sie erstarren.

Nur wenige hundert Meter vor ihr, eingebettet in ein riesiges Tal, befand sich ein imposantes Gebäude. Es bestand aus drei Einheiten, die Luce an eine Burg, eine Fabrik und ein Schloss erinnerten. Das Gebäude mit seinen schwarzen Steinen thronte im rot glühenden Sand. Was für eine seltsame Bauweise, dachte sie, als sie der Lichtkugel folgte. Sie fragte sich, wer darin wohnte, und vermutete, dass die Zwerge diese Behausung errichtet haben könnten: Der fabrikähnliche Teil wäre für die Herstellung der Waffen perfekt; das schlossähnliche Gebilde könnte man gut für Feierlichkeiten nutzen und der große Burgteil wäre als Wohnraum für die fleißigen Zwerge eine angenehme Abwechslung.

Die Lichtkugel schwebte unaufhaltsam auf das Gebäude zu und Luce hatte Mühe, ihr zu folgen. Der Abstieg in das Tal erforderte ihre volle Aufmerksamkeit, denn die Felsen waren kantig, spitz und teilweise mit Sand überzogen, sodass sie leicht ins Rutschen kam. Vorsichtig kletterte sie den Abhang hinunter, immer mit dem Blick auf ihre Füße, um sich nicht kurz vor dem Ziel den Hals zu brechen, wenn es denn überhaupt ihr Ziel war. Die Lichtkugel schwebte unten im Tal bereits ungeduldig hin und her, wartete aber anscheinend auf Luce, wie sie erleichtert feststellte. Sie hatte den schweren Abstieg ohne große Blessuren überstanden und machte sich auf, zu dem Gebäude zu gelangen. Ein seltsames Gefühl überkam sie, als sie sich der Burg näherte. Ihr Magen zog sich zusammen, ihre Hände kribbelten und klagende Stimmen hallten in ihren Ohren.

Immer wieder fragte Luce sich, wo sie war. Sie bekam es mit der Angst zu tun. Was würde sie jetzt dafür geben, Jason bei sich zu haben: er würde ihre Hand halten, sie beruhigen und ihr Mut zusprechen. Wahrscheinlich könnte er ihr erklären, um was für ein Gebäude es sich handelte, und sie würde ihm gespannt zuhören. Sie lächelte zaghaft. Mit vorsichtigen Schritten näherte sich Luce dem großen Gebäude. Sie kniff ihre Augen zusammen, um mehr erkennen zu können: der rote Sand peitschte erneut in ihr Gesicht. Mühsam kämpfte sie sich voran, immer das helle Licht vor Augen, das ihr den Weg zeigte.

Sie war nur noch wenige Meter entfernt und das Gebäude, das von einer dicken Mauer umschlossen wurde, wirkte immer bedrohlicher auf sie. Nirgends war ein Eingang zu erkennen. Luce beobachtete überrascht, wie das Licht durch die Mauer hindurchschwebte und verschwand. Ihre Schritte wurden langsamer: Ein seltsames Gefühl ergriff ihren Körper. Nicht nur, dass das Licht durch die Mauer geschwebt war – auch die Mauer zog Luces Aufmerksamkeit auf sich. Auf den schwarzen Steinen pulsierten dunkelrote Venen, die sich als Adergeflecht um die Mauer gelegt hatten. Es erinnerte sie stark an die Akumas und deren Haut: ängstlich wich sie zwei Schritte zurück. War es möglich, dass sie nicht am Haus der Zwerge angekommen war, sondern den Aufenthaltsort Argors entdeckt hatte? Hatte er ihr den Lichtball geschickt, um sie zu sich zu führen, und wusste er, dass sie den Ring gefunden hatte? Die Fragen quälten sie und ein eiskalter Blitz zuckte durch ihren Körper.

»Luce, benutze den Ring!«, flüsterte ihr die Stimme ins Ohr.

»Mom, bist du es wirklich?«

Luce schaute sich verzweifelt um, sie wusste nicht, ob es wirklich ihre Mutter war, die in ihrem Kopf mit ihr sprach – oder Argor, der sie zu sich locken wollte.

»Ich bin es wirklich! Vertrau mir! Benutze den Ring!«

Luce zuckte zusammen, als sie Bilder ihrer Mutter sah, die den Ring an die Meerjungfrau übergab. Weitere Bilder zeigten, wie Haferien vor Argor kniete und wie ihre Familie durch den Wald flüchtete. Dann hörte sie die Worte: »Du darfst ihm den Ring, wenn du ihn gefunden hast, niemals in die Hände fallen lassen. Das würde für uns alle den Tod bedeuten. Suche nicht nach mir, denn ich werde dich finden. Ich bin Haferien, deine Mutter und ich liebe dich, Luce. All das kann Argor nicht wissen! Nur wir beide! Und jetzt aktiviere den Ring!«, flüsterte ihre Mutter.

Es musste Haferien sein! Nervös rieb Luce sich die Hände.

»Ich weiß nicht wie!«

Sie schaute ratlos auf ihre Hand, an welcher der Ring zu pulsieren begann. Das blaue, grelle Licht des Steins flackerte unaufhörlich, als würde er einen Code durchgeben.

»Sag mir, was ich tun soll, Mom!«, schrie sie in Richtung der Mauer, als würde ihre Mutter dahinter auf sie warten.

»Du musst ihn mit deiner Fähigkeit aktivieren. Nimm deine freie Hand, erzeuge einen Lichtfunken und halte die Hand über den Ring. Beeil dich, bevor wir entdeckt werden.« Die liebevolle Stimme wurde immer leiser und begann zu zittern.

Luce tat, was ihre Mutter ihr aufgetragen hatte: Sie schloss die Augen, rieb ihre Hände aneinander und erschuf so mehrere Funken. Sie hielt die freie Hand über den Ring und umschloss damit vorsichtig den Ringfinger. In ihr zuckte es: ihre Finger, ihre Hand und ihr Arm brannten innerlich lichterloh und erzeugten einen unerträglichen Schmerz, der Luce in die Knie zwang. Sie biss sich so stark auf die Lippen, dass sie den metallischen Geschmack von Blut schmeckte. Ein Blitz schoss von ihrem Finger durch ihren Arm bis in ihren Kopf und ließ sie auf den Sandboden stürzen. Schmerzerfüllt schloss Luce ihre Augen und schrie auf.

»Du hast es geschafft! Luce, steh auf!«, flüsterte die Stimme.

Mit zuckenden Lidern öffnete Luce ihre Augen und setzte sich benommen auf. Sie richtete den Blick auf ihren Arm und auf ihre Hand, an welcher der Ring steckte. Von ihrem Finger bis fast zu ihrem Ellenbogen hatte sich ein Geflecht von schwarzen Linien ausgebreitet, die ein wunderschönes Muster ergaben. Vier Linien hatten sich dicht unterhalb ihrer Armbeuge zu einem kleinen Ball geformt, der sie an das beeindruckende Licht erinnerte, als ihre Mutter die Meerjungfrau durch das Portal zu sich geholt hatte. Fasziniert schaute sie auf ihren Arm, strich nachdenklich über die Linien und atmete tief ein. Ein Kitzeln durchströmte Luce und sie fühlte eine große Wärme, die von den Linien ausging. Diese ließ die Schmerzen wie von Zauberhand verschwinden. Langsam erhob sie sich und stand mit zittrigen Beinen vor der Mauer, deren dunkelrote Adern nun noch intensiver pulsierten und ein surrendes Geräusch von sich gaben. Luce trat einen Schritt dichter heran und bemerkte, wie sich das Geflecht bewegte und die Mauer immer stärker einnahm.

»Luce, du musst dich beeilen!«, hallte es in ihrem Kopf.

Die Stimme ihrer Mutter klang ängstlich, beinahe panisch.

»Aber was soll ich denn jetzt tun?«

»Geh einfach hindurch! Solange die Adern die Mauer noch nicht vollständig eingenommen haben, kannst du mithilfe des Ringes hindurchgleiten.«

Etwas schob Luce zur Mauer: es war die Lichtkugel, die durch die Steine geschwebt war und nun wieder hinter ihr leuchtete. Vorsichtig berührte sie die Mauer. Ihre Hand verschwand nach und nach in der Steinwand. Ein leichter Sog zog ihre Arme in die Mauer hinein und mit einem großen Schritt und geschlossenen Augen trat Luce durch die schwarzen Steine.

Eine kühle Brise wehte ihr ins Gesicht. Der Duft von frischem Gras und Blumen stieg ihr in die Nase und sie öffnete ihre Augen. Luce stand inmitten eines wunderschönen Gartens. So außergewöhnliche Pflanzen und Bäume hatte sie nie zuvor gesehen. Mit vorsichtigen Schritten ging Luce weiter und schaute sich neugierig um. Kleine Sitzgruppen aus Birkenhölzern, die mit Moos bedeckt waren, luden zum Verweilen ein. Am liebsten hätte sie sich darauf fallen lassen, um sich von den Strapazen auszuruhen. Noch immer wusste sie nicht, wo sie war: Aber es hatte sicher mit Argor zu tun, was ihr Angst bereitete. Ein beklemmendes Gefühl zerrte in ihrer Brust.

Leise fragte sie ihre Mutter: »Was soll ich jetzt tun?«

Luce bekam keine Antwort. Sie hatte die Mauer bezwungen und stand in einem zauberhaften Garten, wusste aber nicht, was sie als Nächstes tun sollte: sie brauchte die Hilfe ihrer Mutter. Vorsichtig ging sie den Weg entlang, der ebenso aussah wie jene in Aquata, der Meerwesenwelt. Bunte Muscheln lagen dicht beieinander und glänzten auch hier mit den zwei rot leuchtenden

Sonnen um die Wette. Der Muschelweg führte sie tiefer in den Garten und schien kein Ende zu nehmen. Die wild wachsenden Pflanzen wurden immer außergewöhnlicher und auch die Bäume wurden immer imposanter. Auf der einen Seite erstreckte sich ein kleiner Teich, der smaragdgrün leuchtete und in dem kleine, bunte Fische tanzten und ab und zu durch die Luft sprangen. Luce beugte sich übers Wasser und erblickte ihr Spiegelbild, das sie zusammenzucken ließ: Ihre Haare waren zerzaust, ihr Gesicht eingefallen und der rote Sand hatte sich wie eine Maske auf ihre Haut gelegt. Ihre Augen waren vom vielen Reiben wund: sie sah fürchterlich aus. Mit beiden Händen tauchte sie ins Wasser und wusch sich ihr Gesicht, wodurch es herrlich gekühlt wurde. Luce ließ sich auf die Wiese fallen und atmete tief durch.

»Du musst weitergehen, Luce!«, flüsterte Haferien und schreckte sie auf.

»Aber wohin?«

»Folge dem Weg bis zur ersten Gabelung und dann geh nach rechts. Dort wirst du auf eine Tür treffen. Du kannst genauso hindurchgleiten wie bei der Mauer«, befahl die Stimme.

Luce machte sich auf den Weg. Sie eilte bis zur Gabelung, bog rechts ab und stieß nach wenigen Metern auf die Holztür. Sie war groß, beinahe ein Tor, und bestand aus dunklem Holz. Auch hier fanden sich die pulsierenden, pochenden Venen wieder: Das Geflecht schien dichter zu sein als bei der Außenmauer. Luce schloss ihre Augen und drehte den Ring hin und her. Vorsichtig streckte sie ihre Hand zur Tür und ihr Arm glitt mühelos hindurch. Ihre Mutter hatte recht: Sie konnte durch das Tor dringen, wie sie es bei der Mauer getan hatte.

Dahinter fand sie sich in einem Raum wieder, der nur spärlich beleuchtet war. Es dauerte einen Moment, bis sich ihre Augen an die Dunkelheit gewöhnt hatten. Luce konnte erkennen, dass sie sich in einem langen, flurähnlichen Gang befand, dessen Ende nicht zu sehen war. Rechts und links von ihr befanden sich mehrere verschlossene Türen aus Stahl. Noch immer wusste Luce nicht, wo genau sie sich befand, und ging leise den Flur entlang. Dabei blickte sie auf die verschlossenen Türen, die in ihr erneut ein seltsames Gefühl auslösten. Die Luft war eiskalt und es war totenstill. Luce hatte eine sonderbare Vorahnung: Etwas sagte ihr, dass sie diesen Gang schon einmal entlanggegangen war - sie konnte sich aber nicht genau daran erinnern. Luce hoffte, dass sie weitere Anweisungen von ihrer Mutter bekommen würde, da sie das Ziel ihrer Reise noch immer nicht kannte.

Das spärliche Licht, das von einigen kleinen Lampen an der Wand abgegeben wurde, nahm stetig ab. Es wurde dunkler, sodass Luce kaum noch erkennen konnte, wohin sie ging. Mit den Händen tastete sie sich an der Steinmauer entlang, die ihr unnatürlich feucht erschien. Sie trat dichter auf die Wand zu, strich mit ihren Händen an den Steinen entlang und schaute sich ihre Fingerkuppen an. Mit einem leisen Schrei wich sie sofort von der Steinwand zurück, starrte auf ihre Hände und begann zu zittern. Dunkelrotes Blut tropfte lautlos von ihren Fingern auf den Boden. Bei diesem Anblick schossen ihr Bilder in den Kopf, die sie erschaudern ließen. Luce hatte in der ersten Nacht in der Fabrik einen furchtbaren Traum von genau dieser Situation gehabt und ihr wurde gerade bewusst, dass sie sich inmitten dieses Traums wiederfand. Im selben Moment hörte sie die jammernden Stimmen, die Kettengeräusche und ein angsteinflößendes Lachen. Für einen kurzen Moment stockte ihr Herzschlag und sie atmete schwer.

Wie konnte das sein? Es war ein Traum. Oder doch nicht? Konnte sie in die Zukunft schauen – oder war ihre Mutter in ihren Gedanken schon immer bei ihr gewesen? Hatte sie Luce darauf vorbereitet und ihr gezeigt, was auf sie zukommen würde? Sie fühlte sich so elend, dass sich ihr Magen umzudrehen schien und Luce die Übelkeit mit heftigem Ein- und Ausatmen unterdrücken musste. Sie wusste nicht, was sie tun sollte, zitterte am ganzen Leib und wünschte sich, dass Jason bei ihr wäre und sie beschützen würde. Aber das ist er nun mal nicht, dachte Luce und drückte ihren Rücken durch, als sie etwas auf ihrer Schulter wahrnahm und sich ruckartig umdrehte: Sie blickte auf Hände, die sich aus den Stahltüren zwängten und sie berührten. Erschrocken wich sie zur Seite, schüttelte sich und schaute in die Dunkelheit des Flures.

»Mom, wo bist du? Hilf mir!«, schrie Luce, so laut sie konnte.

Die Worte hallten im langen Flur, aber sie bekam keine Antwort. Sie wiederholte alles und hoffte so sehr, dass die liebevolle

Stimme ihrer Mutter zu ihr sprechen würde. Die Verzweiflung war ihr ins Gesicht geschrieben und die Angst durchflutete ihren ganzen Körper, bis sie eine andere Stimme wahrnahm, die ihr leise etwas zurief.

»Luce? Luce, bist du es wirklich?«

Mit aufgerissen Augen starrte sie in die Dunkelheit.

»Luce, wenn du es wirklich bist, dann hol uns hier raus«, sagte eine verängstigte Stimme.

Luce schaute sich um und konnte nicht ausmachen, woher die Stimme kam. Sie ging ein paar Schritte nach vorn, immer darauf bedacht, nicht zu dicht an den Stahltüren vorbeizugehen, aus denen nicht nur Arme und Hände ragten, sondern auch Skelett-artige Knochen.

Die Stimme, die um Hilfe rief, kam ihr so vertraut vor, dass sich Luces Angst verstärkte. War es möglich, dass sich ihre Zieheltern hier befanden und nach Hilfe riefen? Eine zweite Stimme reihte sich in die Hilferufe ein und nun bestand kein Zweifel mehr daran, dass es sich um ihre Eltern handelte: der Hilferuf kam von ihrem Vater.

»Dad, wo seid ihr?«, schrie Luce.

»Hier drüben!«, hallte die männliche Stimme im Flur.

Luce lief los, schaute dabei auf die Metalltüren, aus denen die Arme noch immer nach ihr griffen.

»Gebt mir ein Zeichen. Es ist so dunkel hier, dass ich kaum etwas erkennen kann!«

Fieberhaft suchte Luce an den Türen nach einem Hinweis darauf, wo ihre Eltern eingesperrt waren. Ihre Schritte wurden schneller, ihr Herz klopfte bis zum Hals und sie kniff ihre Augen fester zusammen. Verzweiflung kam in ihr auf, sie konnte kaum noch etwas sehen. Was sollte sie tun? Das Licht wurde schwächer und die Dunkelheit nahm nun fast den ganzen Flur ein. Luce konnte kaum ihre eigenen Hände wahrnehmen, geschweige denn den Weg, der sie zu ihren Eltern führen würde. Sie ballte ihre Hände zu Fäusten und biss ihre Zähne zusammen, bis sie die Funken in ihren Handflächen bemerkte. Daran hatte sie gar nicht gedacht. Sie hatte die Fähigkeit, eine helle Lichtkugel zu erzeugen: Und das nicht nur, um jemanden damit zu betäuben oder zu töten, sondern sie würde auch den Gang erhellen. Warum war sie nicht gleich darauf gekommen? Sie formte mithilfe ihrer Gedanken das Licht auf ihren Handflächen zu einer mittelgroßen Kugel, die den Flur erleuchtete.

Das Bild, das sich ihr bot, ließ erstarren: Das dunkelrote Blut lief an den Steinwänden herab und hatte auf dem Boden einen roten Teppich gebildet. Sie stand inmitten einer riesigen Blutlache, deren Anblick sie würgen ließ. Nun hatte sie keinen Zweifel mehr – sie war bei Argor!

»Luce, wo bist du? Hilf uns!«

Die angsterfüllte Stimme kam näher und Luce setzte sich in Bewegung: anders als in ihrem Traum, in dem sie im Blut feststeckte. Sie erreichte keuchend die Tür, aus der die Stimmen ihres Vaters und ihrer Mutter drangen. Luce schaute auf das Gitter, aus dem die Arme ihres Vaters herausragten. Das Erkennungszeichen, ein Tattoo auf dem Arm, stimmte Luce froh, sie hatte die beiden gefunden.

»Dad, Mom, geht es euch gut?«, flüsterte sie durch die Tür und nahm die Hände ihres Vaters.

Nachdem sie ein leises »Ja« von ihrer Mutter vernommen hatte, machte sich Luce daran, die Tür zu öffnen. Sie riss an dem Türknauf, der sich keinen Zentimeter bewegen ließ. Natürlich nicht, dachte Luce, das wäre ja viel zu einfach gewesen. Angestrengt überlegte sie, wie sie die Tür öffnen könnte. Sie hatte weder Werkzeug noch etwas anderes Nützliches dabei. Konnte sie hier vorgehen wie bei der Mauer und dem Tor? Sie schloss die Augen und atmete tief ein: Auf einen Versuch würde es ankommen. Luce fasste an den Stahl der Tür und konzentrierte sich auf die Magie und ihre Fähigkeit. Ruckartig wurde sie von zwei Händen durch die Tür gezogen und fest in den Arm geschlossen, dass sie kaum noch Luft bekam. Sie hatte es geschafft: Luce stand in dem Raum, in dem ihre Eltern gefangen gehalten wurden.

»Dad, ich bekomme keine Luft mehr«, krächzte Luce.

»Oh, entschuldige. Wir sind so froh, dich zu sehen. Geht es dir gut?«, fragte er sie und schob Luce etwas von sich, um sie zu begutachten.

»Ja, alles okay. Wie geht es euch?« Luce schaute ihren Vater an, um dann schnell den Blick auf ihre Mutter zu richten, die zusammengekauert an der Wand lehnte. Sie stürzte auf ihre Mutter zu, nahm sie vorsichtig in den Arm.

»Ich hole euch hier raus. Versprochen!«, flüsterte Luce ihr ins Ohr.

Mit einem kläglichen Stöhnen erwiderte ihre Mutter das Flüstern. Sie war halb nackt und am ganzen Körper mit Wunden übersät. Die Ketten, die sie in Argors Lichtkreis gesehen hatte, waren zum Glück verschwunden und sie atmete erleichtert ein. Aber die blauen Flecken, die man in dem halbdunklen Raum nur schwach erkennen konnte, zeugten von einer furchtbaren Zeit der Gefangenschaft. Ein schlechtes Gewissen plagte Luce, hatte sie doch so viel Zeit mit Dingen vergeudet, die sie auch nach der Rettung ihrer Eltern hätte tun können. In diesem Augenblick dachte sie erneut an Jason: die Röte stieg ihr ins Gesicht und sie fühlte sich elend.

Traurig schaute sie ihre Mutter an, die mit geschlossenen Augen vor ihr lehnte, und atmete tief ein. Sie musste sie befreien. Aber wie sollte sie das anstellen? Ihre Mutter war nicht in der Lage, auch nur einen Schritt zu machen und ihr Vater hatte nicht die Kraft, sie den langen Weg hinaus zu tragen. Und nach wie vor war die Zellentür fest verschlossen. Wieder verzweifelte Luce. Hatte der Ring die Macht, sie gemeinsam mit ihren Eltern durch die Tür gleiten zu lassen? Beim Anhalten der Zeit hatte es ja auch funktioniert. Sie hatte Jason und Mel an den Händen berührt und wieder aufgeweckt. Allerdings konnte sich ihre Mutter kaum bewegen. Auch wenn ihr Vater es schaffen sollte, sie zu tragen, müssten sie ziellos durch die heiße Wüste streifen.

Sie dachte an ihre Fähigkeit, mithilfe von Gedanken ein Portal zu erschaffen: wie sollte sie diese Fähigkeit benutzen? Welche Gedanken sie gehabt hatte, als sie die Reise zur Meerjungfrau angetreten hatte, wusste sie nicht mehr. Würde es funktionieren, wenn sie an Nael und den Außenposten dachte? Musste sie dabei eine Bewegung ausführen? Oder brauchte sie möglicherweise diesen Trank, den ihr Jack verabreicht hatte? Ihre Gedanken überschlugen sich, Luce war überfordert. Nun besaß sie eine Fähigkeit, die sie und ihre Eltern retten konnte, und war nicht in der Lage, sie einzusetzen. Ratlos spielte sie mit ihren Fingern und atmete tief ein. Sie musste sich etwas anderes einfallen lassen: wenn doch nur Haferien zu ihr sprechen würde, um ihr zu helfen.

Luce senkte ihren Blick und presste die Lippen fest aufeinander, als die Tür mit einem lauten Knall an die Zimmerwand geschleudert wurde. Ihr Vater, der vor der Zellentür stand, wurde im selben Augenblick, als sie aufschnellte, an die Wand geschleudert und blieb regungslos liegen. Luces Aufschrei hallte durch das ganze Gebäude und sie blickte entsetzt auf ihren Vater.

»Hallo, meine Liebe! Schön, dass es deine Mutter geschafft hat, dich zu mir zu bringen«, rief eine kalte, raue und furchteinflößende Stimme.

Langsam trat eine große Gestalt in die Zelle und ging auf Luce zu. Die Kapuze hing tief im Gesicht der Person und verhüllte es fast vollständig. Der Mantel schleifte rauschend über den Boden und Luce konnte erkennen, dass sich das dunkelrote Blut in den Stoff gesogen hatte. Der faulige Geruch, den sie bereits kannte, stieg in ihre Nase und sie verspürte wieder einen Würgereiz. Es war Argor, der vor ihr stand und sie von oben herab mit seinen rot glühenden Augen anfunkelte. Er zog seine Kapuze zurück und musterte sie, um seinen Blick dann auf ihre Mutter zu richten. Sein hämisches Grinsen machte Luce so wütend, dass sie blitzartig aufsprang und sich schützend vor ihre Mutter stellte. Dabei berührte sie Argor an der Schulter und stöhnte leicht auf: Ein kalter Blitz jagte durch ihren Körper. Verwirrt schaute sie ihm in die Augen und rieb sich die Stelle, an der sie einander berührt hatten. Der Schmerz ließ allmählich nach und Luce fragte sich, warum sie immer diese eisige Kälte spürte, wenn sie diesen Mann berührte.

»Keine Angst, meine Liebe, deiner Mutter wird vorerst nichts passieren. Wenn du mir den Ring gibst, lasse ich euch alle gehen und ihr könnt in euer normales Leben zurückkehren.« Argor schaute sie an und deutete mit seinem Kinn auf ihre Hand.

»Was ist mit Haferien? Wenn du den Ring haben willst, dann musst du auch sie gehen lassen.«

Luces Stimme zitterte bei den Worten, aber sie versuchte, es zu verbergen. Sie wollte auf keinen Fall Haferien bei ihm lassen.

»Du kannst Haferien nicht mitnehmen. Sie gehört mir. Und ich brauche sie hier vor Ort! Und jetzt gib mir den Ring!«, fauchte er.

Der faulige Geruch stieg noch penetranter in Luces Nase und sie musste sich zwingen, Argor nicht ihren Mageninhalt auf die Füße zu spucken. Mit kräftigen Schluckbewegungen drängte sie die Magensäure zurück in ihren Hals und sah angewidert zur Seite. Sie konnte ihre Mutter nicht zurücklassen. Fieberhaft überlegte sie, wie sie Argor dazu bewegen könnte, sich auf einen Handel einzulassen.

»Gib mir den Ring oder deine Eltern werden auf der Stelle sterben!«, brüllte er sie ungeduldig an und zerrte an ihrem Arm.

Wieder schoss ein höllischer Schmerz durch ihren Körper. Luce sackte zu Boden und hielt sich den Arm. Argor riss sie augenblicklich wieder hoch in den Stand, packte ihren Arm und verdrehte ihn in seine Richtung. Mit aufgerissenen Augen schaute er auf die Hand, an dem der Ring mit seinem Stein in grellem Blau pulsierte, und wich zurück.

»Nein!«, schrie er.

Seine knöcherige Hand ließ den Arm los: er fasste sich an den Kopf, lief aufgeregt umher und schaute Luce dabei hasserfüllt an.

»Holt mir sofort Haferien her!«, brüllte er in den Flur.

Eine eisige Stille breitete sich aus. Niemand wagte es, einen Ton von sich zu geben. Luce lehnte an der Wand und sah Argor nachdenklich an. Bilder zuckten wild in ihrem Kopf, die ihren Arm zeigten, wo sich die Linien zu dem kleinen Ball zusammengezogen hatten. Luce hatte den Ring aktiviert und offenbar machte das Argor furchtbar wütend.

Er wanderte von einer Wand zur anderen und sah immer wieder hasserfüllt zu Luce, die verschreckt an der Wand neben ihrer Mutter lehnte. Es vergingen quälend lange Minuten, bis Luce schnelle Schritte hörte. Vorsichtig betraten zwei Akumas den Raum und warfen Argor eine zierliche Frau vor die Füße. Es war Haferien, die mit glitzernden Augen zu ihm aufblickte und ihn triumphierend anlächelte. Ein wie aus dem Nichts kommender Schlag ins Gesicht schleuderte sie zu Boden, sodass sie hart mit dem Kopf aufschlug: Argor hatte sie mit der Faust so hart getroffen, dass das Blut aus ihrer Unterlippe spritzte. Luce erschrak, sprang sofort auf und stürmte zu Haferien. Sie nahm sie fest in den Arm und funkelte Argor böse an.

»Du elendes Monster!«, schrie sie und wandte sich wieder ihrer Mutter zu, um ihr aufzuhelfen.

»Mach es wieder rückgängig, du Hexe! Sonst werde ich deine Tochter auf der Stelle töten!«

Argor hatte Luce beiseitegedrängt und zog Haferien am Kleid in die Luft. Mit glühenden Augen starrte er sie an und sog die Luft tief ein.

»Hast du gehört, was ich gesagt habe? Mach es rückgängig! Sofort!«

»Ich kann es nicht rückgängig machen, Argor«, sprach Haferien mit einer glucksenden Stimme, er schnürte ihr die Luft zum Atmen ab. »Es ist zu spät! Der Ring ist für dich verloren!« Sie sah ihn an und lächelte.

Argor ließ sie fallen und wandte sich zu Luce.

»Gib mir den Ring!«, befahl er ihr.

Luce wich zurück, schaute zu ihrer Mutter und verbarg ihre Hände hinter dem Rücken.

»Luce, du musst gehen. Sofort!«, rief Haferien ihr zu.

»Nein! Ich kann nicht ohne euch gehen ... Ich will nicht ohne euch gehen!« Luce schaute zu ihrem Vater, der sich aufgerafft hatte, nun bei ihrer Mutter saß und sie fest umklammerte.

»Doch, du musst! Nimm deine Eltern mit, fass sie an den Händen und konzentriere dich auf deine Fähigkeit! Denk an zu Hause!«

Haferien kroch zu Luce. Ihre Augen leuchteten smaragdgrün und Luce sah in ihnen eine unerklärliche Freude. Argor, dieses skrupellose, hässliche Geschöpf, hatte sie jahrelang festgehalten und gequält: und doch erstrahlte die Liebe in ihrem Gesicht. Tränen schossen in Luces Augen. Sie konnte Haferien nicht zurücklassen, nein, sie durfte sie nicht zurücklassen. Endlich hatte Luce sie gefunden und ihre vielen Fragen könnten nun beantwortet werden. Sie brauchte ihre Mutter so sehr.

»Niemand wird diesen Raum verlassen!«, schrie Argor Haferien an.

Er packte sie an den Haaren, zog sie zu sich und traktierte Luce, die regungslos im Raum stand, mit wütenden Blicken.

»Du musst gehen – jetzt!«, wisperte Haferien Luce zu. »Er wird mich nicht töten, er braucht mich. Sucht die anderen drei Artefakte und aktiviert sie, dann werde auch ich gerettet!«

Argor starrte auf Haferien, die ihn mit leuchtenden Augen ansah. Eine eisige Kälte erfüllte den Raum und es wurde still, bis Haferien zögernd ihre Stimme erhob.

»Die anderen drei Artefakte sind gut versteckt, Argor. Und du wirst sie niemals bekommen. Nur meine Kinder können sie finden und aktivieren. Und dann wirst du sterben!« Haferien schloss die Augen und atmete tief ein.

Mit großer Wucht schleuderte Argor Haferien an die Wand. Luce schrie auf und wollte zu ihrer Mutter stürzen, die stöhnend zu Boden gesunken war, als ihre Stimme in Luces Kopf ertönte.

»Suche die Artefakte an ungewöhnlichen Orten. Die Zwerge, die Meerjungfrauen und auch die Elben werden dir dabei helfen. Und nun nimm deine Eltern und geh zurück zu Endemir.« Die Stimme ihrer Mutter zitterte. »Mel wird dich bei der Suche unterstützen, sie ist deine Zwillingsschwester! Zusammen seid ihr stark! Gib ihr einen Kuss von mir.« Dann verstummte die Stimme.

Nachdenklich und mit gesenktem Kopf stand Luce in der Gefängniszelle. »Mel ist meine Schwester?«, murmelte sie. Im selben Moment spürte sie zwei Hände, die sich schwach in die ihren schoben: Sie wurde nach hinten gerissen. Aus dem Augenwinkel konnte sie eine schwarze Klinge blitzen sehen: Argors Schwert bohrte sich in ihren Körper und es wurde dunkel um Luce...

Ende ♡

Fortsetzung in Band 2 ...

»ICH HABE JAHRE LANG ÜBER ALL DAS NACHGEDACHT, WAS WAR, WAS KOMMT UND MIR KLAR GEMACHT, DASS WAHRE TRÄUME NICHT ENDEN, NUR WEIL MAN AUFWACHT. SEITDEM LEB ICH MEINEN TRAUM UND DAS NICHT NUR BEI NACHT. ICH GLAUB ICH HAB MEIN LEBEN NIE SCHÖNER VERBRACHT.«

@QUEENSOFDAYDREAMS

Hallo Du, ja Du, liebe Leserin, lieber Leser,
vielen Dank, dass du mir einen Teil deiner Zeit geschenkt und diese mit *Luce*, der *Liebe* und den *magischen Welten* verbracht hast. Ich bin sehr dankbar für dich, denn Du ermöglichst mir auch weiterhin meinen Traum zu Leben... was einfach wunderbar ist.

Ich freue mich schon sehr darauf, dich im zweiten Band (der Titel steht schon, wird aber noch nicht verraten) wiederzusehen.
Folge mir auf Instagram
@doreen_hallmann_autorin
oder abonniere meinen Newsletter auf
www.doreenhallmann-autorin.de,
um kleine Leseproben, Textschnipsel und den ganz normalen Autorenwahnsinn mitzuverfolgen...

Und jetzt bist *Du* dran!
Eine winzig kleine Hausaufgabe für *Dich*:
Der schönste Lohn für mich als Autorin ist Dein Feedback.
Ich freue mich über eine Bewertung auf den gängigen Portalen, wie zum Beispiel auf Amazon.
Bis bald

Deine Doreen ♡

PS: Für Notizen, Gedanken und Ideen hole dir schnell einen Stift und blättere auf die nächste Seite!

Notizen, Gedanken und Ideen: